鄭手作品集

綾羅歌

卷一

目錄

第二部■柔然之巫　257

第一部

洛陽沈緞

城中相識盡繁華，
日夜經過趙李家。
誰憐越女顏如玉，
貧賤江頭自浣紗。

——〈洛陽女兒行〉，唐・王維

第一章 豎子

「備車，備馬！主人、主母、郎君和小娘子們要出門啦！」

洛陽城阜財里東沈氏大宅中，大廳門外上馬堂前，一個身形微胖、頭頂微禿的中年宅院管事，一疊聲地呼喊催促著。數十名衣著鮮淨齊整的馬夫和僕人奔趨來去，忙中有序地備好了兩輛簇新的馬車，馬車車身為紅柚木，車輪為青榆木，車轅則為水曲柳所製；車壁漆成紅色，車頂鑲金，飾以五彩纓絡。每輛車前各套著兩匹高大健壯的北方駿馬，馬轡繫環皆以真金實銀打造，鎏金上綴著銀錢、寶珠、飛燕和駿馬等裝飾，在日頭下閃閃發光。四名馬夫牽著四匹駿馬來到正屋門外，駐馬等候；幾個童僕快手在兩輛馬車門旁的青石板地上放置了半尺高的純銀踏腳凳，各自用衣袖快速將銀凳擦得潔淨光亮。

那宅院管事來到馬車之旁，上下左右仔細檢視，又伸出胖胖的手指，小心梳理從車頂懸掛而下的五色琉璃纓絡，接著探頭入內審視，拍去繡金錦緞座褥上的些許灰塵。眼見一切安排妥當，宅院管事才對馬夫和僕人點點頭，說道：「可以了。主母的坐騎呢？」

後方一個馬夫高聲答道：「主母的『踏燕』在這兒，已上好鞍韉轡頭了。」牽過一匹高大的青驄花斑馬而來。這匹馬不但矯健雄駿，身上裝飾更是奪目，金帶扣、銀帶箍、鎏金鐵馬銜、鑲玉銀馬籠頭，配上嵌有馬形玉飾的鞧帶、銀馬鐙，馬鞍上鋪著大紅繡花錦緞，光鮮燦爛至極。

宅院管事點點頭，說道：「甚好。我這便去稟報主人。」快步趨入正廳，在門口躬身稟報道：「啟稟阿郎，馬車已備妥了。」

大廳正中，一個華服男子盤膝坐在金銀錦墊之上，正低頭查閱身前几上一本厚厚的帳冊。男子衣著雖華貴，一雙手卻頗為粗糙，撫著帳冊的指節上長滿了繭子。一個留著山羊鬍子的老者捧著幾本帳冊，恭敬地跪在一旁伺候。

華服男子聽見門外宅院管事的稟報，並不抬頭，只擺手道：「知道了。冉管事，派人去請夫人、郎君和兩位小娘子。」

那姓冉的宅院管事應了，立即吩咐僕人婢女去恭請主母、郎君、小娘子等人。

華服男子闔上了帳冊，對那山羊鬍子道：「桑園的帳可以了。絲坊的帳，我明日再看吧。」

山羊鬍子答道：「謹遵東家之命。」小心翼翼地闔上帳冊，疊放整齊，捧在懷裡，起身向華服男子躬身行禮，退出正廳。

華服男子站起身，走到大廳門口。他約莫四十來歲年紀，身穿赭色團虎紋錦袍，體形略瘦而結實，腳步沉穩，黑瘦清俊的臉上透出精明警醒之色。若看服色裝扮，這人顯然是這座大宅的主人；若看他的體態舉止，卻似個飽經風霜的江湖人。

華服男子望向垂手立在門外伺候的冉管事，問道：「壽禮可備妥了？」冉管事答道：「回稟阿郎，都已齊備。老奴方才與大郎一道，再次檢視過了給駙馬準備的壽禮。」

華服男子道：「可是我上回交代的，雙蝠萬壽紋大紅織錦？」

冉管事道：「正是。昨日大郎和李大掌櫃一同挑撿了極品雙蝠萬壽紋大紅織錦一百疋，已裝入十只檀木箱子，安置在馬車上了。」

華服男子露出滿意之色，點頭道：「甚好。」

這時，一個身穿碧綠綾羅繡衫、紫紗長裙的貴婦從廳中快步走出，身後跟著一名僕婦、一名年輕侍女。貴婦望了望門外的馬車，皺眉對冉管事道：「我的馬呢？」

冉管事連忙躬身道：「啟稟娘子，您的『踏燕』已備好了，就在門外。」

華服男子揚起眉毛，望向妻子，脫口道：「妳要騎馬？」

貴婦三十來歲年紀，一張橢圓臉，眉目間英氣十足。這時她挑起雙眉，高聲對丈夫道：「我出門時，哪回不騎馬了？」

華服男子露出微笑，安撫地道：「不、不，我可無意阻止娘子騎馬。咱們這回去給駙馬拜六十大壽，公主想必樂意見到娘子騎馬的英姿，就只怕……只怕駙馬不喜我等唐突。」

貴婦一笑，說道：「我在大門之外下馬，駙馬又怎會知道我是騎馬去的？」轉頭問冉管事道：「大娘和二娘的馬都備好了麼？」

冉管事還未回答，華服男子已皺起眉頭，插口道：「雁兒剛剛訂親，怎能騎馬上街？盧家可是有著百年傳承的漢人世家大族，絕不樂見未進門的新婦如此拋頭露面。」

貴婦「哼」了一聲，撇嘴道：「你們漢人，偏有這許多規矩！好吧，大娘就乘車好了。冉管事，快給二娘備馬！」冉管事連聲答應了，自去吩咐。

華服男子見妻子堅持自己和小女兒要騎馬出門，只能苦笑，不再爭辯。

這華服男子姓沈名拓，正是這座沈家大宅的主人。沈家乃是洛陽首屈一指的絲綢大賈，富可敵國；沈氏原為南方漢人，三十多年前隨齊朝大臣王肅背齊歸魏，定居洛陽。王肅出身琅琊王家，父親王奐曾任雍州刺史，後遭齊武帝蕭賾殺害，王肅憤而歸降北魏。王肅初投魏時，高祖方遷都洛陽，見王肅博學多才、通曉舊事，因此大加重用，封為尚書令，呼其「王生」，延請他為營建新都出計獻策，更將自己的妹妹陳留長公主嫁給了他。高祖並命將作大匠在洛陽城東南興建巨園華宅，供王肅和公主居住，並將該里命名為「延賢里」。

王肅為了討好公主，並炫耀南方絲織技巧，於是讓出身絲綢世家的屬僚沈譽養蠶取絲、染織成綢，製出花樣新穎的綢緞，獻給公主揀選。公主一見之下，果然喜歡非常，愛不釋手。王肅甚是滿意，將沈家所製綢緞命名為「沈緞」，令沈譽大量製造，除了供公主選用，亦進貢北魏皇室。洛陽城初興，數萬皇族貴宦受命遷入城中，時值魏高祖極力漢化，下令人人改穿漢族衣裳，絲綢需求因而大增。沈譽覷見商機，於是在洛陽城外購入數十頃桑園，廣植桑樹，採桑養蠶，煮繭取絲；又建造了百餘座絲坊、染坊和織坊，巧用南方絲織之法，織出圖案精緻多變、質地輕軟細柔、色彩鮮豔亮麗，獨樹一幟的「沈緞」，更與山東的「大文綾」、「連珠孔雀羅」和阿縣的「縞」齊名。「沈緞」因得長公主青睞有加，很快便受到其他皇族富宦的重視，爭相採購，舖頭從此門庭若市、生意興隆，不過一代之間，便致暴富一方。

到沈拓時，已是沈家第二代；由於高祖鼓勵胡漢通婚，因此沈譽讓長子沈拓娶了鮮卑女子羅氏為妻。高祖遷都洛陽後，敕令胡姓一律改為漢姓；羅姓原為叱羅，羅氏的祖上叱羅鑒曾為大魏名將，戰功彪炳，唯傳到羅氏時，再無男丁，家族已趨式微。遷洛的鮮卑貴族雖大抵漢化，人人說漢語、著漢服，但羅氏一族仍未脫粗獷勇武之風，羅氏自幼便騎馬射箭，勇健豪邁，英姿颯爽；在她心中，女子騎馬射箭、在外出行遊走乃是天經地義之事，與漢人禮俗大相逕庭。沈拓和妻子羅氏雖結褵多年，卻仍不時因漢胡習俗差異而小起爭執；而羅氏性情強悍，大多時候都以沈拓讓步遷就收場。

正當羅氏點頭表示滿意時，一個少女跨入大廳。她一出現，整個大廳似乎陡然亮了起來。那是個十三、四歲的少女，天生麗質，容顏明媚無方，讓人一見便難以移開視線。她身著絳色冰羅霧縠長裙，腰間束著水綠繡纈腰帶，纖腰如柳，體態婀娜，正是沈拓和羅氏的長女沈雁。她在廳外聽見了父母的對答，笑盈盈地走上前，攬住父親的手臂，撒嬌道：「阿爺，怎地阿娘和小妹都能騎馬，唯獨我不能騎馬出門？」

沈拓疼愛地望向長女，拍拍她的手臂，輕笑道：「妳就要嫁入江北的世家大族啦，還問阿爺為甚麼？」

沈雁道：「誰曉得？說不定盧五郎就喜歡新婦騎馬呢？」

羅氏揚眉道：「盧五郎要是不讓妳騎馬，妳就回家來，阿娘讓妳騎個夠！」

沈雁嘻嘻一笑，說道：「還是阿娘疼我！」

羅氏笑著向女兒招手，說道：「來，讓阿娘看看妳的新衫裙。」

沈雁放開了父親的手臂，走向母親。羅氏牽著女兒的手，母女倆一起來到大廳東壁上一面巨大的銅鏡之前。羅氏言語舉止雖爽快率直，對女兒的關懷可是細緻入微；她細細檢視女兒身著的嶄新冰羅霧縠衣裙，臉上神色愛憐橫溢，點頭讚賞道：「剪裁功夫不錯，馮裁縫的手藝確實了得！咱們挑一疋上好的『沈緞』，就請織室的馮裁縫給妳做大婚之日的嫁裳吧！」轉頭對身後的侍女道：「婇兒，妳說如何？」

那侍女名叫陸婇兒，約莫十五、六歲年紀，月圓臉上總掛著討喜的微笑，一雙細眼透出機靈之色；她身形矮小而豐腴，衣著比一般婢女鮮亮得多。她是羅氏一個遠房表妹的獨女，因父母早逝，自幼便隨羅氏住在沈家，身分處於婢女和外甥女之間，乃是羅氏的貼身親信。

陸婇兒上下打量沈雁一身奢華鮮麗的簇新衣裙，和她裊娜多姿的體態身形，臉上露出難掩的豔羨之色，搖頭笑道：「大娘這身新裝，就連天上仙女也不如啊！依我說，大娘大婚那日，可要羨煞全城的女兒了！」

羅氏聽了，不禁得意地笑了，說道：「婇兒，妳這張嘴可真甜！」

沈雁甜笑著對母親道：「既然要給我做嫁裳，不如阿娘也做一套，婚禮那日我們母女穿一個樣式的，好不？」

羅氏笑斥道：「雁兒胡說！我若打扮得跟新嫁娘一般，可不成了老妖婆了！」

陸婇兒在旁說道：「倒是該選一疋和大娘同款的冰羅霧縠，給二娘也做套新衣裙。」

羅氏喜道：「這主意好！」眼光掃向廳內，問道：「雒兒呢？」

沈雁對著銅鏡左顧右盼，伸手輕抿髮鬢，扶正髮髻上的飛雁金簪，說道：「我方才忙著裝扮，沒見到小妹。」

羅氏皺起眉頭，轉身道：「嵇嫂，妳讓人去找找二娘，咱們趕著出門哩！」

羅氏的陪嫁婢女嵇嫂答應了，陸婇兒插口道：「姨母，我今朝見二娘去了桑園看蠶兒，只怕人還在園子裡呢。」

羅氏點頭道：「還是婇兒有心。嵇嫂，妳快讓人去桑園找二娘，叫王乳娘趕緊替她梳頭更衣！都甚麼時候了，還在園子裡瘋玩兒！」嵇嫂連忙吩咐婢女，婢女快步趕往桑園去了。

就在這時，沈拓忽然抬起頭，問道：「二郎呢？」

此言一出，全場一靜，羅氏臉色頓時沉下，廳中的冉管事、嵇嫂、陸娽兒等都低下了頭不作聲。

就在這一片靜默中，一個十八、九歲的青年從門外進來，他身形挺拔，容貌俊美，對沈拓道：「阿爺，駙馬的壽禮都已備妥了。」

沈拓點點頭，說道：「大郎，還是你辦事妥貼。」

這青年正是沈家長子沈維。他留意到母親和冉管事、嵇嫂、陸娽兒個個臉色古怪，微笑問道：「怎麼了？臨出門卻找不著小妹，是麼？」

羅氏淡淡地道：「嵇嫂已遣婢女去桑園裡喚她了。」

沈維望望母親，又望望大妹沈雁，說道：「等小妹到來，我等便即出發，是麼？」

沈拓咳嗽一聲，對冉管事道：「還不快去尋二郎？駙馬爺是知道他的。今日我們全家去給駙馬爺拜賀六十大壽，少攜一子，殊為不恭。」

冉管事低下頭，唯唯答應而去。

沈維恍然大悟：「原來是為了小弟。」他知道父母感情融洽，相敬如賓，唯一不和之事，便是這個庶出的弟弟。北人重嫡輕庶，正出和庶出之子的地位往往有天壤之別；正妻的子女錦衣玉食、僕從成群，庶子女則粗布陋食，地位與奴僕相去不遠。然而沈家祖上遷自南方，南方習俗不似北方這般輕庶，因此沈拓一直將這庶子放在心上，雖因長年在外奔波生意，家中內外大事皆多交由羅氏主導，心知羅氏不待見庶子，卻也難以時時迴護，偶爾為此與羅氏有所爭執。而由於駙馬爺王肅也是來自南方的漢人，並不在意嫡庶之分，此番沈氏舉家造訪駙馬府邸給駙馬拜壽，少攜一子，確屬失禮。

羅氏冷冷地道：「他自己遲了，咱們何必等他？再說，駙馬爺倘若問起，就說他病了，留在家中休養，有何不可？」

沈拓皺起眉搖搖頭，只揮手催促冉管事趕緊去尋二郎。廳中陷入一片尷尬的沉默。沈拓夫婦坐在織錦坐墊上等候，沈維、沈雁兄妹則一個垂手肅立，一個對鏡顧盼，目光各不相對。

陸婇兒跪在羅氏身邊，輕聲勸解道：「姨母，咱們今兒去給駙馬拜壽，還能見到公主殿下呢，怎好為了這點兒瑣事鬧心呢？」

羅氏聽了，眉頭略舒，臉色也緩和了些。

沈拓見婇兒好言勸解，妻子怒氣略消，心中暗暗鬆了口氣。

不多時，王乳娘領著一個六、七歲的女童來到廳上，女童顯然剛剛梳好頭，紮著雙辮，穿著一身桃紅繡花綢緞衫褲，紅撲撲的圓臉上仍綴著不少汗珠子。女孩兒面貌與羅氏極為相似，英氣十足，一雙大眼睛黑白分明。她彷彿全然不覺自己來遲了，也未留意父母兄姊神態有異，滿臉歡快地撲入父親懷中，甜笑道：「阿爺！今年的蠶兒可大了！有一籃子的蠶兒已經跟我的手指兒一般粗了！」

羅氏心下微惱，卻不忍心斥責小女兒，只對王乳娘埋怨道：「不是跟妳說了今兒要出門，讓妳早些給二娘梳洗打扮麼？」

王乳娘委屈地道：「娘子，奴婢提醒二娘好多回了，但她在蠶舍裡忙著餵飼蠶兒，全不聽奴婢的話啊！」

沈拓最最疼愛這個小女兒，伸手將她攬在懷裡，笑著道：「乖雛兒，妳愛惜蠶兒，阿爺很歡喜。不過咱們不該遲到、惹阿娘生氣，這得趕著去給駙馬拜壽啦！」

沈雛全沒聽出父親言語中的教訓之意，笑嘻嘻地著指向角落，說道：「還要多謝小兄每日爬上樹梢，幫我採最嫩的桑葉餵蠶兒，蠶兒才能長得這麼好！」

眾人聽小娘沈雛這麼說，都是一呆，一齊轉頭望去。

但見一個七、八歲的童子靜悄悄地站在廳中角落。在此之前，眾人都未曾發現他，直到二娘沈雛伸手指向他，沈拓和羅氏等才忽然留意到他立在該處。至於他是從哪道門進來的，何時進來的，進來了多久，廳上人竟誰也不知。

此時人人的眼光全都集中在這童子身上。沈家上下，不論主僕，見到這童子的衣著形貌，都不禁暗暗搖頭。只見他安靜退縮地立在廳角，低頭望向自己腳上一雙顯然太小的破布鞋，頭髮又髒又亂，一身布衣布褲不但汙穢陳舊，膝頭和手肘處還打著幾個補丁，其卑微猥瑣、上不得檯盤之態，比之沈府的奴僕都還不如。

沈拓深皺眉頭，問道：「綾兒，你的乳娘呢？怎地未曾給你梳頭更衣？」

那童子名叫沈綾，正是沈家唯一的庶子。

他低下頭，囁嚅答道：「回阿爺的話……趙姊姊(注)兩年前便辭去了。」

沈拓一呆，沒想到自己竟疏漏至此，小兒子的乳娘辭去了兩年，自己卻全不知情！但沈家絲綢生意越做越大，他長年帶著長子沈維在外奔波買賣，忙碌不堪，確也無暇顧及家中這等小事。沈拓不禁望了妻子羅氏一眼，心想：「家裡自然不缺聘請乳娘的銀錢，趙乳娘多半是娘子蓄意辭退的。這等瑣事，我若不過問，她自不會主動跟我提起。」他不好向妻子發作，當下咳嗽一聲，轉向小女兒的王乳娘，說道：「王姊姊，妳快帶二郎下去梳洗一下，換身新衣。」

王乳娘「欸」了一聲，但卻站在當地，並不移動，猶豫地搓著雙手，滿面為難之色，也不知是不屑幫這庶出之子梳洗更衣，還是不敢得罪主母羅氏？

沈拓見狀心中不悅，正打算開口催促王乳娘，羅氏忽然站起身，往門外走去，不耐煩地道：「還梳洗甚麼？你瞧他這個邋遢樣，不知要梳洗多久才見得人，咱們可要遲到啦！不必梳洗更衣了，就這麼去吧！」

沈拓更加鎖緊了眉頭，他絕不願讓外人見到自己的幼子如此不體面，尤其這孩子上有

注 魏晉之俗，有稱呼乳娘為「姊姊」。

長兄，旁有姊妹，個個容貌出眾，衣著光鮮亮麗，偏生這幼子卻如此形容骯髒，看在外人眼中，定將引發街談巷議，令沈家大失臉面。於是沈拓不顧妻子的不快，堅持道：「不成。咱們這是去造訪駙馬府邸，人人都必須換裝打扮，整肅儀容，否則可是大不敬。綾兒，你趕緊去換了新衣來。」

沈綾答道：「是，阿爺。」卻遲疑不動。

沈拓見了頗感惱怒，呵叱道：「怎不快去？」

沈綾低下頭，支支吾吾地道：「回阿爺的話，小子沒有……沒有新衣可換。」

沈拓大感驚怒，高聲道：「我們沈家做的是絲綢生意，隨從僕婦都皆穿綢著緞，家中二郎怎會連件可換上的新衣都沒有？」他轉頭望向羅氏，眼中頗有責怪之意。

羅氏卻不甘示弱，立即揚起眉毛，冷冷地道：「你望我做甚麼，這關我何事？」

沈拓平日對妻子好生恭敬禮讓，這時卻當真惱火了，大聲道：「妳是家中主母，孩子的事情自然都歸妳管。大兒和兩個女兒個個錦衣華服、穿金戴玉，妳卻任由小兒整日穿著一身破爛布衣，連件能換上的新衣都沒有？」

羅氏乃是出名的火爆脾氣，聽丈夫責怪自己，頓時雙眉倒豎，雙手叉腰，也提高了聲音，瞪眼道：「我日日在總舖照顧生意、招呼主顧，忙得焦頭爛額，哪有工夫理會家中這等瑣事？這些衣衫鞋子的小事兒，自有管事和僕婦照料。這庶子的飲食起居，怎會是該我管的事兒！」

沈拓駁道：「就算妳忙，內宅的人事總歸妳管吧！他的乳娘何時辭去了，妳竟不曾跟我提起，也不曾替他另請一個？他才幾歲哪，怎能連個乳娘也沒有？平日誰照顧他？」

羅氏怒道：「甚麼乳娘不乳娘，他的乳娘是誰，我根本不知道！當初那乳娘可不是我請的。她何時辭去，為何辭去，我半點兒也不知情，又怎會想到要另請一個？更加不會跟你提起！再說，他也有八歲了，年紀夠大了，早就不喝奶了，也該能夠照看自己了。你竟為了這卑微庶子有沒有乳娘的瑣碎事兒怪起我來？」

夫妻倆當著僕從子女的面，就這麼你一言，我一語，在大廳中爭吵起來。

長子沈維看在眼中，露出擔憂之色，走上一步，想試圖勸解，卻見母親身後的陸娐兒向自己連連搖手，示意莫要介入，只好打消了念頭，退開一步。

正僵持間，站在銅鏡前的沈雁忽然對沈綾招招手，語音清脆地說道：「小弟，你跟我來。我屋中留了幾件大兄年幼時的衣衫，應當合你身。我帶你去換上了，咱們好趕緊出門。」

沈拓一聽大女兒這麼說，吁了口氣，向她投去欣慰的目光，說道：「那敢情好。綾兒，快跟你大姊去更衣吧。」

沈雁回頭對父親嫣然一笑，向沈綾瞥了一眼，回身走去，沈綾連忙趨前跟上。小妹沈雒見父母大起口角，不敢留在廳中，立即道：「我也一起去。」舉步追上大姊沈雁和小兄沈綾。

沈拓和羅氏留在廳中，但兩人怒氣未消，立即又針鋒相對地繼續爭執起來，吵了一陣子，羅氏氣得滿臉通紅，拂袖怒道：「這事兒我當年便說明白了，我絕不理會。此前不理會，往後也不理會！你莫要再在我面前提起那低賤的豎子！」隨手將廳中一只琉璃花瓶掃到地上，哐噹一聲，砸得粉碎。

沈拓露出驚怒之色，那只花瓶乃是他五年前赴西域大秦國販售絲綢時，特意以千金買下，千里迢迢帶回洛陽，送給妻子的禮物，豈知羅氏一怒之下，竟輕易砸碎了這無價之寶！他臉上黑氣一閃，握緊了拳頭，指節突出，身子微微顫抖，顯然須得用盡全力，才能按捺下心頭的怒火。

沈家眾管事、僕婦、婢女、家丁們見慣了羅氏的剛烈脾氣，倒也並不驚訝，只個個低頭屏息，不想觸怒主母將一口惡氣發洩在自己身上，也不敢去望主人，免得他因在奴僕面前失了顏面倍感尷尬。只有羅氏的外甥女陸婇兒神色沉穩，抬頭望向羅氏，滿面關懷擔憂。

羅氏怒氣未歇，伸腳狠狠地往地上的琉璃碎片踢去，只踢得碎屑到處亂飛。她踢了一陣後，往地上啐了一口，頭也不回，起身大步出門而去。陸婇兒站起追上幾步，又停下腳步，回頭望了主人沈拓一眼。沈拓對她擺擺手，說道：「去！快去勸勸她。」陸婇兒點頭答應，快速向沈拓行了個禮，快步追出門外，口中急喚道：「姨母！」

冉管事畢竟在沈家服侍了三十餘年，經驗老道，這時維持鎮靜，暗中對兩個婢女示意。婢女連忙奔去取了掃帚畚箕等物，匆匆進廳，清理琉璃花瓶的碎片，又悄悄退出；一個僕婦立即捧出了另一只花瓶，放在原處。那是主人沈拓從南方帶回來的青釉仰覆蓮花尊，雖不及那只大秦國琉璃花瓶奇麗美觀，也是件稀世之寶。沈家乃大富之家，種種珍貴擺設不計其數，倉房中甚麼沒有？一番清理轉換之後，廳中便彷彿甚麼也沒有發生過一般。

沈拓將奴僕的舉止都看在眼中，不發一言，鐵青著臉，轉過身去。

這時長子沈維咳嗽一聲，緩步來到父親身旁，低聲道：「阿爺，阿娘平日不只須照料家務，還得兼顧總舖的生意，確實忙碌得很。我和阿爺又常常出門，總舖的經營全落在阿娘一人身上，日日何等分身乏術！家中之事，她自不免有些許難全之處，阿爺何必苛責？」

沈拓吁出一口氣，臉色平緩下來，說道：「你說得是。我不該對你阿娘發脾氣。只是我長年不在家，照看不上你弟弟妹妹的生活起居，自不免擔憂。你看看你小弟，都八歲了，一身穿著竟如同乞兒似的，外人見了怎麼想？」

沈維安慰父親道：「小弟年紀還小，從不出門，想來不曾被外人見到。如今我們知曉了此事，只需交代冉管事，命織室的裁縫給他做上幾套全新的衣褲鞋襪，那便是了。他年紀也大了，乳娘不必另請，不如就指派個僕人，專門服侍他吧。」

沈拓點了點頭，說道：「就這麼辦吧。」叫了冉管事近前，交代了一番，又吩咐道：「你靜靜去做便是，別讓主母知道了。」

冉管事垂手道：「謹遵阿郎吩咐。」

沈綾和沈雒跟著大姊沈雁來到她的居處「飛雁居」。雖是同住一宅的親姊弟，這卻是沈綾第一回來到沈雁的居處。飛雁居乃是一座獨立的院子，佔地寬廣；沈拓夫婦寵愛長女，在她出生百日後，便開始替她營造這座飛雁居，全供沈雁一人居住；飛雁居中配有三十名僕婦婢女，負責打掃、烹飪及各項雜務，專職服侍沈雁這位沈家大娘。

此時沈雁領著弟弟沈綾和妹妹沈雒跨入飛雁居，入門先是一座庭園，右首是個巨大的花圃，圃中萬紫千紅，種滿了百合、甘菊、蘭蕙等名花珍卉；左首是個葫蘆型的池塘，池水碧綠，池旁連香、銀杏和山白芍圍繞，濃郁成蔭。通過一條鋪滿碎石子的小徑後，便來到一間寬敞的花廳，廳旁分出三條閣道，分別連接到沈雁的書房、起居室和寢室。這花廳四面開敞，窗明几淨，楠木櫃上陳設著各種玩物擺飾，有白玉辟邪、青瓷花瓶、石雕胡馬、青銅壽龜等，還有不少沈拓從西域各國帶回來的珍品，包括琉璃珠串、石雕佛像、花卉紋金盤等。沈綾從未見過這等珍奇寶貝，只看得眼花撩亂，暗暗稱奇。

沈雁對婢女于洛道：「我往年騎馬時慣穿的大兄衣衫收在何處？妳快快替我找了出來。」

于洛答應了，連忙去衣物房翻箱倒櫃，找了好一會兒，才找出了一套童子衫褲，看來還有八分新。

沈雒拍手笑道：「大姊，妳怎地還留著大兄小時候的衣衫？」

沈雁道：「我六、七歲時剛學騎馬，嫌裙裝不方便，因此向大兄討了幾套他的衣褲來穿，後來就留在屋裡了。」從于洛手中接過，往沈綾身上比了比，蹙眉道：「大了些。沒法子，將就著換上吧。」

沈綾忙道：「多謝大娘。」恭敬接過，趕緊去衣物間更衣。

沈雁又吩咐婢女于洛道：「妳去給他梳個頭，要快。」于洛答應了，忙跟入衣物間。

隨後她斜倚在花廳窗邊，懶洋洋地道：「你們快些吧！阿爺和阿娘還在大廳上等著呢。」沈綾連忙隔空應道：「是，大娘。」

沈雒側過頭，擔憂地問道：「大姊，妳說阿爺阿娘還在爭吵麼？」

沈雁似乎並不在意，只淡淡地道：「應該吵完了吧？阿娘就是這般性情，不高興了便板起臉、高聲訓斥人，我在總鋪可是見得多了。但她和阿爺當著奴僕之面大動肝火，這可是頭一回。」

沈雒吐吐舌頭，說道：「是啊，我從未見過阿爺阿娘這般紅臉相對哩！」

沈雁道：「妳年紀小，沒見過的事兒可多著呢。阿爺成日在外奔波，在家的時候原本不多。況且他們即便意見不合，也不會在妳面前爭持不下。」

沈雒嘟起嘴道：「那今兒是怎麼回事？阿爺阿娘怎地當著這麼多人的面爭成這樣？」

沈雁閒散地笑笑，說道：「當然是因為在裡面更衣的這一位啦。他若不快些換好，只怕阿爺阿娘還得繼續爭下去哩。」

沈綾在裡面聽著大姊的言語，好生焦急，快手快腳換好了衣衫，發現袖子褲腳都太長了些，只能趕緊捲上了。這時于洛也已飛快替他梳好了頭髮，沈綾便快步走出衣物間，說道：「大娘，換好了。」

沈雒見他換上一身新的衫褲，頭髮齊整，顯得精神煥發許多，拍手笑道：「小兄，你穿上大兄這身衣褲，可好看得很哪！」

沈雁望向沈綾，說道：「你總低著頭，誰也看不清你臉面。你抬起頭來。」

沈綾依言抬起頭；沈雁望向他的臉龐，微微一怔，但見他膚色白淨，鼻挺眼細，容貌端俊，心想：「小弟平日畏畏縮縮，今日換上一身整齊衣衫，才看得出他一張臉竟然還挺俊秀的！雖沒有大兄的英氣，但絕對是上得檯盤的。」她微微點頭，說道：「換了身衣衫，人可就不同了。」神情轉為嚴肅，說道：「小弟，你給我聽好了，我幫你找衣衫更換，可不是對你存著什麼好心。我只是不願見到阿爺阿娘為你互起齟齬，不想你穿得邋邋遢遢地出門去丟人現眼，也別誤了咱們一家拜壽的時辰。聽清楚了麼？」

沈綾原也奇怪大姊沈雁何以忽然出頭幫助自己，聽她如此說來，倒也在情理之內；沈家的兩位長兄長姊年紀比自己大上許多，在家中的地位更是不可同日而語，自不必紆尊降貴，對自己示好，於是連忙回答道：「是，大娘，小子聽清楚了。」

沈雒噘起嘴，對姊姊道：「大姊，妳怎地這般說話？妳明明對小兄很好，卻故意說自己對他不存好心？」

沈雁一笑，「我就是不存好心，爽快說出來，明明白白，清清楚楚，有甚麼不對了？」又向沈綾打量去，目光停留在他腳上那對過小的破布鞋上，微微皺眉，對于洛道：「大兄當年那對馬靴呢？應當還不太舊，快找出來了。」

于洛趕緊答應了，再次去衣物間翻箱倒櫃，沈雒也興沖沖地跟著去幫忙翻找，一會兒後，終於找出一對男童的騎馬皮靴，拿出來給沈綾試穿。沈綾穿上了，倒是剛好合腳。沈雒高興地道：「衣衫大了些，靴子倒是剛剛好。」

但聽外面僕人連聲催促，姊弟妹三人快步回到大廳上，見母親羅氏已立於上馬堂前，正撫摸著愛馬「踏燕」的鬃毛，神色已恢復平靜；沈拓則獨自坐在大廳之中，臉色仍有些不豫，但已無明顯怒色。大兄沈維見他們回來，連忙催促道：「快些、快些，咱們得趕緊出門啦！」

這時馬夫已替小娘沈雒備好了她的愛駒「踏雪」，那是一匹通體黑色、四蹄雪白的母馬，身上鞍轡也是金銀鑲玉，十分華麗。沈雒和母親羅氏分別騎上了馬，沈拓坐上第一輛馬車，長子沈維、長女沈雁和幼子沈綾則坐上第二輛馬車。眾人一坐定，馬夫便喝叱揮鞭，兩輛馬車緩緩駛出沈家大門。

在沈家主人的馬匹和馬車之後，另跟了三輛裝飾較為樸實的楠木馬車，前兩輛承載著給駙馬的十箱壽禮，第三輛則乘坐了沈家主人們的貼身僕婢，包括跟隨主人沈拓多年的親信喬五、主母羅氏身邊的嵇嫂和陸婇兒、大娘沈雁的婢女于洛、二娘沈雒的婢女于沱，以及日常供大郎沈維使喚的兩個小奴；另有十餘名勁裝結束的健僕跨著駿馬，簇擁在馬車和雙馬旁，充作護衛。一行人浩浩蕩蕩，策馳在洛陽城大街之上。

沈夫人羅氏和幼女沈雒雙雙騎行，馳於沈拓的馬車之旁；沈雒雖只有六、七歲，馬術卻嫻熟得很，騎在馬上有模有樣。母女二人在大街上縱馬而過，英姿煥發，路人都不禁轉頭觀望，投以讚嘆的眼光。

沈綾和兄姊同乘一車，他身為庶子，在家中地位低微，直長到八歲，還從未跟父親、主母和兄姊一道出過門。這回他得以穿上半新的絲綢衣衫，雖然袖子過長，衣領也太寬了些，卻是他生平第一回穿著自家織造的「沈緞」衣衫，第一次乘坐家中簇新華貴的馬車，當然也是第一次和家人一同造訪駙馬和公主的府邸，一時只覺難以置信，如在夢中。他戰戰兢兢，雙手互握，不敢出聲，也不敢亂動；他見大姊沈雁閒適地倚著車欄，瀏覽窗外風景人物；大兄沈維則平穩地坐在自己身旁，沉思不語。

直到馬車駛出數里，沈維才忽然轉過頭，直視著庶弟沈綾，語氣威嚴，說道：「待會兒到了駙馬府，舉止切忌輕浮粗率，不可四處張望，緊緊跟在我身後，一切禮儀皆隨我而行，知道麼？」

在沈綾的記憶中，他從未跟這位高大俊美的沈家大郎說過話，只遠遠在大廳或大堂上見過他的身影；此時見大兄對自己發言，大感受寵若驚，不知所措，連忙點頭答道：「是，大郎。」

沈維微微皺眉，說道：「你如何稱呼我？」

沈綾其實並不知道自己該如何稱呼他，猶疑地道：「大郎？」

沈維搖頭道：「你是沈家子弟，你該叫我大兄！」

沈綾不敢僭越，也不敢違背，只能低頭答道：「是，大兄。」

沈雁一雙妙目望向窗外，閒閒地道：「同樣的道理，你該叫我大姊，而非大娘。知道了麼？」

沈綾連忙答道：「是，大姊。」

沈雁回頭望了他一眼，說道：「小弟，阿爺似乎十分看重你，我可不懂其中原由。我只要你別在外頭丟我們沈家的臉面，那便是了。」

沈綾聽了，心中一緊，連忙應道：「是，大姊。小弟不敢。」

沈雁微微一笑，說道：「出門在外，也別像在家中那般傻頭傻腦、畏畏縮縮的，裝也得裝出幾分落落大方的模樣。知道麼？」

沈雒騎馬行在車旁，聽見了大姊的話，縱馬近前，抗議道：「誰說小兄傻頭傻腦？小兄可聰明了！」

沈維和沈雁聽了，自都不信，一哂置之。沈綾見了大兄和大姊的神色，不禁漲紅了臉，在馬車上正襟危坐，不敢擅動，生怕自己一言一行不中規矩，便將給大兄、大姊甚至整個沈家丟臉。

第二章　祝壽

時值大魏孝昌二年，皇帝元詡年方十六，在位已有十一年，仍由母親胡太后掌政。其時朝政穩定，物產豐饒，天下安寧。

沈家大宅位於城西洛陽大市以北的「阜財里」，乃是洛陽富商巨賈聚居之地，里中宅邸一座比一座華貴，高樓入雲，門戶重重，屋宇之間以閣道相連，樓房層層疊疊，繁複富麗至極。阜財里富戶的奴婢常身穿織金繡銀的緹羅錦衫，吃的是五味八珍，主人們的排場就更不用說了。

沈氏一家當日要去拜訪的駙馬府邸位於洛陽城東南，洛水之北的延賢里。沈家的馬車和馬匹出了阜財里後，逕往南行，經過洛陽大市的東緣，再往南去，繞過皇城的西南角，轉而往東，經過崇虛寺、大統寺、景林寺、雙女寺等佛寺，又經勸學里和國子學堂，便來到了延賢里。

一行馬車和兩乘馬來到駙馬王肅府邸門外，一家人先後下馬下車。沈綾抬頭望向那駙馬府邸，不禁呆了。這府邸的壯觀華麗遠遠超出他的想像，僅是大門，便比沈家的大門高大了三倍不止；整扇門以楠木製成，厚實沉重，漆成大紅色，門上鑲著純金的釘兒，每一枚都有拳頭大小。

他正張大了口抬頭觀望，卻聽大兄沈維在自己身旁咳了一聲，隨即想起大兄的吩咐，趕忙低下頭，緊緊跟在大兄身後，亦步亦趨，微微垂首，不敢再東張西望，只用眼角偷偷覷著這富貴堂皇的駙馬府邸。但見外庭中賀客成群，男客個個鮮衣怒馬，氣宇軒昂；女客個個盛裝華飾，高貴矜雅，令人不敢目視。沈綾知道自己即使穿著大兄年幼時的絲綢衣衫，但衫褲寬長鬆鬆垮垮的，甚不合身，在這些金貴的賀客之間不免扎眼，不需多時，定將引人注意，向阿爺主母或兄姊詢問這孩童究竟是誰、來自何處，到時場面不免尷尬。於是他輕輕吸了一口氣，非常非常緩慢地，一絲一絲地將氣從口中吐出。在他吐完整口氣之後，心頭感到一股難言的平和安穩：他心中知道，周圍所有的人都已見不到他了。

沈綾仍舊跟在大兄沈維身邊，但沈維似乎完全忘了身邊有這個小弟，再未低頭望向他，而是悄聲跟沈雁談論起來，指點賓客人物，述說誰人乃是某王之子，誰人又是當朝太師，誰人又是某大將軍、某司徒等，都是些沈綾從未聽見過的爵位官名。

他聽在耳中，心想：「虧得大兄認得這許多人，將他們的官位頭銜都記得清清楚楚的。」側頭望去，見大姊聽得津津有味，不斷低聲向大兄提問。

沈綾這時已不必擔心自己被人瞧見，放寬了心，堂而皇之地跟著家人走入一座寬敞的大堂。只見堂上一片金碧輝煌，兩列數尺粗的堂柱似以純金打造，上嵌各種珠玉寶石，耀目生輝。沈維在父親的示意下，快步趨前，將沈氏名帖遞給立在門邊的贊禮官。贊禮官接過看了，點點頭，高聲唱道：「江左沈君拓暨妻子羅氏，率大郎維、二郎綾、大娘雁、二娘雛，特來向駙馬拜壽，並覲見公主殿下！」唱完後，贊禮官對沈拓一行人拱手道：「沈君、沈夫人，諸位郎君、小娘子，請進。」

沈綾隨著阿爺、主母、兄姊和小妹沿著一條大紅織錦地氈走入大堂，見家人在一道階梯之前跪倒拜下，便也跟著跪倒磕頭，隱約只瞥見堂上並排坐著二人，想來便是駙馬和公主了，但距離甚遠，瞧不清楚他們的面貌。

行禮完畢後，公主在堂上招了招手，沈氏一家便在近侍的引領下登上階梯，向駙馬和公主請安，寒暄家常。公主是個四十來歲的中年貴婦，身上穿的正是出自「沈緞」的大紅珠璣錦罽。她笑吟吟地與沈拓夫婦招呼了，又望向沈雁，笑道：「大娘，聽聞妳就將出閣，嫁入盧府啦！」

沈雁滿面喜氣，上前一步，對公主拜倒為禮，嬌聲道：「多謝殿下金言，阿雁在此叩謝殿下媒妁之恩！」

沈拓也跟著拜倒，陪笑道：「承蒙殿下遣人赴盧府替敝門美言，小女這門親事方得順利說成啊！」

公主笑道：「我可沒有那麼大的面子。盧家乃是漢人世家，這說親的事兒，還得靠咱們瑯琊王尚書從中撮合，那才成得了事。是不是呀？」說著望向一旁的王肅。沈拓和羅氏又趕緊向駙馬王肅恭敬拜倒為謝。

王肅一頭白髮，滿面皺紋，顯得十分垂老滄桑。他咳著嗽，擺手道：「快別多禮！多年前尊君隨我北來，多次不顧自身安危、護衛老夫，忠心耿耿。盧家是江北世家，往年和我王家乃是至交，老夫替大娘去盧家說個親，不過是舉手之勞罷了。況且『沈緞』在京城名聲遠播，經營有成，盧家又怎會不願意與沈氏結親呢？」

沈家雖為絲綢大賈、城中巨富，但並非上品世家。三十多年前，沈拓之父沈譽以屬僚跟隨王肅歸降大魏、定居洛陽，並以經營絲綢發家。然而當時之人不論北魏南梁，都十分注重家世出身；沈家雖富，卻並非歷史久遠的望族世家，此番在駙馬和公主的湊合之意下，沈家大女沈雁方能攀上北方郡姓大族盧氏為親，大大抬高了沈家的地位，可說是個天大的恩惠。范陽盧氏乃是當時士族中的大姓，望族中的望族；盧氏族人在大魏任官者總有數十人，其中不乏高官貴戚。盧五郎雖非出身盧氏最顯貴的一支，但終究是大姓之後，地位頗高；而且這盧五郎年輕俊秀，才氣超卓，勤奮上進，十六歲上便已跟隨叔伯出仕，在朝中擔任中書博士，前途不可限量。

沈拓和羅氏心中自都明白，大女兒的這場婚事，全靠公主和駙馬的說項才能得成，夫婦倆極力向駙馬和公主感恩致謝。

公主擺擺手，笑道：「此事不必多提啦。」笑著對沈雁道：「我孫女兒們在內廳，妳帶著妹妹去跟她們聚聚吧。」

沈雁恭敬答應了，拉著妹妹的手，跟隨公主的侍女進入內廳。兩姊妹與駙馬和公主的幾個孫女兒們原本相熟，幾個小娘子在內廳相聚，年紀大的瑣瑣談心，年紀小的打鬧嬉玩，好不開心。

公主笑著拉起羅氏的手，閒話家常，問起「沈緞」最新的式樣花色；沈拓則恭敬地跪在駙馬身前，聽他述說南方舊事。沈維慎重地跪在父親身後，聆聽長輩交談；沈綾則跪在大兄之後，小心地向四處觀望。自始至終，堂上沒有任何人留意到沈綾，駙馬和公主顯然並未注意到他，更未問起這個沈家次子，而沈氏夫婦似乎也全忘了他們帶了這個庶子前來拜壽，言語中一句也未提及。

待得沈拓夫婦向駙馬公主告辭，沈氏姊妹也從內廳出來，一家人才從側門離開大堂。沈綾亦步亦趨地跟在大兄身後，直到跨出駙馬府邸的大門，這才輕輕地吐了一口氣。他知道在這一刻之後，人們便又能夠見到他了。

沈維偶一側頭，見到跟在自己身後的沈綾，隨即一怔，眨了眨眼，彷彿一時想不起他為何會在此地，隨即神色轉為嚴肅，壓低聲音道：「小弟，你方才可曾乖乖地跟在我身後？可曾有任何不妥之言，無禮之舉？」

沈綾連忙低下頭，躬身道：「大兄，我聽從您的吩咐，從未離開過大兄身旁半步，也未敢有任何不妥之言，無禮之舉。」

沈維微微皺眉，不知為何，他完全想不起在駙馬府中時小弟人在何處，既不記得聽見他說過任何話，也不記得他是否跟在自己身旁，更不記得他是否曾擅自離開，只能姑且相信，點點頭，說道：「那就好。上車吧！」

沈綾乖乖地上了馬車。他不知大兄是否已對自己心生懷疑，但他能夠確知，自己在外頭露面這大半日裡，人們無法見到他的身形，因此他絕對不曾出醜露乖，也絕對不曾丟了沈家的臉。

然而就在這時，聽了長子與沈綾對話的羅氏忽然回過頭，直直向他瞪來；她雙眉豎起，臉上露出毫不掩飾的憎恨嫌惡。沈綾看在眼中，不禁打了個寒戰。

離開駙馬府邸後，羅氏喚著馬夫替自己牽馬過來，陸媬兒快步來到羅氏身邊，低聲道：「姨母！」

羅氏頓時想起早先自己和丈夫爭吵之後，媬兒追出來勸說自己的一番言語，於是揮手讓馬夫將馬牽走，自己坐上了丈夫的馬車。沈拓見妻子棄馬乘車，顯得有些驚訝，卻並未出聲詢問，只命馬夫于叟啟程。馬車之上，夫妻倆對面而坐，不發一言。

駛出一段路後，羅氏首先打破沉寂，說道：「拓郎，不是我蓄意虧待那孩子，只是我一門心思都放在維兒和兩個女兒身上，哪有空閒去照顧他的衣著飲食？想來是家中奴僕知他非我所出，待他輕慢了些，我可是半點不知。你為此怪責我，可是太不公道了。」

沈拓也不願繼續為此事與妻子爭執，畢竟當年是他瞞著妻子娶妾生子，令她羞惱憤怒已極，也難怪她至今無法原諒。這時他伸手握住了妻子的手，也放柔了聲音，說道：「我也有不是之處，不該因此事怪責娘子。但這孩子也是我沈家血脈，我自不免情急關心。妳瞧他今日出得門來，行止算得中規中矩，也沒給咱們家丟臉了，是不？」

羅氏只「嘿」了一聲，不予置評；在她眼中，自己所出的一子二女容貌俊秀過人，舉手投足大方優雅，比那庶出的沈綾體面百倍，全然不可相提並論。至於為何在駙馬府中遇到了不少人，卻無人問起那庶子，也無人留心他上不得檯盤的猥瑣模樣、粗魯低劣的舉止，倒也頗為奇怪。

沈拓顯然不知妻子心中正動的念頭，說道：「方才公主問起我們新製的虎紋紫金緞子，我想帶維兒去一趟總舖，瞧瞧新貨準備得如何了。」

羅氏道：「雁兒說今日想去永寧寺禮佛，不如我帶了兩個女孩兒去一趟永寧寺，我也好向寺主請教佛法。」

沈拓想起沈綾，說道：「那讓綾兒跟我和維兒一道吧！他從未去過總舖，我帶他去那兒轉轉，也好讓他長點兒見識。」

羅氏滿心不願讓那庶子多見世面，更加不願讓他有任何參與「沈緞」經營的念想，當即道：「他年紀小，今日出來久了，想必乏了，我讓車夫送他先回家去吧。」她出言既快速又決絕，顯然並非提議，而是已然打定了主意，更無商量的餘地。

沈拓聽妻子口氣堅決，不願為了沈綾再次與妻子爭執，只好讓步，嘆了口氣，說道：「如此也好。」

夫妻商量妥當後，一行人便在道旁暫止，沈拓和長子沈維共乘一輛馬車，帶了喬五和兩個小奴，前往位於洛陽大市的「沈緞」總舖；兩姊妹聽說母親要帶自己去永寧寺禮佛，都興奮莫名，沈雁當即提議姊妹倆騎馬前去。羅氏疼愛女兒，見丈夫和長子的馬車已去得遠了，便答應了，將自己的馬「踏燕」讓出來給大女兒騎，小女兒沈雛仍騎自己的「踏雪」。姊妹倆好生歡喜，並轡而騎；羅氏自己則坐上沈綾已在的另一輛馬車，去往永寧寺。之前置放壽禮的兩輛馬車已自行歸家，僕婦奴婢乘坐的馬車則載著嵇嫂和于洛、于沱等，跟在羅氏的馬車之後。

沈綾見父親和大兄乘車離去，姊妹又雙雙騎馬，頓覺不知所措；他原本想悄悄坐上僕婢的車子，好避免與主母羅氏同車，但還來不及下車，便見羅氏在陸婇兒的攙扶下上了車，二女在馬車的前座坐定，接著馬車便開始駛動了。

沈綾坐在後座上，不但不敢出聲，連動都不敢動。他心知肚明羅氏對自己厭惡無比，今日更曾為了自己而與父親口角；此時與她同車而坐，自是忐忑不安，彷彿芒刺在背。卻聽羅氏對車夫道：「于叟，你先送我去永寧寺。載那人回家後，再回來永寧寺接我和兩位小娘子。」

于叟不明其意，回頭問道：「載誰回家去？」瞥見沈綾縮在車後，這才恍然道：「喔，娘子要我送二郎回家，是、是。」

羅氏聽了，立即怒斥道：「我要你載那豎子回家，可沒要你叫他甚麼二郎不二郎的！

這兩個字，以後再也別讓我聽見！」

于叟素知主母性情，也深知她對家中這庶子極度厭憎，連忙答道：「是、是。」

沈雒的馬就在母親車旁不遠處，聽見母親吩咐于叟送小兄回家，便趨馬近前，對母親道：「阿娘，大姊說永寧寺的九層寶塔壯觀得緊，不如讓小兄跟我們一塊兒去永寧寺禮佛觀塔，您說可好？」

羅氏聽小女兒竟提議邀那庶子同行，大感不快，眉頭一皺，低聲叱道：「雒兒說甚麼胡話？永寧寺乃是清淨佛地，可不是甚麼人都去得的！」

沈雒年紀尚幼，不甚明白母親話中之意，也不知該如何反駁，見母親不悅，只嘟起了小嘴，策馬回到姊姊身邊，搖了搖頭。

沈雁撇嘴道：「我早跟妳說了，阿娘不可能答應的。」

沈雒聳聳肩，說道：「不試試怎麼知道？阿姊，為甚麼阿娘說永寧寺是清淨佛地，不是甚麼人都能去得的？」

沈雁道：「我怎麼知道？妳自己去問阿娘吧。」

沈雒眼見母親心情不佳，不敢再去惹她，吐吐舌頭，說道：「我才不敢去問阿娘呢。妳不說就算了。」

沈綾坐在馬車後座，聽羅氏不讓自己跟去佛寺，又句句中帶刺，暗示自己地位汙穢卑下，不宜造訪清淨佛寺，只聽得心頭慄慄，一聲也不敢出。

就在此時，街道上忽然飄來一股怡人的芬芳氣味。沈雁四顧張望，果然見到城中最出名的胭脂舖頭「嫣行」就在前方。她眼睛一亮，縱馬來到車旁，說道：「阿娘！『嫣行』就在前頭，我正想添點兒胭脂，我帶小妹去看看，好麼？」

羅氏笑道：「當然好。」

沈雒好奇地問姊姊：「胭脂是做甚麼的？」

沈雁取笑道：「女孩兒家，怎能不知道胭脂是做甚麼的？妳跟我來，讓阿姊帶妳開開眼界。」於是姊妹倆在「嫣行」舖前勒馬而止，先後下馬，一旁的馬夫立即上前接過馬轡，兩人手挽著手跨入「嫣行」，興沖沖地挑選胭脂去了。

羅氏對于叟道：「將車停在路邊，等候兩個小娘子。」于叟應了，拉扯馬轡，命兩匹馬止步。

羅氏並未下車去跟女兒一塊兒挑胭脂，卻留在車上，眼望窗外，自言自語地道：「咱們家這簇新華美的馬車，專程載個豎子回家一趟，也真是難為這車了。」

坐在羅氏身旁一直未曾出聲的陸媃兒，這時亦開口道：「可不是？依我說，更加難為于叟了。」

于叟聽了，不知該說甚麼，只能陪笑道：「娘子，不打緊的。老奴快去快回，一定來得及接娘子和兩位小娘子。」

陸媃兒側過頭來，斜眼望向沈綾，一張月圓臉上沒了平日討喜的笑容，卻充滿了鄙視和冷酷。她淡淡地道：「姨母，您曾說過，人在甚麼樣的地位，便該做甚麼樣的事。于叟是懂得事理的，自然不會介意。」

陸婇兒的這幾句話有如針刺一般，刺得沈綾越聽越坐不住，當下鼓起勇氣，囁嚅地開口說道：「確實……不該讓于叟多跑一趟，不如……不如我這就下車，自己走回家便是……」

羅氏見他乖覺，自己提出願意步行回家，心想：「原也沒有你乘坐馬車的份兒！」當下輕哼一聲，冷然道：「原該如此。」

沈綾頓覺鬆了一口氣，立即跳下車去。

于叟看在眼中，不由得一驚，心想：「這孩子才八歲哪！」低頭望向沈綾，憂心地問道：「二……嗯，你識得回家的路麼？」

沈綾從未出過家門，當然不識得路；但他從僕婦口中得知沈家大宅位於洛陽大市以北的阜財里，也記得方才馬車離開沈宅後，先往南行，經過大市，到了皇城西南角後，便轉而往東；那麼自己只須沿途向西，見到皇城的角落，轉往北行便是。倘若當真尋不得路徑，途中想必也可向人探問大市和阜財里的所在，當下假作自信，點了點頭，說道：「我識得路。」

羅氏皺起眉頭，催促道：「還不快去！」

沈綾明白，她是要自己在大姊和小妹買好胭脂出來之前離開此地，免得讓她們見到了，開口詢問或出言阻止，於是趕緊舉步往前走去。走出丈許後，他重施故技，屏住呼吸，緩緩吐氣；吐完氣後，他回過身來，面對著馬車，但見羅氏正向著自己這邊望來，卻似乎完全見不到他。

坐在車中的羅氏皺眉瞇眼問道：「人去遠了麼？」陸婇兒也往他的方向張望，搖頭道：「應當去遠了吧？見不著人了。」于叟瞇起眼睛，也往沈綾的方向望來，搖頭道：「沒見到人了，可能已轉過街角了吧？」

羅氏撇嘴道：「走了乾淨！」

其實，此時沈綾離馬車不過兩丈遠近，眼睜睜地望著車上的羅氏、陸婇兒和于叟一行。于叟拉著馬韁，不斷地前後觀望，滿面擔憂；陸婇兒身子傾出車外，仍努力在人叢中尋找自己的身影；羅氏臉上則滿是鄙夷厭惡，顯然巴不得那「豎子」就此消失在洛陽街頭，再也不要出現在她的眼前。沈綾能清楚見到羅氏、陸婇兒和于叟的面貌，然而他們雖直直地望向他，卻見不到他的人。此時和早先在駙馬府中那時一般，沈綾有如融化在空氣之中，不但羅氏、陸婇兒和于叟見不到他，連街道上的行人也對他視如不見，從他身前走過，幾乎要撞到他身上。沈綾往後退了一步，縮在一間鋪頭門柱旁的凹陷處，避開來往的路人。

沈綾是在十分偶然的情況下，發現自己擁有能夠讓人見不到的隱身之法。

當沈綾還是個幼童時，照顧他的趙乳娘知道主母羅氏厭惡他，每回見到主母出入行經，便趕緊拉著他躲起來，免得被羅氏見到，會惹來一頓呵斥責罵。因而養成沈綾從小就知道自己應該盡量躲避隱藏，別讓主母見到，不然便將惹上很大的麻煩。

有一回，他獨自蹲在廚房外的天井中玩石子，羅氏剛好帶著嵇嫂來到廚房找掌廚的喬廚娘談論宴客菜色。沈綾來不及躲避，害怕不已，只能僵在當地，屏住呼吸，努力將身子縮成一團，心中默念：「看不見我！看不見我！」

說也奇怪的是，羅氏帶著嵇嫂走過他的身邊時，竟然當真並未見到他。嵇嫂的腳甚至踢到了他的胳膊一蹭，但她只低頭望了腳下一眼，露出懷疑之色，卻視而未見他縮在地上的身形，便跟著羅氏走入了廚房。

沈綾全然不敢動彈，直到羅氏和喬廚娘談妥了宴客菜色，帶著嵇嫂離開，他才吐出一口氣，緩緩站起身來，更因為縮在當地太久，連手腳都麻痺了。

這時趙乳娘來到廚房門口，低頭見到他，斥道：「你跑到哪兒去了？我到處找你，卻怎麼都找不到！」

沈綾心想：「我一直在這兒啊！」卻不知該如何回答，於是便閉嘴不語。

趙乳娘口中碎念著，一把拉起他，推推他的背心，說道：「快回你屋裡去，今晚別再出來了！」

沈綾正要往自己的屋子走去，這時喬廚娘喚住了趙乳娘，探頭出來問道：「趙姊姊！妳醃的那甕蕪菁和白芥泡菜，味道挺香的，可加了甚麼調料啊？」

喬廚娘和丈夫喬五乃是當年跟著老主公沈譽一同北上的南人；喬五長年擔任主人沈拓的親隨，圓面短鬚，身形矮壯，性情老實；喬廚娘則掌管沈家廚房，廚藝精湛，名揚在外。她和丈夫一般矮壯結實，小眼大鼻，一張大圓臉上滿是橫肉，形貌頗為凶惡，平日在廚房裡高聲呼喝斥責，御下嚴厲，要求極高，沈家的僕從奴婢們都怕她三分。其實她本性溫和善良，除了一心做出絕世美味佳餚供主人和賓客享用之外，更無其他希求。

趙乳娘回過頭，對喬廚娘笑道：「那是我家鄉的祕方，醃菜用的酒麴粉是以黃米薄粥和小麥搗碎做成的。下回做時，我叫妳來看著，很容易的！」

喬廚娘笑道：「那敢情好。先多謝妳啦！」

沈綾見趙乳娘跟喬廚娘說起話來，心想自己應當試驗一下，於是再次仿照剛才主母到來時那般，屏住呼吸，心中默念：「見不到我！見不到我！」

等趙乳娘說完話，再次回過頭來時，她略呆了呆，瞇起眼睛，雖直直望向沈綾，卻彷彿看不到他一般，抬起頭四處張望，口中喃喃說道：「小娃子又跑去哪兒了？我才一轉頭，怎地就不見了？難道回自己屋子去了？呔！這小娃子，可真會添亂哪！」口中碎碎念著，逕自走了開去。

從那以後，沈綾便明白自己擁有一種神奇的能力，可以讓人見不到自己：只要他專心一致、屏住呼吸，便能讓自己隱藏起來，令周圍的人都對他視如不見。身為飽受主母嫌棄、全府輕待的沈家庶子，這個能力實在是太管用了，他幾乎每日都須用到幾回，以躲避主母羅氏和她的心腹嵇嫂、婢女陸娖兒等人的目光，同時也盡量避開阿爺、大兄和大姊等沈宅中尊貴的主人們，免得招人注意。

這時，沈綾望著馬車上羅氏鄙夷厭惡的神情，心頭百味雜陳，再望著茫茫前路，身旁儘管人潮絡繹，卻只有他一人淒涼無助，萬般隱忍屈辱緩緩轉化成一股強烈湧起的憤怒和絕望；他始終不明白主母為何如此痛恨自己：「我從未對她做過甚麼壞事，也從未對她說過一句惡言，甚至連見都沒見過她幾回。她為何如此待我？我該怎麼做，才能逃開她的厭惡憎恨？」

他縮在舖頭門柱的縫隙間，身子微微發抖，心中動念：「她想要我永遠消失，這樣她才會快活。我又何嘗不是呢？她倘若永遠消失，我也會快活得多！世間要是沒有她就好了！」然而這個念頭一生起，他便感到心口如烈火灼燒般猛然劇痛起來，疼得他蹲下身去，縮成一團，幾乎喊叫出聲。

就在這時，陸娖兒忽然跳下馬車，朝著沈綾的方向大步走來。

沈綾大驚，心中動念：「莫非她能見到我了？」這時他仍蹲在舖頭之前，全身冷汗直冒，強忍心口疼痛，只能趕緊收攝心神，暗暗警告自己：「不可以，我不可以恨惡別人，不可以冀望他人消失！我必須隱忍退讓，方可生存。」

直到他收斂了內心的憤怒仇恨，胸口的烈火才終於熄滅，劇痛驟輕。陸娛兒這時已來到他面前五步之地，停下腳步，細長的雙眼左右環視，月圓臉上露出困惑之色。她方才明明瞥見了沈綾的身影，怎地一瞬之間，人就又不見了？

沈綾抬頭望向陸娛兒。他只知她是羅氏最親信的貼身婢女，此外對她所知甚少。這時他望著她圓臉上的一雙細眼，淡灰色的眼眸透出一絲奇異的、帶著幾分狠決的精光，心頭直覺生起戒懼之意。他繼續收斂心神，盯著陸娛兒矮小豐腴的身形，直至她緩緩轉身，回到了馬車上。

主母羅氏問道：「見到甚麼了？」

陸娛兒搖搖頭，說道：「是娛兒眼花，沒見到甚麼。人想必已走遠了。」

沈綾望向主母羅氏，見她的神態中仍舊充滿了鄙夷厭惡，但他卻再也不敢對羅氏生起半點仇恨之念。

不多時，沈雁和沈雒姊妹買好了胭脂，言笑晏晏地走出舖頭，來到馬旁。沈雒往馬車上望了望，疑惑問道：「咦，小兄呢？」

羅氏淡淡地道：「他說要去街上逛逛，買個甚麼玩意兒，我說我們不等他了，待于叟送我們去永寧寺後，再回來接他便是。胭脂買到了麼？」

沈雁和沈雒姊妹並未起疑，沈雁笑著道：「買到啦！貨色極好，回家給阿娘試試！」

羅氏一笑：「我們這便去永寧寺吧。于叟，上路！」

姊妹各自翻身上馬，並轡而行，興高采烈地談論著方才挑撿的胭脂，全然不知她們同父異母的兄弟沈綾此刻就站在不遠處的街角，眼睜睜地望著她們離去。

于叟又往沈綾消失的方向望了一眼，仍舊見不到他的身影，不敢多說，只能按下心中擔憂，口中作哨，揮動馬鞭，催馬前行。沈雁和沈雒姊妹騎著兩匹駿馬，與華麗的沈家馬車一齊馳過大街。一車二馬往北馳去，從東南角的開陽門進入皇城，轉而往西，來到皇城中央的大道銅駝街，逕往北去。

塵埃飛揚中，只留下一個身穿過大絲綢衫褲的八歲庶子，孤獨地站在洛陽城的街頭，強忍著不讓淚水溢出眼眶。

注　王肅出身瑯琊王氏，乃東晉權臣王導之後代。他因父親王奐遭齊武帝處死而叛齊降魏，為魏孝文帝所重用，為與建洛陽城出謀畫策，受封尚書及成為駙馬等情，大抵依照史實。然王肅死於魏世宗景明二年（501年），終年三十七歲，並未能活到故事開始的北魏孝明帝孝昌二年（526年）。

第三章　永寧

洛陽皇城中央，御道銅駝大街上，一輛裝飾華麗的馬車快馳而過，馬車後座坐著一位中年貴婦，身旁坐著一個年輕侍女。車旁二馬並轡而騎，左邊馬上乘著一個十三、四歲的少女，容色清麗絕俗，嬌媚無儔；她身穿絳色冰羅霧縠長裙，腰間束著水綠繡纈腰帶，纖腰細細，體態婀娜，神態悠然自得；右邊馬上乘著一個六、七歲的女孩兒，圓臉大眼，頭紮雙辮，一身桃紅繡花綢緞衫褲，睜著一雙黑白分明的杏眼，好奇地觀望城中景物。

街上行人見到那華麗馬車和兩匹駿馬，都爭相探頭張望，交頭接耳地道：「看哪，那不是洛陽城出名的『沉魚落雁』麼？」「沈家大娘，當真美如天仙，羞花閉月啊！」

那身穿絳色羅裙的美貌少女，正是沈家大娘沈雁。她因容貌艷麗出奇，小小年紀便在洛陽城中贏得了「沉魚落雁」的美號。上月方與范陽盧氏家族中的盧五郎定親，郎才女貌，可說是城中人們廣受談論、最最引人稱羨的婚事。此刻的沈雁容光煥發，喜氣洋洋；當日一家人赴駙馬府拜壽後，母親羅氏特意帶著兩個女兒赴永寧寺上香，禮佛還願。

沈家馬車沿著御道往北馳去，在抵達皇宮前閶闔門之前轉而往西，行出約莫一里，便來到了永寧寺的大門之外。車夫于叟勒馬停車，羅氏的侍女陸婇兒當先跳下車，在車旁擺好銀製踏凳，服侍主母下車。沈雁和沈雒各自翻身下馬，身手俐落；她們的侍女于洛和于沱上前接過了兩匹馬的馬韁，牽去交給跟車的少年馬夫小婁。小婁牽著兩匹馬，于叟驅著車，來到寺旁的馬廄；永寧寺慣常接待高官貴宦，寺旁備有寬敞的馬廄，並有專職馬夫負責照料。于叟和小婁將馬和馬車驅到空地上後，便有寺中馬夫趨上前來，接過兩位小娘子的駿馬，牽入馬廄，餵飼水草，刷洗毛皮；另有馬夫取來水草，餵飼趕車的兩匹馬。

沈雒站在永寧寺大門之外，仰頭觀望寺中高塔，小口微張，滿面驚嘆，喃喃說道：「這麼高的塔，可是怎麼造起來的呀？」

沈雁微笑道：「這塔落成時，我才剛滿三歲。阿爺說，那時他曾抱著我來看永寧寺塔的落成大典，但我當然甚麼都不記得啦。之後阿爺又帶我來過幾回，每回香客都多得很！有一年的四月八日佛誕，整個洛陽城的仕女似乎全都聚集在永寧寺了，前來拈香禮佛的人有將近五萬。如今一轉眼就是十年啦，我每回見到這永寧寺塔，仍不禁讚嘆匠人的鬼斧神工。」

羅氏也仰頭觀望，說道：「這永寧寺塔，可是我們洛陽城的一大奇觀。來，我們快入寺禮佛吧。」挽著兩個女兒，走入寺門。

羅氏和二女才跨入永寧寺大門，便有一名面貌端正的中年知客僧快步上前迎接，問訊行禮道：「沈夫人、沈大娘、沈二娘，恭迎諸位造訪本寺，快快請進！」

洛陽城的皇親國戚、巨賈大富多為虔誠佛徒，沈家身為洛陽城數一數二的絲綢商賈，長年供奉、布施多間佛寺，亦是永寧寺的大施主之一。沈家僕人已預先來寺中通報，知客僧得知沈夫人和二位小娘子要來上香，早在門口等候多時。這知客僧對母女三人自是客氣禮遇非常，見沈雒不斷抬頭仰望永寧寺塔，便笑吟吟地問道：「二娘可是第一回造訪本寺？」

沈雒點了點頭。

羅氏笑道：「妳年紀還小的時候，我帶妳來過幾回，妳都不記得了麼？」

沈雒搖頭道：「我一點兒也不記得了。」指著佛塔問道：「請問師父，這座塔究竟有多高啊？」

知客僧笑了，指著寺塔頂端，說道：「我們永寧寺塔共有九層，每層十丈，共九十丈；再加上金頂，全高一百丈，在洛陽城一百里外便能望見此塔。」

沈雒又問道：「這麼高的塔，是誰建的呀？」

知客僧合十答道：「永寧寺乃當今胡太后親下懿旨所建。」

沈雒抬頭望著塔頂，又問道：「塔頂上那金光閃閃的事物，是甚麼啊？」

知客僧如數家珍，回答道：「塔頂之上，是一只純金寶瓶，可容二十五斛甘露；寶瓶下有十一重承露金盤，周圍遍懸金鐸。二娘可見到麼？塔頂上有四道鐵鏁，伸向寶塔的四角，鏁上掛著金鐸，每只鐸都有石甕大小。佛塔的角落也懸掛著金鐸，上下共有一百三十只。」

沈雒嘖嘖稱奇，說道：「當真有一百三十只？」伸手指去細數，但距離遙遠，金鐸眾多，隨風搖蕩，自然難以數清。

知客僧笑道：「二娘若喜歡數數兒，不妨試數塔上的金鈴兒。佛塔九層四面，每面各有三門六窗，門上各有五行金鈴兒，每行十枚，因此共有金鈴兒五千四百枚。」

沈雒聽說有五千多枚金鈴兒，知道自己絕對數不完，吐吐舌頭，讚嘆道：「竟有這麼多的鈴兒！」這時微風吹過，數千枚金鈴叮噹作響，清脆悅耳，姊妹倆只聽得心曠神怡，相視微笑。

知客僧笑道：「沈夫人、兩位小娘子，三位不妨先入主殿禮佛，之後寺主有請夫人入法堂稍坐，品嘗本寺上好的酪漿；小僧可領兩位小娘子慢慢參觀敝寺各處殿堂，禮拜諸佛菩薩。」

羅氏點頭道：「如此甚好。我原有幾件俗事，想請寺主大師指點迷津。」

這時侍女陸婇兒和于洛、于沱早已備妥香花果燭，母女三人在知客僧的引領下，進入大殿禮佛。這永寧寺的主殿極為壯觀，殿高三丈，當中供著一尊丈八高的金佛，旁邊立著十尊次高的金像，另有繡珠像三尊、金織像五尊、玉佛二尊，都裝飾得金碧輝煌、光彩奪目。羅氏禮佛之後，便隨另一位知客僧去參見寺主，陸婇兒跟隨羅氏而去，于洛和于沱則留下陪侍兩位小娘子。

姊妹二人留在大殿中，在各尊佛像前燒香禱祝，供奉花果。沈雒見姊姊跪在蒲團上，閉上眼睛，口中念念有詞，忍不住低聲問道：「阿姊，妳向佛祖祈求甚麼？」

沈雁睜開眼睛，對妹妹一笑，說道：「我向佛祖祈求三事。第一，願阿爺阿娘身體健康、長命百歲。」

沈雒點頭道：「好，我也祈求這個。」也跪上蒲團，閉上眼睛，默默祝願了一陣，又睜眼問道：「第二事呢？」

沈雁道：「祈求佛祖，保佑『沈縀』生意興隆，大兄事業有成、繼承家業。」

沈雒聽了，立即道：「怎麼只祝願大兄事業有成？還有小兄呢！我們可不能忘了小兄。是了，我要祝願大兄和小兄都事業有成、繼承家業。」

沈雁微微蹙眉，沒有答腔。

沈雒閉眼祈禱了一會兒，想起一事，又道：「對了，我還要求佛菩薩保佑，讓我家的蠶兒長得又快又大，吐出的絲又白又細。」她睜開眼，抬頭望向姊姊，又問道：「那第三事呢？」

沈雁微笑道：「願佛祖保佑，讓小妹雒兒有段美滿姻緣。」

沈雒微微一呆，說道：「我？美滿姻緣？那還早得很呢！阿姊怎地不為自己祈求美滿姻緣，卻要幫我祈求？」

沈雁嫣然笑道：「我已經定了親啦，還需要祈求甚麼？我的姻緣啊，可不能更加美滿了！」

沈雒嘻嘻一笑，說道：「阿姊說得是。聽人說盧家五郎生得無比英俊，我可真想瞧瞧哩！」

沈雁沒想到妹妹小小年紀，也懂得看人家男子俊不俊，暗暗莞爾，表面上卻板起面孔，低聲輕斥道：「佛祖面前，不可胡言！」心底卻也不禁得意，伸手執起妹妹的手，說道：「我們走吧！」

兩人在大殿禮完佛之後，便跟隨知客僧在寺中遊覽觀賞各處殿堂園林，每到一座佛殿，知客僧便詳細介紹該殿所供的諸佛菩薩、裝潢用料，以及種種佛典故事，並讓姊妹獻花禮佛，呈奉香油供養。如知客僧所言，這永寧寺乃是當朝胡太后於十年前親自下令所建，為了彰顯大魏國力強盛、天下太平，胡太后傾全朝財力，建起了當世最高的百丈永寧佛塔，鑄造了主殿中舉世罕見的丈八金佛，整間寺院處處雕樑畫棟，鑲金嵌銀，極盡奢華。

在永寧寺中參訪觀賞了一圈後，姊妹倆打算去寺主法堂與母親會合。這時知客僧問道：「請問兩位小娘子，可去過景樂寺麼？」

沈雒好奇地道：「景樂寺？沒去過。那景樂寺，難道能比得上永寧寺麼？」

知客僧笑道：「景樂寺雖不如我們永寧寺華嚴壯闊，卻也大有可觀之處。景樂寺乃是一間尼寺，由已故清河王所建，位於閶闔門南，御道之東，與永寧寺東西對望。先帝駕崩後，太后與清河王共掌朝政，因此兩位各自興建的佛寺隔著御道，遙遙相對。」

沈雁並未聽過這段往事，大感興味，連忙催促道：「我竟不知道這段往事！請師父繼續說下去。」

知客僧續道：「景樂寺初建之時，曾在洛陽掀起一陣轟動。太后所建的永寧寺以九層高塔、裝飾華貴聞名，清河王所建的景樂寺卻以佛像雕刻之精美細緻、殿堂之清淨幽雅冠群。景樂寺中的殿堂間間相連，庭院中栽種著細枝楊柳和各色花卉，美不勝收。每逢六齋日，清河王便命女伎在寺中奏樂，以歌舞獻供，整間寺院樂聲繞樑，舞袖翩翩，歌聲清越，舞姿絕美，直令觀者以為置身天界！景樂寺因是尼寺，男子不得進入，因此只有皇親國戚、高官巨賈的女眷才得入內。最盛之時，城中仕女皆以能入景樂寺聆賞舞樂為無上殊榮。」

姊妹二人聽了，都悠然神往，沈雁道：「若有幸觀賞寺中女伎歌舞，那可真不枉此生了！」沈雛則道：「只有女眷得入？幸好小兄沒來，不然他可進不去了。」

知客僧笑著搖頭，說道：「那是許多年前的事了，現今的景樂寺啊，早已不復往年盛況啦。幾年之後，逆首元乂和宦官劉騰反叛，幽禁了太后，誣陷清河王謀反，將其殺害，景樂寺便逐漸衰落下去。寺禁於是放寬，一般百姓都可自由出入景樂寺，禮佛參拜。寺中變化甚大，如今可與當年全不相同了。」

沈雛喜道：「那可好了，下回我們帶小兄一塊兒來！」

沈雁白了她一眼，說道：「妳別插嘴，讓師父說下去。請問師父，您說變化甚大，不知有何變化？」

知客僧道：「請聽小僧說來。清河王遇難後數年，也就是在今年初，太后重奪政權，賜死元乂。然而清河王人死不能復生，太后悲悼之下，下令厚葬清河王，謚號文獻。之後清河王之弟汝南王接管景樂寺，一番修整後，將其改頭換面，成了洛陽城中最大的雜技場。汝南王搜羅各種珍禽異獸，養在寺中，讓牠們恣意於殿庭奔跑飛翔，又請了大市以南調音里和樂律里中的高妙樂伎，不時來寺中演奏絲竹、謳歌清唱，供百姓聆賞。景樂寺從此變得熱鬧非凡，百姓往往燒香禮佛後，便留下聆聽樂音，觀賞種種珍禽異獸。這半年來，寺中甚至添了種種戲法奇術表演，每回演出，總能吸引成千上百的民眾前去觀看。今日午後便有一場奇術表演，兩位小娘子既已來到永寧寺，何不去景樂寺看場戲法呢？」

沈雒聽說有奇術戲法可看，頓時雙眼發光，拉著姊姊的衣袖，叫道：「大姊，我要看！我要看！」

沈雁心想既然出門了，能去看場雜技也是有趣，便道：「我們得去請問阿娘，須得阿娘同意才行。」

於是姊妹來到寺主法堂，找到了母親，央求母親帶她們一塊兒去景樂寺看雜技。羅氏見女兒們如此有興致，當下便答應了，母女三人在知客僧的陪同下出了永寧寺。景樂寺雖位於御道對面，但步行卻也十分遙遠；母女各自上馬和馬車，橫跨御道，馳往城東的景樂寺。不一會兒，三人在景樂寺前下馬下車，進入寺門；但見正殿前好大一片空地，空地中間搭了個棚子，棚前有扇黑色圍屏，屏前放了五只大水缸，裡面盛滿了水，不知有何用途。空地周圍搭起高臺，擺了上百個座位，看來這兒便是戲法表演的所在了。

羅氏和女兒先入景樂寺的正殿禮佛，上香、獻花、供養，並命侍女陸娞兒和于洛等去張羅座位。不多時，母女禮佛出來，陸娞兒已替她們在觀臺正中安派了最好的座位，母女走上觀臺階梯，在錦緞坐墊上落坐。大魏由鮮卑人建國，保有胡人風俗，婦女的地位和男子不相上下，不但太后可以掌政，一般婦女日常出門採買、飲食、禮佛、看戲，並無任何限制。

母女坐定之後，不多時，便有一名黑衣人從黑色的圍屏後轉出，因衣衫和圍屏都是黑色，最初只見到這人一張蒼白的臉。這人臉色不但毫無血色，而且極其瘦削，眉目醜怪。沈雒見了，驚呼一聲：「阿姊，妳瞧！那人的長相可真古怪！」

沈雁低聲道：「可不是？偏又穿著黑衣，衣衫和圍屏都是黑色，幾乎看不見他的人了。」

羅氏問道：「這就是表演戲法的術士麼？」

陸娞兒跪在羅氏身後，回答道：「我聽寺中管事說道，今兒表演術法的是位黑衣術士，想來就是這一位了。」

但見那黑衣人向觀眾團團一拱手，高聲說道：「各位貴客施主請了！小人今日出來獻醜，給貴客們表演幾樣看家本領。諸位要不滿意，儘管指著我斥罵，小人誠心接受指教。要是滿意了，小人不要多，只請貴客們一人給一個錢子就夠了。」他一出場便頗具架勢，這番話說得中氣十足，抑揚頓挫，清楚嘹亮，在場眾人聽了，都鼓掌吆喝起來。

黑衣術士等群眾靜下之後，舉起雙手又一作揖，說道：「承蒙諸位貴客抬舉，承謝，承謝！今兒小人定要讓貴客們滿載而歸！」話才說完，他的身子忽然騰空飛起，沖天數丈之高。眾人驚呼聲中，但見那黑衣術士在空中翻滾飛舞，一時往東，一時往西，如同一隻黑鳥一般，在半空中擺出種種姿態。眾人都看得目瞪口呆，采聲不絕。

沈雒驚奇地對沈雁問道：「大姊，他怎能在空中這麼翻騰飛舞而不落下呀？這是武術麼？」

沈雁懷疑道：「這想來不是武術吧？武術再高，也不可能在半空中飛翔呀！我猜他是用繩子吊著的。」

姊妹仔細觀望，果然見到黑衣術士的上方有數條極細的絲線吊著，細線的一端懸掛在四方更高的竹柱之上。即便看出了端倪，但這術士能夠靠著幾條細線牽扯，便在空中飛舞自如，有如飛鳥，這番巧技也著實驚人。

沈雒忽然留意到那幾缸水，說道：「阿姊妳看，那缸裡的水怎地在翻滾，好似有火在烹煮一般？」

沈雁也往水缸看去，皺眉道：「是麼？可能這兒觀眾多，大夥兒拍掌踏地，地面震動，因此令水缸裡的水起了波瀾吧？」

沈雒聽了覺得有理，點了點頭，便也沒有再留心，又抬頭望向那黑衣術士，見他仍在空中來回飛舞不止。

就在眾人看得目不暇給時，那術士忽然消失不見了。觀者都驚呼一聲，紛紛詢問：「人呢？人呢？」

沈雛驚詫地站起身，四面張望，尋找那術士的身影，但那術士卻似隱形了一般，再不見影蹤。

過了不過幾眨眼的工夫，正當人群開始騷動，彼此詢問人究竟去了哪兒時，忽聽空中傳來一陣哈哈大笑，接著那術士驟然出現在半空之中，一身黑衣襯著背後的青天，顯得格外鮮明扎眼。觀眾都又驚又喜，歡呼起來，鼓掌如雷。

掌聲喝采之中，黑衣術士又在空中盤旋飛舞了一會兒，才緩緩落地，一落地便向四方抱拳為禮。五、六個黑衣小童從黑色圍屏中冒出，想是這術士的學徒，各自持著陶缽，在人群中接受賞錢。

沈雛興奮地對母親道：「阿娘，我們也賞一些吧？」

羅氏也看得目眩神馳，對這術士的演出十分心服，從腰間的繡囊中取出一貫五銖錢，待一個黑衣小童經過面前，便放進缽中。小童見這位貴婦出手闊綽，連忙眉開眼笑地道謝。

小童們收完了賞錢之後，便紛紛回到黑色圍屏之後。那黑衣術士在場中立定，從懷中取出一顆棗子，高高舉起，在觀眾面前一晃，口氣神祕地道：「各位方才都已見到，小人略識飛翔之術。這是小人剛剛從白馬寺果園中摘得的棗子，諸位貴客想必都嚐過吧？」

眾人皆知，洛陽白馬寺以果實甜美聞名天下，尤以荼和蒲萄最為出名，實大而味美，奇甜如蜜。每當果子成熟時，皇帝往往下旨命寺僧摘取，送入皇宮，供宮中食用，有時也用以賞賜宮人。御賜的白馬寺果子珍貴異常，宮人往往捨不得吃，一收到皇帝的賞賜，便趕緊送出宮去餽贈親友；收到的親友也不捨得吃，又趕緊分送出去，因此白馬寺的果子往往轉送數家，直至熟到不能不吃了，才終於有人留下享用。

這時術士手中持的那枚棗子，望上去碩大色深，似乎當真出自白馬寺的果園，也未可知。觀眾中頗有人不信，正懷疑議論間，術士將棗子湊在口邊咬了一口，大聲咀嚼，讚嘆道：「甜啊，真甜！各位貴客請瞧，味美多汁，這白馬寺的棗子果然不同凡響。別處果園長的棗子，可絕對比不上啊！」

眾人見他大口吃棗，都不禁饞涎欲滴。但見術士三兩口便將棗子吃完了，只剩下一個棗核兒。他將棗核兒托在手掌心中，高高舉起，說道：「白馬寺的棗兒，堪稱天下奇珍之一。若不與諸位貴客分享，豈是待客之道？好在這兒還有一粒棗核兒，不如小的種下這棗核，讓棗樹快快長大、快快結果，好請各位吃吃甜美的棗子。諸位貴客，您們說可好？」

他這一問，眾人自然大聲叫好，但誰也不信他能當場種出棗子來。一人高聲叫道：「等你長出棗樹，結出棗子，不知要等到何年何月，我們可吃不到啦！」

術士擠眉弄眼，連連搖手，說道：「不須等到何年何月！小人立即種，棗樹立即長，棗子立即結，貴客們立即便吃。各位信是不信？」

眾人都哄然叫道：「不信！」

術士哈哈大笑，舉起手，一個黑衣小童走上前來，遞給他一把插子；術士持插子在土地上，挖了個數寸深的坑兒，將棗核兒小心翼翼地放了進去，又用插子將泥土填上；接著術士走到一只水缸之前，舀了一瓢水，回到方才埋下棗核之處，將水灑在土地上。

沈雒見了，拉拉姊姊的衣袖，說道：「阿姊，那水定有甚麼古怪。」

沈雁道：「種樹總須澆點兒水，有甚麼古怪的？」

但見術士來回走了五次，每次都從不同的水缸中舀水，灑在剛剛種下棗核的土地周圍。

眾目睽睽之下，只見術士閉上雙眼，雙手捏成古怪的手勢，口中喃喃念咒，繞著種下棗核之處走了一圈，接著又是一圈。等他走到第三圈時，靠近場心的觀眾忽然紛紛驚呼起來！但見方才棗核種下之處，一棵小小的苗兒竟從土地中冒了出來，接著越長越高，不一會兒就長到了膝蓋高度；術士每繞一圈，那苗兒便繼續往上長，開始抽枝長葉，一轉眼已長得比術士還高了，枝葉茂盛，當真是一棵棗樹！術士繼續圍著那棵棗樹繞圈子，口中咒語越念越響。眾人只看得目眩神迷，驚噫聲中，樹上很快地便開滿了花，緊接著結出了一粒粒果子，迅速長大，顏色轉深，形狀和術士方才吃下的棗子一模一樣。

這時術士終於停下腳步，睜開眼睛，抬頭望向那棵樹，露出詫異之色，驚呼一聲，跳開兩步，好似完全沒料到身旁會出現一棵棗樹。眾人明知他是假裝的，見他神態滑稽，都不禁大笑起來。

術士望著那棗樹，拍拍腦袋，又拍拍胸口，說道：「哎呀，師父教給我的術法，我可沒全忘光了！好險哪好險！」觀眾又是大笑。

術士揮手召喚那五、六個小童近前，說道：「徒兒們！今兒景樂寺眾貴客大大捧為師的場，為了感謝諸位貴客，快來摘下棗子，請諸位貴客品嘗吧！」

眾人聽了，都高聲歡呼，爭著叫道：「我要，我要！」

但術士環望一周，皺起眉頭，說道：「我使法術時可沒留心，原來咱們景樂寺有這麼多的施主啊！但小人這兒只種了一樹棗子，可不夠請所有的貴客吃。不如這樣吧，頭十個棗子，小人願奉送給場上年過七十的老叟老嫗。剩下的麼，這棗子出自白馬寺，可謂無價之寶；但今日既與各位有緣，小人就算便宜些，一粒五十錢，算是跟各位結個善緣吧！」

眾人聽了，都認為十分值得；白馬寺的棗子昂貴無比，一粒只賣五十錢，那可是大大的賤賣了。京師傳言：「白馬甜榴，一實直牛。」那是說白馬寺的一顆果子，價值和一頭牛相等；在場者聽術士只要五十錢，那可實在是太便宜了，都紛紛叫好。

於是黑衣童子們紛紛爬上樹，摘採棗子，放在籃子裡，先取了十個奉給場邊的古稀老人，接著便在人群中兜售。

沈雁和沈雒眼見棗樹當場長出、棗子當場結成，都驚奇不已。沈雒對羅氏道：「阿娘，我們買幾個吃好麼？」

羅氏點點頭，再次掏出錢，給了黑衣童子一百五十錢，買了三粒棗子，母女三人分別吃了，入口確實香甜多汁，但也說不準是否當真出自白馬寺的果園。然而一百五十錢買三粒棗子，畢竟不算貴，三人也感到滿意了。

兜售完棗子後，那術士對眾人一抱拳，說道：「多謝各位貴客賞面！小人倚靠家祖傳授的術數，在諸位面前獻醜了。今日表演到此完畢，多謝眾貴客捧場。下月七日，景樂寺再會！」

羅氏聽他說到「家祖傳授的術數」，忽然心中一跳，腦中浮出一段童年的回憶，令她不禁微微皺眉。

那黑衣術士說完後，便領著一眾黑衣小童，一齊向觀眾團團拜下為禮，接著往後退去，消失在那道黑色屏幕之後。

景樂寺的戲法結束後，人潮逐漸散去，母女三人也步出了景樂寺，羅氏和陸媃兒回上于叟的馬車，姊妹也各自騎上了自己的馬。

于叟問道：「娘子，今兒還去總舖麼？」

羅氏平時每日都要去位於洛陽大市的「沈緞」總舖，處理驗貨、查帳、會客等種種事務。她今日原本有心去舖裡挑幾疋新製綢緞給雁兒做嫁裳，口中正想說「是」，但想起早先和丈夫爭吵，又知道丈夫和長子此時正在總舖中看貨，心想不如避開不去了；而且她不知為何有些頭暈，於是說道：「今兒不去了。我和小娘子們一道回家吧。」

于叟答應了，姊妹倆早已騎在馬上，去得遠了。羅氏擔心女兒，吩咐道：「派個馬夫跟在小娘子們身邊，小心照看著。」

于叟答應了，對少年馬夫小婁道：「快跟上兩位小娘子，幫忙照料著。」小婁應了，快奔而去，追上兩位小娘子的馬。

羅氏坐在馬車後座，感到頭昏得緊，於是靠著車窗，閉目歇息。

沈雒此番出門給駙馬拜壽，之後不但造訪了永寧寺的高塔和佛殿，又目睹了景樂寺術士的幻戲，心情大好，回家的路上，和阿姊並轡緩緩而騎，咭咭格格地說個不停。

沈雁趁她高興，說道：「小妹，有句話，阿姊一直想跟妳說。」

沈雒聽阿姊口氣端肅，收起笑容，轉頭望向沈雁，說道：「阿姊要說甚麼？可是……跟小兄有關？」

沈雁見她年紀雖小，卻聰明剔透，一下便猜到了自己想說甚麼，於是直截了當地道：「不錯，我要說的事正和小弟有關。小妹，小弟本身沒甚麼不好，但他是庶子，阿娘不待見他，妳別老為了他頂撞阿娘，讓阿娘不高興。」

沈雒嘟起嘴，爭辯道：「我又不是故意頂撞阿娘，讓阿娘不高興。實在是阿娘對小兄太苛刻了！大兄小兄，都是阿爺的兒子，也都是我的兄長。阿娘待他這麼不好，我當然得多幫著小兄啊！」

沈雁娥眉微皺，心知小妹這番話說得合情合理，甚難反駁；但她身為長姊，不能放任小妹一意孤行，令父母煩心，於是說道：「阿爺難得回家，妳千萬別在他面前說起阿娘和小弟的事，徒令阿爺不快。」

沈雒質疑道：「那阿爺不在家時呢？妳也知道，阿爺一年總有八、九個月出門在外，難道那段時候，小兄就只能任由阿娘冷落苛待？連阿爺在家時，我也不能跟阿爺提起？」

沈雁道：「話不是這麼說。阿爺在家時，一切有阿爺作主，他自能妥善照顧小弟。再說，小弟乃是庶出，阿娘不待見他，那也是自然之事。」

沈雒問道：「庶出又怎麼了？」

沈雁想起小妹只有七歲，只能耐心地解釋道：「小妹，我們大魏通行一夫一妻，阿爺只有一個妻子，那就是阿娘。」

沈雒點頭道：「這我當然知道。」

沈雁續道：「庶出的意思，就是並非正妻所生的孩子。也就是說，小弟不是阿娘親生的，而是他人所生。」

沈雒嘟起嘴，說道：「阿姊，妳當我是三歲娃娃麼？我當然知道小兄不是阿娘親生的，但他也是阿爺的兒子啊！」

沈雁沒好氣地道：「妳既然知道，那又為何問個不停？」

沈雒側過頭，又問道：「那小兄的阿娘是誰？她人又在哪兒？」

沈雁微微皺眉，遲疑一陣，才搖頭道：「我也不知。」

沈雛追問道：「阿姊，妳比小兄大上五歲，小兄出生時，妳也只比我此時小上兩歲而已，應當已經懂事了，怎會不知呢？」

沈雁不知該如何回答，只能正色道：「小妹，關於小弟的阿娘，咱們阿爺阿娘都不願多說，這是大人的事兒，妳就別多問了。知道麼？」

沈雛聽她說得嚴肅，只好點點頭，說道：「我知道啦。我不多問就是。」

沈雁鬆了口氣，說道：「妳乖乖聽阿爺阿娘的話。阿爺幾日後又要出門了，我可不想見到阿爺阿娘再次爭吵。」

沈雛一扁嘴，說道：「我不喜歡阿爺出門。」

沈雁驅馬湊近前，伸手拍拍小妹愛馬「踏雪」的頸子，笑道：「我們家做的是絲綢買賣，阿爺和大兄經常出門是免不了的，但家裡還有阿娘和我呀！」

沈雛聞言，竟傷心起來，淒然說道：「阿姊，那妳出嫁以後，我怎麼辦？」

沈雁聽小妹這麼一問，心中也是一酸，只能安慰道：「乖乖小妹，大姊出嫁以後，還是會常常回家來探望妳的。」

沈雛抹去眼淚，忽然感到一滴雨水落在臉頰上，她「啊喲」一聲，抬頭望天，叫道：「要下雨啦！」

沈雁也抬頭望天，自言自語道：「阿爺和大兄去了大市總舖，但盼他們別遇上大雨才好！」

就在沈雁和沈雒姊妹望天之時，頭上忽然傳來一陣動人心魄的呼嘯之聲，卻是天際颳起了一陣狂風，周圍路人紛紛尖呼起來，都不知這陣狂風從何而起。狂風剛過，便聽得身後遠處傳來一聲巨響，彷彿平地忽起巨雷，震得地面不斷搖晃，姊妹倆的馬受到驚嚇，都人立起來，雙雙驚叫出聲。虧得馬夫小婁反應甚快，及時抓住了兩匹馬的馬韁，才沒讓馬狂奔亂跳；也幸得二女慣常騎馬，馬術精湛，立即伸手抱住了馬脖子，穩住身形，才未曾從馬上跌落，但皆已嚇得花容失色。周圍路人更是驚疑不定，面面相覷，議論紛紛，不知究竟發生了何等劇變。

沈雁定下神來，回頭往東方望去，說道：「聲音似乎是從永寧寺那兒傳來的。」

沈雒又是驚異，又是好奇，說道：「阿姊，我們回永寧寺去瞧瞧！」

伴隨兩姊妹的馬夫小婁是個十多歲的小伙子，身形雖高大結實，膽子卻甚小；他被那怪風巨響嚇得渾身哆嗦，這時聽沈雒說要回去永寧寺，連忙顫聲叫道：「二娘，萬萬不可啊！主母命我盡快送二位小娘子回家，我們這便趕緊回家吧！再說，主母的馬車就在後面，她若見到妳們騎馬回頭，定要阻止的。」

沈雁素來深思熟慮，不似妹妹那般天真大膽，當下也勸道：「去不得。永寧寺那兒不論出了甚麼事兒，此刻想必亂成一片，人人爭相逃跑，人擠人的，定然危險得緊。我們快回家吧！」

沈雒聽大姊之言，只得點頭同意。

馬夫小婁鬆了口氣，於是放脫馬韁，讓兩位小娘子策馬起行。

注

永寧寺和景樂寺是北魏洛陽城中最顯赫的兩座寺院，故事中對兩寺的描述主要參照《洛陽伽藍記》。《洛陽伽藍記．卷一》對永寧寺有非常詳細的記載：「永寧寺，熙平元年靈太后胡氏所立也，在宮前閶闔門南一里御道西。中有九層浮圖一所，架木為之，舉高九十丈。上有金剎，復高十丈；合去地一千尺。去京師百里，已遙見之。初掘基至黃泉下，得金像三十軀，太后以為信法之徵，是以營建過度也。剎上有金寶瓶，容二十五斛。寶瓶下有承露金盤一十一重，周匝皆垂金鐸。復有鐵鏁四道，引剎向浮圖四角，鏁上亦有金鐸。鐸大小如一石甕子。浮圖有九級，角角皆懸金鐸，合上下有一百三十鐸。浮圖有四面，面有三戶六牕，並皆朱漆。扉上有五行金鈴，合有五千四百枚。復有金環鋪首，殫土木之功，窮造形之巧，佛事精妙，不可思議。繡柱金鋪，駭人心目。至於高風永夜，寶鐸和鳴，鏗鏘之聲，聞及十餘里。」

「浮圖北有佛殿一所，形如太極殿。中有丈八金像一軀，中長金像十軀，繡珠像三軀，金織成像五軀，玉像二軀。作工奇巧，冠於當世。僧房樓觀，一千餘間，雕樑粉壁，青璅綺疏，難得而言。栝柏椿松，扶踈簷霤，藂竹香草，布護堦墀。」

關於景樂寺的描述如下：「景樂寺，太傅清河文獻王懌所立也。閶闔南，御道西望永寧寺正相當。寺西有司徒府，東有大將軍高肇宅，北連義井里。義井里北門外有桑樹數株，枝條繁茂。下有甘井一所，石槽鐵罐，供給行人，飲水庇蔭，多有憩者。」

「有佛殿一所，像輦在焉。雕刻巧妙，冠絕一時。堂廡周環，曲房連接，輕條拂戶，花蕊被庭。至於六齋，常設女樂，歌聲繞樑，舞袖徐轉，絲管寥亮，諧妙入神。以是尼寺，丈夫不得入。得往觀者，以為至天堂。及文獻王薨，寺禁稍寬，百姓出入，無復限礙。」

「後，汝南王悅復脩之。召諸音樂，逞伎寺內。奇禽怪獸，舞抃殿庭。飛空幻惑，世所未覩。異端奇術，總萃其中。剝驢投井，植棗種瓜，須臾之間，皆得食之。士女觀者，目亂精迷。自建義已後，京師頻有大兵，此戲遂隱也。」

第四章　墜瓶

卻說沈拓帶了長子沈維，乘馬車去往位於洛陽大市的「沈緞」總鋪。

沈拓出生於南方京城建康，乃是長子，下面還有幾個年幼的兄弟。其父沈譽追隨主公王肅歸降大魏、定居洛陽時，沈拓年方十歲；沈譽便決定帶上長子，其餘年幼兒子便隨母親留在了建康。其後沈譽在洛陽開創絲綢生意，便將沈拓帶在身邊幫手；沈拓乖覺能幹、認真勤勉，十多歲時便成了父親的得力助手，二十歲上便能獨當一面，主持洛陽的絲綢買賣了。他為人和善熱絡，特別擅長應對貴宦家眷，懂得迎合皇親國戚喜好，令「沈緞」在京城中聲名極佳，廣受歡迎，人人都樂意購買「沈緞」絲綢。在沈氏父子的努力經營之下，「沈緞」名聲日隆，生意蒸蒸而上。

沈拓三十歲時，父親沈譽病逝，他便單獨撐起了「沈緞」的事業。他不滿足於僅僅將「沈緞」售予洛陽的皇親國戚、富商巨賈，一心想將「沈緞」賣去更遠的地方，因此毅然走了一趟絲綢路，又乘船下了一趟南洋，遍訪西域和南洋諸國，致力於將「沈緞」銷售至遠方異地。

就如當年他父親帶著他一同創辦絲綢生意那般，沈拓也早早將長子沈維帶在身邊，參與一切生意，甚至在沈維不到十歲時，便帶著他走了一趟絲路，直去了兩年多才回到洛陽。絲路上種種艱辛困苦，奇寒奇熱，沈維都熬了過來，從中經驗得益極多。回來之後，沈維已從一個稚幼孩童長成了一個沉穩厚重、飽經歷練的少年。沈拓夫婦對長子沈維不只滿意非常，更深以為傲；羅氏一直想為長子找一門好親事，但沈拓忙於事業，長年出門在外，始終無暇替長子安排婚姻。羅氏心中琢磨愛子勤勉能幹，須得找個不但能夠照顧「沈緞」生意，同時也能掌管家務的妻子，才擔當得起他的賢內助。若從世族郡姓中去尋找，那些世家小娘子們大多嬌貴受寵，別說照顧生意了，只怕連家務都不懂得半點。要從平凡家族中去尋，又擔心她們家世財勢匹配不上沈家，嫁入沈家後撐不起場面，無法當家作主。思來想去，羅氏遲遲都找不出適當的媳婦人選，因此沈維的婚事便耽擱了下來，反而讓妹妹沈雁先訂了親。

這日，沈拓和沈維父子造訪「沈緞」總舖，家中奴僕早已預先通報過了。父子倆來到總舖門外時，掌管總舖的李大掌櫃已率領了五十名伙計，整齊地立在總舖外的街道上列隊迎接。沈氏父子的馬車到來時，李大掌櫃一聲令下，伙計們一齊彎腰行禮，齊聲道：「恭迎東家、大郎光臨！」

沈拓下了馬車，對眾人揮手示意，微笑道：「大夥兒辛苦了。」

眾伙計一齊答道：「為東家辦事，不辛苦！」

李大掌櫃六十多歲年紀，身形高大，一張國字臉，性情內斂，不苟言笑；他當年曾與老主人沈譽一同開創事業，極受沈譽信任，可說是沈拓的長輩。在沈拓接手「沈緞」之後，自然繼續重用李大掌櫃，讓他掌管沈家所有桑園、絲坊、染坊、織坊和總舖的營運，依然是沈拓最信任也最得力的助手。

父子倆在李大掌櫃的陪伴下，巡視了總舖，只見客如流水，往來不息；貨去銀來，生意興旺。沈拓甚是滿意，對李大掌櫃道：「生意不錯啊！」

李大掌櫃道：「託東家的福，因駙馬過壽，過去半年中，公主和皇親貴戚先後訂了五百疋『上貢寶緞』，而『金玉珍緞』也售出了五百疋。總舖這兒直忙得人仰馬翻，所幸貨品已全數備齊交訖了。」

沈拓點頭道：「甚好，甚好。」又道：「今晨羊先生送來的帳目只看到一半，便趕著出門。我先去帳房看完了帳目吧。」

李大掌櫃道：「是。東家、大郎，請入內奉坐。」

沈拓父子來到總舖的帳房中，房中已有十多名伙計，正各自忙著算帳記帳；為首的正是蓄著山羊鬍子的帳房管事羊先生。眾帳房伙計見東家到來，都一齊起身行禮。

沈拓擺手讓各人坐下，伙計奉上酪漿。羊先生上前問道：「東家，今朝您看了桑園的帳冊。絲坊、染坊、織坊、總舖的帳冊，眼下可有工夫過目？」

沈拓點頭道：「我既來了，便將其餘的帳都看了吧。」

於是羊先生便搬過數本帳冊，放在沈拓面前的案上。沈拓對兒子道：「你也幫著看一看。」沈維答應了，坐在父親身旁，開始查閱帳冊。

沈家的桑園、絲坊、染坊和織坊皆位於洛陽城西，佔地數十頃；桑園種植了數萬株桑樹和柘樹，設有蠶舍百間，由三百名桑婦負責飼養幾百萬隻蠶兒；絲坊雇用數百絲婦，按季煮繭取絲；染坊和織坊則分別有百來名染工和織工，染織出聞名天下的「沈緞」，一年能出產五百萬疋。「沈緞」所產最精緻的上等絲綢，號稱「上貢寶緞」，專供洛陽皇族貴宦使用；略次一等的絲綢號稱「金玉珍緞」，供城中大家富戶選用；再次之的貨品則稱為「沈氏精緞」，多展示陳列於洛陽大市的「沈緞」總舖，供洛陽居民挑購；另有一部分「沈緞」則賣與慕義里的胡人商賈，經絲路轉賣至吐谷渾、于闐、朱駒波和乾陀羅等國。「沈緞」足跡廣遍天下，名聲遠播；沈家的桑園、絲坊、染坊連年擴充，仍舊供不應求。

羊先生身為帳房管事，一手掌管「沈緞」所有的帳目，從桑園、絲坊、染坊、織坊以至於遠近各城鎮中的「沈緞」舖頭，帳目眾多而繁複。羊先生率領著二十名伙計從早到晚在帳房中計算銀兩、騰抄帳本，一有出入，便須向各掌櫃管事詳細查明，核對銀兩帳目，工作十分繁重。

沈拓凡事親力親為，每到必親自審閱帳冊；他不時指著帳目條項，向羊先生和李大掌櫃詢問細節，兩人一一解釋回答。花了約兩個時辰的工夫，沈拓才審閱完了所有帳目，說道：「不錯、不錯，記帳清晰，各坊營運順暢，著實令人放心。」

李大掌櫃道：「記帳井井有條，乃是羊帳房的功勞；蘇掌櫃主理桑園，魯掌櫃主理蠶舍，史掌櫃主理絲坊，周掌櫃主理染坊，劉掌櫃主理織坊，康掌櫃主理胡商買賣，各自盡心盡力，『沈緞』方有今日的規模和盛況。」

沈拓笑道：「李大掌櫃主掌總鋪和各坊的營運，更加功不可沒。」想起早先拜壽時公主的探詢，問道：「是了，公主殿下要的那疋虎紋紫金緞子，可製成了麼？」

李大掌櫃點頭道：「剛剛送到，存在倉房之中，我命伙計取來。」

沈拓道：「不必了，我們去倉房看貨便是。」

李大掌櫃道：「便請東家和大郎移步。」

於是沈拓和沈維跟著李大掌櫃來到總鋪之後的倉房，這是「沈緞」在洛陽最主要的倉房，長寬三十丈，高三層，其中滿滿的都是各色綢緞。李大掌櫃領著沈拓和沈維走了一圈，一邊指點，一邊說道：「這一櫃是準備送去西域的貨，這一櫃是準備送去南洋的貨，這邊幾櫃都是本季的新貨。」

沈拓指向一疋綢緞，說道：「新貨麼？取一疋出來給我瞧瞧。」

李大掌櫃命伙計抽出一疋綢緞，鋪在寬大平整的楠木檯面上，好讓沈家父子仔細檢視。沈維從小就在絲綢鋪中長大，對各色絲綢再熟悉不過，看了一會兒後，說道：「阿爺，我瞧這團海棠花心的赤色，似乎不夠鮮豔。」

沈拓執起布料，就著窗外射入的日光，從不同的角度審視後，說道：「你說得不錯，這回的赤色似乎略是黯淡了些。」

李大掌櫃點頭道：「大郎好眼光。我等往年使用的染料，是以焉支山腳焉支村的紅花製成。今年焉支山因連受旱災，紅花早枯，染料缺乏，因此這批新貨用的是山西茜村的茜草所製的染料，顏色便不及焉支山的紅花染料那般鮮豔了。」

沈拓微微皺眉，問道：「殿下的那批貨如何？」

李大掌櫃微微一笑，說道：「公主殿下的貨至關緊要，我們用的仍是焉支村的紅花染料，因此顏色和往年一模一樣。」命伙計取出為公主特製的虎紋紫金緞子，攤在檯面上，只見緞面彩光奪目，耀眼生輝。沈拓和沈維看了，都點頭道：「不錯，這個赤色就對了。」

李大掌櫃指著那疋綢緞，說道：「此外，我們也以真金混入蠶絲之中，料面的金色才能這般亮眼。這兒的紫色，是用了焉支村的紅花，加上來自東海外島的蓼藍葉磨成粉，按一定比例調合而成，顏色既有紅花的鮮豔，又有蓼藍葉的光彩。多年來呈給公主和駙馬的綢緞，只要有紫色，用的都是同樣的染料。」

沈拓點點頭，說道：「今日我等去給駙馬拜壽，殿下親口對我說道，她最愛我們『沈緞』的紫色。我們那紅花染料可得留著些存貨，未來幾年倘若又有旱災，或是哪一年的紅花不如往年，便可以存貨來染製呈給殿下的綢緞。」

李大掌櫃道：「東家說得是。此事我等早有留意，依掌管染坊的周掌櫃上回報告，庫房紅花的存貨，仍足夠染三百疋的絲綢。」

沈拓滿意地道：「甚好，甚好。還是你等想得周到！」對兒子道：「我們『沈緞』的名譽能夠維持不墜，全靠了李大掌櫃的謹慎細心啊！維兒，你該多向李大掌櫃學習。尤其往後該多去染坊和織坊瞧瞧，熟悉各種染色原料和織造工法才是。」沈維恭敬答應了。

李大掌櫃微微一笑，謙辭道：「多謝東家稱讚，屬下愧不敢當。」

直至下午申時，沈家父子才離開總鋪，坐上馬車，啟程回家。然而與沈家兩位小娘子一般，他們在回家的路上也遇到了那陣狂風，聽見了遠處傳來的轟然巨響。

父子愕然相望，沈拓擔憂道：「不知巨響從何而來？」

沈維坐起身，往東方聲音來處望去，說道：「似乎是從永寧寺那兒傳來的。」他走到車前座，遙遙望見永寧寺塔的塔頂，但相距甚遠，看不出發生了何事。

沈拓臉色一變，說道：「你阿娘帶了兩個妹妹去永寧寺參訪……我們快趕去瞧瞧！」

沈維聞言也面如土色，當即催促車夫李叟：「快，去永寧寺！」

父子倆的馬車穿過車水馬龍的洛陽街頭，筆直往永寧寺趕去。

數個時辰之前，八歲的沈家庶子沈綾獨立洛陽街頭，望著自家主母的馬車和姊妹的雙馬逐漸遠去，塵埃漸落，強忍心頭的倉皇失落，努力裝出堅強自信、若無其事的表情，舉步往街頭走去。方才他乘坐馬車駛出了一段路，此時不完全知道自己身在何處，也不甚清楚沈家所在的阜財里位在何方，只能信步往西行去，心想：「要是金卷兒在我身邊就好了。牠一定知道該如何尋路回家。」

沈綾因是庶子身分不受主母待見，在家中地位極低，大兄、大姊和小妹都有父母特地為他們興建的廣闊獨門庭園，而他在沈宅中的居處，卻只是一間位在廚房之旁、狹窄黑暗的小隔間。平日他和奴婢僕婦們廝混一處，或獨自流連於帳房、廚下、花園、馬廏和桑園等地，唯一跟在他身邊的，只有沈拓數年前從西域大秦國帶回來的一頭獅子犬。獅子犬在中原十分罕見，屬於珍稀名貴之種，原本沈拓想獻給公主和駙馬，以博取他們的歡心，但後來聽聞公主的一個孫子害怕犬隻，便索罷了，這頭獅子犬便留在了沈宅之中。

剛來之時，這頭獅子犬一身金色鬈毛，十分漂亮，沈拓給它取名為「金卷兒」，家人都很喜愛牠。後來牠不知如何得了癩癬病，皮毛盡皆脫落，變得斑駁醜陋、瘦骨嶙峋。沈拓當時又帶著長子沈維出遠門去了，主母羅氏也不知該如何處置這條狗子，便命人將牠放在廚房外的後院裡，讓牠自生自滅。

沈綾自覺和那狗兒處境相似，都遭家人厭惡嫌棄，同病相憐，很自然地便與牠親近，一人一犬成了好伙伴。他見狗兒情狀可憐，便每日用清水給牠清洗身子，餵牠吃廚房的剩飯剩菜。過了半年，金卷兒的癩痢竟然就這麼好了起來，重新長出一身漂亮的金毛，體格也健壯許多，白日便跟在沈綾腳旁，夜晚則隨他一起睡在廚房旁的狹小隔間裡，兩者形影不離。

想起金卷兒，沈綾不禁又想起妹妹沈雒。沈家眾主中唯一時常與沈綾見面的，唯有小妹沈雒。

沈雒比沈綾小上一歲多，從小就對蠶兒情有獨鍾；她的王乳娘時時抱她到沈宅桑園中的蠶舍玩耍，看蠶兒吃桑葉。大約在沈雒三、四歲時，第一次在桑園中撞見了這個彷彿不存在的庶出小兄。她一見到沈綾，便笑嘻嘻地對他揮揮手，還上前拉起他的手，說道：「走，我們一塊兒去看蠶兒！」王乳娘想要阻止，卻已不及。沈雒緊緊握著沈綾的手，搖搖擺擺地來到蠶舍，推門而入。

沈綾對這初次會面的印象甚深。他記得蠶舍中有個粗手大腳、身形健壯的婦人，一張鵝蛋臉，神色有些陰鬱。她見小妹進入蠶舍，便招呼道：「二娘！」

沈綾後來得知，這婦人便是負責掌理沈宅蠶舍的賀嫂。

然而當賀嫂見到沈雒身後的沈綾時，卻好似吃了一驚，鵝蛋臉上露出警戒之色，脫口叫道：「二郎！」

沈家諸多奴僕之中，從來沒有人喚沈綾「二郎」，沈綾聽了不禁一呆，抬頭望向賀嫂。他當時年紀雖幼，對人的感覺卻甚是敏銳，眼見賀嫂臉上神色雖已恢復平靜，卻隱藏不住一股隱隱的疏離，直覺感到賀嫂對自己心懷忌憚，卻不知道是何原因。

賀嫂神態如常，一邊招呼王乳娘，一邊將一竹籃的蠶兒放在地上，好讓二娘沈雒就近觀看。沈雒蹲在地上，聚精會神地觀看蠶兒嚙食桑葉；沈綾對蠶兒無甚興趣，只側頭望著沈雒圓潤的臉龐，潔白如玉的肌膚，黑而圓的眼珠子，心想：「這個女孩兒，便是沈家二娘，我的妹妹麼？」

沈綾不大記得後來如何了，只記得蠶舍中十分悶熱，賀嫂雖對自己頗為客氣禮敬，但神色中總帶著幾分防範。從此以後，他便極少進入蠶舍，即使小妹沈雒總央求自己陪她一起觀看蠶兒，他都盡量找藉口不去。到得後來金卷兒來到沈宅，成日跟在沈綾腳旁，賀嫂生怕狗兒撞翻蠶籃，或弄汙了蠶舍中的氣味，不准金卷兒進入蠶舍，沈綾便更有藉口遠遠避開蠶舍了。

自從兄妹倆第一回見面後，王乳娘便多次苦勸沈雒別跟那個地位低下的庶兄一起玩兒，沈雒卻天真爛漫，特別喜歡親近這個年齡相近的小兄，每日都吵著要找小兄玩耍。沈綾原本孤獨無伴，也很高興能跟別的孩童玩在一起，兄妹倆此後便整日在園子中爬樹攀牆、彈石竹馬、摘果採桑，形影不離，感情越來越好。

在沈綾發現自己擁有能夠隱身的異能之後，不出數月，趙乳娘便因時時找不到沈綾，以為自己老眼昏花、年邁糊塗，主動辭退了乳娘之職。家中自此再也無人看管沈綾，他也樂得自由自在。掌管廚房的喬廚娘面惡心善，素來可憐他，總會在給主人準備的食物中偷偷留下一些給他。此後他便帶著金卷兒在廚房、柴房、馬廄和奴婢的居處遊蕩，如同孤魂野鬼一般；有時在桑園中陪小妹玩耍，有時在廚房中閒晃，有時去帳房中看羊帳房和伙計們算帳記帳，甚至動手幫點兒忙。因而他小小年紀，便已慣於獨來獨往，活在不被人見到的孤單寂寞之中。

然而此時的沈綾畢竟只有區區八歲，這輩子從未離開過沈家大宅。沈家富可敵國，沈宅佔地甚廣，家中奴僕數百，因此他平日走動的範圍並不小，身周見到的人也不少；但與東西二十里、南北十五里、住了十萬九千戶、居民七十餘萬的洛陽城相比，沈家大宅自然如小水池之於大海了。

他獨自站在洛陽街頭，勉強壓抑心中的焦慮恐懼，抬頭環望洛陽城中的車水馬龍，熙來攘往，放眼盡是富裕繁華，擁擠忙碌，只看得人眼花撩亂，目不暇給。他看得久了，一時忘卻了自身的孤苦悲傷，好奇地張望起街上的馬車行人，觀望人們的衣飾穿著，聆聽人們的笑語交談，心頭感到一陣奇異的悸動。長到八歲，他從未出過沈家大宅，甚至很少離開奴婢出入的後院，這時身處天下最繁華的洛陽城中，不免大感新奇，深受觸動。

他深深地吸了一口氣，耳中聽著身周人群的叫賣聲、笑語聲、呼喝聲，心中忽然動念：「這個城市是活的！好似……好似一匹初生的馬兒，充滿活力，忍不住要盡情奔馳跳躍一番。」

他抬起頭，望見北方一座寶塔沖天而起，心中一動，猜想那定然就是主母和姊妹要去造訪的永寧寺寶塔了。他曾從沈家屋頂上遠遠見過這座寶塔，心想：「如果洛陽城是匹幼馬，那麼這座寶塔便是馬的心臟了。」

他聽到一陣陣動人心弦的聲響從寶塔中傳出，留神凝聽，才聽出是塔上撞鐘之聲，加上塔上眾多鈴鐺金鐸迎風搖曳，清脆的叮鈴鈴之聲隨風傳遍全城。沈綾閉上眼睛，感到鐘聲和鈴聲輕柔地穿過自己的身子，令他全身輕飄飄、暖洋洋的，說不出地舒心暢快。

沈綾忍不住舉步往寶塔的方向走去。走出一陣，迎面矗立著一道百尺高的赭紅色城牆，十分壯觀。他立定而望，問經過的路人道：「這位大叔，請問那是甚麼？」

路人側眼望向他，見他是個孩童，大多毫不理會，逕自離去，一個路人嗤笑道：「哪兒來的鄉野童子，連皇城都不知道！」

沈綾聽了，才知道那便是皇城，心想：「不知我能進去皇城裡麼？」

但他不想自討沒趣，不敢再向路人詢問，於是便沿著城牆走去。不多時，城牆上出現了一道高兩層的門樓，門上寫著「宣陽門」三個大字，門下共有三個通道，每個道口的左右各立了一名士兵，手持長矛，形貌森嚴；但那些士兵只持矛立在當地，並不攔阻途人進出。沈綾觀望了一陣，看出三個通道中間那個是封閉的，左首的專供馬車和馬乘出入，右首的則供行人出入。

於是沈綾跟著人群，從右首的通道進了宣陽門。但見面前出現一道極為寬廣的石板道路，正是位於洛陽城正中的御道，名為「銅駝街」。他遠遠見到永寧寺的高塔便在前方偏左處，於是順著御道往北行去。

這御道總有三十來丈寬，走在一側，幾乎看不到另一側的邊緣；御道當中是給馬車和馬行走的道路，兩旁則供行人步行。

皇城極大，沈綾雖能遠遠見到永寧寺塔，但直走了大半個時辰，離寺塔卻並未接近多少。當日天氣炎熱，沈綾感到十分口渴，於是左右張望，見到御道之西有個小里，里中有條熱鬧的街道，街上滿是酒館食鋪。他信步來到一間賣酪漿的小鋪外，眼巴巴望著櫃檯上呈放的一大碗冰鎮酪漿，不禁饞涎欲滴。

酪漿鋪中有個十多歲的少年伙計，見沈綾小小年紀，衣著卻是上好的絲綢所製，於是上前招呼，笑著問道：「這位小郎君，你想喝甚麼？牛酪還是羊酪？冰的還是熱的？甜的還是鹹的？」

沈綾口渴得緊，立即道：「我要冰的，甜的。」側頭見到一旁的木板上寫著「酪漿一碗三錢」。大魏孝文皇帝自遷都洛陽後，便發行了五銖錢，通行於大魏境內，而以洛陽城中流通最廣。沈綾猛然想起自己身上沒錢，又趕緊搖頭道：「不要了，我沒錢。」他雖出身洛陽首富之家，但父親忙於生意，無暇照管他，主母羅氏則對他百般嫌惡，全不理會，他又從未出過門，自然無人想到要給他銀錢花用。

伙計微微一愣，心想：「這個小郎君看來不過七、八歲年紀，但瞧他衣著，定是富貴人家的子弟。他身上沒錢，他阿爺阿娘肯定有。」於是笑道：「不要緊，讓你阿爺阿娘遲些來幫你付清便是。」

沈綾再次搖頭，說道：「我沒有阿娘。我阿爺很忙，他不會來幫我付錢的。」

伙計又是一愣，瞇起眼睛望向沈綾，問道：「小郎君，你和家人失散了，迷了路，是麼？你住在哪兒？我讓人去你家報個信，讓你家人來接你回去，好麼？」

沈綾當然不能讓人去家中通報自己走失，連忙道：「不、不，我沒有迷路，只是喜歡獨自在街上逛逛。我自己識得回家，不用人來接我。」

那伙計年紀雖輕，卻十分好心，便不再說，對他眨眨眼，說道：「不是迷路就好。小郎君，天這麼熱，你定然口渴得緊，不如我請你喝一杯冰鎮甜羊酪吧。」說著舀了一碗冰涼的甜羊酪，遞去給他。

沈綾遲疑不接，說道：「我沒錢。」

伙計低聲道：「不用錢！算我阿寬請你的。」

沈綾大為感激，趕緊伸手接過那碗甜羊酪，說道：「阿寬兄，多謝你。」站在鋪外，慢慢喝了，感到入口冰涼甜沁。他在驚慌口渴之下，這碗酪漿不但解了渴，也讓他安下心來。

阿寬望著他微笑，說道：「小郎君，下回你上街閒逛時，若是渴了，身上又沒錢，可以再來我這兒，阿寬再請你喝酪漿！」

沈綾搖頭道：「那怎麼可以？下回我一定會付錢。」

阿寬擺手道：「出門在外，總有不方便的時候。對了，你下回出門口渴了，也可以去義井里取水來喝。那兒的井水很甜，而且是不要錢的。」

沈綾問道：「甚麼是義井里？」

阿寬指向永寧寺的高塔，說道：「你見到那高塔麼？那就是永寧寺塔了。隔著御道，永寧寺的對面，國子學之後，便是景樂寺了。景樂寺之西是司徒府，東邊是大將軍宅，大將軍宅北邊就連接著義井里。義井里北門外有幾棵桑樹，枝葉繁茂；樹下有一口甘井，專供行人飲水，還可以在樹下庇蔭歇息呢。你若經過那兒，不妨去取那兒的井水來喝，我喝過幾回，水很清甜的。」

沈綾在家中素來無人照顧關心，這回孤身流落在洛陽街頭，竟然遇到一個熱心的賣酪伙計，不但請他喝冰鎮甜酪漿，還指點他去義井里取水解渴，心中大為感動，暗想：「總有一日，我要報答他的好心。」

他喝完了酪漿，將碗還給阿寬，擦擦嘴，說道：「阿寬兄，你真好。多謝你了。」

阿寬對他擺擺手，笑道：「別放在心上。下回再來！」

沈綾離開酪漿鋪，走不多時，便又感到口渴了。他想起阿寬所說義井里有水可喝，眼見天色尚明，知道阿爺、主母和兄姊妹都不會那麼早回家，即使回家了，也不會有人留心自己是否已到家，於是沿著御道上繼續往北，往那永寧高塔走去，心想：「我不如去找找那義井里，途中若能就近觀望出名的永寧寺塔，那也不錯。」

沈綾在御道上又走了約莫半個時辰，眼見永寧寺塔越來越近，心中甚喜，加快了腳步。只見御道左右盡是高大華美的宮殿，他當時自然不知，左首的宮殿是太社、九級府、將作曹、太尉府，右首則是太廟、宗正寺、國子學和司徒府，皆為天子朝廷重地。

來到太尉府時，他見到永寧寺便在左首，於是離開御道，轉往西行，從太尉府和將作曹之間穿過，終於來到了永寧寺外。

他這時離寺門約有十餘丈外，眼見三個衣著華麗的女子從寺門走出，有說有笑，正是主母羅氏和沈雁沈雛姊妹。沈綾遠遠見到她們的身影，心頭一驚，連忙縮到街角之後，暗自估量：「她們多半已參拜完畢，準備回家了吧？」他自然不知，羅氏和兩個女兒剛剛參拜完了永寧寺，正重新上馬和馬車，準備去御道之東的景樂寺看戲法表演。

沈綾不能被她們見到，等著她們去遠了，才往永寧寺的大門走去。只見寺門之外種了無數青槐，許多京城中人在槐樹下歇息庇蔭；綠水環繞，四下飛塵止息，清風送涼，好個清淨之地。

沈綾抬頭望去，寺院牆身雪白，牆頭短椽上覆有金色瓦片；他所在之處是永寧寺的南門，門樓共有三重，門旁有三條離地二十丈的懸空閣道；門上繪有五彩雲氣和仙靈圖案，刻以青色圖紋；門首橫木上掛著一排內鑲玉石的金環，有如一貫燦爛耀目的銅錢；拱門之旁立著四個泥塑力士和四頭石獅子，各以金銀珠玉等裝飾，形貌莊嚴，光明燦然。

此時遊人甚多，知客僧也沒留心沈綾，雖有一、兩個知客僧見到了他，卻只道他是哪個富戶家中的郎君，跟隨父母來此禮佛，也未加奇怪。

沈綾逕自跨入寺中，信步來到永寧寶塔之下，仰頭觀望向那九層寶塔，感受著寶塔傳來的陣陣悸動，心中感受愈發深重：「這寶塔確實是洛陽城的心臟，整個城市的脈動，都從這寶塔中散發出來。」

他跨入大殿，迎面便是那尊丈八高的永寧金佛，聳然矗立。他抬頭見佛面莊嚴慈悲，心生敬仰，便在佛前的蒲團上跪倒禮拜。

一個知客僧在旁笑道：「這位小郎君，我們永寧寺的釋迦牟尼佛可是出名的靈驗。你想向佛祖祈求甚麼，佛祖一定會滿足你的心願。」

沈綾微微一呆，一時想不出自己該向佛祖祈求甚麼。他只知自己出生在洛陽城中富裕至極的沈家，但因是庶子，又無生母，因此飽受冷落輕視，處境似乎較街邊的小童還要不如。即使他年紀尚幼，也知道自身境況難以改變，就算佛祖菩薩顯靈，也不可能將自己從庶子變成嫡子，而他也絕不想成為沈夫人羅氏之子，於是他只能胡亂祈求一番：「希望阿爺健康平安，小妹順心如意。希望今日那個請我喝羊酪的伙計阿寬發大財、過上好日子。」

知客僧見他衣著華麗，料想他會捐贈些香油錢，但沈綾身上連一枚錢子也沒有，禮完佛便起身離去了。知客僧微微一怔，但看他年紀幼小，心想他的父母長輩多半已捐了香油錢，便也沒有追究，微笑著目送他離去。

沈綾感受到知客僧的目光，不想引人注意，於是繼續在永寧寺逛了一圈，經過了許多殿堂，都只在外望望，並未進去禮拜。之後他便離開了永寧寺，依照阿寬的指示，來到景樂寺北方的義井里。見到該里之中果然有數棵巨大桑樹，枝葉茂密，樹下便是阿寬提到的那口義井了。

沈綾來到井旁，見井上蓋了石槽，槽旁放了許多鐵罐，罐中已盛有井水，於是取了一只杓子，舀了一杓井水，仰頭飲下。果如阿寬所言，井水冰涼甘甜、沁人心肺，沈綾又喝了幾口，大感舒適暢快。

他在桑樹蔭下坐了一會兒，聽見景樂寺那邊人聲鼎沸，掌聲喝采不絕，心中好奇，便信步往景樂寺走去。進入寺中後，聽人談論，才知當時正有戲法表演。他並不知道，主母羅氏和大姊沈雁、小妹沈雛，此刻正在坐在景樂寺的觀臺上觀賞戲法。

沈綾個子小，擠不進人群，只聽得觀眾不斷驚呼讚嘆，不禁心癢難熬。他留意到一旁有個黑色帳幕，心想：「那大約是戲臺的後方吧？那兒應該沒甚麼人。」於是舉步往帳幕走去，但見帳幕之間有個縫隙，便鑽了進去。幕中黑漆漆的，果然無人。他摸索著往前走，來到離人聲最近的帳門，偷偷撥開一縫，往外望去，剛好能見到那黑衣術士的背影。這時那術士正繞著剛剛種下那棵棗樹行走，讓棗樹一寸寸長高，結出棗子來，觀眾皆驚呼讚嘆不已。

沈綾也看得好生驚奇，心想：「這人當真神奇，竟能讓地上長出棗樹，棗樹還長得這麼快！」

之後術士讓小童分發販賣棗子，沈綾看了嘴饞，也想吃一粒，但身上沒錢，甚感失望。就在這時，一旁的帳門突然掀開了，他趕緊蹲在角落，屏住呼吸，不敢稍動。

只見兩個黑衣童子從帳門鑽入，一個問道：「棗子在哪兒？」另一個道：「師傅今朝命我去市集買了兩大箱，都放在角落了。」

兩個童子並未見到沈綾，匆匆來到角落，打開一只箱子，快手撈出棗子，裝了兩籃，提了出去。

等他們出帳後，沈綾才吐出一口氣，站起身來。他心中好奇，偷偷來到角落，打開一只箱子，見到裡面滿滿的都是棗子，這才恍然大悟：「這些棗子是他們預先去市集買好的！那術士讓棗樹轉眼長大結果，並不是真的；他們賣給觀眾的，都是今朝在市集上買的棗子。」

他正覺肚餓，眼見帳中無人，便忍不住取了一只棗子，吃了起來，倒也頗為多汁甜美。他正準備尋路出去，忽然帳幕掀處，一人跨步而入，帳門外的日光照在沈綾身上，使人一眼便見到了他；但那人背著光，沈綾卻看不清他的面目。但聽那人厲聲喝道：「甚麼人？」聽他語音，似乎便是方才在場上表演幻術的黑衣術士。

沈綾大為恐慌，不敢回答，只想趕緊溜走。他知道那黑衣術士已看到了自己，此時再想屏息隱身，已然不及，只能快步往黑暗中衝去，打算從方才進入帳幕的縫隙鑽出。只聽那黑衣術士在背後喝道：「小子，站住！」

沈綾快步奔到帳幕邊上，但那術士腳步好快，一下子已追到了他的身後，伸手捉住了他的衣衫後領。沈綾奮力掙扎，他穿著大兄年幼時的絲綢衣衫，入手滑軟質溜，那術士捉之不住，竟讓他掙脫了。沈綾一喜，乘機從帳幕的縫隙鑽了出去，拔腿便奔。那縫隙太小，黑衣術士無法跟著鑽出，在帳中咒罵一聲，趕緊往帳門奔去。

沈綾奔出數丈後，回頭一看，見那黑衣術士已出了帳門，左右張望，很快便瞧見了自己，大步追上，口中喝道：「兀那小子！別跑！」

沈綾大驚，心想：「他為何要捉我？莫非他以為我偷了他的甚麼物事，還是因為我撞破了他作假騙人的伎倆？」無暇多想，只知道自己千萬別被那術士捉住才好，於是沒命地往人叢中奔去。他不識得路，只隱約記得自己方才從永寧寺來，於是往西奔去，穿過寬廣的御道，遠遠已能見到永寧寺外的槐樹，以及槐樹間的白牆金瓦。他不敢回頭，卻能感受到那黑衣術士仍緊緊跟隨在自己身後，離自己越來越近……

就在這時，沈綾忽然一陣頭昏眼花，腦中嗡嗡作響，身後似乎有無數隻手向自己抓來，又似乎有千絲萬縷纏繞在自己身上腿上，令自己彷彿深陷泥沼、舉步維艱。他驚恐莫名，奮力往永寧寺門奔去，抬頭仰望高高聳立的永寧寺塔，心中狂呼：「阻住他！阻住他！」忽然之間，他感到狂風大作，耳中聽得一聲巨響，接著眼前一黑，便甚麼都不知道了。

第五章　上商

沈綾自然不知，在他昏厥過去之際，城中忽然颳起一陣大風，吹得永寧寺中的香客幾乎站不住腳，紛紛驚呼，人們趕緊伸手抓住身旁石欄等物，藉以穩住身形。一片驚呼混亂之中，但聽頭上風聲呼嘯，一陣猛烈的勁風捲過天際，有如一群鬼怪在天際狂呼怒吼；接著轟然一聲巨響，不知甚麼重物砰然落地，正落在永寧寺塔之旁，只震得地面搖晃不止。

塔旁香客遊人眾多，慘呼驚叫之聲登時大作，有人叫道：「是塔頂的寶瓶！寶瓶被風吹落地下啦！」「阿子，阿女？你們在哪兒？」「我阿爺被寶瓶砸中啦！快救人哪！」

塔旁頓時陷入一片恐慌混亂，稍遠的遊人不知道發生了甚麼事，只拚命往寺外奔逃，人與人互相推擠，不少人跌倒在地，被其他人踐踏而過；靠近寺塔的遊人則呼天搶地，試圖尋找同來的親友眷屬，祈禱他們不曾被那自天而落的寶瓶壓傷。

混亂之中，只聽銅鑼聲響，有人高聲誦念佛號：「阿彌陀佛——阿彌陀佛——」

眾香客大多是虔誠佛徒，聽見佛號，漸漸安定下來，回頭望去，見數十名寺中僧人從大殿奔出，齊聲口誦佛號；幾名知客僧打著銅鑼，高聲呼喊道：「施主們請勿驚慌！小僧帶領施主們循序離開本寺！」

香客們這才漸漸恢復鎮定，在眾僧的引導依序離開寺門，寺塔周圍終於重拾秩序，群眾不致彼此踐踏而死。這時已有七、八名永寧寺的醫僧奔到了塔邊，扶助救治受傷的香客。

沈綾被那聲巨響嚇醒。恢復知覺後，他發現自己躺在寺外一株大槐樹下，耳鼓仍被方才的巨響震得隱隱發疼，加上身周的哭號呻吟聲不絕於耳，似乎天崩地裂，末日已至。他渾渾噩噩地坐起身，面前一片塵土瀰漫，抬頭望去，團團煙霧之中，他彷彿見到永寧寺寶塔在烈火中燃燒，火勢凶猛，越燒越烈，忽然之間，寶塔轟然傾倒，磚瓦散落，震耳欲聾。這塔極高，即使倒塌，也花了好長的工夫，頂層才跌落至地面。沈綾張大了口，卻叫不出聲音來；只見原本寶塔聳立之處只剩一片斷瓦殘垣，殘破淒涼，不堪入目。

沈綾心中怦怦亂跳，驚詫難已，暗想：「永寧寺塔怎會突然燃燒起來，又整個倒塌了？」

他甩甩頭，眨了眨眼，眼前灰飛湮滅的景象忽然消失，眼中重新見到永寧寺塔，仍舊好端端地矗立在眼前，但身邊數百個香客遊人仍舊四散奔走，倉皇呼喊，情狀驚恐。

沈綾腦中一片糊塗，心想：「究竟發生了甚麼事？剛剛那聲巨響是甚麼？」

他望向人群，赫然見到那黑衣術士便在人叢之中，站在當地，仰頭望天，滿面驚恐之色。沈綾這時才留意到，那術士的眼瞳似乎是碧色的！生怕他再來追趕自己，不敢多待，趕緊爬起身，拔腿就奔，不辨方向，只往人少處奔去。不多時，他見皇城城牆出現出現在面前，心想自己該離皇城越遠越好，便又狂奔出一陣，直到面前出現一道城門，他不知那便是皇城正西方的西陽門，趕緊從城門奔了出去。出得門後，他見門外行人較少，略略放心，忽又感到一陣頭昏眼花，勉強來到一棵大樹之下，再也支撐不住，靠著樹幹坐倒在地，精神鬆弛之下，不知不覺中再度昏睡了過去。

過了不知多久，可能幾個時辰，也可能只是一瞬間，沈綾睜開眼來，發現自己仍坐在大樹之下，眼前一個行人也沒有，四周一片寂靜。

沈綾揉揉眼睛，扶著樹幹，站起身來，見到不遠處有一口井。他看得清楚，心知這並非自己早先去過的義井里的那口井，而是個全然陌生的地方；義井里的井以粗石搭建，這口井則以白色花崗石所建，石面光滑，在陽光下顯得十分耀目。井後是一排巷弄和人家，屋宇皆為青瓦白牆，房舍不大，卻十分乾淨整潔，自己顯然處身於一個完全陌生的里中。

沈綾甩了甩頭，他記得自己方才從一道門奔出了皇城，出城後見到行人不多，卻不記得自己來到甚麼里中，也不記得見到過那口井，或是井後那排青瓦白牆的房舍。

他定了定神，感到饑渴難耐，信步來到井邊，見井上設有轆轤和水桶。他見過家中奴僕自後院的井中打水，但自己卻沒打過，於是嘗試著轉動轆轤，將木水桶墜入井中，花了不少力氣，才終於打起了一桶水，趕緊湊著桶邊喝了個飽，坐倒在井邊喘息。

就在這時，他聽見腳步聲響，回頭望去，卻見水井四周的街巷中忽然冒出了許多人，男女老少皆有，怪的是人人都穿著純白的衣衫裙褲，看來頗為詭異。

沈綾不知自己身處何里，也不知道這些是甚麼人，心想：「這井或許是他們里人專用的，並非義井。他們見我偷井水喝，只怕要不高興。」趕緊爬起身，鑽入一旁的一條陰暗巷子中，屏住氣息，靠牆而坐，不敢稍動。

那些白衣人並未見到他，逕直來到井邊，輪流打水，彼此招呼寒暄，交談閒聊起來。

沈綾聽了一會兒，大感奇怪：「他們說的是甚麼語言，我怎地半點兒也聽不懂？」他父親是漢人，主母羅氏是鮮卑人，家中僕從漢人、鮮卑人、羯人都有，平日漢語胡語都聽了不少，但這些人交談的言語既非漢語，也非鮮卑語或其他胡語，他竟一句也不明白。

沈綾心中好奇，慢慢從巷子中探出頭來，向這些白衣人打量去，但見他們不但言語古怪，衣著的樣式也十分奇異：他們的衣衫有的高領，有的圓領，袖子窄而長，有的外加一件寬鬆的花紋大衣，衣長約至小腿；腰帶甚寬，有青、玄、朱等色；髮式各有不同，有的在頭頂梳起左右雙髻，有的在頭頂心梳一條短辮，垂在腦後；有的佩戴頭巾，將頭巾捲成一長條，繞額頭一圈，再束在頭上；女子則都編辮，有的一條長辮，辮根梳在右耳後側，往上盤過頭頂，下繞經左耳後，辮稍又接回辮根，形成一個大辮圈兒；有的年輕女孩兒梳一條長辮子，垂在背後，小孩兒則梳兩個沖天小丫角。

沈綾仔細望去，見他們的衣衫應為絲帛所製，但與「沈緞」所製絲綢大不相同，看上去粗糙得多；衣上的飾紋看似有蛇形、回龜紋、菱形紋、雲雷紋等，都是些他從未見過的紋路。

沈綾好奇地觀望了一會兒，心中大感疑惑：「這究竟是甚麼地方？為何里人的穿著打扮和洛陽城中其他地方全然不同，連言語也不通？」

就在這時，腳步聲響起，一個身形瘦小的小童提著一只大水桶，從他藏身暗巷的另一端走來。沈綾一驚，趕緊縮回雙腿，伸手臂抱住，屏住氣息，令那小童見不到他。他微微側頭，見那小童身穿純白長袍，下襬及膝，袖子寬大，袖口以五彩鳥羽裝飾。小童原本低著頭行路，但在經過沈綾身前時，忽然停下腳步，低下頭，直直向他望來。

沈綾一顆心狂跳起來，驚懼難已；自從數年前他發現自己擁有「隱身」異能之後，便百試不爽，每當他不想讓人見到他時，即使那人就在自己面前幾寸之處，即使身在車水馬龍的洛陽大街之上，也絕對沒有人能看得見他。方才在胭脂舖頭外，他只道主母的侍女陸婇兒見到了自己，但只要自己凝神屏息，即便她已來到自己面前數步之地，仍舊無法見到自己。然而，這白衣小童為何似是能夠看見自己？

沈綾抬頭望向小童的臉面，不由得更是驚訝：那小童約莫七、八歲，跟自己差不多年紀，一張臉尖尖瘦瘦，因背著光，看不清面目，只見他雙眼黯淡無光，似乎是個盲人。小童側過頭，似乎在傾聽甚麼，沈綾趕緊努力屏住氣息，不敢發出半點聲響，也不敢移動半分。

盲童傾聽一陣，才又提起水桶，繼續往水井走去。

沈綾鬆了口氣，望著盲童的背影，心想：「我屏息隱身，他怎會知道我在這兒？而且他還是瞎的！但他目不見物，怎知井在哪兒？又要如何打水？」

只見那盲童提著水桶，逕直走到井邊。井邊眾人見到他，都紛紛讓開，低頭垂手而立，似乎對那盲童十分尊重敬畏。盲童雖目不視物，卻一伸手便抓住了井繩，熟練地將木水桶掛在繩鉤上，轉動轆轤，落桶取水，就如能看得清清楚楚一般。

盲童打了一桶水後，提著水捅，回頭便往那條暗巷走來。沈綾心中一跳，暗罵自己：「哎喲，我早該想到他回頭時會經過這兒，怎地沒想到要及早避開！」

他此刻就算想起身走避，也已不及，只能望著那盲童提著沉重的水桶走入暗巷，再次經過他的身前。沈綾仍舊屏氣不動，盼望他快快走過，不要發現自己。沒想到那盲童這回走得離牆甚近，竟然踢到了他的腿！

盲童險些絆倒，低呼一聲，穩住身形後，臉面直對著沈綾，再次側耳傾聽。沈綾嚇得不敢動彈，縮在牆角。盲童臉上露出警戒疑惑之色，放下水桶，伸手往前方摸索，小小的手幾乎碰上沈綾的臉龐。沈綾膽顫心驚，趕緊將頭向旁側開，讓那盲童摸了個空。然而盲童的手向旁一掃，頓時掃上了沈綾的耳際。

沈綾感到他的手冰涼濕黏，忍不住低呼一聲。盲童聽見他的呼聲，立時知道有人坐在當地，滿面驚詫，張開了口，快速地說出一連串沈綾聽不懂的字句，接著退開一步，

「砰」一聲踢翻了水桶，井水流了滿地。盲童口中一邊說話，一邊往巷口深處倒退而去，退出五、六步後，忽然坐倒在地，雙手抱頭，尖叫起來，聲音淒厲慘絕，好似有人正以利刃猛力攢捅他一般。

沈綾驚恐萬分，卻絕沒想到這盲童竟比自己還要恐懼，竟發瘋般地尖叫起來；他嚇得不知所措，只想跳起身往巷口奔去，但雙腿卻僵得厲害，如何也站不起身。

他驚嚇過度，早已忘了要屏住呼吸、隱藏自己。這時在井旁打水的眾人都聽見了盲童的尖叫聲，紛紛奔入巷中，呼喝吶喊，一擁而上，將沈綾圍在當中。沈綾逃不出眾人的包圍，只能縮在地上，抬頭望向一眾白衣人，聽他們以自己聽不懂的言語議論交談，對自己投來疑懼的目光，顯然認定他不知幹了甚麼好事，嚇到了那盲童，引起這場騷亂。

沈綾滿懷焦慮惶恐，只盼地上能出現一個洞，讓自己鑽進去躲藏起來。正這麼想時，忽然感到地面開始震動，地底發出轟隆之聲，好似井旁的石板地當真會裂開一般。

就在此時，但聽遠處傳來篤篤聲響，地面震動倏然停止。人群聽見那篤篤之聲，都立即閉上嘴，低下頭，垂手退開，讓出一條通道。

沈綾抬頭望去，只見人群的缺口中出現了一個老者，手拄拐杖，正緩緩向自己走來。那老人白髮白鬚，身穿及膝白袍，和那盲童一般，寬大的袖口綴著五彩鳥羽；他雖彎腰駝背，但腳步穩重，全身上下散發出一股懾人的氣勢。最古怪的是，他的一雙眼眸並非黑色，竟閃爍著金色光芒。

井旁的其他白衣人都露出極度恭敬畏懼之色，紛紛低下頭，雙手交叉於胸前，向那老人躬身行禮，繼續往後退，直退出丈餘之外。

老人來到那盲童身旁，俯下身，在他耳邊說了幾句話，盲童這才停止尖叫，四周頓時陷入一片刺耳的寂靜。盲童雖停止尖叫，卻仍雙手抱頭，身子也仍縮成一團。

但聽腳步聲響，又有七、八人從四面八方靠近水井，似有意、似無意地圍繞在沈綾身周。沈綾左右望望，見那些走上來的人中有男有女，有老有少，唯一相同的是他們和那老人一般，眼睛都是金色的，也都穿著白色及膝長袍，袍袖寬大，袖口綴著五彩鳥羽。

沈綾見這些金目白衣鳥羽人一個個直直盯著自己，目不稍瞬，只感到毛骨悚然，急速動念：「他們是衝著我來的！我該如何逃離此地？」

他偷眼四望，見自己不但被那些金目白衣鳥羽人困住，其外更有數十個里民包圍著，硬衝出去絕對無望，只能鼓起勇氣，緩緩站起身，勉強維持鎮定，等候他們開口。

就在這時，那盲童終於放下抱著頭的雙臂，站起身來，和其他那些白衣鳥羽人一般，抬頭盯著沈綾的臉。沈綾這時才終於看清那盲童的面貌，但見他膚色白皙，目深鼻高，外貌與漢人和鮮卑人都頗為不同；他的雙瞳灰暗無光，確實是個瞎子。其餘眾人的容貌雖也和里外之人相異，但這盲童的容貌特異之處更為顯著，讓人難以移開視線。

那老者牽起盲童的手，緩步走到沈綾身前，瞇起金色老眼，低頭向他上下打量。沈綾只覺全身寒毛倒豎，正想大叫一聲，拔腿逃跑，卻聽那老者開口說道：「不必怕，我們不會傷害你的。」他的聲音蒼老低沉，語氣慈善和藹，充滿安定之力；而且他說的是漢語，語調雖有些古怪，卻可以聽懂。沈綾聞言，稍稍定下心來，點點頭，說道：「真對不住，我方才坐在那巷子裡，嚇到了這位小郎君，令他打翻了水桶。」

老者搖搖頭，說道：「不怪你。是他自己修為不足，一見到你，便驚慌起來。」

沈綾心想：「什麼修為不足，見到我便會驚慌起來？」想開口詢問，卻不知該從何問起。

老者微微一笑，說道：「我知道你心中有許多疑問。小郎君若不介意，便請來老朽屋中坐坐，讓老朽請你喝杯果漿，算是向小郎君致歉。」

沈綾怎敢去這陌生老人家中，連忙道：「多謝老丈盛情相邀，但我不得不辭謝您的好意。時候不早了，我得趕緊回家去，家人還在等我呢。」他口中雖這麼說，心中卻清楚知道沈宅中並沒有任何人在等他，不論他多晚回家，甚至不回家，沈宅上下都不會有人在乎，甚至不會有人留意。

老者微微一笑，似乎看穿了他的謊言，卻未說破，只道：「我們這上商里，鮮少有外人造訪。小郎君今日既然來到敝地，也是有緣，請務必讓老朽招待你一回。」

沈綾聽了，忍不住問道：「您說……這是甚麼里？」

老者道：「上商里。在這兒居住的，都是殷商遺民。」

沈綾年紀幼小，父親又並未延師替他啟蒙，因此他從未學過史書，更不知道殷商是甚麼，只「嗯」了一聲，無法接話。

老者見他一臉茫然，微笑道：「你想問我，殷商是甚麼，是麼？待我為小郎君解說。殷商乃是興起於兩千年前的一個王朝，共傳了十七世、三十一王，統治天下共六百餘年。商朝覆亡之後，周朝興起，統治天下八百年；周朝末年，天下分裂，史稱『春秋戰國』；之後秦始皇統一天下，接著便是西漢、東漢、三國、魏、晉，以至今日天下分裂為二，北為魏，南為梁。」

沈綾約略聽過一些秦漢三國的野史傳奇，至於正統的歷史，他可是全不知曉，茫然地點了點頭，說道：「原來如此。」

老者笑了，說道：「小郎君，請問你家住何處？晚些我讓人送你回家便是。你來我的屋子坐一會兒，讓我跟你說幾個殷商以來的歷史故事，好麼？」

沈綾自小對聽故事便大有興趣，見這老者笑瞇瞇地看來十分友善，心想：「我便聽幾個故事再回家，也不會太晚。」於是點了點頭，說道：「我家住在阜財里。我得在天黑之前回到家。」

老者點頭道：「天黑之前麼？沒問題。小郎君請跟我來。」說著轉過身，往那條暗巷深處走去。盲童亦拾起水桶，跟在老者身後。

沈綾也舉步跟上，不禁回頭望了一眼井邊眾人，但見那八個衣袖綴有鳥羽的白衣人仍舊站在當地，睜著金色的眼眸凝望著自己，其餘里民則各自忙著打水幹活兒，似乎早將方才的那場騷亂全數忘懷了。

沈綾心中升起一股怪異之感：他感到那些里民似乎根本看不見自己，也看不見那些身著鳥羽衣衫的白衣人；他和鳥羽白衣人彷彿突然從人們的眼前消失，再也不能引起任何人的注意。沈綾不知自己為何有此感受，於是試著向一個路人招手，那人的眼光並不望向他，果然好似見不到他一般。

沈綾暗暗驚詫：「人們當真看不到我了麼？可是我並未屏息隱身啊！這是怎麼回事？莫非……莫非那老者會使妖法？」眼見老者和盲童已一步步邁入暗巷，只能快步跟上。他再次回頭望去，那八個白衣鳥羽人仍舊站在巷子中，並未跟來，只眼睜睜地望向自己，令他心頭不禁打了個突兒；轉過一個彎後，他便再也見不到那些白衣鳥羽人的身影了。

沈綾心中驚疑忐忑，但並無勇氣試圖逃走，也不知該去向何方，只能跟著那老人走到暗巷的盡頭，來到一間簡陋的木屋之外。

老人推開木門，回頭向他一笑，說道：「不必害怕。我是上商里的大巫，你可以叫我大巫恪。我們不會傷害你的。我承諾在天黑前送你回家，便一定會送你回到家。本巫不說假話，你可以相信我。」

沈綾更不知道大巫是甚麼意思，只點了點頭。

大巫恪道：「小郎君，請進。」

沈綾跟著大巫恪進入屋中，見那木屋十分寬敞，但裡面甚麼家具擺設都沒有，只在當中地上鋪著幾張白色地氈。大巫咯請他坐下，吩咐盲童道：「快去準備果漿待客。」盲童答應了，自去屋後的廚下生火煮漿。

沈綾忍不住問道：「請問老丈，那個孩童，他是……他是瞎的麼？」

大巫咯點頭道：「是的，他叫作子尨，是老朽的孫兒。他一出生，雙眼就是瞎的。」

沈綾又問道：「方才在那巷子中時，他為甚麼……為甚麼能夠見到我？」

大巫咯道：「因為他是個巫者，雖然目盲，卻能藉由其他管道覺察世間的人事物，因此他能夠見到你。」

沈綾不知道巫者是甚麼，疑惑地問道：「那麼，當他見到我時，為何嚇成那樣？」

大巫咯微微一笑，理所當然地道：「因為你，不是尋常人。」

沈綾微微一呆，從小到大，他都是個再平庸尋常不過的孩子，除了受到主母羅氏冷漠對待之外，從不曾引起任何人的注意。他忍不住道：「我再尋常不過了，哪有甚麼不尋常的地方？」心中卻想：「我能屏息隱身，讓人見不到我，這是我唯一不尋常的地方。但那盲童並非因為見不到我而害怕啊！」

大巫咯呵呵一笑，說道：「是、是，小郎君說得是。你並沒有甚麼不尋常之處，確實是個再尋常不過的孩童。是我那孫兒性情古怪，往往能見到一些其他人見不到的物事，小郎君請別放在心上。」

沈綾還想再問，這時那盲童已回入屋中，端上一碗淡紅色的濃稠漿汁，放在他面前。

沈綾心想：「這盲童雖瞎了眼，卻能夠打水、煮漿、舀漿、端漿，當真不容易。」他謝過了，舉碗喝了一口，感到入口香甜如蜜，奇道：「請問這是甚麼？」

大巫恪道：「這是我們祖傳的桃漿，以新鮮桃子煮熟製成。」

沈綾又喝了一口，咂嘴讚道：「這桃漿真好喝！多謝老丈。」

大巫恪點頭微笑，望著他，說道：「我知道小郎君心中有許多疑問。你有甚麼問題，都可儘管問我。老朽一定知無不答，答無不盡。」

沈綾想了想，問道：「您說，您是上商里的大巫，請問大巫是甚麼？」

大巫恪點點頭，說道：「問得好。我們商人崇拜天神，所謂大巫，就是能夠與天神溝通的巫者，專職幫助人們向天神祈求，滿足人們的種種願望，就如今日佛徒向佛菩薩祈禱許願一般。」

沈綾點點頭，又問道：「您說這兒叫作上商里，住的都是殷商遺民。甚麼是殷商遺民？又為何聚居在此？」

大巫恪咧嘴一笑，說道：「殷商遺民，便是在商朝覆亡之後，不願受其他王朝統治的殷商子孫。千餘年來我們一直聚族而居，外人因此呼我們為『殷商遺民』。住在這上商里的人，」他伸手往周圍一揮，示意所有住在上商里的殷商遺民，說道：「都是商王的子孫。但我們可不是任何一位商王的子孫，而是商王載的子孫。」

沈綾連「商朝」都未曾聽過，更加未曾聽過甚麼「商王載」，露出困惑之色，問道：

「商王載？」

大巫恪神色恭敬，說道：「正是。商王載，廟號祖甲。他乃是天地間最後一位巫王。」

沈綾聽他說起「巫王」，更是一頭霧水，問道：「甚麼是巫王？」

大巫恪道：「以大巫而兼任商王者，便是『巫王』。我們殷商一朝，一共只出過兩位巫王。他們是兩兄弟，都是王昭武丁之子；一位是祖庚王曜，一位便是我們的遠祖，祖甲王載。」

沈綾點了點頭，老者所說的一切，對他而言實在太過陌生古怪，一時不知該如何再問下去。

大巫恪望著他，說道：「請問小郎君貴姓大名？」

沈綾有些不願意說，但想自己來上商里作客，又未曾違犯甚麼國法家規，便老實答道：「我姓沈，單名一個綾字。」

大巫恪點點頭，說道：「莫非小郎君出身『沈緞』沈家？」

沈綾有些驚訝，他沒想到一位居於上商里的巫者竟也聽說過自家「沈緞」的名聲，點頭說道：「正是敝門。」

大巫恪抱起雙臂，似乎在思考甚麼，忽然問道：「你可知自己是甚麼人？」

沈綾一呆，心想：「我是甚麼人，方才不是已告訴你了麼？」瞠目不答。

大巫恪並未追問，又道：「方才你在井邊見到的那些白袍人，衣袖上有鳥羽的，和被你嚇著的盲童，以及我，我們都是巫者。上商里一共有十位巫者，方才全都到齊了。他們都是來看你的。」

沈綾大奇，脫口問道：「看我？他們……不，你們為何要來看我？」

大巫恪側過頭，並不回答，卻反問道：「方才小郎君去了永寧寺，是也不是？」

沈綾想起自己在景樂寺被那黑衣術士追趕，一路逃到永寧寺外，之後忽然聽見巨響，慌亂中昏暈了過去。他回想當時的驚慌恐懼，對照此刻身處於這平和安靜的木屋之中，不禁感到恍若隔世，隨即點了點頭。

大巫恪道：「你在永寧寺時，發生了甚麼事？」

沈綾回想早先的情景，心有餘悸，說道：「我造訪了永寧寺後，又去左近的景樂寺看戲法。我躲在帳幕裡，看到一個變戲法的黑衣術士作假，用從市場買來的棗子充作白馬寺的棗子，賣給觀眾。」他說到這裡，忍不住問道：「大巫，那黑衣術士是個巫者麼？他若是巫者，又為何需要作假？」

大巫恪沉吟道：「你在景樂寺見到的那位黑衣術士，我猜想應當是個半巫，雖有點兒法力，但並不怎麼高明。這些術士為了賺錢營生，表演時使些伎倆，作虛弄假，也是常有的。」

沈綾甚是好奇，問道：「那麼真正的巫者會做些甚麼？法力高強的巫者，能讓一顆種子立即長成樹木、結出果子麼？你們也會麼？」

大巫咎搖頭道：「這樣的巫術是有的，但殷商巫者不使這等術數。我們的職責是與天神溝通，向天神求問釋疑，變術法這等把戲，我們是不做的。」又問道：「後來如何了？」

沈綾回想之前的經歷，續道：「後來那個黑衣術士忽然走進帳幕，發現了我，對我大聲呼喝，我趕緊逃出帳幕，他也跟著追上。我跑著跑著，又回到了永寧寺外，忽然聽見巨大的聲響，地面震動，我眼前一黑，就暈了過去。醒來時，我看到……看到永寧寺塔正在燃燒，最後整個寺塔都倒塌下來了。」

大巫咎皺起眉頭，問道：「小郎君所見，是否清晰？」

沈綾點頭道：「非常清晰，有如……有如真實發生的一般。」

大巫咎問道：「你說，有如真實發生的一般，因此，那並不是真的？」

沈綾搖搖頭，說道：「那不是真的。我再看時，寶塔並沒有倒塌，也未曾燃燒，一切跟之前一樣，想來我看到的只是……只是幻象。我不知道之前那聲巨響是甚麼，只見到周圍幾百人一邊尖叫，一邊狂奔，四下混亂得緊。我嚇得狠了，瞥見那黑衣術士站在人群之中仰望天際，我怕他又來追我，就趕緊逃了。我奔出許久，出了一道城門，在一株大樹下坐倒，之後便累得睡著了；醒來時感到口渴，見到前面有口井，就去打水喝，後來才知道那是上商里中的井。之後就見到……見到了您的孫兒。」

大巫恪緩緩點頭，說道：「原來如此。你不必害怕，方才不過是起了陣大風，將永寧寺塔上的寶瓶吹鬆了，跌落到地面。」

沈綾一驚，說道：「寶瓶從天跌落？寶塔那麼高，寶瓶那麼沉重……可砸傷人了沒有？」

大巫恪閉上眼睛一會兒，才睜眼說道：「傷了好些人，但無人喪命。」

沈綾鬆了口氣，說道：「無人喪命就好。但願傷者的傷勢並不嚴重。」又問道：「好端端的，怎會忽然颳起大風？」

大巫恪搖頭道：「我等巫者，對世間的一些人事物，往往會有異於他人的感受。永寧寺離這兒甚遠，但那兒一發生異動，我等便都覺察到了，甚至知道是大風颳下了寺塔頂端的寶瓶，但老朽卻不知為何會忽起大風。」

沈綾甚感疑惑，但既然連大巫恪都不知道大風的起因，他自然更加不可能猜出其中因由。

大巫恪又道：「就如你一跨入里中，我們便都覺察到了。上商里的巫者們覺知到你在井邊，因此都聚集到井邊，只為了看看你，並無他意。」

沈綾聽了，不禁感到一陣毛骨悚然，追問道：「為甚麼要看我？我可……可不是甚麼巫者啊！」心中卻電光石火地尋思：「我能夠隱身，莫非……那是一種巫術？莫非我是個巫者，因此他們才特意來看我？巫者又究竟是甚麼？」

大巫咎笑了，說道：「莫驚，莫憂。沈家二郎，你並非巫者，不必擔心。」

沈綾稍稍鬆了口氣，但仍不明白這些巫者方才為何聚集在一起，只為了「看看自己」？他還想多問，卻不知該從何問起，忽爾又想：「慢著，他怎知道我是沈家二郎？」

但聽大巫咎又道：「往後你若遇見其他巫者，不必害怕，也不必大驚小怪。他們是無法傷害你的。」

沈綾這輩子從未離開家門，從未見過巫者，甚至連「巫者」兩字都未曾聽說過；今日來到上商里，卻一下子見到了十位巫者，只覺一切都如做夢一般，呆在當地，心中有千百個問題想問，又不知該從何問起。

大巫咎安慰他道：「二郎不必擔憂，也不須過慮。老朽方才說要跟你講些故事，這就講幾個故事給你聽吧！」

沈綾暫且放下滿腹疑問，點了點頭。大巫咎於是說了三個春秋戰國時的故事，包括楚莊王「一鳴驚人」、楚人汴和發現「和氏璧」，以及趙國大將廉頗向上卿藺相如「負荊請罪」的故事。沈綾從小到大，從來沒有人跟他說過這麼多故事，只聽得津津有味。

聽了三個故事後，沈綾還想再聽，大巫咎卻改變話題，說道：「你回去後，可以想想這幾個故事中的意義。楚莊王為何深藏不露，不讓人知道他的才能？」

沈綾微微一怔，想了想，說道：「他是為了觀察和學習如何做君王麼？」

大巫咎點點頭，說道：「正是。他是為了弄明白怎麼做國君，是以才蓄意甚麼都不做，花了三年的光陰慢慢觀察；等到他將國事和臣子們的能力性情都摸得一清二楚了，才開始大刀闊斧地改革，因此能夠一鳴驚人，讓所有人見識到他的才能和手段。」

沈綾若有所悟，點了點頭。

大巫恪又道：「和氏璧乃是天下罕見的奇珍，但外表卻只是一塊粗糙的石頭，只有識貨的汴和能夠看出石中藏著美玉。一塊稀世美玉，為何會藏在粗糙的石頭當中？又為何需要一位有經驗的探玉者，才能發現石中之玉？」

沈綾心中一動：「他不斷提到隱藏，莫非他知道我能夠屏息隱身之事？」一時沒有回答。

大巫恪續道：「至於那負荊請罪的故事，你想想，廉頗知道自己錯了，只須私下去跟藺相如道歉便是，為何卻要蓄意脫了衣衫、背上荊條，公開去藺相如的家中請罪？」

沈綾想了想，說道：「他是否為了讓趙國中的所有人都知道他錯了，並且讓人們知道藺相如有多麼值得尊重？他當眾請罪之後，得到藺相如的原諒，此後兩人便可以公開做好朋友了。」

大巫恪點頭道：「你說得不錯。有的時候，人應當隱藏自己，如楚莊王那般甚麼都不做，或是如和氏璧那般深藏在石頭當中。但是有的時候，人卻必須讓人看到自己，有如楚王親政，和氏璧出石，以及廉頗負荊請罪那般。你明白麼？」

沈綾甚感困惑，搖頭道：「我明白，但也不明白。」

大巫咯問道：「你不明白甚麼？」

沈綾吸了一口氣，說道：「我不明白……何時應當隱藏自己，何時又應當讓人見到自己？」

大巫咯一笑，說道：「在此之前，你一直致力於隱藏自己，不讓他人見到你，是麼？沈家二郎，若你願意聽從老朽的建議，那麼從此刻開始，你在家中之時，切勿隱藏自己，而是要開始讓家人見到你，看得清清楚楚、毫無遮掩。」

沈綾聞言，心中一震，低下頭說道：「但是我害怕……害怕讓他們見到我。」

大巫咯搖頭道：「那是因為你不知道自己是誰。當你明白自己是誰時，便不會害怕被人見到了，尤其是你的家人。」

沈綾不知該如何回答，吸了一口氣，心想：「我該聽從他的話，從此再也不隱藏自己麼？但是隱藏自己的好處那麼多，不但可以省去無數的麻煩，更能免去無數的責罵屈辱。」

大巫咯似乎明白他的心思，微笑地望著他，沒有言語，過了一會兒，才又開口道：「我方才所言，僅限於你沈家中人。至於外人，可就另當別論了。你在沈家大宅中時，不應隱藏自己；然而一出沈家大門，便須小心謹慎。」

沈綾雖聽進了大巫咯的言語，卻不甚明白他的用意，只點了點頭，想著滿腹心事，陷入沉默。

大巫咎轉頭望向窗外，緩緩說道：「我答應天黑前要送你回家，你這該離去了。」

沈綾一驚，說道：「哎喲，您說得是，天快要黑了！」他甚想再多問問大巫咎言下之意，但心想自己確實該回家了，不能再耽擱，於是趕緊起身告辭。

大巫咎送他到門口，說道：「你來上商里見到老朽之事，不足為外人道。貴府家人倘若問起，切勿提起你曾來過上商里，也切勿說出你曾見過老朽或其他巫者等事，免得他們心生疑慮，無端擔憂。」

沈綾見他神態嚴肅，便點頭答應了。臨出門時，大巫咎忽然叫住了他，說道：「明年歲末午後，你去一趟平等寺，看看寺門外的金佛。」

沈綾奇道：「平等寺？為何要看寺外的金佛？」

大巫咎不答，轉對盲童道：「子尨，你送沈家二郎回家去。」

那盲童尨原本縮在屋子角落，聽見大巫咎的吩咐，立即跳起身，當先奔出門外，招手讓沈綾跟上。沈綾再次向大巫咎行禮告別，出門而去。

子尨雖瞎了眼，但腳下奇快，沈綾需得拚命快奔，方能跟上。子尨領著他穿過幾條小巷，東穿西繞，不多時便奔出了上商里。

沈綾勉強跟在他身後，口中叫道：「等等我，等等我！」正跑得上氣不接下氣時，猛一抬頭，但見家門口竟然便在眼前，自己不知何時已進入了阜財里，回到自己的家門之外了！

盲童子尨對他揮揮手，便飛奔而去，轉眼消失在轉角。

沈綾抬頭望天，但見彩霞滿天，正是黃昏時分，果然尚未天黑。

第六章　轉機

當沈氏父子驅車趕到永寧寺左近時，只見人潮擁擠，人們驚呼不斷，四下一片混亂，馬車更駛不到寺門之前。兩人不知發生何了何等災變，詢問路人，也無人知曉，自都大感焦慮。

沈維道：「待我上前瞧瞧。」跳下車來，從人群中逆向硬擠前行，好不容易才來到永寧寺門口。這時接待沈家母女的知客僧恰好在門口引導香客疏散，認出了沈維，招手叫道：「沈家大郎！」

沈維連忙擠上前，行禮道：「師父！請問您知道家母和舍妹在何處麼？」

一片混亂嘈雜中，知客僧高聲答道：「夫人和兩位小娘子一個多時辰前便已離開敝寺，往景樂寺觀賞雜技了。雜技早已結束，她們想必已啟程回府。」

沈維鬆了口氣，忙向知客僧道謝，擠回馬車旁，告知父親。沈拓這才放下心來，說道：「你阿娘和妹妹們應當平安無事，我們回府吧！」

父子回到家時，聽冉管事說羅氏、沈雁和沈雒都已平安返家，這才放下心來，慶幸家人盡數平安。沈維回居處「多寶閣」更衣梳洗，沈拓則回了夫婦所居的「鳳凰臺」。

羅氏從寢室中快步迎出，見到丈夫，也鬆了口氣，說道：「你可回來啦！我剛剛才派人去總舖尋找你和大郎，你們都沒事麼？」

沈拓道：「我們沒事。我們在回家路上聽見巨響，便趕去永寧寺那兒探望，知客僧說妳們早已離開永寧寺、去了景樂寺，看完戲法後便已離開，我們便趕緊回家來了。那兒出了甚麼事？妳們當時人在何處？」

羅氏道：「出事時，我們已離開景樂寺，正在回家途中。我也不知那兒發生了甚麼事？」

沈拓問道：「雁兒、雛兒呢？」

羅氏道：「她們都平安，各自回居處沐浴更衣了。」

沈拓忽然想起小兒沈綾，問道：「綾兒呢？」

羅氏微微一呆，脫口道：「我不知道。」

沈拓心中一驚，忙轉頭吩咐奴僕道：「快叫冉管事來！」

冉管事匆匆趕來主人夫婦居住的鳳凰臺外廳，沈拓問道：「二郎回家了麼？」

冉管事一呆，他並不知道二郎沈綾回到家了沒有，忙道：「小人不知，這便去問。」立即遣奴僕去尋找二郎，不久之後，奴僕回報道：「回冉管事，二郎尚未回家。」

沈拓大驚，望向妻子；羅氏微微皺眉，她不能讓丈夫知道她將一個八歲孩童留在洛陽城街頭，任他自己步行回家，於是掩飾道：「我早先已讓于叟送他回家了，也不知他跑去了何處？」

沈拓聞言，急得快步出了鳳凰臺，向正堂走去，邊走邊對冉管事道：「快叫于叟來正堂見我！」

羅氏好生忐忑，陸婇兒在旁低聲道：「姨母，我們得趕緊跟去，免得于叟亂說話，惹惱了姨父。」

羅氏心中一跳，點頭稱是，連忙追上丈夫，來到正堂，嵇嫂和陸婇兒尾隨其後。

于叟聽說主人呼喚自己，匆匆來到正堂門外，見主人沈拓神色焦急，主母羅氏卻臉色陰沉。陸婇兒搶上兩步，劈頭便問：「夫人讓你送二郎回家，後來如何了？他不肯回家，自己溜出去玩兒了，是也不是？」

于叟不明白陸婇兒的言語，甚感糊塗，支支吾吾地道：「這個……這個……二郎還沒回家？」

陸婇兒道：「是啊！冉管事讓奴僕們找遍了全家，他不在府裡。」不斷向于叟使眼色，手藏在袖子中，暗暗指向沈拓。

于叟見了陸婇兒的眼神手勢，恍然大悟，明白主母不願讓主人知道她曾將二郎單獨留在洛陽街頭，尤其城中不知發生了甚麼災變，二郎一個稚齡小童，倘若有個三長兩短，那干係可大了。于叟心中怦怦亂跳，他性情耿直單純，不善說謊，卻知道自己必須替主母圓謊，不然定會遭她趕出家門。他全身流著冷汗，斷斷續續地道：「這個……我……我那個，奉夫人之命，送二郎回家啦！」

羅氏聽他替自己圓謊遮掩，放下了心，點了點頭。

沈拓追問道：「後來呢？你可曾看著他進入家門？」

于叟一張臉漲成紫醬色，只能硬著頭皮，繼續撒謊道：「到家門口時，我急著回去永寧寺接夫人和兩位小娘子，也沒望著二郎進門，可能他並未走進家門？是以……是以我也不知道他去了哪兒。但他應當就在左近，不曾走遠吧？」

沈拓聽說兒子已被送回家門外，阜財里離永寧寺甚遠，應當不致被捲入災變意外之中，面色放緩，說道：「在家附近就好。冉管事，你帶上幾個奴僕，在阜財里尋尋二郎，盡快帶他回家！」冉管事答應去了。

就在這時，一個瘦小身形出現在正堂的門外，出聲說道：「阿爺，我回來了。」正是沈綾。

沈拓見到幼子，鬆了口氣，對于叟道：「好了，沒事了，你去吧。」于叟如釋重負，連忙磕頭退去。

沈拓見沈綾平安歸家，大為放心，但也不禁著惱起來，喝道：「你過來！」

沈綾來到父親身前，沈拓聲色俱厲地斥責道：「主母讓于叟送你回家，你怎地不進家門，卻自己跑出去，在外頭玩了大半日才回來？」

沈綾聽了，望向羅氏，見她狠狠地盯著自己，哪敢說出自己被主母扔在街頭、需得自己步行回家的實情，於是低下了頭，悶不作聲。

沈拓大聲喝斥道：「說！你跑去哪兒玩了？」

沈綾不敢不答，又不能說出自己去過永寧寺、景樂寺和上商里等地，只支支吾吾地道：「小子並沒有去哪兒玩，就在阜財里四處走了走。」

沈拓大怒，喝道：「主母讓人送你回家，你竟敢貪玩，自己溜出去到處玩耍！」

沈綾從未見過阿爺如此疾言厲色，頓時心驚膽戰，又不知該如何自辯，直嚇得哭了起來，站在當地，眼淚鼻涕齊落，模樣狼狽至極。當此危急之際，他無暇多想，吸了一口氣，打算屏住氣息，隱藏自己，讓所有人都看不到他，好躲過阿爺的怒責懲罰。就在他開始緩緩吐氣之時，猛然想起大巫恪勸告自己的言語：「從此刻開始，你在家中之時，切勿隱藏自己，而要開始讓家人見到你，看得清清楚楚、毫無遮掩。」

沈綾立即停止吐氣，心中好生掙扎：「讓阿爺看見我站在這兒哭泣，又有甚麼好處？又怎能讓阿爺多疼我一些，讓我在家中的日子好過一些？」

果不其然，沈拓見他哭泣的狼狽模樣，更加憤怒了，厲聲道：「哭甚麼？不准哭！」

沈綾一時止不住淚，全身不住發抖，哭得更急了。

沈拓滿臉煞氣，隨手抓起一根棍子，大步上前，舉棍便要向這幼子打下。沈綾嚇得跪倒在地，伸手抱住了頭。

就在這時，一個小小的身形衝上前來，張開雙臂，攔在沈綾身前，脆聲叫道：「阿爺且慢！」

沈拓的棍子舉在空中，無法落下；他看清楚了，這人竟是小女兒沈雒！

沈雒圓圓的小臉上滿是執拗之色，抬起頭，昂然說道：「阿爺，您為甚麼要打小兄？」

沈拓沉下臉道：「雒兒，讓開了！妳小兄不聽妳阿娘的話，自己在外面亂走了大半日，我要好好教訓他一頓，讓他不敢再犯！」

沈雒面對著父親，神色堅定，說道：「阿爺！我聽大人們說，阿爺小小年紀，便相助阿翁開創『沈緞』；阿兄也是一般，自幼起便跟在阿爺身邊幫手經營主意。小兄年紀雖小，但也不能整日躲在家中不知世事啊！小兄有勇氣單獨出門走走，正是為了增長見識膽量，往後好幫得上阿爺的忙，替阿爺分憂啊！阿爺整日讓他留在家中，他長大後又怎能跟阿翁、阿爺和大兄一般，為『沈緞』出力呢？」

沈拓一怔，沒想到自己的小女兒竟能說出這番話，一股翻騰的怒氣登時消停了些，暗想：「雒兒所說倒也沒錯。我十歲時，便已跟著阿爺北上洛陽了，維兒也是自幼跟在我身邊，學習經營絲綢生意。如今綾兒已有八歲，單獨出門遊蕩半日，也沒出甚麼事，我便對他大發脾氣，確實無理。」心中不禁生起一股歉疚自責，暗想：「我整日將大郎帶在身邊，對二郎可就完全輕忽了。」

想到此處，沈拓當即放下了高舉的手，吐了一口氣，說道：「雒兒說得不錯。我們沈家之子，的確必須有膽有識，才能闖蕩天下、拓展生意。但是綾兒，你年紀太小，眼下還幫不上忙；你有獨自出門的勇氣，並非壞事，然而你在外遊蕩，並未跟家中任何人交代一聲，總是不對。阿爺罰你此後三個月不准出門，你知錯了麼？」

沈綾沒想到阿爺被小妹的一番話說動，竟然就此息怒，不責打自己了；而且他向來不出家門，這處罰便跟沒有處罰一般，不禁又驚又喜，連忙擦去眼淚，拜倒說道：「小子知錯了，敬領阿爺責罰！」

沈拓擺手道：「好了，沒事了，你自去歇息吧。」

沈綾再次向父親磕頭，爬起身，對小妹投去感激莫名的眼光。沈雒側頭對他一笑，笑容中滿是溫暖安慰之意。然而沈綾留意到她的衣袖微微顫抖，心想：「小妹畢竟年幼，雖受阿爺寵愛，但這般當眾頂撞父親，卻也是頭一遭，想必害怕得緊。我往後可不能再給她添麻煩了。」

他匆匆退下，出了正堂，快步回到自己位於廚房旁的狹窄隔間，一顆心仍怦怦狂跳，暗自尋思：「上商里大巫恪說的話，似乎有點兒道理。方才我若隱藏起來，阿爺便不會見到我，不會對我大發脾氣；然而我若隱藏起來，小妹便見不著阿爺發怒打我的情景，也不會為我挺身而出、幫我說話，我也不會知道她竟會這麼迴護我了。」

他坐在自己簡陋的榻上，回想著這一日發生的件件事情：從父親堅持要帶自己一同去給駙馬拜壽，自己無衣可換，大姊出頭解圍，一家人來到駙馬府，自己屏息隱身；之後遭主母羅氏拋棄街頭，遇阿寬請喝酪漿，赴義井里飲水，上景樂寺看戲法，被黑衣術士追趕，奔至永寧寺時聽見轟然巨響，昏厥過去；其後來到上商里，遇見盲童子彪和大巫愘等情。種種人物、影像、情景在他腦中此起彼落、輪轉不息。這一天中發生的事，比他出生八年以來發生的所有事情加起來都更加變幻莫測、詭異複雜，他思忖良久，只感到一股難言的疲倦襲上心頭，顧不得還未進食晚膳，一頭倒在榻上，閉上眼睛，立即便沉沉睡去。

沈拓罰庶子沈綾三個月不准出門、將他遣出之後，吁了口氣，在正堂中坐了下來，望向妻子，說道：「全家人都平安就好。」

羅氏並不出聲，心中也暗暗鬆了口氣，心想：「幸好婇兒機靈，一上來便出言鎮住了于叟；于叟也算乖覺，沒說出不該說的話。」又想起沈綾那豎子遭丈夫責罵時，並未說出自己將他棄於街頭、讓他自行回家之事，不禁暗自慶幸。她知道即使丈夫對自己百般尊重敬愛，但若得知她竟將個八歲幼子丟在城中，任其步行回家，想必將大發雷霆，絕不寬待。

羅氏想著想著，對沈綾這孩子不禁愈發忌憚厭惡，籌思：「這豎子平日躲在角落裡不出聲、不露面，那不是挺好的麼？今日他非但跟著出門拜壽，還給拓郎教訓一頓，在拓郎面前出現了一整日，這絕非好事。」又勉強安慰自己：「所幸拓郎很快又要出門了。等他出門後，便不怕這豎子再作怪。」

沈拓招手讓小女兒沈雒近前，伸手攬著她，神色寵溺，笑道：「雒兒，阿爺可真沒想到，妳小小年紀，說起話來倒是有條有理，理直氣壯啊！」

沈雒依在父親懷裡，嘟起嘴撒嬌道：「阿爺，您那麼少回家，一回家就凶巴巴地訓斥人，可嚇壞人了。」

沈拓將小女兒抱起放在自己膝頭，笑道：「阿爺怎會對妳凶呢？況且我們雒兒可是女中丈夫，天不怕、地不怕，阿爺怎麼嚇得著妳？」

沈雒道：「我是不怕，但是小兒少見阿爺，想必要害怕了。」

羅氏望著這一幕，心中一動，招手道：「雒兒，妳過來。」

沈雒從沈拓膝頭而下，來到母親身前，羅氏微笑著撫摸她的頭髮，對丈夫道：「拓郎，你看我們的雒兒多麼聰明伶俐，當真是不讓鬚眉啊！維兒和雁兒七歲時，你已請先生來教他們讀書識字，並開始學算數啦。如今雒兒也七歲了，是否該給她請位先生，讓她開始學書識字呢？」

沈拓點頭道：「娘子說得是。之前我們給大郎和大娘請的，是隔壁里的高先生吧？明日我寫張延師帖子，讓冉管事帶上幾疋新製『沈緞』，送去高家，請問高先生願不願意來家中教授雒兒。」

沈雒甚是高興，拍手笑道：「那真是太好啦！」忽然又苦下臉，說道：「但是我一個人學書，多麼枯燥無趣啊！阿娘幫我找個伴兒，跟我一塊兒學書吧！」

羅氏微微皺眉，問身後的嵇嫂道：「家中可有女孩兒能陪雒兒一塊學書麼？」

嵇嫂道：「婇兒是主母的表外甥女，不如讓她陪二娘一塊兒學書吧？」

羅氏搖頭道：「婇兒都十五歲了，怎能陪著一個七歲的娃兒學書？之前婇兒曾陪雁兒一塊兒學書，兩人年齡雖近，卻相處不來，後來雁兒便不要婇兒陪讀了。是不是，婇兒？」

婇兒跪在羅氏身旁，臉上帶著微笑，垂首答道：「姨母說得不錯。婇兒蠢笨，跟不上大娘讀書的進度，因此惹得大娘嫌棄了。」

羅氏和嵇嫂一起皺眉苦思，討論究竟可以找誰家女兒來給沈雒伴讀。沈家上一代才北遷洛陽，城中親戚只有沈拓之姊一家人，其二子皆已成年；羅氏出身的鮮卑將門則人丁單薄，並無和沈雒年齡相近的女孩兒。至於同里的富商之家則多為漢人，不興讓女兒學書識字，也絕不會讓女兒到沈家來陪沈雒學書。即便沈家作風豪爽大方，倘若讓沈雒跟男孩兒一塊學書，也不免招人議論。羅氏想不出個好人選，最後問沈拓道：「拓郎，你說呢？」

沈拓也皺起眉頭，一時想不出甚麼主意，這時沈雒插口道：「阿爺！為甚麼不讓小兄跟我一塊兒學書呢？」

這話一出，沈拓不禁心頭一驚：「啊喲，我方才還自責輕忽了綾兒，一轉眼竟又全忘了他！雒兒和雁兒都是從小便讀書識字，我怎地就沒想到綾兒也該學習呢！」當下說道：「雒兒這主意不錯。綾兒八歲了，也早到了該學書的年紀。」

羅氏卻臉一沉，說道：「雛兒，妳自己跟先生學書就好。那小子愚癡蠢笨，甚麼都學不會，豈不拖累了妳！」

沈雛睜大眼睛，說道：「阿娘，從小到大，您並未跟小兄說過幾句話，怎麼知道他是聰明還是愚笨？」

沈拓知道妻子一定會反對讓沈綾學書，但既已決定給小女兒請先生，她又恰好需要學伴，若不讓沈綾跟妹妹一塊兒學書，那可實在說不過去了。於是他打定主意，咳嗽一聲，說道：「愚笨也好，聰明也好，我沈家的孩子，怎能不識得文字？既然要請先生，雛兒又需要伴兒，當然是讓綾兒和雛兒一塊兒學最好了。」

羅氏反駁道：「這怎麼行？那孩子不但一副愚笨樣兒，而且生性叛逆懶惰，定會擾亂先生授課，豈不令雛兒也學不好了？」

沈拓擺手道：「這樣吧，我嚴厲告誡綾兒，命他必須認真學習，想來他不敢不聽從。」

羅氏仍不放棄，說道：「要是他愚蠢魯鈍，甚麼都學不會呢？」

沈拓並不知沈綾資質如何，確實也有些擔心，說道：「那不如這樣吧，先讓孩子們上幾堂課，待我看看情況再說。綾兒若當真跟不上雛兒的進度，我再替他另請先生，分開學書罷了。」

羅氏一聽，當真是氣不打一處來，心想：「我提議讓雛兒開始學書，豈知竟平白給了那小子機會！」正想開口，但聽女兒沈雒笑道：「阿爺不必擔心，小兄可比我聰明多啦！只有我跟不上他，沒有他跟不上我的。」

羅氏聽女兒稱讚沈綾聰明，忍不住橫了女兒一眼，斥道：「雒兒，妳又知道甚麼！不可胡說大話。」沈雒見母親不快，吐吐舌頭，不敢再說。

沈拓道：「就先這麼辦吧。待我寫個帖子，讓冉管事送去給高先生，請他同時教授兩個孩子。過得一段時日，我問問高先生他們學得如何，再做決定罷了。」

羅氏眼見此事難以阻止，不想再於小女兒眼前與丈夫爭執，只能不情不願地不再發言。

沈雒忽然問道：「阿爺，高先生教我們讀書識字，那誰來教我們算數呢？」

沈拓道：「這個容易，我讓總舖的帳房管事羊先生來家裡教你們吧。」

沈雒笑道：「羊先生嚴肅得緊，我從來沒見他笑過。阿爺，您定要跟羊先生說，可不能對我太凶喔！」

沈拓笑了，說道：「對妳啊，就是要凶一點，不然可要被妳騎到頭上去了！好了，咱們忙了一整日，該進晚膳了。冉管事，去請大郎和大娘。」

羅氏也吩咐道：「婇兒，妳去跟廚下喬廚娘說，設宴沐恩堂，進晚膳。」婇兒答應去了。

此時已近傍晚，沈氏夫婦和大兒沈維、大女沈雁及小女沈雒五人來到沐恩堂，共進晚膳。沐恩堂中的主要擺設，乃是公主和駙馬親賜的一對三尺高白玉駿馬，沈拓因此將其命名為「沐恩堂」。這時僕婦已在堂上安置了三張漆金雕花食案，一張長案向南面門，乃是沈氏夫婦的席位；東首面西單獨一張，乃是大郎沈維的席位；西首面東另有一張長案，自是沈雁和沈雒姊妹的席位。案旁放置錦緞坐墊，坐墊後置檀木鏤雕憑几，案上鋪著繡花緞墊，墊上整整齊齊地陳列著成套的銀箸玉碗。沈家眾人在各自的席位坐定，僕婦從廚下端上種種山珍海味，美味佳餚，一一分置於各人面前案上。沈拓舉起銀箸，說道：「家人團聚，乃是天下至幸。來！進膳吧。」

一家人正享用著喬廚娘親炙的奇珍異饌，沈拓注意到冉管事來到沐恩堂門外，便問道：「冉管事，可是有事稟報？」

冉管事躬身道：「正是。稟告阿郎和娘子，我等得到消息，終於知道今日永寧寺那兒發生甚麼事了。」

沈家眾人都極為好奇，一齊問道：「發生了甚麼事？」

冉管事道：「約莫未時，城中不知為何忽然颳起大風，席捲洛陽城中。各處樹枝横折，屋瓦亂飛，永寧寺塔因高聳入雲，受風更大，塔上寶瓶隨風而落，猛擊於地，深入地下丈餘。塔旁香客、僧眾、遊人被寶瓶傷者共有三十餘人，所幸無人喪命（注）。」

沈家眾人聽了，都驚嘆唏噓不已。沈雒甚感哀傷，說道：「我今日才聽知客僧師父講說永寧寺塔頂上寶瓶的故事，誰知下午寶瓶就給大風吹下來了！」

沈雁拍拍胸口，說道：「我們早先去過永寧寺，寶瓶是在我們離開後才跌下的，當真是佛祖保佑啊！」

沈維則道：「這寶塔乃是當朝胡太后所建，出了這麼大的事，不知太后將如何處置？」

沈拓沉吟道：「想必將盡快另鑄新瓶，重置塔頂吧？」

果如沈拓所料，胡太后得知永寧塔頂的寶瓶遭狂風吹落後，大感詭異不祥，立即命工匠更鑄新瓶；三個月後，工匠將新鑄寶瓶安置於永寧寺塔頂，太后並下令城中各寺同時舉行盛大法會，為大魏皇室消災祈福。這是後話。

當夜沈家眾人在沐恩堂中共進晚膳，談笑風生，其樂融融。沈拓望向妻子兒女，心中忽然動念：「我們一家人難得團聚，該讓綾兒一同來用膳才是。」但想起今日不但為了他與妻子口角，又因他不曾立即回家而發怒斥責於他，便索罷了。

沈雒口中雖不說，卻一邊飲食，一邊東張西望，似乎在尋找等候甚麼人；沈維和沈雁兄妹熱絡地談論著今日在駙馬府邸的所見所聞，都不曾提起庶弟沈綾；但兄妹倆談了一陣之後，便靜默下來，若有所思，似乎也無法擺脫堂中少了一人的尷尬。

注《洛陽伽藍記．卷一》：「至孝昌二年中，大風發屋拔樹，永寧寺剎上寶瓶，隨風而落，入地丈餘。復命工匠更鑄新瓶。」

就在這一日，八歲的沈家庶子沈綾進入了沈家眾人的視線，也悄悄闖入了他們的心中，沈家眾人再也無法對他視而不見、輕易忘卻。

晚間，羅氏想起今日諸事，仍舊難以釋懷，一回到夫婦的居處鳳凰臺，便板起臉，質問沈拓道：「拓郎，你為何執意讓那孩子跟維兒一同讀書學數？他是個庶子，出身低下卑微，往後只應盡心為奴為僕，為拓郎和大郎效力。倘若他學懂了書算，將來若生起狼子野心，我們怎麼管得住他！」

沈拓早料到妻子會大力反對，已然想好了對策，於是溫言說道：「娘子，妳聽我說。我隨先父創業之時，只能獨力奔走，總感到缺了個臂膀，少了個倚靠。維兒認真能幹，擔得大任，往後自能接手『沈緞』的經營；但他如今與我當年一般，亦只能單槍匹馬、單打獨鬥。綾兒與維兒乃是兄弟之親，我們將綾兒教好了，正可以成為維兒的得力助手。日後維兒處理沈家諸事時，也有個兄弟可以商量倚靠，有何不好？」

羅氏只生了沈維一個兒子，聽了丈夫的話，微感自責，難以辯駁，但她仍道：「誰說維兒沒有臂膀？雁兒聰明能幹，她是維兒的親妹妹，自能幫得上忙。雛兒還小，但她靈巧細心，長大之後，必也是她大兄的助力。」

沈拓點頭道：「不錯，兩個女兒都聰明伶俐，但她們遲早都得出嫁。出嫁之後，須以夫家為重，想必便不能全心協助維兒處理沈家事務、經營『沈緞』了。」

羅氏知道漢人習俗，女兒出嫁後便是夫家的人了，自己雖不認同這習俗，卻也難以改變。沈拓的這一番話，明白指出若讓沈綾學文識算，便等同幫助愛子沈維多有助力，她又怎能堅持反對呢？但想起要讓沈綾那庶子留在家中幫助大郎，她便感到一陣難言的厭惡，心想：「維兒才不需要什麼臂膀！那小子怎能留在家中？等他一成年，我就趕他出門，讓他自謀生計去，絕不讓他留下！」

她越想越惱怒，忽然動念：「讓維兒早日成婚生子，不就解決缺乏助力的問題了？」於是轉變話題，說道：「維兒年紀也不小了，雁兒都已定下親事，我們也該趕緊給維兒定親才是。他若有個賢內助，早早給他生下幾個兒子，那麼沈家便不擔憂缺少人丁，維兒有了妻子，也不必擔憂無人商量、無人相助了。」

她只道丈夫也極想早日給長子定下親事，沒想到沈拓聽了，卻不置可否，話題又轉回沈綾身上，說道：「大郎的婚事不急。我明白妳的心思，妳不樂見綾兒太過能幹，更不願讓他參與『沈緞』經營、與維兒相爭。但我還是這一句話：綾兒是我沈家之子，我身為其父，負有教養之責。我怎能讓他一日日長大，卻不識字、不懂算？那豈不成了街邊乞兒之流？」

羅氏雖極為不願，卻也難以辯駁；沈綾雖是庶子，畢竟是沈拓的骨肉，若連書都不讓他讀，令他成個不識字的文盲，傳了出去，有害沈家名聲。她心中又急又怒，又感無奈，只能咬著嘴唇，賭氣不語。

沈拓安慰她道：「娘子，不論是漢人家法或是鮮卑習俗，家產都只能傳給嫡子，庶子不得繼承半分。此事妳不須擔心，綾兒絕不可能跟維兒爭奪沈家家產。況且維兒年紀比綾兒大得多，自能管得住他。」

羅氏一頓足，惱道：「你今日不聽我的話，未來有何後果，我可不管了！」回身進入自己的寢室，不再理會丈夫。

次日清晨，沈綾感到有人在搖晃自己，迷迷糊糊地睜開眼，但見一人跪在自己榻前，卻是帳房的學徒勒子。勒子一邊搖他，一邊叫道：「二郎！快起身啦！主人讓你去帳房見他。快、快！主人趕著要出門哩。」

沈綾睡眼惺忪地道：「阿爺喚我？」他從小到大，父親從來未派人來喚他去見，不禁一個激靈，戰戰兢兢暗想：「是否因為我昨日在外頭胡逛，太晚回家，阿爺始終未能原諒，因此再次叫我去訓斥？」心中胡思亂想，一低頭，發現身上還穿著昨日大姊借給自己的那套大兄年幼時的衣褲；昨夜他回房之後，疲累過度，全忘了換下衣衫，一倒下便昏睡過去了。

在勒子的催促下，沈綾趕緊換上自己平日的粗布衣褲，匆匆來到帳房，但見父親和沈緞的帳房管事羊先生坐在其中，正審閱沈宅當月的帳本。羊先生深受老主人沈譽的信任，不但讓他掌管「沈緞」的所有帳目，連沈家大宅的帳目也由他全權主理。因此羊先生通常於清晨時分來到沈宅帳房，處理沈宅帳務；日中才趕去洛陽大市「沈緞」總舖，計算謄抄舖頭帳目，往往直至深夜。

沈拓闔上沈宅帳本，點點頭，滿意地道：「我見你自本月起，開始採用新的格式記帳，帳目清楚，謄寫詳細，很好、很好。以後桑園、絲坊、染房以及總舖和各分舖，也都該這麼記帳才好。」

羊先生躬身道：「謹遵東家之命。小人已計畫從下月開始，一律修改『沈緞』的帳目，採用宅中的記帳方式。」

沈拓道：「甚好。」抬頭見到沈綾，和顏悅色地道：「綾兒來了。你今年已有八歲，該開始學習讀書算數了。我已讓人去延請高先生來家中開塾，教你和小妹識字讀書。」

沈綾並不知道昨日自己離去後，羅氏曾提議給小妹請先生學書，而小妹乘機將自己也拉上了。這時他聽阿爺這麼說，驚訝無已，呆在當地，好一會兒才回過神來，趕緊答道：「是，阿爺。」

沈拓又道：「至於算數，羊先生，我想請你指點二郎和二娘學習算數，不知先生意下如何？」

羊先生聞言，皺起眉頭，瞇起老眼，直望著沈綾，神色凝肅，並不答話；沈綾被他的目光望得低下頭去。

沈拓這一問，原也只是客氣話；羊先生乃是沈家帳房管事，主人命他教二郎和二娘算數，他又怎會拒絕，怎能拒絕？但見羊先生神色奇特，竟不回答自己的問話，心中起疑，望望羊先生，又望望沈綾，皺眉問道：「綾兒，你如何得罪羊先生了？」

沈綾忙道：「小子不敢。」

沈拓望向羊先生，問道：「這是怎麼回事？莫非先生不願意教他？他若頑劣不聽話，先生只管責罵便是。」

羊先生緩緩搖頭，望著沈綾，說道：「二郎，你竟未曾跟東家說麼？」

沈綾仍舊低著頭，微微搖頭。

沈拓甚感驚疑，追問道：「二郎沒跟我說甚麼？」

羊先生指指檯上帳目，說道：「東家，約莫兩年前，二郎便已開始在我這兒幫手了。宅子裡這幾個月的帳目，都是由他計數謄寫的；新的記帳格式，也出自他的建議。您竟全不知情麼？」

沈拓大吃一驚，完全不敢置信，低頭望望那帳目上整整齊齊的字跡，怎似出自一個八歲孩子之手？他深皺眉頭，說道：「羊先生，你這是在跟我開玩笑吧？」

羊先生躬身道：「小人所言為實，不敢欺瞞東家。」

沈拓招手讓沈綾近前，指著帳本道：「這些帳目，出自你手？」

沈綾來到父親身前，低頭望向帳本一陣，遲疑地點了點頭。

沈拓猶自不信，問道：「你識得字？」

沈綾點了點頭。

沈拓又問：「你會寫字？」

沈綾又點了點頭。

沈拓問道：「你懂得使用算籌？」

沈綾再次點頭。

沈拓更加不信，他自己直到十幾歲上，才懂得排擺算籌計數。沈綾這孩子不過八歲，怎麼可能懂得計數？當下測試道：「你擺給我看，十七乘五十二是多少？」

沈綾抬頭望了父親一眼，小心翼翼地伸出手，取過案上的一把算籌，在案面上排了起來。他兩隻小手動得飛快，幾刻之間，便已計算出答案：八百八十四。

沈拓驚訝難已，回頭望向羊先生，說道：「這是……這是先生教的吧？」

羊先生道：「啟稟東家，二郎幼年時便常常來我帳房流連，我並未教過他，但他在旁看著看著，自己便學會了算數。有回幾個學徒同時病了，帳房人手不足，我等日夜不休地計算謄寫帳目，只忙得焦頭爛額。那時二郎自告奮勇，說要幫忙，我便讓他試著算了幾個數兒；我也沒想到，他算數快速準確，從無錯誤，也不知他是怎麼學會的。我又試探了幾回，見他從不出錯，才放心讓他算數記帳。後來每到月底，他便來帳房幫手算數，不久我發現他識得字，便讓他跟著學徒一塊兒檢查帳目。上個月，二郎說他想出了一個謄寫帳目的新格式，能夠一目了然。我讓他試試，他便重新計算了宅裡過去一個月的所有帳目，謄寫成冊，就是東家眼前的這份帳目了。」

沈拓聽完，大感震驚，忍不住道：「這麼大的事兒，先生怎地從未跟我說起？」

羊先生沒有回答，只望向沈綾。沈綾只好老實說道：「是我請羊先生不要告訴阿爺的。」

沈拓問道：「卻是為何？」

沈綾低頭道：「小子擅自來帳房胡玩，不敢讓阿爺知曉。」

沈拓皺起眉頭，望著沈綾，不知道該說甚麼才好。羊先生走上一步，湊在沈拓耳邊，壓低聲音說道：「二郎並非不敢讓東家知道，而是不方便讓……讓東家娘子知道。」

沈拓這才恍然：「綾兒是怕娘子知道他懂得寫字算帳會因此不快，甚至心生疑忌。」於是嘆了口氣，說道：「是我的疏忽，未曾早日讓綾兒來跟先生學習。如今他既已學會計數記帳，那是最好不過。這都要多謝先生的教導栽培啊！」

羊先生忙道：「不敢、不敢。二郎聰明穎悟，一切皆是自學，小人不敢居功。帳房事情忙得很，我也沒甚麼工夫教他。」

沈拓望望羊先生，又望望沈綾，心中急速動念：「這事兒，卻該如何是好？八歲的孩子，自己學會計數寫字，這可絕非尋常。娘子若知道了，想必更加恚怒忌憚。是了，我也該幫忙瞞著。」於是招手與羊先生一齊走到角落，低聲吩咐道：「羊先生，此後綾兒和雒兒每日學完書後，我便讓他們來帳房這兒，說是跟你學習計數，實則讓綾兒繼續幫手，同時請你教雛兒算數。你事多人忙，不必花太多心思理會兩個孩子。過得幾個月，你來跟我和東家娘子報告他們學得如何，就說雛兒學得又快又好，一句也不必提到綾兒。至於他早已在此幫手，自己學會寫字記帳，甚至想出新的記帳格式等事，更加不須讓東家娘子聽聞。」

羊先生聽了，心領神會，說道：「小人明白，東家儘管放心。」

沈拓又望了幼子一眼，但見他低著頭，臉上沒有表情，一如平日傻傻呆呆的模樣，心想：「這孩子當真非同小可。以後我『沈緞』的事業，只怕也要大大倚仗他了！」又想：「雛兒多次稱讚綾兒聰明，果真不假。看來家中只有雛兒最明白綾兒！這也難怪，兩個孩子年齡只差一歲，想來平日便時時玩在一塊兒，自是最清楚虛實。」

沈綾心中則回想著大巫烙給自己的忠告：「當你明白自己時，便不怕被人見到了。而且你應當學會讓人見到，就像廉頗一樣。」心中尋思：「不過一日之間，情勢竟便完全不同了。阿爺從昨日根本見不到我，對我一無所知，到今日不但願意請先生教我讀書學數，還發現我已懂得寫字和算數，並曾在帳房幫忙羊先生計數查帳，當真是天差地遠！大巫烙說得不錯，我若知道自己是誰，便不怕被人見到，還須學會如何讓更多人見到我。」想到此處，不禁對大巫烙生起由衷的欽佩，滿懷感激。

此後每日早晨，沈綾和沈雛兄妹便一起來到帳房，由羊先生親自教沈雛使用算籌算數，沈綾則名正言順地在帳房幫手計數算帳。沈雒雖是剛剛起步，卻學得甚快，不出一個月，便能以算籌計算三位大數了。

與此同時，沈拓禮聘的高先生也同意來家中教兩個孩子讀書寫字。一個月後，沈拓請高先生來到自己書房，詢問子女的學習情況。

高先生露出困惑不解之色，說道：「東家！貴府二娘聰明伶俐，學習甚快；至於貴府二郎，則是老不認真，一副心不在焉的模樣，老夫曾為此多次斥責於他。」

沈拓聽了，趕緊身拱手道：「請先生息怒！我這小兒年幼無知，懶惰散漫，還請先生多多責罰糾正！」

高先生搖頭道：「不、不，東家不必如此。請聽老夫說來。後來有一回，我讓他們自行在書房裡默念背誦學過的章句，我在窗外一望，竟見到二郎在偷讀《詩經》！我後來問他，他又矢口否認，說他不識得字，更加看不懂《詩經》。東家，這究竟是怎麼回事？二郎已有過啟蒙先生，原本便識得字了，是麼？」

沈拓早知沈綾在帳房中自學了讀寫文字，但猜想他所知僅限於與計數帳目相關的詞彙，想不到他竟能閱讀《詩經》這等艱難的古書，也甚感驚訝。此時他聽高先生探問，忙道：「不，我從未替他請過啟蒙先生。小兒識得文字，應是他自己在帳房裡玩耍時學會的。」

高先生摸著鬍子，點頭道：「原來如此！二郎天資過人，實屬神童一流。老夫學識淺陋，只怕教不了他啊！」

沈拓想了想，說道：「先生，我這幼子確實不同尋常。之前我因長年出門在外，未能替他延師啟蒙；這回歸家，方知他已自學了讀寫文字，深以為異，才讓他和小女一同開始隨先生讀書，盼他能回歸正軌，讀些聖賢之書。然而這孩子可能因怕我怪責，始終不敢讓人知道他已識字讀文，才在先生面前故意裝得甚麼都不會。我將告誡小兒，命他不可隱藏自己所知，應當抓緊機會，多向先生學習請教才是。」

高先生道：「二郎聰穎少見，得天下英才而教育之，乃君子三樂之一也！二郎若願意隨老夫學習，老夫自當盡心教導，不敢有半分懈怠藏私。」

沈拓拱手道謝，想了想，又道：「另有一事，煩請先生留意。我們沈家之子，將來是要擔起『沈緞』事業的；我絕不許他們恃才傲物、高慢無禮。無論兩個孩子學習如何，若有人問起，請您只誇小女學得又快又好，二郎則遲鈍緩慢，遠不如其妹。您這麼說，小兒才會知道警惕，以免他養成傲慢自大的惡習。」

高先生點頭道：「老夫理會得，東家敬請放心。」

自與沈拓相談過後，高先生便全心教導起沈綾沈雒二人。高先生的祖上乃是兩漢經學大家，精研《周易》、《尚書》、《詩經》、《禮記》和《春秋》五經，外加《論語》和《孝經》；漢末玄學興起，士人多讀《老子》、《莊子》，而大魏崇佛，歷代皇帝在首都洛陽大力支持譯經，不但設立了譯經院，更延請西方高僧學者主持翻譯，譯出了不少重要的佛教經典，如《法華經論》、《寶積經論》、《究竟一乘寶性論》和《十地經論》等。高先生明白沈氏乃是巨富之家，並非研經治學之徒，因此讓沈綾和沈雒兄妹閱讀的書籍十分廣泛，儒釋道皆有。他先教了他們《孝經》和《周易》，《尚書》文字太過艱澀古老，《禮記》太過瑣碎，便跳過不教，直接教《論語》和《春秋》。

沈綾自從聽大巫恪說了幾個歷史故事後，便對史學極有興趣；在高先生傳授的多部經典之中，他最有興致的便是《春秋》。讀完《春秋》之後，高先生便讓他繼續研讀《左傳》、《戰國策》和《史記》，囑咐他若在章句上有任何不明白之處，便可隨時向自己請問。沈綾一卷一卷地閱讀，有時甚至讀到深夜，仍意猶未盡；次日清晨一起身，匆匆梳洗過後，便趕去書房門口，等著向高先生請教書中字句的意義。

高先生從未見過如此好學的孩子，十分愛惜賞識，更加認真教導，耐心講解，不出半年，沈綾便能夠自己閱讀古書史籍了，尤其喜愛《史記》中的《貨殖列傳》。沈雒見小兄喜歡讀史，也吵著要學；高先生便開始教她讀《史記》中的列傳。沈雒雖是女兒，卻生性豪爽，最偏讀《遊俠列傳》和《刺客列傳》中的故事。

高先生對兩個學生截然不同的取向不以為意，亦對他們的進展甚感滿意，笑道：「二郎喜愛貨殖，往後足可扶持家業；二娘喜愛刺客遊俠，往後定是位女中豪傑！」

第七章　桑園

三十多年前，沈家先主人沈譽一手創立「沈緞」，白手起家，勤儉致富；為了讓沈家子女能就近熟悉養蠶取絲的過程，沈譽特意將沈家大宅的後院闢為桑園，種植了數百株桑樹，並設有三間蠶舍，讓長年跟隨沈譽的僕從賀大和賀嫂夫婦主理。這桑園正位於二娘沈雒所居的「知秋苑」隔壁，是沈雒從小最喜歡來的地方，她往往在園中流連忘返，直到天黑才回居處。

時近歲末，這日午後，沈綾和沈雒兄妹剛讀完書，送走了高先生，沈雒便吵著要小兄陪她去桑園玩兒。沈綾道：「我得去帳房幫羊先生算帳，就快到年底了，所有絲坊、染坊的帳目都得趕著算出來呢。」

沈雒嘟起嘴，說道：「你先陪我玩一會兒，晚些再去帳房幫手吧！」

就在這時，書房外傳來腳步聲，羅氏的侍女陸婇兒矮小豐腴的身形出現在書房門口，微笑著向沈雒道：「二娘！姨母吩咐，讓二娘午膳後盡快更衣，到大廳迎接貴客。」

沈雒奇道：「甚麼貴客？」

陸婇兒道：「今兒是大娘的納采禮啊！盧家的貴客預定午後抵達，在萬福堂舉行納采儀式。」

沈雒拍手笑道：「啊，是了，我差點兒忘了，今兒是大姊的納采禮！我知道了，我先和小兒去桑園看蠶兒，待會兒一起去觀禮便是。」

陸婇兒望了沈綾一眼，臉上笑容頓時收斂，說道：「他也去？」

沈雒聞言皺眉道：「甚麼『他』不『他』的，他是我的小兄，妳若喚我『二娘』，就該喚他『二郎』啊！」

陸婇兒臉上仍帶著笑容，言語上卻半點不讓步，說道：「是，二娘。但婇兒不敢違背姨母之命，姨母曾嚴厲告誡所有家人，不准稱呼他『那個』。」

沈雒雙眉豎起，怒道：「甚麼這個那個的？阿爺說大家都應該叫小兒二郎，妳不肯叫，我這便跟阿爺說去！」

陸婇兒不再爭辯，只低頭道：「二娘不必發惱，婇兒不敢。」也不知她是不敢違抗姨母之命，還是不敢觸怒姨父？

沈綾見小妹發惱，趕緊勸她道：「小妹，又不是甚麼大事，別為難婇兒姊姊了。」

沈雒「哼」了一聲，對婇兒道：「妳跟阿娘說，我和小兄去桑園玩兒，待會兒一同去觀禮便是。」

陸婇兒皺起眉頭，說道：「但是姨母說了，不准他去觀禮。」

沈綾早已預料及此，並不吃驚。沈雒卻臉色一變，睜大眼睛道：「妳說甚麼？」

陸娖兒臉上帶著安撫的微笑，委婉地道：「二娘，姨母說不准他去。」

沈雒驚怒交集，質問道：「為甚麼？阿爺上回不是說了，要冉管事安排小兄在納采禮中的席位麼？」

陸娖兒道：「姨父在外地耽擱了，尚未回到家。」

沈雒一呆，說道：「阿爺不是昨夜就該到家的麼？」

陸娖兒道：「姨父派人回家給姨母傳話，說正在滎陽商談一筆大生意，不及趕回。姨母好生惱怒，但納采禮的吉日和吉時早已訂下了，不能更改，因此仍如期於今日未時進行。」

沈綾問道：「那大兄呢？」

陸娖兒答道：「大郎昨夜已回到家了。」

沈雒瞇起眼睛，說道：「就因阿爺遲了回家，阿娘便不讓小兄去觀禮，這是甚麼道理？」

陸娖兒緊閉著嘴，並不答話，臉上討喜的笑容絲毫不減，看上去卻顯虛假得緊。

沈雒追問道：「妳說啊，這是甚麼道理？」

陸娖兒被逼著回答，只能保持微笑，複述羅氏的言語道：「姨母說，他是庶子，出身低微卑賤，絕不能讓盧家貴客見到了，免得沖撞了大娘的婚事。」

沈雒聽了，只氣得說不出話來。沈綾卻聳聳肩，說道：「我不去便不去，那又有甚麼呢？大姊的納采禮多麼緊要，必得順利進行才是。」

沈雒鼓著嘴，瞪了陸婇兒一眼，陸婇兒低下頭，不與沈雒眼光相對，臉上的微笑略帶歉意。沈雒見了她的笑臉，心知此事並非她的主張，也並非她的過錯，對她生氣也沒用，當下一頓足，氣呼呼地大步走出書房，逕往桑園行去。

沈綾見她為了自己如此不快，心中又是關心，又是溫暖，正要追上，但聽身後陸婇兒冷冷地道：「我說你啊，自己該知道分寸才是！」

沈綾回過頭，見陸婇兒臉上的笑意已消失得無影無蹤，心頭打了個突，只能定下心神，躬身說道：「婇兒姊姊，請回覆主母，我會提醒二娘，讓她及早回去梳洗更衣，準時赴萬福堂觀禮。」

陸婇兒哼道：「最好如此！你膽敢招惹姨母、壞了大娘的婚事，我可是不會饒過你的！」

沈綾不知該如何回答，便乾脆不答，趕緊追出書房，在桑園中找到了妹妹沈雒，見她靠在一株桑樹上，竟氣得哭了。沈綾忙上前安慰道：「小妹，妳別生氣啦。主母說得沒錯，我若去觀禮，搞砸了大姊的婚事，那可不好。」

沈雒怒道：「甚麼搞砸大姊的婚事？為了不搞砸婚事，連自己的親兄弟也不讓露面？這算甚麼？」

沈綾道：「這想必不是大姊的意思。」

沈雒嘆了口氣，說道：「我知道，大姊不會這樣。這定然是阿娘的意思。」

沈綾多年來早已學會了退讓隱忍，也已下定決心不對羅氏懷抱任何怨懟憤恨，於是微微一笑，心平氣和地道：「既然是主母的意思，那麼妳說甚麼也沒用的。」

沈雒知道小兄說得對，心中又是氣惱，又是難受，噘起嘴道：「阿娘為何要這麼做？她如此待你，對她自己又有甚麼好處？」

沈綾安慰道：「主母並非壞心，她自有她的道理。她是妳的阿娘，對妳體貼入微，百般寵愛，妳不該為了我而生妳阿娘的氣。再說，妳去桑園看蠶兒，若是帶了一肚子氣，不用餵蠶兒桑葉，蠶兒就要被妳氣飽啦！」

沈雒聽了，這才破涕為笑，抹去眼淚，暫時放下心頭的不快，說道：「小兄，你不是要去帳房麼？」

沈綾道：「我晚些再去帳房，先陪妳去趟桑園吧。」

沈雒甚是高興，拍手笑道：「那太好啦！」眼睛一轉，說道：「小兄，我知道你不喜歡去蠶舍，但我有樣很新奇的事物想給你瞧瞧。你陪我去蠶舍一會兒，就一會兒，好麼？」

沈綾原本不喜歡去蠶舍，但聽小妹如此央求，金卷兒又因剛剛生了一窩犬崽兒，在廚房後的狗窩裡忙著照顧餵養崽兒，未曾跟他在身邊，便說道：「好吧，妳要給我看甚麼？」

沈雒大喜，笑道：「這是祕密，你跟我來就知道了。」說完蹦蹦跳跳地，當先走上桑園中的小徑。走了幾步，她似乎想起了甚麼，忽然停下，抬頭在樹葉中尋找。

沈綾問道：「妳在找甚麼？」

沈雒道：「我在找秋姊姊。我託她幫我辦件事兒，不知她辦成了沒有？」忽然喜道：「秋姊姊，妳在這兒！」

沈綾抬起頭，但見一個採桑女攀在高高的枝椏之上，正伸手摘採桑葉，將桑葉一片片放入腰間的竹簍中。這採桑女體態纖瘦，身手矯健；她聽見沈雒的呼喚，低下頭來，只見她一張鵝蛋臉十分清秀，回答道：「二娘！我在這兒。啊，二郎也在。」

沈家諸多奴僕之中，膽敢當著人面稱呼沈綾「二郎」的，實是屈指可數；沈綾心中雪亮，除了這秋姊姊和她的母親賀嫂外，便只有心地寬善的喬廚娘和車夫于叟，這幾人是家中膽敢違背主母嚴命，願意偷偷善待他的奴僕。

沈雒聽秋姊姊稱小兄為「二郎」，心花怒放，招手道：「秋姊姊，快下來，跟我們去蠶舍玩兒！」

那秋姊姊點點頭，身手輕巧，三兩下便攀下了桑樹。她約莫十一、二歲，比兄妹年長幾歲，身形修長，鵝蛋臉配上一雙鳳眼，神態沉靜拘謹。沈雒奔到她身前，吵著道：「秋姊姊，我請妳幫我摘的柘葉呢？」

秋姊姊答道：「回稟二娘，我早先已去城外的桑園摘到了，正在屋子裡晾著呢。我這就去取。」

沈雒笑道：「多謝妳啦！」指著她腰間的竹簍子，說道：「妳已採了這許多桑葉，不如交給我，讓我先拿去蠶舍吧。」

秋姊姊連忙道：「那怎麼可以？我快去快回便是。」

沈雒卻堅持道：「蠶兒餓了，正等桑葉吃呢。這兒離蠶舍不遠，快給我吧！」

秋姊姊只好解下竹簍子，說道：「很重的，二娘只怕拿不動。」

沈綾忙上前接過，說道：「讓我來拿吧。」

秋姊姊微微一呆，低著頭，將竹簍遞過去給沈綾，卻不言語，神色中帶著幾分戒慎。

沈綾見了，想起自己初見賀嫂時，賀嫂臉上露出的忌憚之色，心中疑惑：「秋姊姊見了我，為何也顯得有些防備？我有甚麼好防備的？」

沈雒催促道：「秋姊姊，妳快去快回，我在蠶舍等妳！」秋姊姊答應了，快步奔入桑林之中，身形迅捷。

沈綾望著她的背影，心想：「她奔行怎能如此迅速？」

沈雒當先往蠶舍走去，叫道：「小兄，快來！」

沈綾回過神來，抱著那簍桑葉，跟著妹妹一起來到桑園邊上的一間蠶舍之外。那是一座長形木屋，四角都以濕泥封住，四面有窗，窗子以厚紙糊上，藉以遮風擋雨。

沈雒上前敲了敲木門。一個四十來歲、身形健壯的蠶婦打開了門，正是賀嫂。她和女兒一般，生了一張鵝蛋臉，也和女兒一般，神色拘謹中帶著幾分警惕，彷彿一頭隨時防備獵人猛獸的馴鹿。她是看著沈雒長大的，對她向來十分愛護關照，這時微笑招呼道：「二娘，快請進來。」

沈雒道：「賀嫂，今兒小兄也來了。」說著往身後指去。賀嫂見到沈綾，微微一怔，沉鬱的臉上閃過一絲驚詫，定了定神，才道：「二郎。」說著不自覺地低頭望向沈綾腳邊。

沈綾知道賀嫂不願讓自己的金卷兒進入蠶舍，望向自己的腳邊，是在看金卷兒是否跟來了，於是說道：「金卷兒剛生了一窩狗崽兒，忙著奶牠們，今兒沒跟我出來。」

賀嫂點了點頭，說道：「兩位請進。」讓兄妹倆進入木屋後，便趕緊關上了門。

沈雒指著小兄手中的竹簍，說道：「賀嫂，秋姊姊剛採了許多桑葉，讓我先拿來這兒。蠶兒想必餓了吧？」

沈綾將竹藍遞過去給賀嫂，賀嫂此時已恢復了平日的謹慎自持，頷首道：「多謝二郎。」接過竹簍，放在角落，默默地取出簍裡的桑葉，一片片平攤放在木檯上的棉布上晾乾，手腳快捷利索。

沈綾想起自己許多年前曾進入過蠶舍，只記得室中十分悶熱，這時才留意到室中四角各放著一只火爐，爐中燒著炭火。他心中好奇，問道：「火爐為何要放在角落，卻不放在屋子中間呢？」

賀嫂還沒回答，沈雒已搶著答道：「那是因為蠶兒既怕冷，又怕熱。太熱了，蠶兒會焦躁致病；太冷了，蠶兒就長得慢。因此蠶舍裡必須將火調得冷熱適中，蠶兒才會長得快又好。火爐若是放在中間，那麼屋中偏熱，四角偏冷，蠶兒就長不好了。」

沈綾點頭笑道：「原來如此。小妹，妳懂得真多。」抬頭望去，見蠶舍中高高低低地掛了數百片竹箔，三片為一組，中間的竹箔鋪了薄薄的棉布，上面爬滿了蠶兒；上下的兩層竹箔則是空的。

沈綾為了讓小妹炫耀所知，故意問道：「小妹，為甚麼上下兩片竹箔是空的，不放蠶兒？」

沈雒得意地道：「我知道！賀嫂跟我說過，上面那層竹箔用以防塵埃，下面那層則用以障土氣，因此蠶兒只養在中間那層竹箔之上。」

沈綾笑著稱讚道：「妳從小便成日在桑園蠶舍中玩兒，還真學到了不少哪！」

沈雒笑道：「哪像你，整天在帳房裡算帳記帳，要換成我，悶都悶死了。」她踮起腳，望向竹箔上的蠶兒，問道：「賀嫂，這籃蠶兒的桑葉都快吃光了，是時候餵牠們了吧？」

賀嫂道：「二娘說得是，是時候餵蠶兒了。」從檯上的另一個扁木盒中拈起一片桑葉，仔細觀看後，才將那盒桑葉放在沈雒面前，說道：「這些桑葉都已晾乾了，可以餵蠶兒吃了。」

沈雒甚是高興，說道：「好，讓我來。」接過木盒，熟練地取出桑葉，一片片置於蠶籃的竹箔之上。

沈綾問道：「桑葉為甚麼需得晾乾了，才能餵給蠶兒吃？」

沈雒側頭道：「那是因為蠶兒不喜歡水，是麼？」轉頭望向賀嫂。

賀嫂道：「二娘說得是。蠶兒屬陽，最厭惡水；牠們只吃桑葉，不能喝水。因此餵蠶兒的桑葉必定得晾得乾透了，不然蠶兒只要吃下一丁點兒濕的葉子，立即便會痾肚子的。」

沈綾道：「原來如此。蠶兒還真難伺候。」

沈雒小心翼翼地拾起桑葉，一片片放在竹箔之上，餵飼蠶兒；賀嫂走到牆邊，將窗帷一一捲起。沈綾問道：「賀嫂，餵蠶兒時為甚麼要拉起窗帷？」

賀嫂答道：「蠶兒見到光明，就會吃食；吃得多，就長得快。因此餵飼蠶兒時必得拉起窗帷，讓日光照入，等餵完之後再放下窗帷，好讓蠶兒歇息。」

沈綾低頭望向竹箔，但見蠶兒很快便爬滿了沈雒剛剛放入的桑葉，一隻隻都忙著啃食葉子。沈雒只看得雙眼發光，燦笑道：「今年的蠶兒肥得很，吐的絲想必又多又白！」

沈綾見她喜形於色，忍不住微笑，說道：「家裡最懂得蠶兒的，就數妳了。」

沈雒挑眉道：「我不但懂得養蠶兒，還知道如何挑揀蠶繭、分等分色，如何將繭兒安置於竹架上，如何煮繭取絲，如何漂絲、曬絲、染色、紡絲、織絲，每一步我可都是親手試作過哩！」

沈綾甚是欽佩，讚道：「阿爺若知道妳如此認真，凡事親力親為，一定高興得緊。」

沈雛得意地笑了，踮起腳，伸手從箔上拾起一片桑葉，望著爬在葉子上面的七、八隻白色蠶兒，口中唱道：

「桑葉嫩，蠶兒暖；絲吐早，繭成團；染五彩，絲千萬；綾羅緞，女兒穿！」

賀嫂手上忙著餵飼其他竹箔上的蠶兒，聽了莞爾一笑，說道：「二娘這首歌兒真好，就是心急了些。」

沈雛忽然想起甚麼，叫道：「賀嫂，最後那箔不要餵，我要餵牠們柘葉。秋姊姊正幫我拿柘葉來。」

賀嫂應道：「欸，知道了。」

不多時，秋姊姊開門進來，手中持著一個扁木盤子，裡面鋪著數層已晾乾的柘葉。沈雛大喜，說道：「柘葉來啦！謝謝妳，秋姊姊。」她接過木盤，親手將柘葉放上最後一片竹箔，餵飼箔上的蠶兒。

沈綾笑道：「小妹，妳這是在玩甚麼把戲？為何不餵蠶兒桑葉，卻讓牠們吃柘葉？」

沈雛裝出神祕之狀，低聲道：「這就是我想給你看的新奇事物。我從一本古書上讀到，說以柘葉飼蠶，吐出的絲可以做琴瑟的絃，聲音清鳴響徹，遠勝桑蠶吐的絲呢。」

沈綾奇道：「真的麼？」

沈雒吐吐舌頭道：「我也不知道是不是真的，所以才要試試看啊！等牠們吐了絲，我讓人拿去做成琴弦，看看聲音是不是真的那麼好聽。」

沈綾笑道：「妳又不會彈琴，怎麼試法？」

沈雒道：「我不會彈，城裡總有人會彈吧？賀嫂，哪兒能找到琴師？」

賀嫂答道：「在洛陽大市以南的調音里和樂律里中，住著許多精通絲竹的樂師。等琴弦做好了，二娘可以派奴僕將琴弦拿去這兩個里，請里中樂師們做成琴弦試彈。」

沈雒拍手笑道：「好主意！」

桑園之中，一個青年正快步走向蠶舍。他神色凝重，若有所思，正是沈家大郎沈維。但聽身後傳來腳步聲，一個少女在後呼喚道：「大郎！」

沈維回過頭來，見來者是母親的婢女陸婇兒，便停步問道：「婇兒表妹，甚麼事？」陸婇兒並未注意到沈維的臉色略顯蒼白疲憊，腳步亦有些遲滯，一見到他的面，又聽他喚自己「婇兒表妹」，頓時容光煥發，搶上幾步，笑嘻嘻地道：「你是昨兒夜裡回到家的，是麼？」

沈維道：「是，我昨夜很晚才到家。」答完便繼續前行。

陸媬兒走在沈維身邊，問道：「從不見大郎踏入桑園，今日是甚麼風把你給吹來了？」

沈維道：「阿娘囑我來桑園找小妹，說阿雁的納采禮就在未時，得趕緊找小妹回去梳洗準備了。」

陸媬兒笑著道：「那可巧了，我也正是來這兒找阿雛的。」壓低了聲音，說道：「早先我去書房喚她時，她竟說要和那庶子一塊去桑園玩兒！大郎，阿雛和那庶子走得太近了，姨母為此好生不快。你也該說說阿雛了！」

沈維不置可否，只「嗯」了一聲，心思彷彿全不在陸媬兒的言語之上。兩人並肩而行，陸媬兒身形矮小，走在高眺的沈維身旁，頭頂還不到他的肩頭。她自顧自說下去：「姨母為了那庶子，可實在頭疼得很。這小子明明在家中地位低下，姨父卻不知為何，決定讓他跟阿雛一起學書學算！他也是不知好歹，並未推辭，當真以為自己可以跟大郎相提並論，未來要跟大郎爭奪『沈緞』和家產麼？」

注　養蠶之方，參照《齊民要術》·《種桑、柘第四十五·養蠶附》中所述：「蠶，陽物，大惡水，故蠶食而不飲。」「泥屋用『福德利』上土。屋欲四面開窗，紙糊，厚為籬。屋內四角著火。火若在一處，則冷熱不均。」「調火令冷熱得所。熱則焦燥，冷則長遲。比至再眠，常須三箔：中箔上安蠶，上下空置。下箔障土氣，上箔防塵埃。」「每飼蠶，卷窗幃，飼訖還下。蠶見明則食，食多則生長。」「柘葉飼蠶絲，可作琴瑟等絃，清鳴響徹，勝於凡絲遠矣。」

沈維聽到最後一句話，似乎猛然醒了過來，低頭望向陸婇兒，停步說道：「婇兒表妹，妳說誰想跟我爭奪家產？」

陸婇兒撇嘴道：「當然是那個地位低賤的庶子沈綾啊！」

沈維微微皺眉，似乎不甚高興她口出此言，追問道：「妳親耳聽見他這麼說了？」

陸婇兒一時語塞，只能改口道：「那倒沒有。他還是個孩子，當然不敢公然這麼說。但我看他滿臉奸滑狡詐的樣子，等他長大了，肯定會有此心。我說大郎，你該當及早防範才是！」

沈維並未答腔，再次不置可否，繼續往前行去。

陸婇兒忽然伸手扯扯沈維的袖子，充滿期待地望向他，說道：「大郎，上回咱們談的事兒，你可……可想過了麼？」

沈維不知她所指為何，疑惑地問道：「表妹，妳說我們談過的甚麼事兒？」

陸婇兒一頓足，惱道：「當然是你的婚事啊！」

沈維這才恍然，神色間露出幾分不自在，說道：「多謝妳關心我的婚事。然而這陣子『沈緞』生意興隆，阿爺忙得不可開交，阿雁又大婚在即，我自然不曾和阿爺談起我的婚事。」

陸婇兒著急道：「我不是要你去跟姨父提起你的婚事。你自己需要先同意才行啊！」

沈維更加疑惑，問道：「同意甚麼？」

陸婇兒一張月圓臉漲得通紅，說道：「同意娶我啊！我們不是都說好了麼？」

沈維神色又是驚異，又是不解，問道：「表妹，我何時說過要娶妳了？妳怎會有此想法？」

陸婇兒臉更紅了，說道：「表哥，我跟你一塊兒長大，對你的心思和性情都再清楚不過。你年紀漸長卻一直未曾談論婚嫁，我心裡就明白，這定然是為了我。每回姨母提起你的婚事，你都不斷找藉口推辭，為的就是等候機會娶我為妻，不是麼？」

沈維聽得驚詫無已，一時不知該如何應對，靜了一陣，才道：「婚姻之事，向來由父母作主。妳和我阿娘那麼親近，為何不自己去和她提起此事？」

陸婇兒露出焦急忸怩之色，說道：「這事兒，我怎能自己跟姨母提起？」想了想，又道：「表哥，你若拿出一句話來，那我便去跟姨母說。不論做正妻或是妾室，婇兒……婇兒都願意。」說到最後一句時，滿面通紅，低下頭去，聲音細不可聞。

沈維望著陸婇兒的頭頂，微微皺眉，勉強掩飾心中的不耐和無奈，吸了口氣，正色道：「婇兒，既然妳直言相問，那我也不繞彎子了。我對妳並無此心，一丁點兒都沒有。妳若再來跟我糾纏不清，或是向奴婢僕婦暗指些甚麼不實的蜚言流語，我定當稟明阿爺阿娘。後果如何，妳想必清楚。」

陸婇兒聽他語氣不悅，甚至帶著幾分威脅之意，一張圓臉刷白，咬著嘴唇，滿腔失望、憤怒和怨懟如浪濤般狂撲而來，令她一時不知該如何面對，倏然靜默下來，再也不言語了。

這時二人已來到蠶舍之外，沈維問道：「誰在裡邊？」

陸娧兒咬緊牙根，冷冷地答道：「蠶舍裡通常就是賀嫂，她女兒賀秋偶爾也在。」

沈維見狀，「嗯」了一聲說道：「既然妳也是來找小妹的，那我就不進去了。請妳去喚小妹吧，我先回萬福堂去，幫忙阿娘準備接待客人。」說著不等陸娧兒回答，便轉身大步離去。

陸娧兒望著他的背影，眼中又是依戀嚮往，又是激憤怨恨。她甩了甩頭，吸了口氣，拍拍蠶舍的門，叫道：「賀嫂，請問二娘在這兒麼？」

賀嫂從門縫往外望了一眼，說道：「欸，在這兒。」回頭對沈雒道：「是陸娧兒。」

沈雒「嘿」了一聲，說道：「她來叫我啦！」

沈綾想起今日將舉辦大姊的納采禮，說道：「小妹，妳該趕緊回去換裝啦。」

賀嫂開了門，陸娧兒站在蠶舍門口，並不進來，眉頭微蹙，對沈雒道：「二娘，時辰快到了，妳阿娘囑咐了，快跟我回去梳洗更衣，赴萬福堂觀禮。」

沈雒還掛念著餵飼蠶兒柘葉，但知道大姊納采禮至關重要，便道：「好吧，我這就去。」

陸娧兒望向沈綾，臉色一沉，說道：「今日盧家五郎來家中行納采禮，你啊，就不必去了。」

沈綾早已知道主母羅氏的意思，說道：「我明白。我留下幫小妹繼續餵她的蠶兒便是。」

陸媃兒昂起下巴，彷彿在對沈綾示威，冷冷地道：「這才像話。二娘，我們快走！」

沈雒眼見陸媃兒對小兄神態高傲蠻橫，不禁惱怒，叉腰慍道：「媃兒表姊！妳對小兄說話怎地如此無禮？我跟阿爺說去！」

陸媃兒心情原本極差，聽沈雒這小娃兒竟敢威脅自己，要去向姨父告狀，只冷哼一聲，說道：「二娘儘管說去。我不過是遵照姨母的指令辦事罷了，姨父又能拿我如何？」轉身便走。

沈雒雖生氣，卻也一時拿陸媃兒沒有辦法，只能氣呼呼地跟著陸媃兒回向大宅。

蠶舍中便剩下賀嫂、賀秋和沈綾三人。母女倆忙著手上的活兒，都不出聲。

沈綾想起陸媃兒蔑視的神情、鄙夷的言語，心頭感到一股屈辱，眼淚不知不覺湧上眼眶。他一咬牙，勉強忍住，假裝饒有趣味地望著那些蠶兒，繼續餵飼牠們柘葉，暗暗對自己說道：「你原本便算不得是沈家子弟，如今阿爺出門未歸，主母不讓你去參加大姊的納采禮，那是理所當然之事，你又何必為此心傷？陸媃兒不過是主母的婢子，仗著主母的勢欺壓你罷了，你何必理睬她？凡事隱忍退讓，不爭不求，才是生存之道。」

忽聽賀秋低聲問道：「阿娘，阿爺如何了？」

賀嫂皺起眉頭，橫了她一眼，似乎不高興她有此一問，同時回過頭，偷偷望向沈綾，見他似乎不曾留意，才輕聲回答道：「妳阿爺都好，就是瘦了些。」

賀秋擔憂地道：「我們不是做了一籃子胡餅給他送去麼？」

賀嫂道：「送是送去了，但他沒胃口，一點兒也沒吃。」

賀秋更是憂急，問道：「阿爺怎地沒有胃口？」

賀嫂嘆息道：「他時常胡思亂想，憂惱得緊。」

賀秋低下頭，幽幽地道：「也難為他老人家了。在牢房那等地方待了這麼長的時日，實在太苦了！」

賀嫂道：「別說啦。妳阿爺身子健壯，牢房再難待，他都能耐得住。他就是心裡不痛快，才不肯吃食。我多次苦口相勸，他都入獄這麼久了，還有甚麼想不開的？但他就是聽不進去。獄中沒日沒夜的，他沒事兒幹，就在那兒怨天尤人。」

沈綾聽在耳中，心中甚奇，他曾從其他奴僕口中得知賀大人在牢獄之中，卻不知道原因，這時忍不住問道：「賀嫂，請問賀大為何會被關在牢中？」

賀嫂聽他忽然開口，似乎這才驚覺自己的言語竟全被他聽了去，連忙遮掩道：「沒事，沒事。」

沈綾並不想探人隱私，但他因自身多受壓迫，聽聞他人身處牢籠，便不免生起同情之心，追問道：「賀大他還好麼？好端端地，怎會被關入牢獄呢？」

賀嫂眉頭深鎖，臉色陰沉，垂下頭，手中繼續攤晾桑葉，口裡說道：「多謝二郎探問。這是很久以前的事啦。」

沈綾忍不住問道：「他犯了甚麼事兒？」

賀嫂與賀秋互望一眼，賀秋咬著嘴唇，眼中含淚，賀嫂低聲道：「縣尉判定，賀大是犯了殺人罪。」

沈綾大吃一驚，脫口道：「殺人？」他因極少進入蠶舍，是以對賀大一家並不熟悉，但聽奴僕談起時，都說賀大木訥寡言，脾氣溫和，是個不折不扣的老實人。此時乍然聽聞他竟因殺人入獄，自不免好生驚詫，於是又追問道：「那是甚麼時候的事？」

賀嫂臉色愈發沉鬱，轉過頭去，低頭擦拭眼淚；賀秋代母親回答道：「也都有八年了。那時阿爺隨主人和大郎出門去做買賣，回程中主人因事耽擱，差他先帶大郎回家給主母報信。不料阿爺在洛陽城東的柏谷塢落腳時，夜晚喝了點兒酒，不知如何跟別的酒客爭吵起來，一場鬥毆，失手將那人打死了，當場被死者的同夥揪住送官，押回洛陽審判。」

沈綾從未聽說過這等鬥毆致死之事，聽得睜大了眼。

賀嫂嘆息道：「事情發生在洛陽城外，誰也不知道究竟是怎麼回事。這件案子既有十多個人證，那可是百口也莫辯了。」

沈綾見賀家母女如此難受，不禁同情起來，他心想父親此刻雖不在家，但回來後多半會召自己去詢問讀書和學算的進展，或許有機會跟父親提起此事，於是說道：「待阿爺回家後，我試著去跟阿爺說說賀大之事。」

賀嫂趕緊阻止道：「萬萬不可！二郎千萬莫跟主人提起此事！」頓了頓，又道：「大娘喜事在即，我等絕不想給主人多添麻煩。」

沈綾見她神態有些奇怪，卻也說不出怪在何處，想了想，問道：「賀大關在牢獄都已這麼多年了，阿爺難道不曾試圖幫他麼？」

賀嫂平日謹慎寡言，這時嘆了口氣，說道：「二郎，主人對此事自然清楚得很。賀大出事那時，主人便已命冉管事盡力相助，想必請託了不少人，花了不少銀兩，縣尉才沒判賀大死罪，只是將他長期關押著，等候重審。然而縣尉認定罪證確鑿，除非我等能提出新的人證物證，才會重審此案。」

沈綾問道：「可找得到新的證據麼？」

賀嫂搖頭道：「事情都過去那麼多年了，哪裡還能找到甚麼新的證據？我們也早就死心了。」

沈綾不知該說甚麼，只道：「阿爺總該有辦法的。」

賀嫂低下頭，說道：「主人待我賀家恩情深重，不但收留我母女，往年還曾救過賀大的命。我生重病那次，也是主人出錢給我請了最好的醫者，才得將病治好。我們賀家一輩子也還不清主人的恩情！」

沈綾並不知曉父親和賀家之間的往事，問道：「賀嫂，請問賀大是跟隨我阿翁從南方遷來洛陽的漢人麼？」

賀嫂搖頭道：「不，我和賀大都是鮮卑人。」

沈綾追問道：「那你們怎會來到沈家呢？」

賀嫂答道：「先主人初來洛陽時，因開辦絲綢事業，很需要人手，便聘了許多鮮卑少年來鋪中幫忙，因此賀大從少年時起便在沈家幫手了。他和主人可說是一起長大的。」

沈綾心想：「賀大跟阿爺相處的時光，只怕遠遠多過我和阿爺相處的時光。」問道：「原來賀大不但跟我阿爺自幼相熟，也曾跟從過我阿翁。賀嫂，妳見過我阿翁麼？」

賀嫂點頭道：「當然見過。」

沈綾忍不住好奇，問道：「我從未見過我阿翁。他是怎樣的人？跟我阿爺很像麼？」

賀嫂搖頭道：「你阿翁和你阿爺截然不同。你阿爺待人熱誠，見過他的人都歡喜同他往來；你阿翁卻十分嚴肅謹慎，不苟言笑。」

沈綾原本便甚少與家人相處，自然極少聽他們提起自己的祖父，說道：「是麼？我只道阿翁和阿爺一般性情，都是大方好客、待人熱絡。不然他怎麼能在洛陽白手起家，做起這麼大的生意呢？」

賀嫂似乎不知該如何回答，想了想，才道：「二郎說得不錯。然而老實說，先主人能在洛陽做起絲綢生意，大半還是靠了駙馬和公主的支持和庇佑。再者，他年輕時乃是王主公的貼身護衛，負責保護主公的安危，難免得寡言慎行了。」

沈綾微微一呆，說道：「我阿翁往年是王主公的護衛？他只是一名商人，怎能貼身保護王主公？」

賀嫂一愣，趕緊道：「這我就不知道了。我是聽賀大說的，你阿翁往年確實曾任王主公的隨從，但他是不是護衛、會不會武術，我就不清楚了。」

沈綾想起方才見到賀秋攀下桑樹時身法矯捷，離去時腳步迅速，心中疑惑：「賀嫂提起了武術，莫非姊姊和賀嫂都是識得武術的？」卻不敢當面詢問。

賀嫂轉開話題，說道：「主人和你阿翁一般，都是熱心腸的人。說來還是我們賀家沒修福報，才會遇上這等牢獄之災。主人幫我們已足夠多了，我們絕不能再麻煩他了。二郎，你答應我，千萬別跟主人提起賀大的事，好麼？」

沈綾感到賀大入獄之事或許有著自己不知道的隱情，於是說道：「好的，我不跟阿爺提起便是。」

賀嫂點點頭，望望窗外天色，問道：「二郎，你不回宅子去麼？」

沈綾道：「我再待一會兒。」

賀秋拉了拉她娘的衣袖，說道：「您不是聽陸娽兒說了麼？今兒是大娘的納采之禮。」

賀嫂「喔」了一聲，歉然道：「是我糊塗了。」望向沈綾，說道：「二郎，主母是鮮卑人，不待見庶出之子，原也是常見之事，你不必放在心上。平日多向佛祖祈禱祝願，佛菩薩一定會保佑你的。」

沈綾知道她意在安慰自己，但這番話對他的處境自然無濟於事，於是只點了點頭，說道：「多謝賀嫂關懷。我去了。」舉步出了蠶舍。

第八章 沽酒

卻說歲末年三十的清晨，沈拓終於回到了家。當他步入鳳凰臺時，羅氏正在外閣的佛堂中獻供香花果燭，一聽見丈夫回府，立即快步來到外廳，揚起眉毛，責備道：「雁兒納采禮何等緊要，你怎能錯過了？」

沈拓一反平日對妻子的敬重謙和，並未立即好言安慰或道歉。他神色沉重而疲倦，緩緩除下外衣，坐倒在坐榻上，吁出一口長氣，卻不言語。

羅氏叉著腰來到他面前，質問道：「你說啊！甚麼大生意如此緊要，竟讓你誤了回家的日程，誤了雁兒的納采禮？」

沈拓閉上眼睛，緩緩說道：「娘子，我在滎陽耽擱數日，是為了談了一筆大生意。童百濠家族跟我訂了三萬疋的『沈緞』，花色不等。這筆生意做成了，那可是十多萬兩銀子的收入。父親過世前，便和滎陽的童家交情極好，一心想做成這樁生意。我在那兒多留幾日，辦成了這件事，也算是了了父親的心願。」

羅氏知道童百濠乃是滎陽的巨商豪族，掌握滎陽的一切貿易買賣，此筆生意金額極大，丈夫又抬出已過世的家翁，便也不好多說，只道：「談成了便好。雁兒婚禮在即，接下來還有問名、納吉、納徵、請期、親迎等禮，你就別再出門了！」

沈拓點頭道：「好，我近日都不出門了，待辦完了雁兒的婚事再說。納采禮進行得可順利麼？」

羅氏臉上露出欣喜得意之色，說道：「一切都順利得很！盧家送來的采禮可是應有盡有：元纁、雁、清酒、白酒、粳米、稷米、蒲、葦、卷柏、嘉禾、縷縫衣、五色絲、合歡鈴、九子墨、金錢、香草，樣樣齊全，包裝得齊整精美。貴重玉品則有鳳凰、舍利獸、鴛鴦、受福獸、魚、鹿、烏等等，都以上好南陽玉所製，雕工精巧，連我都未曾見過這等精品哩！」

沈拓聽了，連連點頭，說道：「盧家的納采禮準備得如此充分，可見他們對這門婚事十分重視。好、好！一切順利就好。雁兒如何？」

羅氏笑了，說道：「盧家五郎果然年輕才俊，不負其名。雁兒躲在閣樓上偷偷見到了他，心中歡喜得很！」

沈拓也甚是高興，笑道：「那真是太好了。」他未曾問起幼子沈綾是否參與觀禮，羅氏便也略過不提。沈拓又問道：「大郎如何？」

羅氏道：「他趕在納采禮的前一夜回到了家，沒錯過了觀禮。他說途中受了點風寒，強撐著參加了前日的納采禮後，便回到自己的多寶閣裡睡倒了。我想請大夫來給他看看，他卻說只是小小風寒，不讓我請大夫。我讓喬廚娘煮了薑湯和四味驅寒湯藥給他送去服用，此刻也不知退熱了沒有？你去勸勸他，今兒還是請位大夫來家裡看看吧！」

沈拓搖頭道：「維兒年輕健壯，若只是風寒小病，便不必請甚麼大夫了。」又道：「雁兒的婚期就將訂下，猜想當在後年春夏之間，我等應當開始著手準備了。喜事臨門，加上滎陽的這筆生意，又值過年，實在該大大慶祝一番。維兒身子若好些了，我今日便帶他出門，去白墮那兒沽些酒來。」

羅氏擔憂道：「他仍在病中，還是別出門吧？」

沈拓擺手道：「不要緊的。大郎身子結實，慣於奔波，又非大病，睡個一、兩日，應當已恢復大半了。」站起身，說道：「我得準備出門了。」

羅氏道：「你才剛剛到家，何不休息一日？沽酒又不趕在今日。」

沈拓道：「今夜便是大年夜了，倘若今日不去沽酒，酒坊自除夕起便開始封坊，總要到過了元宵才會重開。倘若來不及置辦美酒，那年夜可要失了色。」

羅氏聽丈夫這麼說，也只能同意，說道：「今夜的團圓宴，我邀了你阿姊一家來宅裡聚會，設宴萬福堂，你說如何？」

沈拓點頭道：「甚好。」沈家原是南人，在洛陽並無本家親戚，這孫姑乃是沈拓的親姊姊，二十多年前自建康北來投靠弟弟，隨後在此嫁出，因此沈家過年過節時也只有這門親戚來團圓了。

沈拓振作精神，站起身來，回入自己的寢室沐浴更衣，準備出門。

當日午後，沈拓命車夫于叟駕車，帶了長子沈維出門沽酒。馬車出了阜財里後，直往南去，便來到了洛陽大市；大市周圍八里，日日開市，人來人往，熱鬧非凡。大市以西有兩個里，名為「延酤里」和「治觴里」，里人多以釀酒為業。父子倆的馬車才來到里外，便能聞到陣陣酒香飄過，中人欲醉。

沈維這時的氣色已好了許多，精神也飽滿了些。父子二人同坐馬車，卻不發一言。馬車進入延酤里，將到劉白墮的酒坊之前數十丈，經過一座破舊的宅子，漆黑大門緊緊關閉著。沈拓忽道：「于叟，你將車子停在這裡一會兒。我帶大郎去探訪一個朋友。」

于叟應了，停下馬車。他轉頭望向那陌生的宅子，但見兩扇大門漆成黑色，門上並無門牌或門匾，不知是何所在。沈拓和沈維下車之後，逕直來到大門前，敲了兩下門上的銅環；不多時，門開一縫，父子倆跨入宅中。

過了約莫一個時辰，沈拓和沈維父子才從舊宅門中出來，回到車上，兩人神色都顯得輕鬆了許多。沈維問道：「阿爺今兒想沽何種酒？」

沈拓笑道：「還是劉白墮的『騎驢酒』吧！于叟，去劉白墮師傅的酒坊。」于叟應了，驅馬前行。

沈維笑道：「今夜要喝了劉伯伯的酒，只怕我們明兒都爬不起身了！」問道：「劉伯伯可知道阿爺今日要去？」

沈拓道：「我沒跟他提起。記得我們從大秦帶回來的蒲萄酒麼？我特地讓喬五備了一桶來送給白墮，算是給他個驚喜。」

沈維微笑道：「我當然記得，那是大秦國王送給阿爺的，說是大秦最上乘的美酒。就只怕劉伯伯甚麼西域美酒都看不上眼，單單偏愛他自己釀的酒！」

父子倆說笑間，馬車已來到劉家酒舖門口。沈維當先跳下車，向掌櫃的招呼道：「小王！劉師傅在麼？」

那王掌櫃是個二十來歲的年輕人，一張白淨面龐，頰上生著幾粒麻子；他原是劉白墮的學徒，但因限於資質，未能學成釀酒之技，卻精於交際管帳，因此劉白墮便讓他做了酒舖的掌櫃，專門招待沽酒之客，負責收錢記帳等務。

小王自然認得沈家父子，連忙從櫃檯後轉出，躬身作揖，滿面帶笑，招呼道：「沈郎君，沈大郎！師傅在後邊，快請進！」迎請二人來到後進。

沈家父子穿過一道中門，舖後便是劉家酒舖的釀酒坊，但見地上放滿了大大小小的酒甕子和瓷盤子，瓷盤上盛著一塊塊的酒麴，酒香滿溢；當中的竹席上坐著一個老者，雙手握著一根木棍，正使勁攪拌一個酒甕中的酒麴，正是名聞天下的釀酒大師劉白墮。

劉白墮約莫六、七十歲年紀，身形瘦削，一頭稀疏的白髮，下頦留著灰白的山羊鬚，清癯的臉上皮膚倒是光滑白淨，不見半點皺紋，一雙手尤其細嫩柔白，更不似一位老人家的手。

沈拓上前招呼，朗聲笑道：「白墮老兄！好久不見啦！小弟給你帶了件薄禮，還盼你不嫌棄才好！」

劉白墮抬頭見是沈拓，高興地叫了聲：「沈老弟！」趕緊放下手中活兒，在腰巾上擦乾淨了手，走上前來，和沈拓握手拍肩，極為親熱。劉白墮乃是洛陽城中享譽多年的釀酒名師，性情高傲古怪，不論何等達官貴人來訪，他都不假辭色，甚至拒不見面；沈拓卻憑著一派誠懇熱絡，贏得了劉白墮的歡心信任。因此全城達貴富商之中，劉白墮唯獨對沈拓青眼有加，甚至跟他稱兄道弟。

沈拓笑低頭望向大甕中的酒麴，問道：「你這會兒卻在釀甚麼新酒？味道怎地比你的騎驢酒還要香？」

劉白墮神祕地道：「這是我新發明的酒，還沒取名兒。」

沈拓蹲下身去，就著酒甕深深地聞嗅了一回，說道：「有蒲萄？」

劉白墮甚是吃驚，睜大了眼，問道：「你怎知道？」

沈拓哈哈大笑，對沈維招手道：「將劉伯伯的禮物拿上來。」對劉白墮道：「不瞞老兄，我和犬子之前去了趟西域，帶了件稀奇的寶貝給你。」這時沈維已命小奴抬過一只橡木製成的桶子，放在劉白墮的堂前。

沈拓道：「我們在大秦國王設的晚宴上喝了一種酒，色作深紫，入口香醇，和我們洛陽造的酒大不相同。我請大秦國王送我兩桶，他卻說這是大秦國最上乘珍貴的酒，只肯送我一桶。我估量著，你定會想試試這大秦美酒，便死求活懇，向國王以重金買下了第二桶。喏，就是這一桶了。我們千里迢迢經絲路歸來洛陽，所幸這兩桶酒都完好無缺，可終於送到劉老兄的手中啦！」

劉白墮好生感動，上前探視那橡木酒桶，又湊上前聞嗅桶中的美酒氣味，讚嘆道：「古人說：『千里送鴻毛，禮輕情意重。』你這可不是鴻毛，卻是無價天珍哪！愚兄謝過了！」對著沈拓深深一揖。

沈拓連忙回禮，笑道：「你我自己兄弟，還客氣甚麼！老兄，你這新酒何時釀出？我可要第一個嚐嚐。」

劉白墮笑道：「我這兒有一罈剛剛釀好的，不如請老弟試試？但你可得老實跟我說，比之大秦國的美酒，孰優孰劣！」

沈拓笑著應承了。劉白墮便請沈家父子來到後進的試酒堂中，請二人坐下，命學徒奉上新釀的酒。學徒捧出一只圓腹酒甕，放在試酒堂正中的酒案上；又端出三只古老的青銅酒爵，一排置於酒甕之旁。學徒小心翼翼地抱起酒甕，將酒倒入一只圓形酒尊之中，待其浸潤一會兒後，才端起酒尊，緩緩將酒斟入三只青銅酒爵中。但見酒色鮮紅，才一倒出，便香味撲鼻，酒氣熏人欲醉。劉白墮乃是釀酒名家，堅持品酒必須以青銅酒爵盛酒，方能品出酒之真味。

沈拓讚道：「好！」和兒子對望一眼，都充滿了期待。

學徒雙手捧起青銅酒爵，一一置於兩位貴客的案前，最後一只則奉給師父劉白墮。

劉白墮舉手道：「兩位請！」

沈拓雙手端起青銅酒爵，與劉白墮舉爵為禮，之後將爵口湊在口邊，淺淺飲了一口，但覺其嗅芳香，其味醇厚，酒的辛辣之味被一股清甜之味調和，過喉溫和，入腹暖實，回味無窮，忍不住又啜飲了一口。

沈維也品了幾口，臉現驚豔之色，脫口叫道：「妙！妙！」

沈拓望向劉白墮，問道：「劉老兄，這酒是以何物所釀？」

劉白墮臉現得意之色，反問道：「你說呢？」

沈拓又飲了一口，側過頭，說道：「既非麥粱，也非稻黍。」

劉白墮聽了，哈哈大笑，說道：「你再也猜想不出，這酒乃是以蒲萄和棗子釀成的。」

沈拓和沈維都極為驚訝，沈拓道：「大秦國以蒲萄釀酒，我以為十分別出心裁，沒想到你早就想到了！」他又淺嚐了一口，說道：「老兄釀的這蒲萄棗子酒，絕對勝過大秦國的蒲萄酒。這酒不但有蒲萄的酸澀味兒，還有棗子的甜爽味兒。妙，絕妙！」

沈維也道：「阿爺說得不錯。蒲萄和棗子的香味掩蓋了酒的辛辣之味，因此這酒入口順潤，但後勁極強，世間少見。」

劉白墮甚是得意，哈哈大笑，說道：「多承賢喬梓美言，過譽，過譽！」

沈拓一飲而盡，說道：「這酒好極！劉老兄，你打算替它取甚麼名兒？」

劉白墮道：「這酒是以蒲萄和棗子釀成的。我想就叫它『蒲棗酒』，賢喬梓以為如何？」

沈拓搖頭道：「僅僅說出酒的原料，只怕略欠風雅。人們不須知道這酒是以何物所造，不如乾脆別說，保持神祕，讓人自行猜測吧！」

劉白墮點頭道：「沈老弟說得有理。那你說該叫甚麼才好？」

沈拓笑道：「老兄的『騎驢酒』雖好，但只靠驢子傳播到遠處，未免太慢。這酒比之『騎驢酒』更加出奇，往後傳播到天下各地，想必更加快速。不如便喚它『仙鶴酒』吧！」

劉白墮點頭道：「這『仙鶴酒』的名稱，當真不錯！」

沈維笑道：「依小侄說，這名兒頗具仙氣，絕不能落了俗套。不如直接喚作『鶴觴』，更添風雅。」

沈維這話一說，沈拓和劉白墮都拍手叫好，劉白墮讚道：「賢侄這個『觴』字下得好！」

沈拓則笑道：「我這小兒幼時曾隨高先生讀過幾年書，肚子裡總算還有點兒墨水。」

劉白墮正色道：「劉老兄，此酒超凡卓絕，可說是我生平喝過最美味的酒，實乃天下一奇。不但遠勝世間一般酒類，更勝過了你先前曾釀製的所有美酒！」

劉白墮精心釀製的新酒得到兩位老主顧的衷心讚賞，心中好生得意，說道：「多謝賢喬梓美言！那麼我便從善如流，這酒的名兒，就此定為『鶴觴』了！」又請二人飲了數杯，才問道：「沈老弟今日來此，不知有何指教？」

沈拓道：「我今日來，正是想向老兄沽酒。原本尚未決定該沽哪種酒，但你的新酒既然如此獨特美味，我就決定要這『鶴觴』吧！」

劉白墮點頭道：「沒問題。老弟要多少罈？」

沈拓舉起三根手指，說道：「三百罈，供敝門大娘婚嫁之用。」

劉白墮又驚又喜，說道：「尊府大娘要大婚了？不知是何家郎君有此福氣？」

沈拓笑道：「有福氣的是大娘啊！我們未來的親家乃是范陽盧家，雁兒才剛與盧家五郎定了親。」

劉白墮老眼圓睜，驚嘆道：「范陽盧家！尊府得與盧家結親，你沈老弟可是好大的面子啊！」

沈拓哈哈大笑，舉起酒爵，說道：「過譽，過譽！同喜，同喜！」

劉白墮問道：「貴府喜事，可得大大慶祝一番。大娘大喜之日要三百罈，今日要不要帶幾罈回去？」

沈拓道：「我今兒先要兩罈『鶴觴』吧！今夜是大年夜，家人團聚，正好享用。至於小女的大喜之日，應在後年春夏之間，確切日期倒是尚未定下。」

劉白墮沉吟道：「這酒我定得親手釀製。三百罈為數不少，我一個月應能釀出二十罈；倘若開春後便開始釀，後年春季之前，釀出三百罈應當不是問題。」

沈拓聽了，好生感動，跪直身子，拱手為禮，說道：「老兄竟承諾親釀美酒，小弟在此多謝了！」劉白墮酒坊中有數十名學徒，平日出售的酒品皆由學徒所釀，劉白墮已極少親自釀酒了。此番他竟決定親自出手，釀造三百罈酒供沈雁大婚之用，足見盛情誠意。

沈拓又問道：「老兄親自釀造這『鶴觴』，總要好幾個月。這酒能放那麼久麼？」

劉白墮拍拍胸脯，說道：「我劉白墮釀造的酒，遵的是我劉家祖傳的祕法。季夏六月天氣最熱之時，將酒貯藏在瓦甖裡，即使置於烈日下曝曬十日，滋味都不會改變半點，仍舊香醇無比。老弟大可放心！」

沈拓笑道：「那太好了。我今日便先付下一百罈的訂金，待三百罈釀成之後，再付餘款，如此可好？」

劉白墮連連搖手道：「你我自己兄弟，還說甚麼訂金？貨到交訖便是。」

沈拓笑道：「即便至親兄弟，仍應在商言商，怎能壞了貴坊的規矩？這訂金是一定得付的。」說著向兒子沈維點了點頭。

沈維笑道：「劉伯伯不須客氣，此等瑣事，交予小侄和小王洽辦便是。」每當沈拓與夥伴談妥生意，多由沈維和對方手下處理付款交貨等細節，劉白墮知之甚詳，於是笑道：「如此煩勞世侄了。」

就在這時，門外傳來車馬之聲，眾人聽見小王在門外招呼道：「胡三君！您老今日親來沽酒了！」

沈拓臉露喜色，說道：「真有這等巧事，胡三也趕在今日來老兄這兒沽酒！」

劉白墮卻微微皺眉，說道：「胡三交遊廣闊，用酒量極大，幾乎每月都來我這兒沽個十幾罈酒。他平日只派管事胡貴來此沽酒，今日不知為何親自來了？」

沈拓道：「老兄這新釀的酒，他想必尚未飲過。不如請胡三進來，同飲一爵如何？」

劉白墮有些不願，但知沈拓和胡三乃是兩代至交，不好拂逆沈拓的意思，便道：「甚好。」

沈拓對兒子道：「快請胡三伯入內，咱們共飲一爵。」

沈維應了，起身出門而去，果然見到一個身形微胖的中年人正與小王交談。這人一身紫綢衫袍，身形福泰，眉疏眼闊，未語先笑，正是洛陽城中號稱人脈最廣的糧商胡三。胡三乃是洛陽城最大糧莊「胡氏糧莊」的主人，他一手巴結皇親貴族、巨商富賈，讓他們專購胡家的米糧；另一手則壓榨市井小民，以低價搜購米糧，從中賺取暴利。他手下甚麼樣的人都有；既有附庸風雅、專事招呼貴族富戶的陪客，也有能夠上門砸屋奪物、逼民交糧的打手。因此高官貴族多稱他為「笑面佛」，平民則在背地裡呼他為「笑面虎」。

胡三之父和沈拓之父沈譽在數十年前便有交情，當時因戰亂頻仍，錢幣流通不廣，交易多以絲帛或米糧為介。沈家自營桑園絲坊，自產絲帛，等於擁有用之不盡的財源；然而「沈緞」著力於製作花樣奇巧、質地精細、專供貴族選用的上品絲帛，數量不大，難以用於鉅額交易，因此「沈緞」往往須倚賴胡氏糧莊周轉。當主顧以米糧來購買「沈緞」時，沈譽便將米糧存於胡氏糧莊，也不時將多出的「沈緞」寄存於胡氏糧莊之中，轉換為易於交易的糧米。胡氏糧莊在南北各大城鎮都有分舖，而「沈緞」生意越做越大，近年來也在南北大城開設了多間舖頭，因而愈發倚賴胡氏糧莊以調度帛糧。到了第二代的沈拓和胡三，二人不但是多年好友，更是生意上的夥伴；沈拓執持胡氏糧莊十分之一的份兒，胡三也持有「沈緞」十分之一的份兒。

這時沈維迎上前去，笑著招呼道：「胡三伯！」

胡三轉頭見到他，一張胖臉笑開了花，叫道：「沈家大郎！你怎麼在這兒？真真巧了！你阿爺呢？」

沈維笑道：「阿爺就在裡進的試酒堂，正與劉伯伯飲酒呢。阿爺和劉伯伯請胡三伯趕緊進去，一塊兒品嘗劉伯伯新釀的美酒。」

胡三大為高興，跟著沈維來到試酒堂。沈拓起身與胡三行禮，熱情招呼；劉白墮卻端坐當地，並不起身。胡三笑嘻嘻地上前向劉白墮躬身拱手為禮，稱呼道：「劉師傅！」

劉白墮只擺了擺手，神色淡漠，對學徒道：「客來，看座。」

學徒替胡三擺上席位，奉上青銅酒爵，又為胡三斟酒。胡三坐定之後，舉爵飲了一口，滿面驚豔之色，高聲嚷嚷道：「這是甚麼酒？我怎地從未飲過？」

沈拓笑道：「這是劉老兄剛剛釀成的新酒，正好讓我們試試。你今日來得正是時候，剛巧湊上了興兒！」

胡三問道：「這酒可有名兒？」

沈拓道：「這酒才剛剛命名，叫作『鶴觴』。」

沈維解釋道：「劉伯伯已有聞名天下的『騎驢酒』，我阿爺認為這新酒更加了不得，能像鶴一般傳售至遙遠四方，愚侄因而建議，將此酒取名為『鶴觴』。」

胡三笑道：「鶴觴，好個鶴觴！酒好，名兒也好！」飲了一口又一口，嘖嘖稱奇，讚賞不絕。

沈拓笑道：「這酒新奇美味，無與倫比。我已向劉老兄訂了三百罈，供雁兒大婚之用。」

胡三和沈拓乃是通門通戶的交情，自然早已知聞沈家與盧家定親的大喜事，這時不免再次恭賀一番，滿面欽羨之色，說道：「貴府大娘乃是洛陽城出名的『沉魚落雁』，我可是看著她長大的，當真出落得亭亭玉立、美若天仙哪！大娘和盧家五郎，確實是郎才女貌，再般配也沒有了！到時婚宴之上，我定要大喝特喝這『鶴觴』。沈老弟，你至少得給我準備十罈才夠！」

沈拓聽了，哈哈大笑，說道：「你一人就喝十罈，那三百罈可就不夠了。」

胡三忽然轉向沈維，問道：「大郎，你妹妹都要出嫁了，你怎地還未婚娶？」

沈維神色略顯尷尬，笑道：「三伯取笑了。阿爺生意繁忙，極需幫手；小侄整日忙進忙出的，哪有工夫成家？」

胡三一拍大腿，說道：「所謂『成家立業』，先要成家，才能立業啊！我和你阿爺是一塊兒長大的，他不也是先娶了你阿娘，有了位賢內助，事業才越做越大的麼？」

沈維無言以對，臉色微紅，只能微笑不語，繼續飲酒。

沈拓忙出來替兒子解圍，笑道：「我這犬子啊，說實話，就如我的左臂右膀一般，一刻都不能少了。他原已到了娶妻的年齡，我和內人也正幫他留意著，看看洛陽城中有沒有哪家的小娘子合適。然而姻緣這回事兒，原本難說得很，眼下雖還沒個苗頭，說不定過完年後就找到對象了。你說是不是，維兒？」

沈維笑道：「一切全憑阿爺阿娘作主。」

胡三還想追問沈維婚事，劉白墮卻開口了，對學徒道：「斟酒。」學徒趨上前，替沈拓、沈維和胡三又斟了一爵酒。

眾人想起自己正品著劉白墮的新釀美酒，方才話題卻淨圍繞著談婚論嫁，對劉白墮殊為不敬，胡三何等乖覺，立即陪笑道：「劉師傅這酒實在太美，但我可當真不敢多喝。最近有一件趣事，各位不知聽說過沒有？我聽糧舖的主顧們傳言，有位姓毛的刺史帶了十罈『騎驢酒』出外任官，路上碰到了賊盜。盜賊見貨物中竟有劉師傅釀的酒，大喜過望，立即開了封泥，狂飲起來，不料這些盜賊一飲便醉，倒在當地，昏睡不醒。毛刺史和家人見了，趕緊派人去尋官差；官差半日後才到，但見那些盜賊全數醉暈在地，一個也沒醒來，不費吹灰之力，便將盜賊一網打盡。因此城中有人戲稱，說劉師傅的酒該叫『擒奸酒』才是！我還聽說，江湖遊俠有此傳言：『不畏張弓拔刀，唯畏白墮春醪。』劉師傅的酒，可比弓箭大刀還要厲害，擒拿盜匪全靠它了！」

劉白墮聽了胡三的吹捧，並無得意之色，只微微一哂。

沈維笑道：「阿爺，以後咱們出門，可得帶上幾罈劉伯伯的酒，那就再也不怕盜賊了！」沈拓和胡三都笑了。

胡三轉對沈維道：「大郎，待我考你一考。洛陽居民管劉師傅的酒叫『騎驢酒』，你可知道其中原因？」

沈維搖頭道：「侄兒不知，還須請教三伯。」

胡三道：「那是因為咱們洛陽乃是大魏京畿，天子所在，諸王百官往往須出郡就藩，但誰捨得京城劉師傅的酒呢？定得帶上幾車的酒離開，如此在外地任官時便能繼續享用劉家美酒，更能餽贈地方、結交郡望。因此劉師傅的酒往往跋涉千里，走過的路只怕比你和你阿爺行過的絲路、航過的南洋還要遙遠哩！正因如此，洛陽人才稱劉師傅的酒為『騎驢酒』。劉師傅的酒隨著驢車，天南地北，去得可遠了。別家釀造的酒，大多在洛陽城賣了喝了；劉師傅的酒卻珍貴非常，千里跋涉，直去到天涯海角，人們還捨不得喝哩！」

沈維驚嘆道：「原來如此！」

胡三又笑道：「你們沈家的綢緞，早已售到西域和南洋那麼遠的地方啦。我瞧很快洛陽居民就要稱你們沈家的綢緞為『騎驢緞』，或是『鶴緞』了！」

沈拓大笑道：「多謝三兄美言，小弟可不敢當。」

胡三巧舌如簧，一番話既捧了劉白墮，又捧了沈拓，還不忘自謙自抑，說道：「兩位一個賣美酒，一個賣絲綢，我胡三最實際，賣的是人人每日都得吃的米糧，填飽了肚子，才能穿綢喝酒啊！」眾人都笑了。

四人又閒談了一會兒，胡三說晚上還有聚會，先行告辭；沈維自去外面與掌櫃小王接洽下訂事宜，談妥之後，沈家父子便也告辭離去。這時掌櫃小王已抬了兩罈「鶴觴」放上馬車，放在座位之旁，沈拓與兒子一邊談笑，一邊命于叟啟程回家。

注《洛陽伽藍記・卷四》有云：「河東人劉白墮善能釀酒。季夏六月，時暑赫晞，以甖貯酒，暴於日中，經一旬，其酒味不動，飲之香美，醉而經月不醒。京師朝貴多出郡登藩，遠相餉饋，踰于千里。以其遠至，號曰鶴觴，亦名騎驢酒。永熙年中，南青州刺史毛鴻賓齎酒之蕃，路逢賊盜，飲之即醉，皆被擒獲，因復命擒奸酒。遊俠語曰：『不畏張弓拔刀，唯畏白墮春醪。』」

第九章 歲末

沈夫人羅氏為了準備當夜的團圓宴，親自帶著廚婦喬廚娘，乘坐禿頭車夫李叟駕的馬車，出青陽門外三里，來到孝義里以東的洛陽小市。小市之北有個「歸正里」，住的大多是從南方投歸北方之人，共有三千餘戶。此地臨近伊洛二水，多出水產，當地人以捕捉魚蝦鱉螯販賣為生，此里因而成了洛陽最大的魚鱉市場。

羅氏對喬廚娘道：「咱們挑幾尾新鮮的鯽魚，今夜做成魚膾，給阿郎和大郎下酒吧！」

喬廚娘點頭道：「鯽魚冬日最新鮮，今兒我們來得早，應能買到剛剛撈上來的新鮮鯽魚；切成薄片，配上蔥薑醬料，正合主人口味。至於魚頭麼，不如配上薑醋清蒸，大娘最愛吃薑醋清蒸魚頭了。」

羅氏點點頭，問道：「二娘呢？她愛吃甚麼魚？」

喬廚娘道：「二娘愛吃鱸魚。但是大娘的未來夫婿姓盧，咱們討個吉利，過年就別吃鱸魚了吧。」羅氏微微一笑，點頭稱是。

主僕二人來到洛陽小市，但見魚市場上人聲喧嘩，擁擠熱鬧至極。羅氏下了車，才在攤販間走了幾步，突然有些頭暈眼花，皺眉道：「喬廚娘，妳自己挑吧，我回車上歇歇。」

喬廚娘應了，扶羅氏回馬車上坐下。車夫李叟問喬廚娘道：「主母沒事麼？」

喬廚娘道：「主母嫌人多，想在車裡安靜坐一會兒。」

羅氏交代喬廚娘道：「多買幾尾鮮魚，給奴僕們也蒸上幾尾。今兒是大年夜，讓大夥兒都吃一頓好的。」

喬廚娘笑道：「多謝娘子體貼！」她來到熟悉的魚販攤前，挑了二十尾新鮮的鯽魚，得知因是過年，價錢比平日貴了許多；但她想主母身體不適，自己最好莫以魚價煩擾她，於是只略略講了價，便掏錢買下了魚，讓魚販包好了，命廚役搬上馬車。

羅氏坐在車中，感到愈發不適，伸手掀開車簾，想透口氣。她望向車外，忽然留意到小市門口站了個黑衣人，雙手負在身後，眼望著進出的人們。她微感奇怪，暗想：「大過年的，人們大多穿著紅色或紫色衣衫出門，除非戴孝，不然誰也不會穿黑衣。這人為何身穿黑衣，單獨站在市口？他是在等人麼？還是在尋人？」

她心中懷疑，不禁多看了那人幾眼。

那人忽然回過頭，望向她的馬車，似乎瞥見了車簾中的羅氏，對著她微微一笑，脫帽為禮。羅氏見他面目好熟，猛然認出他來：「這人不正是在景樂寺表演凌空飛翔和種植棗樹的那個術士麼？他怎會識得我？」她無心惹事，便放下車簾，閉目養神。不料過了一會兒，聽見車外一人對車夫李叟道：「請問車上乘坐的，可是沈家夫人？」

車夫李叟道：「正是。請問閣下何人，可識得我家夫人？」

羅氏忍不住又輕輕掀起車簾，露出一縫，但見跟車夫說話的正是方才那個黑衣術士。黑衣術士躬身道：「我乃無名小卒，無緣高攀沈夫人。只是素聞沈家虔誠禮佛，樂善好施，濟貧扶弱，心中好生景仰。今日恰好遇到，特來表達敬意。」

車夫李叟道：「好說，好說。」回頭望了車子一眼，想探知羅氏心意，自己是該客氣應對，還是該趕緊打發此人？但聽羅氏在車內說道：「多謝先生謬讚，妾身愧不敢當。妾身平生信佛向善，只盼能盡一己綿薄之力，濟助貧弱，累積福德，所願已足。」

那黑衣術士對著車子躬身行禮，說道：「夫人過謙了。夫人往年還在羅家時，小人便曾受夫人賞賜餑餑，至今感恩，難以忘懷。」

羅氏聽見「餑餑」兩個字，全身一震，猛然想起一件極為古怪之事，發生在自己成婚之前：

那年她只有十二歲，一個嚴寒冬天的傍晚，她剛好來到廚下，見到家中廚娘向著後門外揮手喝斥：「快滾、快滾！」

羅氏探頭望去，看見門外站了一個全身生滿爛瘡的老乞兒，身邊跟著一個流著鼻涕、雙頰凍得通紅的孩童，約莫五、六歲年紀。羅氏見那孩子年紀幼小、衣衫單薄，情狀可悲，心生憐憫，便說道：「廚娘，給他們點兒吃的吧。」

廚娘搖頭道：「小娘子！城中這等乞兒多得很。我若給他們吃的，他們往後日日都來乞討，咱們家可沒有那麼多吃食分給他們！」

羅氏是個心高氣傲的女孩兒，聽了甚感不悅，沉下臉，呵斥道：「我們羅家是甚麼樣的人家，分點兒吃食給乞兒，自家又怎會不夠了？妳不給，我來給！」說著便自去蒸籠中取了三個餑餑，用塊棉布捧了，冒寒走出門去，遞給老乞兒。

老乞兒接過了，彎著腰千恩萬謝，那小乞兒則抬頭望向她，不出一聲。羅氏低頭對小乞兒微笑，但笑意卻頓時僵在臉上。她驚然發覺，那小乞兒的一對眼睛竟然是碧色的！羅氏從未見人擁有碧色的眼睛，吃了一驚，雙眼定在小乞兒碧色眼眸上，再也無法移開。那小乞兒凝望著她，髒髒的臉上毫無表情，嘴唇也沒有動，羅氏耳中卻彷彿聽見他說道：「才三個餑餑，怎麼夠吃？」

羅氏心頭震驚，便想回入廚房，多拿幾個餑餑給他們，但眼光卻無法移開小乞兒那對詭異的碧眼，全身僵硬，無法動彈。直到那老乞兒扯了扯小乞兒的臂膀，羅氏和小乞兒的視線才終於分開了。羅氏感到如釋重負，正遲疑該不該回去多拿幾個餑餑時，老乞兒卻已拖著小乞兒快步離去，消失在飄雪的夜色之中。

羅氏回到臥室之後，當夜便發起熱來，接著更大病了一場，纏綿數日方癒。她並未告訴父母自己施捨餑餑給兩個乞兒之事，心底卻暗暗相信，那小乞兒有著詛咒人的能力；他不滿自己只給他三個餑餑，因此對自己下了詛咒，讓自己得病受苦。從此以後，羅氏對所有奴僕和貧苦窮人都特意關照；長成後嫁入沈家，每年冬天一定大舉捨衣施粥，惟恐自己不夠慷慨，再次遭人詛咒。

羅氏想起這件往事，忽然全身發冷，忍不住掀開車簾，極想看看這黑衣術士是否便是當年的那個碧眼小乞兒。但當她掀開車簾時，只見到那黑衣術士已轉身離去，旋即消失在人潮之中。

羅氏感到悵然若失，一顆心怦怦亂跳，無法平息，但不知如何，頭暈目眩卻已消失了，頭腦清醒無比。她茫然望著小市上來來往往的人潮，一時竟自怔了。

這時喬廚娘買好魚回來，見羅氏臉色蒼白，神色有異，微微一驚，問道：「娘子，您沒事麼？頭還暈麼？」

羅氏搖搖頭，低聲道：「我沒事。頭不暈了，就是有點兒困乏。咱們回家吧。」

喬廚娘趕忙催促李叟道：「快，回家了！」她坐在前座，悄悄問道：「剛才發生了甚麼事麼？」

李叟答道：「也沒甚麼？有個身穿黑衣的術士來到車旁，說往年夫人在羅家時曾施捨餑餑給他，特來道謝。」

喬廚娘素知羅氏多行善事，關照窮苦，也不覺有甚稀奇，說道：「娘子樂善好施，洛陽城中誰人不知？這人特來道謝，那也算是用心的了。」

李叟道：「可不是？就是那人的眼睛，倒是有點兒古怪。」

羅氏在車中聽見了，身子一震，忙問：「李叟，你說他的眼睛如何古怪？」

李叟回頭道：「回娘子的話，我見那人的眼睛怪怪的，顏色很淺，不似一般人的黑色眼珠兒。」

羅氏問道：「可是碧色？」

李叟道：「我也沒瞧清楚，可能是吧？」

喬廚娘道：「慕義里有不少西夷人，我見過幾個，他們的眼珠有的是棕褐色的，還有的是青碧色、淡綠色的，好生古怪。咱們洛陽城中西夷甚多，眼珠並非黑色之人，倒也並不罕見。」

羅氏望向車窗外川流不止的行人，不再言語，陷入了沉思。

卻說半年之前，沈綾曾被羅氏單獨留在洛陽街頭，不得不鼓起勇氣，自己在城中遊蕩，造訪了永寧寺、景樂寺、義井里和上商里，雖遇到永寧寺寶瓶從天跌落的災難，卻終能平安回到家。此後，他便對洛陽城充滿了好奇，不但不害怕出門，在父親的三個月禁足期滿之後，一有機會便離開沈宅，在洛陽街頭閒逛。他記著大巫恪的言語，每回出門都小心隱藏自己，不讓人見到自己的身形。每日早晨，他和小妹同去書房和帳房學識字算數，之後沈雒須陪母親羅氏共進午膳，她喜愛午後在桑園蠶舍流連、餵飼蠶兒，因此沈綾午時便會自去廚房填飽肚子，之後就獨自出門探索。

沈拓和羅氏仍舊未曾給他任何銀錢，是以他出門從不花錢，只帶上一竹筒的水，倘若喝完了，就去義井里取井水來飲。

冉管事留心到沈綾時時獨自出門，一回跟羅氏提起此事，說道：「娘子，他一個年幼孩童，沒有家僕陪伴，獨自在街頭閒晃，只怕不甚穩妥。」

羅氏卻毫不擔憂，說道：「阿郎總說沈家之子須得有膽有識，往後才能出門闖蕩天下。洛陽城乃是天子腳下，平靖得很，有甚麼不穩妥的？我年幼時便常常獨自在城中騎馬出遊，我身為女子都不怕，他一個男童，就更加毋須擔憂了。」

冉管事唯唯稱是，心中卻想：「妳童年時騎馬出遊，總有十多名護衛家僕跟隨在旁，自然不必擔憂自身安危。」說道：「不如我派個小奴跟著他，免得在城中遇上甚麼意外，有個甚麼三長兩短。」

羅氏一皺眉頭，說道：「宅裡事情繁多，哪個小奴如此空閒，能夠整日跟著他？再說，他在我沈家是甚麼地位，怎能派個僕人跟隨服侍他？僕人也是要面子的。」

冉管事乃是多代居於北方的漢人，明瞭北方輕庶之俗，便也不再多說，只道：「娘子所言甚是。」

此後沈家便再也無人理會沈綾的出入來去。他先是在沈家大宅所在的阜財里附近遛達，參拜了阜財里以西的追先寺、阜財里以東的開善寺，以及位於洛陽大市以東的法雲寺、寶光寺和白馬寺等。沈家和洛陽其餘貴族富戶一般，崇信佛教；沈綾每入一寺，便會禮拜寺中諸佛菩薩，上香許願。

他特別喜歡在洛陽大市中閒逛，觀看琳琅滿目的攤販雜貨。他在大市東北方的達貨里中欣賞金木工匠的精工巧藝；在大市南方的調音里和樂律里中聆聽高手樂師的絲竹謳歌；在皇城之東的殖貨里中目睹屠戶殺豬宰羊；在慕義里中觀望金髮碧眼、衣著古怪、定居中土的商胡販客。有時他信步所至，走累了就坐在街頭，觀望著城中居民來來去去，感受著整座洛陽城的呼吸和脈動。

沈綾年紀雖小，心思卻非常細密，記憶奇佳；如此數月過去，他對整座城市已熟悉得如同自己的手掌心一般，不但清楚百業之民聚居於何里，也知道城中皇族貴宦、高官巨富的宅第位於何處，不時瞥見他們所乘的華麗馬車和盛裝家眷的身影。

他一直很想回去上商里尋找大巫恪、再聽他講故事，但不知如何，他竟始終找不到上商里的所在。當時他倉皇逃出景樂寺，來到永寧寺外，聽見那聲巨響後便昏厥過去，醒來後不辨方向地狂奔，奔出城門後，又在一株大樹下昏睡了一陣子，再醒來後人便已在上商里的水井旁了，完全不記得自己是如何進入上商里的。這時想要再次尋路回去，卻再也記不清、尋不著了。

他大著膽子，重回永寧寺，順著自己逃離永寧寺的路徑而行，發現當時自己奔出的城門，正是皇城正西的西陽門；他在西陽門外找到了自己靠著睡著的那棵大樹，並在大樹周園探索詢問，卻未能探得關於上商里的半點蛛絲馬跡。他心中暗自疑惑，自己那日去了上商里，見到盲童子彪和大巫咎，甚至到了大巫咎的家中聽他說故事，莫非只是一場夢？

但他記著大巫咎的叮囑，不敢讓人知道他曾去過上商里，因此並未向家中奴僕詢問上商里的所在。

這年歲末，年三十的早晨，沈綾在廚下吃了塊胡餅充當早膳，聽喬廚娘對其他廚娘和廚役說道：「主人今晨趕回家了，主母甚是高興，要我跟她一塊兒去洛陽小市買幾尾鮮魚，晚上請了孫姑和孫舅一家，一同在萬福堂吃團圓宴。」

沈綾聽了，也不以為意，家中過年過節的團圓宴從來沒有他的份兒，因此他和往常一般，午後便獨自到洛陽城中流連，參拜了七、八間寺院，回到家時，天色已將近黑了。

他來到門口，見到一人在大門口張望等候，神態焦急，竟是冉管事。冉管事一見到他，便衝上前，急急忙忙地道：「二郎！你怎地這麼晚才回家？主人、主母、大郎、大娘和二娘他們全都在祠堂祭祖了，你也快去吧！」

沈綾奇道：「祭祖？」他長到八歲，從來不曾去祠堂祭祖，這竟是第一次聽說過年時須得去祠堂祭祖。

冉管事道：「主人今晨吩咐了，今兒是大年夜，全家團圓，你也得一塊兒去祭祖啊。」

沈綾一時慌了，他從來沒去過祠堂，忙問道：「祠堂在哪兒？」

冉管事道：「快！在後進的北正房。我領你去。」

不料就在這時，陸婇兒從門後轉出，阻止道：「慢著！你這身衣衫怎麼成？趕緊去換身新衣，才能去祭祖。」

冉管事急道：「陸小娘子，主人們已經在祠堂了，來不及更衣啦！」

陸婇兒白了他一眼，並不理會，只催促沈綾道：「還不快去更衣！」

沈綾知道陸婇兒是主母羅氏身邊最親信的侍女，哪敢不聽從，趕忙往自己屋中奔去。他仍舊沒有甚麼好衣衫，只能翻出上回去給駙馬拜壽時，大姊沈雁借給他的那套大兄幼年時的衣衫，匆匆換上，再趕去祠堂時，祠堂已然空無一人，負責打掃祠堂的老僕說道：「主人和主母他們已祭完祖，去萬福堂吃團圓宴啦。」

沈綾心中忐忑，不知自己是否該赴這團圓宴？倘若只有主母羅氏在家，那他當然不能赴宴；但阿爺今晨已回到家了，自己若不出席，倘若阿爺問起，主母想必又會找個甚麼藉口，如說他祭祖蓄意缺席，因此罰他不可參加團圓宴云云。他思前想後，拿不定主意，只好來到萬福堂外，正好見到冉管事從堂中快步趨出。沈綾拉住了他，低聲問道：「冉管事，今夜在萬福堂的團圓宴，請問我該出席麼？」

冉管事皺起眉頭，他知道主人吩咐了要二郎今夜一塊兒祭祖，卻沒交代他是否該一塊兒吃團圓宴。他不願得罪主母，也不願開罪於主人，於是也壓低了聲音，說道：「二郎請在此稍候，待我去請示主人。」

冉管事趨入萬福堂的側廳，在沈拓耳邊說了幾句話。沈拓微微一怔，皺起眉頭，轉頭對羅氏說了甚麼，羅氏露出不悅之色，但似乎並未出言反對；沈拓向冉管事點了點頭，冉管事躬身表示明白，退出大廳，對沈綾道：「二郎，主人吩咐，你也一塊兒去萬福堂赴團圓宴。」

沈綾忙向冉管事道謝，心頭百味雜陳：「我當真算不得是沈家中人啊。連能不能去年夜團圓宴，都得請冉管事去幫我請問阿爺的意思，還得看主母的臉色。」

他這時不過八歲，雖讀了幾個月的書，畢竟還是個孩子，未曾見過甚麼場面，許多禮數也不熟悉，深知自己的不足，只能整整衣衫，戰戰兢兢地走入萬福堂。

沈家富可敵國，沈家大宅素以堂皇奢華著稱。老主人沈譽將這專為款待重要賓客所建的大廳命名為「萬福堂」，比之家人平日進膳的沐恩堂裝潢得更加華麗奢侈。這時沈綾跨入萬福堂的門檻，見堂上空無一人，家人想來尚未入席。他舉目四望，只見廳堂巨大無比，足可容納三百席；堂頂有三丈高，雕樑畫棟，五彩繽紛；堂柱每根都有三人合抱那麼粗，柱上雕刻著鳳凰、神龜、麒麟、孔雀、白虎、等神禽奇獸，雕工精細無匹。最奇的是四面牆全以黃金打造，牆上鑲嵌著大大小小的黑楠木方格，每一格中都展示著一樣稀世奇珍，有千年殷商銅鼎、春秋寶劍、漢帝玉盤、晉朝牙扇；也有東海五尺珊瑚樹，南洋三寸巨貝珠，西域純金嵌寶屏風，北山瑪瑙翡翠香爐。種種珍寶異物在巨燭照耀下閃閃發光，燦爛奪目。

沈綾抬頭觀望滿牆的寶物，暗自讚嘆；看了好一陣子，他才低下頭，打量萬福堂中的擺設。但見堂中放置了九張紅漆描金食案，九個織錦坐墊；阿爺和主母的兩張食案並排置於堂首，左側的三張食案，想必是給大兄、大姊和小妹的；西側則有四張食案，沈綾心想：「這想是給阿爺之姊孫姑一家人的，喬廚娘說了他們今夜會來。」他見沒有自己的位子，不禁有些困窘，暗想：「待會兒我該坐在何處？莫非得跪在席後，伺候家人和客人？」

他聽萬福堂旁的偏廳上傳來人聲，於是來到連接偏廳的拱門之旁，見阿爺正在偏廳中招待四位客人，正是阿爺的阿姊孫姑、其夫孫興孫姑夫，以及他們的一對兒子孫聰和孫明。沈綾聽奴僕們說起過，孫姑比沈拓大上三歲，是沈譽離開南方前所生。孫姑在南方結過一次婚，不幸守寡；之後便從建康北來洛陽投靠兄弟沈拓，並在沈拓的撮合下嫁給了孫興。孫家乃是洛陽頗為體面的漢人家族，世代讀書為官；然而大魏由鮮卑人掌政，孫家逐漸沒落，兩代之前便已再無族人於朝中擔任官職，遂改以教書維生。孫興娶了孫姑後，因生活拮据，於是向妻弟請求，在「沈緞」舖子裡掛了個掌櫃的頭銜。他雖號稱掌櫃，卻對絲綢生意一竅不通，不但不懂計數寫帳，也不擅交際宴客，因此只領分乾薪，實際上甚麼事兒也不幹。沈拓對這姊夫睜一隻眼，閉一隻眼，只要他善待自己的姊姊，至於他是勤是懶、是賢是愚，一概不追究。

沈綾對姑夫孫興打量去，見他身材矮小，留著兩撇短鬚，其貌不揚，身上穿著孫姑特意替他縫製的衣衫，用的正是「沈緞」最昂貴的絲綢料子，但剪裁得不甚合身，顯得好生彆扭；兩個表兄衣著也十分華貴，顯然經過一番精心打扮。這兩兄弟倒是生得高大英俊，年紀一個二十二，一個二十；沈綾從小就不時見到他們來家中作客，知道他們都是繡花枕頭，除了外表好看之外，肚子裡甚麼也沒有，既不會讀書，也不懂得經商算帳，加上生性懶惰，二十多歲了，仍一事無成，在姑夫和小姑的呵護下，過著優渥享樂的生活。

這時沈拓見到了站在拱門邊的沈綾，笑著招手道：「綾兒！快來見過孫姑、姑夫和兩位表兄。」

沈綾走上前，對孫姑、姑夫和兩位表兄行禮。

沈拓道：「阿姊、姊夫、聰兒、明兒，這是二郎綾兒。」

孫家四人雖隱約知道沈拓有個庶子，但從未正式見過他，這時見沈拓忽然讓這個八歲的庶子參與團圓宴，出來會見親戚，都不禁大覺古怪。孫興瞇起眼睛望了望沈綾，沒說甚麼，孫姑卻皺眉道：「大弟，這就是那個……那個你在外地娶的妾生下的庶子麼？」

沈拓道：「正是。」他經營「沈緞」，時時出門做買賣，極其忙碌，加上沈綾平日總是隱藏自己，因此過去許多年來，連沈拓自己都鮮少見到或想起這個庶子。然而自從半年前沈家舉家赴駙馬府拜壽以來，沈拓對幼子沈綾的接觸日多，得知他不但自學讀寫，還懂得算帳記帳，對這孩子的才能大感驚訝，甚至暗自頗為驕傲；然而他知道妻子羅氏對這庶子十分忌憚，不便公然稱讚於他，於是板起臉，說道：「這孩子蠢笨無才，但還算乖覺順從就是了。」

孫姑瞇起眼，上下打量沈綾，說道：「這庶子的長相能耐，當然沒法跟大郎和兩位小娘子相比了。」又問：「方才祭祖時，怎麼沒見到他？」

沈拓皺起眉頭，側頭凝思，似乎無法確定祭祖時沈綾是否在場。沈綾心中驚惶，暗想：「阿爺若發現我祭祖遲到，定要不快，或許便不讓我參加團圓宴了。」情急之下，集中精神，回想方才見到的祠堂景象，將自己的身影投注在祠堂東邊的柱子之旁，口中說道：「阿爺，祭祖時我在場啊。您還回頭見到我了，我站在祠堂後面，東首柱子之旁。」

沈拓腦中果然依稀浮起見到沈綾在東首柱旁跪倒的身影，點點頭，說道：「可不是？你方才確實來到祠堂了。阿姊，他人在後邊，妳可能因此沒見到他。」

孫姑回想起來，似是隱約記得見到一個瘦小的身影在祠堂後方跪拜，於是點頭道：「是了，我也見到了這孩子，只是當時並不知道他是誰。」

沈綾鬆了口氣，心中卻不禁暗暗驚訝：「原來我不只能隱藏自己，讓人看不到我，還能讓人以為曾經在某地見到過我！」

就在這時，羅氏走入了偏廳，聽到了沈拓和孫姑的對答，微微皺眉，回頭望了侍女陸婇兒一眼，但見陸婇兒也是滿面疑惑之色。羅氏搜索記憶，自己彷彿曾在祠堂中見到了沈綾，但她同時也記得曾差遣陸婇兒去大門口攔阻沈綾，命他先去更衣，令他未能即時趕到祠堂祭祖，心中還曾暗暗為此高興，但自己為何卻記得看到他在祠堂的身影？

沈綾瞥眼見到主母羅氏眉頭緊蹙，神色惱怒夾雜著幾分懷疑；他心中一動，頓時明白：「陸婇兒叫我去更衣，想必出於主母的指示，用意是想讓我祭祖遲到，令阿爺惱怒。她卻沒料到我雖來不及去祭祖，卻能設法讓阿爺相信祭祖時見到了我，以為我並未缺席。此後，她對我只有更加疑忌厭惡了。」隨即想起：「啊喲，我還未向主母見禮。」於是快步來到羅氏身前，躬身行禮，喚道：「主母。」

羅氏對他更不瞧上一眼，撇過頭去，迎向孫姑夫婦，笑吟吟地與他們招呼寒暄起來。羅氏冷落嫌惡沈綾的神態，沈拓和孫興夫婦自都看在眼中；沈拓見妻子如此，暗感尷尬，咳嗽一聲，說道：「綾兒，去見過兩位表兄。」

沈綾應道：「是。」來到孫聰和孫明身前，向兩位表兄行禮，稱呼道：「大表兄、二表兄。」

孫聰和孫明聽見了父母和舅父的對話，知道這男童便是沈家地位低下的庶子，對他好生鄙視，更未回禮，連正眼也不瞧向他，只當他不存在一般。孫聰說道：「兄弟，我們自幼便時時來舅父家玩兒，今兒可真遇到了件新奇事兒。」

孫明假意問道：「甚麼新奇事兒？」

孫聰道：「這可是第一回有個奴僕來跟咱們攀親說話，你說奇怪不奇怪！」兄弟倆都笑了起來。

沈綾一張臉漲得通紅，只得訕訕走開，回到父親身旁。

這時沈拓的隨從喬五將沈拓和沈維早先從劉白墮酒坊買回的那兩罈「鶴觴」抬上廳來，父子倆見了，都甚是興奮，沈維道：「阿爺，讓我來打開封泥吧！」

沈拓笑道：「好，你來。」低頭見沈綾站在一旁，神色慈和，微笑道：「這是我和你大兄剛剛去治觴里劉白墮伯伯那兒買回來的好酒，綾兒，你也飲一杯！」

沈綾受寵若驚，忙道：「多謝阿爺。」

這時沈維已拍開了酒罈封泥，傳出陣陣濃郁的酒味兒。他笑道：「阿爺，這酒醇厚濃郁，您說該用甚麼杯飲才好？」

沈拓對飲酒器物甚是講究，聽大兒這麼問，側頭想了想，說道：「劉白墮用的是青銅酒爵，我倒覺得青銅給酒添了點兒苦味，不如西域白玉杯清淨。喬五！你去我的藏寶室，取十只我們在西域購得的白玉杯來，今兒我們全家都要喝一杯！」說著從懷中摸出一枚鑰匙，遞給喬五，喬五恭敬接過了。喬五和妻子喬廚娘從少年時起便在沈家服侍，深受沈拓信任；每回沈拓出門，喬五幾乎都隨侍在側，在家中時亦跟進跟出，因此也只有他知道沈拓所說的白玉杯收藏在何處。

沈綾心想：「阿爺說我們全家都要喝，十個杯子，那自然也包括我了。他畢竟認為我是沈家人。」略略放下心。

羅氏心中也動著同樣的念頭：「拓郎說全家都要喝酒，命喬五取十個杯子，莫非他認真當那小子是沈家的一份子？拓郎真是糊塗了，今夜竟讓那小子一起參與團圓宴，這算個甚麼事兒！」

不多時，喬五回到偏廳中，將一只純金托盤擱在酒罈之旁，托盤上端正地放著十只白玉酒杯。沈拓點頭笑道：「好極了，就是這酒杯！這可是我從西域帶回來的。綾兒，你幫我看著，待會吩咐喬五收拾好，收回藏寶室，一個都別少了。」沈綾連忙答應了。喬五恭敬地將鑰匙還給主人，沈拓接過收入懷中。

沈拓在白玉杯中倒了四杯酒，放在托盤上，對沈綾道：「先敬客人。」

沈綾答應了，端著托盤去奉給孫姑、孫姑夫和兩位表兄。四人取了酒杯，不但沒有向他道謝，甚至連正眼都未曾瞧他一眼，彷彿他就是個低賤的奴僕，不屑一顧。沈綾清楚見到孫家眾人的臉色，只能假作不見，恭敬地一一遞上酒杯，退到父兄身旁。

羅氏見了，心中略感安慰：「孫姑一家人知道這孩子是庶出，打自心底排斥鄙視於他，這便對了。」不禁對孫姑一家暗生好感。

就在這時，一陣銀鈴般的笑聲從屏風後傳出，正是沈雁和沈雛姊妹到了。姊妹倆盛裝打扮，一個穿著大紅緋紬窄袖上衫，襯著淺紫絲彩繡花長裙；一個穿著淺綠綢綾百花上衫，配上淡黃色流蘇寬裙，兩人手挽著手，一邊說笑，一邊款步來到偏廳之上。

羅氏見一對女兒出落得亭亭玉立，姊姊明豔不可方物，妹妹也眉清目秀，甜美可人，不禁露出微笑，心想：「大女兒聰明能幹，美貌出眾；小女兒也不遑多讓，容色秀麗，性情靈巧。雛兒若日後也能嫁入好人家，我可就完全放心啦！」

姊妹倆走上前，向父兄、孫姑、姑夫等盈盈行禮。孫姑嘖嘖讚道：「兩位小娘子都長大啦！可喜都生得這般如花似玉！」

沈雁面露矜持，微笑以對，並不答話；孫姑笑嘻嘻地伸手去捏沈雛的臉頰，沈雛最不喜歡別人捏她臉頰，一矮身便躲開了，來到父親身邊，撒嬌道：「阿爺，我也要喝酒！」

沈拓笑道：「妳小小年紀，喝甚麼酒？」

沈雛嘟嘴道：「我怎麼小了？我跟小兄差不多年紀，小兄能喝，我為甚麼不能喝？」

沈拓笑道：「我又沒說妳不能喝。喏，阿爺連酒杯都替妳準備好了。」說著遞給她一只白玉酒杯。沈雛接過了，好奇地往白玉杯裡望去，將酒杯放在鼻子前聞了聞，皺起眉頭，說道：「味道好重啊！這酒怎麼是紅色的？」

沈拓道：「這是劉伯伯新釀的酒，叫作『鶴觴』。妳喝一點兒，看看喜不喜歡。」

沈雛笑道：「鶴觴？這酒名還挺雅的哩。」

沈維在旁笑道：「小妹真有眼光，這名兒正是妳大兄取的！」

沈雛雙手端著白玉酒杯，喝了一口，吐吐舌頭，做個鬼臉，說道：「好辣！」

沈拓笑道：「我就說妳年紀太小，不懂得品酒。還是給阿爺喝吧。」

沈雛倔強道：「不！我喜歡，我要喝！」說著捧著酒杯，快步走去大姊身邊。

沈拓哈哈大笑，舉起酒杯，和長子沈維對飲一杯，父子倆不禁再次讚嘆起這酒的香醇美味。

羅氏見丈夫和長子啜著劉白墮釀的美酒，品嘗閒聊，言笑晏晏，沈綾站在一旁，手中小心翼翼地持著一只白玉酒杯；他年紀小，並不會飲酒，也不懂得品味，只抬頭望向父兄，臉上露出欽敬仰慕之色。

羅氏心中一動，忍不住蹙起眉頭；往年她很少見到沈綾，即使見到了，也只是滿懷嫌棄，看了他就生厭。然而此刻她卻驚然發覺，細瞧之下，沈綾安坐一旁，面色沉穩時不只看來端正清秀，全身上下更隱隱散發出一股難言的俊逸和靈氣，較其父兄似乎更加出類拔萃，超常脫俗。羅氏心中不禁好生煩惱：「這孩子若長得醜陋猥瑣，又是庶子，人們自然而然便會瞧他不起。可他偏偏生得這麼好，我要除去他，不免較為不易了。」又想：「幸好高先生和帳房羊先生都說他愚鈍蠢笨，學書和學算都比雒兒遜色得多，想是和孫聰、孫明一般的料子，未來絕對不可能與大郎相爭。但是……只要他在家中一日，便是大郎的威脅啊！」

沈拓不知妻子此刻的這些心思，熱絡地招呼大夥兒入萬福堂就坐。冉管事十分精明乖覺，見主人讓二郎一塊兒吃團圓宴，老早命奴僕在三個沈家子女的席旁多添了一席，置於二娘沈雒的席旁。沈綾見堂上添了自己的食案和座席，這才鬆了口氣。

第十章　團圓

主客坐定之後，一群衣著華美、訓練有素的沈宅婢女奴僕們便快步趨前，端上各種珍饈菜餚，無聲無息地陳列在各人面前的食案之上。羅氏的侍女嵇嫂和陸綵兒跪在主母身後，替主人和主母盛漿夾菜、更杓換碟、遞巾送盆；于洛和于沱兩個婢女也各自跪在大娘沈雁和二娘沈雒身後，服侍兩位小娘子飲食。

沈家富貴已久，平日飲食便十分講究，這晚是除夕夜，加上沈家大娘喜事臨門，團圓宴上的佳餚更是山珍海味，沒有一道菜不是稀世美饌，除了北方常見的炙乳豬、羊肉腸、薑醋清蒸魚頭、蔥薑薄切生鯽魚片外，亦有駝峰、熊掌、猩唇、燕髀、豹胎、鹿尾等八珍之食，一餐足值千金。

孫家四人雖是沈家常客，但家門遠遠不如，見此場面，也不禁有些畏縮。孫家父子三人正襟危坐，戰戰兢兢，生怕失禮出醜，席間只唯唯諾諾，客套陪笑；只有孫姑一人高聲談笑，舉止自若。

沈拓心情甚好，大談「沈緞」近來的生意如何興盛，提起沈雁與盧家的婚事時，更是興高采烈，舉起白玉酒杯，說道：「不是我誇口，我們雁兒不但才貌過人，而且巧手慧心。盧家能娶到她，可是盧家的福氣啊！來，大家都乾一杯！」

全家人都舉杯喝了酒，孫家四人、沈維、沈雁、沈綾都喝乾了，沈雒年紀小，不習慣酒的味道，只淺淺啜了一口，就不喝了。

沈拓取笑她道：「雒兒，妳吵著說要喝酒，卻不肯乾杯？」

沈雒皺起鼻子，說道：「因為不好喝嘛！你們說這是甚麼出名的酒，貴重珍稀得很，我可一點兒也不覺得有何稀奇。」

大兄沈維笑道：「那是因為妳不懂得欣賞！」

沈雁倒是喝完了一整杯，舒出一口長氣，讚嘆道：「好酒！阿爺，在我婚宴上就喝這酒，您說好麼？」

沈拓大為高興，笑道：「乖女兒！阿爺已向劉伯伯訂了三百罈『鶴觴』，正是為了妳的婚宴啊！」

沈雁大喜，跪起身向父親斂衽頷首為禮，笑道：「多謝阿爺！」

羅氏望著長女沈雁，滿心喜悅，說道：「妳阿爺說得是。盧家能娶到我們家雁兒，真是他們家的福氣！」

沈拓哈哈大笑，伸手摟住夫人的肩頭，笑道：「依我說，雁兒甚麼都好，就是溫柔文雅了些，可比不上妳阿娘的瀟灑豪邁了。」

羅氏聽了，也不禁暗感得意；她身形高䠷，眉目英朗，性情豪爽，確實當得上「瀟灑豪邁」四字。她的父祖都是大魏武將，傳到她這代只有一個女兒，但她承襲了父祖的雄武之風，少女時便擅長騎馬射箭，使棍弄槍。嫁給沈拓之後，她收起狂放之氣，認真學習養蠶取絲、染絲織布、經營綢鋪之道，成了沈拓的賢內助。身為絲綢沈家的主母，她以治家有方聞名全城；家中奴僕、桑園、染坊、織坊共雇用了數千人，其中有胡有漢，她都一視同仁，善加照顧，大方慷慨；此外她也崇佛積德，樂善好施；羅氏的一子二女都生得英挺靈秀，聰明有為，足見家教嚴謹，福報深厚，洛陽城中人無不稱道羨慕。

然而，羅氏心中長年有著一根刺，那就是坐在她眼前的那個庶子沈綾了。她和沈拓多年來相敬如賓，剛成婚時，沈拓曾親手交給她一柄純金鑰匙，並且對她說道：「沈家的家當全都在這兒了，我信任妳，願意將整個沈家的家當全都交給妳掌管。」儘管如此，數年之後，他畢竟還是背叛了她，在外娶妾生子，讓家中多出了那個可恨的庶子。

此時羅氏雖得到丈夫的衷心稱讚，嘴角卻只微微上揚，內心如何也無法盡興開懷。她的眼光掃過萬福堂上的一眾家人親戚，不禁動念：「要是世間沒有沈綾這庶子就好了！」但她也清楚知道，沈綾已有八歲，既未夭折，也非癡傻，這麼一個庶出的「二郎」在沈家活了八年，即使她再不願意，也不得不正視他的存在，想到此處，心緒只有更加鬱悶了。

沈拓興致甚高，不曾留心妻子的神色，轉頭對姊姊孫姑笑道：「阿姊，大過年的，你們一家能來家裡吃團圓宴，真是再好不過。平日也要多來走動啊！」

孫姑笑著答應了，說道：「託大弟的福，興郎在鋪頭裡幫手，每天早出晚歸的，也算盡心盡力了。我這兩個犬子，也須請大弟多多提攜照顧啊！」

沈拓知道姊夫孫興顢頇無能，記帳時錯誤百出，不但分不出絲綢優劣，也不懂得招呼顧客，在舖頭中實是毫無用處；而這兩個外甥兒更是懶惰無能，若讓他們來絲綢舖頭幫忙，只怕麻煩更多，到時自己和兒子還得幫他們收拾殘局，耗時費力。因此他這時只唯唯而應，說道：「這件事情，待我詳細考慮考慮，總能做出妥善的安排。」

孫姑卻不依不饒，說道：「聰兒明兒年紀都大了，大弟！你是看著他們長大的，知道他們兄弟倆老實乖覺，勤懇認真。人說『內舉不避親』，這麼好的人才放著不用，大弟你也真是太過謹慎了！」

沈拓只能笑著應付道：「阿姊說得是。然而我擔心讓兩位賢甥來我舖中幫手，可是紆降尊貴，大材小用啊！」

孫姑假作沒聽懂弟弟的推托之辭，笑道：「大弟，你可太抬舉你的外甥了。」話鋒一轉，說道：「這樣吧，你的外甥們年紀還輕，不如先讓你的親姊姊來幫你看看帳、管管人事，你說如何？」

沈拓望了羅氏一眼，生怕她不願讓自己的姊姊插手絲綢生意；但見羅氏不但並無不悅之色，還笑著道：「阿姊有心替『沈緞』出力，那自是再好不過，我們歡迎都還來不及呢！」

沈拓心想：「既然娘子不反對，比起那兩個無用的外甥來，阿姊精明仔細，讓她來幫手，自是好過安插那兩個外甥。我若連親姊姊都信不過，不肯關照，看在子女眼中，也是不好。」於是拱手說道：「阿姊願意出力幫手，兄弟衷心感激。不如過了年，就請阿姊來總舖幫忙吧。」

孫姑大為高興，舉起酒杯，笑道：「多謝大弟！阿姊敬你一杯！」

沈拓喝了酒，孫姑又轉向沈維，笑吟吟地道：「阿維！你大妹的婚事都已定下了，咱們何時能喝你的喜酒呢？」

沈維今日兩度被人詢問婚事，露出一絲尷尬之色，笑道：「姑母說笑了。兩位表兄都尚未娶妻，哪裡輪得到我呢？」

孫姑搖頭道：「這是甚麼話？我家這兩個，怎能跟大郎相提並論？」

孫明忽然「嗤」的一聲笑了出來，說道：「欸欸，我知道，阿維是忘不了他的青梅竹馬啊！」

孫姑望向次子，質疑道：「甚麼青梅竹馬？你在說誰啊？」

孫聰和孫明兩個擠眉弄眼，相對竊笑。在孫姑的逼問下，孫明才指著羅氏身後的陸婇兒，笑道：「就是婇兒啊！誰不知道，婇兒從小暗戀阿維，非大郎不嫁，妳說是不是啊？婇兒？」

這原本是玩笑話，陸婇兒卻羞紅了臉，低頭不語。沈維想起陸婇兒在桑園中對自己說的那些言語，臉色一沉，暗暗惱怒：「莫非是婇兒指使這兩隻猴子在團圓宴上說出這話，意圖逼我回應於她？」

沈雁聽了孫明的話，伸手掩口，美目圓睜，滿面不可置信之色，說道：「明表兒，你是說……婇兒？」說著側頭望向陸婇兒，彷彿在觀看甚麼極其稀罕的珍禽異獸一般。

孫氏兄弟見了沈雁驚訝的神情，都捧腹大笑起來；孫姑和姑夫也跟著笑了，姑夫拍著大腿，笑道：「大郎和婇兒？那也太不般配了！」

陸婇兒臉上討喜的笑容變得異常僵硬，嘴角抖動，放在膝上的雙手十指摳入掌心，身子微微顫抖。

沈雒對婇兒並無好感，但見眾人如此嘲笑陸婇兒，也甚覺看不過去，高聲道：「兩位表兄，你們說話也太過分了些。婇兒即使和我大哥並不般配，她畢竟是我們的遠房表姊妹，我阿娘的侍女，你等不該這般隨意取笑欺侮於她！」

沈拓和沈綾見沈雒小小年紀，竟敢於仗義直言，沈拓暗暗點頭，沈綾則大感欽佩。

羅氏則顯得一派輕鬆，微笑道：「阿姊、姊夫、聰兒、明兒，你們別開婇兒的玩笑啦！這娃兒性情伶俐，對我又極是忠心；她自然遠遠配不上維兒，但在我們沈家可是舉足輕重哩。妳說是不是，婇兒？」

沈雒和羅氏的言語雖然意在迴護陸婇兒，陸婇兒一張月圓臉卻漲得更加紅了。她眼中見到的，只有沈雁睜大眼望向自己，滿面不可置信的神情；耳中聽見的，只有沈雒所說「婇兒和我大哥並不般配」，以及姨母所說「她遠遠配不上維兒」幾句話，一顆心糾結盤紋，幾乎要滴出血來。

沈拓眼見情勢愈發尷尬，趕緊出來打圓場，岔開話題，說道：「玩笑話歸玩笑話，大過年的，大夥兒都別當真了。來來來，今夜我另有一個驚喜，準教大家都盡興開懷。」吩咐陸婇兒道：「婇兒，妳去跟喬廚娘說，那物事可以端出來了。」

陸婇兒應了，低著頭步出了萬福堂。

不多時，喬廚娘便親自端出了一只純金大圓盤，放在堂中的檀木雕花食案之上；金盤中盛了五十多顆果子，色作深紫，碩大圓潤，晶瑩欲滴。

沈拓宣布道：「好讓大夥兒開開眼界，這是出自白馬寺的蒲萄！」眾人都不禁歡呼讚嘆，紛紛湊上前去觀看，只見那蒲萄一顆顆如棗子般大，似乎剛剛熟透。

沈拓笑道：「這是公主親賜的，今日才剛剛送到。我活了這麼大年紀，也只吃過三回。大夥兒快嚐嚐新！」

沈雒頓時想起半年前在景樂寺看戲法時，吃了黑衣術士變出的白馬寺棗子，當即說道：「我和阿娘大姊那回造訪景樂寺，也吃過白馬寺的果子哩！」當下咭咭格格地說了在景樂寺觀看的戲法表演，最後道：「那術士說棗子是白馬寺摘的，還賤價以五十錢賣給大家呢！阿娘買了三粒棗子，我們一人吃了一粒，果然很甜。妳說是不是，大姊？」

沈雁笑道：「棗子確實不錯，但誰知道是否當真產自白馬寺？白馬寺的棗子，又怎能只值五十錢？」

沈綾聽了小妹的話，想起自己在帳幕中所見，心想：「我早知她們那日吃的，是那黑衣術士在市場上買的尋常棗子，只是沒機會跟小妹說起。」想起那黑衣術士從帳幕中搶出、追趕自己的情景，不禁心頭一突。

沈拓擺手笑道：「那術士以戲法變出的棗子，自然絕非出自白馬寺；這兒公主賞賜的蒲萄，那才是貨真價實。雛兒，妳試試就知道了。」

沈雛好生興奮，上前伸手拾起一顆蒲萄，舉在眼前反覆觀看，問道：「阿爺，這蒲萄皮可以吃麼？」

沈拓道：「可以的。只是我聽人說，蒲萄皮有些澀，妳先剝了皮，單吃裡面的果肉吧。」

沈雛小心地剝了蒲萄皮，將果肉放入口中，隨後瞇起眼睛，一臉陶醉享受之色，笑道：「好甜呀！甜而多汁，好吃極了！」

沈拓和羅氏見了小女兒逗趣的模樣，都不禁笑了。這時沈維、沈雁也各自取了兩粒蒲萄，小心翼翼地剝了皮；沈維孝順知禮，剝好了先奉給父母；沈雁則剝了兩粒，一粒給兄長，一粒給妹妹。沈綾見了，小心翼翼地剝了五粒，分別呈給父親、主母、大兄、大姊和小妹。當他呈給主母時，卻見陸娽兒這時已悄悄回到了羅氏身後，她瞪了沈綾一眼，伸手攔阻，冷冷地道：「姨母有我服侍，不須你多事！」

沈拓見狀，不願為難沈綾，便擺手道：「綾兒，你自己吃吧！」

沈綾只得捧著蒲萄退回自己的席位，放入口中吃下了。那蒲萄味道酸酸甜甜，果真美味多汁，心想：「這麼好吃的果子，難怪只有皇室才能享用。」

沈雁吃了蒲萄之後，讚賞道：「白馬寺的蒲萄名聞天下，果然不同凡響！這跟我們上回看幻術時吃的棗子相比，確實不可同日而語。那個黑衣術士能在空中飛舞，能讓棗樹當場長出來，障眼術自是極好的，但畢竟不可能變出真正的白馬寺棗子啊！」

羅氏聽女兒提起那黑衣術士，語氣中頗有貶低之意，心中微微一震，心想：「他真的只懂得騙人的幻術麼？不，他應當是識得咒術的。不然多年前他和他祖父來我家乞討時，怎能對我施咒，讓我病倒？」

孫家四人也各自取了蒲萄剝來吃，稱讚不已。孫明偷偷多拿了三粒，藏在衣袖中，打算回家後向朋友炫耀；孫姑瞧見了，並未作聲。

羅氏笑道：「這蒲萄美味無比，只有我們享受怎麼成？嵇嫂，妳取去十顆蒲萄，切成小塊兒，讓奴僕婢女每人都試試。」

奴僕婢女們聽了，都是喜出望外，在冉管事的帶領下，一一上堂跪拜，叩謝主母的恩賞。

羅氏笑道：「你等在沈家服侍用心，大過年的，能得公主的賞賜添添福氣，自是最好不過了。」

沈家的奴僕婢女們聽了，更是感激莫名，歡歡喜喜地接過嵇嫂取出的十顆蒲萄，拿下去分食了。

沈拓望著妻子微笑，心想：「娘子性情豪爽，對待奴僕寬厚親切，如同家人，難怪能贏得沈家上下、絲鋪內外人人尊重敬服。」轉念又想：「若她能稍加善待綾兒，那便更好了。唉，這也怪不得她！綾兒畢竟不是她親生的。」想到此處，不禁暗暗嘆了口氣。

沈維見父親神色露出幾分憂慮，於是捧起酒罈，上前替父親添酒，笑道：「阿爺，劉伯伯這新酒當真不錯，再喝一杯吧？咱們給阿妹的婚宴訂了三百罈，不知足不足夠？」

沈拓收起擔憂，開懷而笑，舉起酒杯，一飲而盡，說道：「要灌醉盧家賓客，自然需要三百罈！」

沈雁聽了，嘟起小嘴，嗔道：「你們要灌醉我的新郎倌，我可不許！」

沈雒取笑她道：「啊喲，姊姊還沒出嫁，就心疼起夫君來了！」

沈雁假作生氣，伸手去搔妹妹的胳肢窩，沈雒格格而笑，繞到大兄沈維身後躲避，沈雁追上抓住了她，姊妹倆笑成一團。沈拓和羅氏看在眼中，都不禁莞爾。

沈綾坐在一旁，望著家人飲酒笑鬧，一時只覺自己彷彿外人，跟這些人一點關係也沒有。即使他心底知道父親頗為重視自己，大兄大姊對己也算寬和，妹妹待己更是親厚；然而他畢竟身為庶子，在沈家地位低下，這是他的命，原怪他人不得。他想著想著，不禁感到眼眶一熱，趕緊忍住，不讓眼淚掉下來，強裝笑容，隨著父兄又多喝了幾杯酒。

孫姑夫和孫氏兄弟知道這酒珍貴難得，一杯接著一杯地喝，三人都喝得醉醺醺的。孫聰忽然感到肚腹古怪，想起身出廳，但一站起身，便覺頭昏眼花，「哇」的一聲嘔吐了出來，只吐得滿地狼藉。

羅氏忙讓奴僕上來收拾，孫聰伏在地上，仍嘔吐不止。就在這時，三粒蒲萄從他的衣袖中跌了出來，正滾在在嘔吐物之上。孫聰又驚又窘，趕緊伸手一一撿起，也不管骯髒，匆忙塞入懷中。

羅氏和沈雁都見到了這一幕，沈雁微微揚眉，露出不屑之色，羅氏卻溫言道：「聰兒，給我吧，我讓人替你洗淨了再帶回去。」

孫聰紅著臉，訕訕地取出了三顆蒲萄。羅氏命陸娞兒接過了，以綢巾沾水洗淨，才遞還給孫聰。羅氏微笑道：「蒲萄珍貴，自己親戚，你們該多拿一些回去才是。」

孫姑甚感羞赧，又見丈夫和兩個兒子醉得厲害，醜態畢露，心想該當早早離去才是，以免繼續丟臉露乖，連忙起身告辭。羅氏十分親熱，親自送孫家四人出門，又喚家中車夫送四人回家。

孫家四人離去後，羅氏稱自己仍有些頭疼，先回鳳凰臺歇息了。沈拓和沈維將一罈酒都喝完了，父子都有七、八分醉意。沈拓道：「維兒，來！我們去書房坐坐，談談明年的生意。」

沈維答應了，父子便往萬福堂東側的書房行去。

沈雒拉著姊姊的袖子，說道：「阿爺大兄要談生意，無趣得緊。阿姊，我們去臨春閣坐坐，一邊賞梅，一邊守歲吧！」

沈雁笑著答應了，姊妹倆手挽著手，來到沈拓書房隔壁的臨春閣。這臨春閣位於書房之東，面對沈宅後庭的花園；此時正值寒冬，百花早謝，園中五、六株老梅樹上正綻放著一團團淡粉色的梅花，十分悅目。姊妹倆坐在臨春閣中的暖爐旁，一邊喝著酪漿，一邊吃著剛烤好的髓餅，絮絮地談起女孩兒家的心事。

沈綾見家人各自散了，也自回到廚房旁的隔間歇息。

臨春閣外的庭園之中，一個少女冒著嚴寒，悄悄來到窗櫺邊上，往裡靜靜觀望。這少女身材修長纖瘦，一張鵝蛋臉，正是住在桑園的賀秋。她睜著一雙鳳眼，凝望著閣中的兩位小娘子，臉上神色十分複雜，不是嫉妒，也不是羨慕，而是焦慮，焦慮中更藏著幾分恐懼。她的右手緊緊握著一柄匕首，匕首貼身而藏，刀鋒黏著她腰間肌膚，冰冷如水。

賀秋凝神傾聽，一陣夜風吹過，隱約聽見圍牆外傳來簌簌之聲。她緩緩站起身，面對著圍牆，雙眼望著黑暗，右手握緊了匕首，舉在身前。又等了一陣，牆頭無聲無息地出現了一個黑影。那黑影臉上透出兩個黃橙色的光點，在黑暗中閃閃發光，直視著賀秋。

賀秋肅然回視，緩緩舉起匕首。忽然之間，她擲出匕首，如一道閃電般，直往那黑影飛去。這一下出手絕無徵兆，一眨眼之間，匕首已穿過那黑影，飛過牆頭，消失在黑暗中，竟然連跌落的聲音都沒有。

賀秋豎起眉毛，右手從懷中一摸，又摸出一柄匕首，持在手中，在黑暗中發出淒清的寒光。那黑影定在牆頭不動，黃橙色的眼睛仍舊盯著賀秋。僵持了一陣子，賀秋呼出一口氣，將匕首收回懷中，往圍牆走去。她一躍上牆，伸手往那黑影抓去，如她所料，只抓了滿手軟軟垂下的黑布。她低頭望去，見黑布上有兩個圓圓的洞，黑布下有乾枯的樹枝，牆頭還放著一根點燃的蠟燭，原來那兩隻黃橙色的眼睛不過是透過黑布上圓洞射出來的燭光。

賀秋輕哼一聲，罵道：「裝神弄鬼！」

就在這時，牆腳一人問道：「來者何人？」

賀秋一驚低頭，但見來人身形高大，面目英俊，正是大郎沈維。賀秋連忙在牆頭躬身行禮，稱呼道：「大郎！」

沈維臉上毫無醉意，神態清醒而沉穩。他凝望著站在牆頭的賀秋，問道：「擒住了麼？」

賀秋臉色發白，垂首道：「請大郎恕罪，婢子無能，讓他給逃去了，只留下這黑色布套。」

沈維道：「給我瞧瞧。」

賀秋落下地來，將黑布遞給沈維。沈維接過看了，說道：「人曾躲在這黑布之下。妳對他扔出匕首時，他早已隱身逃去了，只留下樹枝撐著黑布。」

賀秋道：「牆頭還留了一根蠟燭。」說著躍上牆頭，取下蠟燭，再次落地，將蠟燭遞給沈維。

沈維接過蠟燭，放在鼻邊聞了聞，說道：「只是一般的蠟燭，無甚出奇之處。」隨手扔開了，說道：「妳以為來者是何等人物？」

賀秋遲疑道：「不知是一個術士，還是……巫者？」

沈維搖頭道：「世間哪有那麼多巫者？多半只是個術士罷了。」

賀秋道：「大郎說得是。」

沈維問道：「妳是何時發現他的？」

賀秋道：「就在子夜過後。我和平時一般，在臨春閣外守夜，聽見牆頭傳來聲響，抬頭視察時，見到牆頭立著一道黑影，眼睛處透出兩點黃橙色光芒，於是便發匕首向那黑影射去，但卻落空了。」

沈維搖頭道：「妳出手太莽撞了。這等術士想必身懷異技，一柄匕首豈能傷他？」

賀秋露出驚恐之色，跪倒在地，顫聲道：「是婢子太過魯莽，才讓他逃去了。請大郎恕罪！」

沈維眼光寒冷如刀，在賀秋身上掃視，沉默一陣，才道：「不怪妳。妳已在寒夜中守了這許多時辰，有勞了。」頓了頓，又道：「主母人在何處？」

賀秋聽他不怪罪自己，略略鬆了一口氣，說道：「啟稟大郎，主母早早便回鳳凰臺就寢了。」

沈維點點頭，說道：「二娘在團圓宴中提起，說她們半年前曾在景樂寺觀看一個黑衣術士表演戲法，此人懂得虛空飛行之術，又變了許多幻戲。妳去找出那人，摸清他的底細。」

賀秋躬身應道：「謹遵大郎之命。」

沈維擺擺手，說道：「今夜不會再有人來了。妳去歇息吧。」

賀秋答應了，悄然退去，夜色中只剩沈維獨自立於後庭花園之中。

然則沈維和賀秋二人都未曾發覺，在臨春閣和書房之間的牆角旁，立著一個瘦小的身影，悄無聲息地傾聽二人的對話，臉上滿是驚詫疑惑之色，正是沈家庶子沈綾。

沈綾原已回房歇息，忽然想起阿爺曾囑咐自己要收好白玉酒杯，心中一驚，趕緊跳起身，奔回萬福堂，但見所有食器都已收拾完畢；他又去門房找喬五詢問，喬五告知待奴僕洗淨了白玉酒杯後，自己便向主人討了鑰匙，將酒杯全數收回藏寶室了。

沈綾這才放下心，舉步回往廚房，正經過後庭花園的轉角時，他聽見有人說話，連忙停步，探頭出去，發現說話的竟是大兄沈維和賀秋。沈綾完全不明白他們在說些甚麼，滿腹疑竇，尋思：「秋姊姊整日待在桑園之中，大兄怎會認識她？聽他們的對話，好似十分熟悉。他們剛剛說牆頭有人，或許是個巫者；巫者為何會來到我們家？這和大巫恪不知有無關係？」又想：「夜這麼深了，難道秋姊姊整夜都在這兒守著？莫非有人意欲對沈家不利？而大兄顯然對此十分清楚，不知阿爺知道麼？」

沈綾一頭霧水，他身為庶子，原本便對家中諸事所知甚少，別人也不會對他多說；然而方才聽見的對話太過古怪，即使沈綾年紀甚小，仍感到十分不對勁，猜想其中必有蹊蹺。他生怕大兄和賀秋發現自己，於是屏住呼吸、隱藏身形，蹲在牆角旁的一叢灌木之後，靜靜地等候沈維離去。沈綾望著大兄的身影，但見他在花園中走了幾步，忽然湧身一躍，身子高高拔起，輕巧地落在牆頭，來回行走，仔細巡視，步履穩健，絕不似常人。

沈綾看得呆了，心想：「大兄怎能跳得這麼高？這牆總有九尺高，往年我和小妹爬上牆頭，都得費上一番工夫，大兄怎能一躍就上了牆頭？」正疑惑間，又見大兄從牆頭一躍而下，穩穩落地，走入書房，說道：「阿爺，人已去了。」

書房中傳出阿爺的聲音：「來者何人？」

大兄的聲音說道：「看來是個來勘查踩盤的術士，意圖不明，但應當並非武人。」

沈拓答道：「既然不是武人，便不必多加理會。來，我們爺兒倆多喝兩杯。」

沈綾沒想到父親仍在書房中，生怕被他發現，更加不敢稍動。他聽見大兄進入書房，關上房門，父子倆繼續喝起酒來。

沈綾只盼他們趕緊喝完酒，各自回房休息，自己好離開此地；但聽兩人你一杯，我一杯，喝得十分歡快，談論的都是劉白墮釀的酒有多好，「沈緞」生意如何，以及大姊沈雁和盧家的婚事等，興致甚高。

沈綾感到冬夜愈發寒冷，身子簌簌發抖，但他深怕父兄聽見自己的腳步聲，不敢舉步離開，只能繼續縮在牆角。忽聽父親說道：「我給二郎請了先生，教他讀書，又讓羊帳房教他算數，以你所見，這麼做可對麼？」

沈維道：「小弟原本傻頭傻腦，木訥愚呆；但今夜團圓宴上，他舉止中規中矩，沒犯甚麼錯處，看來高先生將他調教得甚好。」

沈拓笑了，說道：「你說綾兒傻頭傻腦！哈哈哈……維兒啊，你這小弟可一點兒也不愚呆，反而聰明過人。但這未必便是好事，畢竟家裡有太多事情不能讓他知曉了。」

沈維似乎心生警覺，忙道：「阿爺！您喝多了。」

沈拓道：「我是喝多了。劉老兄的酒實在太好啦！」但他顯然並沒有醉，沉吟後又道：「維兒，方才牆頭上的，你認為是何等人物？為何來我沈宅探勘？」

沈維道：「大約只是個江湖術士，賀秋輕易便將他驅走了。」

沈拓道：「不只是術士吧？若是一般術士，賀秋定能手到擒來。若讓他逃去了，多半是個巫者。」

沈綾聽父親再次提起巫者，心中一跳，凝神傾聽。

沈維道：「阿爺，巫者半夜來探，這並非第一回了。賀嫂和賀秋向我稟報，過去數月中，她們便趕走了七、八個術士或巫者。我想他們並非衝著賀家來的，而是別有目的。」

沈拓道：「我等從不與巫者打交道，井水不犯河水。這些術士和巫者，又怎會衝著我們而來？」

沈維道：「依我猜想，要不是和大妹與盧家的婚事有關，便是和小弟有關。」

沈拓一怔，說道：「盧家？他們和巫者有何關係？」

沈維道：「可能盧氏家族中有人不贊成這門婚事，因此派巫者來向大妹下咒，試圖阻止。」

沈拓沉吟道：「盧家乃是漢人世家大族，應當不會使出這等邪祟魘鎮之術。你說此事亦可能和綾兒有關？」

沈維道：「不錯。巫者開始出現在家中，是去年六月的事。那時我們全家同赴駙馬府拜壽，也是阿爺第一次帶小弟出門。我記得，他曾在外面獨自遊蕩了一會兒才回家，或許他便是在那時被巫者盯上的。」

沈綾聽了，心中一緊：「那時我確實去了一趟上商里，見到了大巫咯、子彪和其他八位巫者。」

沈拓沉吟道：「但他一個小小孩童，巫者為何會盯上他？」

沈維嘆了口氣，說道：「小弟年紀還小，巫者找上他，當然不是因為他自己，而是因為阿爺啊！」

沈拓道：「這些術士或巫者，不過是覬覦我沈家的錢財罷了。花錢消災，應是再容易不過。」

沈維搖頭道：「不，只怕不是覬覦我等的錢財，而是為了復仇！」

沈拓靜默下來，說道：「你是說，仇家想藉由綾兒來傷害我？」

沈維道：「阿爺不是說過麼？師祖往年的仇家甚多，這些仇家日後定會找上門來，那是遲早的事。」

沈拓長嘆一聲，說道：「維兒，我真不願將家人捲入其中啊！」語音中透露著無盡的悲哀悔恨。

沈維安慰道：「阿爺，阿娘和大妹小妹甚麼都不知道，您不必擔心她們。我跟著阿爺學武多年，無論發生何事，自當與阿爺一同面對。」

沈拓喟嘆道：「維兒，幸好有你在。綾兒年紀還小，又是庶出，我原想少理會他一些，當他不存在，便得以保護他的安全，不致讓他陷入危難。誰知……誰知……」

沈維道：「我明白阿爺意圖保護小弟的用心，但咱們也不能永遠將他蒙在鼓裡。他總要長大的，若要讓他成為沈家的一員，甚至成為阿爺的臂助，便不能讓他一無所知，那反而是害了他。」

沈拓點頭道：「你說得不錯。但等到他長大那時，『沈緞』的規模應已更加穩固，他只要守成即可，不必跟你我一般，整日在外闖蕩、開拓事業了。他只需識得文字算數，老實規矩，不致敗壞家業，便已足夠了。」

沈維道：「阿爺說的是繼承『沈緞』的生意，我說的卻是繼承阿爺的武術啊！阿爺難道不打算讓他開始練武麼？」

沈拓長嘆一聲，說道：「你也知道，那人還在外頭虎視眈眈。你我學了你阿翁的武術，已是朝不保夕了。我又怎能教你小弟？」

沈維卻道：「阿爺過慮了。阿翁去世之時，那人便已答應放過我們，承諾不會再來找麻煩，不然我們又怎能安然度過這許多年？如今世道混亂，小弟倘若不會武術，往後若遇上了甚麼危難，只有任人宰割的份，絕非上策。」

沈拓沉吟道：「你說得不錯，我是該讓他學武，他也早到了應當學武的年紀。半年之前，我讓他開始識字學算，卻始終無法下定決心，讓他開始學武。」

沈維道：「阿爺太過忙碌，長年出門在外。我這回受傷不輕，須得多休養一些時日。不如過完年後，我不跟阿爺出門了，留在家中教小弟武術吧。我武藝雖未大成，但要教他一些基礎功夫，還是可以的。」

沈拓打斷他的話頭，說道：「不、不，這回要辦的事情十分不易，我一個人只怕力有不逮，你一定得跟我同去。而且賀大最近在獄中頗不安分，你不宜獨自留在家中。」

沈綾聽父親提起賀大，不禁一怔。

但聽沈拓嘆了口氣，又道：「賀大的事已拖了這麼多年，或許是我該下個決斷的時候了。他往年對我一向忠誠，我怎願做出任何對不起他的事？但我也是身不由己啊！」

沈綾聽了，更感奇怪，心中籌思：「阿爺這話是甚麼意思？賀大不是因為醉酒殺人才被關入獄中的麼？阿爺說他身不由己，那是怎麼回事？」

但聽沈維道：「阿爺，賀大的事，確實不該再拖下去了。」

沈拓沉靜下來，並不回答。

沈維又道：「我明白阿爺一念不忍之心，但繼續留下他，就如同在身邊留著一個隱憂啊！」

沈拓語氣轉為嚴厲，低喝道：「大郎，此事我自會處理，你不必多言，知道了麼？」

沈維答應了，沉默一陣，又轉回先前的話題，問道：「阿爺，您認為小弟何時才能開始學武？」

沈拓似乎無法回答，沉吟半晌，才道：「不急。等我們下次回家，再考慮此事不遲。」

沈維還想勸說，沈拓卻阻止了他，說道：「說實話，二郎是否學武，都無關緊要，他有他的本事。你不知道，二郎聰明過人，比你小時候還要聰明。甚至比我還要聰明，比你阿翁、我阿爺還要聰明……」

沈維道：「阿爺，你喝醉了，早些休息吧。」

沈拓道：「我沒醉。你去睡吧。天明之後，又是新的一年了。我們爺兒倆，也不知還能再過幾個新年？」

沈維低聲道：「別說了。阿爺，我扶您回房歇息。」父子倆互相扶持，離開了後廳。

沈綾縮在牆角灌木叢後，全身冷得發顫，心中也害怕得緊，只能勉強不讓牙齒互擊出聲。他見父兄終於離開後廳，回房歇息，並未發現自己，這才鬆了一口氣。他又等了一陣子，才慢慢站起身，摸黑回到自己位於廚房旁的隔間，匆匆脫鞋上榻，鑽入被窩之中，簌簌發抖。

他在黑暗中回想著父兄的對話，心中滿是疑惑憂懼；他雖在沈家大宅中出生長大，卻始終如外人一般，只知道父兄整日為絲綢生意在外奔波，從不知道他們竟懂得武術！他原本已猜知賀秋身負武功，今夜卻意外發現大兄不但曾向阿爺學武，還能夠飛身上牆；而且阿爺的「師祖」往年還有許多「仇家」，家中並不時有巫者在半夜前來窺探，意圖不明；而賀大入獄之爭，也遠比賀嫂所述複雜隱晦……

沈家究竟還有甚麼祕密？自己在這沈家大宅中，又扮演著甚麼樣的角色？

第十一章　金佛

過完年後，沈綾仍舊每日與妹妹沈雒一起讀書學算，下午則獨自去城中行走閒逛。他謹記大巫恪的吩咐，每回出門都先屏住呼吸、隱藏自己，不讓城中行人見到自己的行跡。

冬天過去，春日到來。這日羅氏問小女兒讀書都讀了些甚麼，沈雒笑道：「可有趣極了！」咭咭格格地跟母親說了幾個《遊俠列傳》中的故事，只說得眉飛色舞。羅氏見小女兒和自己年輕時一般，喜好騎馬武藝，甚感喜慰，於是說道：「雒兒，妳既喜歡武藝，阿娘另聘武師教妳騎馬射箭，好麼？」

沈雒大為歡喜，拍手叫道：「當然好啦！剛好春天到了，正好出城跑馬。我甚麼時候開始學？明日麼？」

羅氏笑了，說道：「明日是不可能的了，待我安排安排，過幾日吧！」

沈雒撒嬌道：「阿娘，我一個人學，多麼孤單無趣！不如讓小兄跟我一塊兒學，好麼？」

羅氏雙眉一豎，立即道：「不行！他瘦弱無力，連弓都拉不開，學甚麼射箭！再說，家中可沒有多餘的馬給他騎。」

沈雒奇道：「家中馬廄裡養了五十多匹馬，怎會沒有馬給小兄騎？」

羅氏道：「家中畜養的都是上好的駿馬，怎能讓他一個豎子去騎？騎傷了馬兒怎麼辦？他可賠得起麼？」

沈雒自幼便見母親苛待小兄，這時她讀過點兒書，年紀也大了些，聽了母親的這番話，心中甚感不快，微微瞇起眼睛，說道：「阿娘，您對待大兄大姊並非這般，對我更非這般。小兄不是姓沈麼？他不是我的兄長、沈家的子弟麼？」

羅氏心中惱怒，冷冷地道：「他是姓沈，卻算不得是我們沈家子弟！」

沈雒道：「他既然姓沈，那麼沈家的事物，他理當可以享用。冉管事和于叟他們出門辦事，都能隨便挑匹馬騎去，哪有小兄連家裡的馬都不准騎的道理？那可不是連奴僕都不如了麼？」

羅氏道：「他在我們家裡的地位，原本便連奴僕也不如。而且他年紀小，不懂得騎馬，定會弄傷了馬。」

沈雒道：「我年紀比小兄更小，怎地我卻可以騎家中最好的馬？」

羅氏道：「妳自幼便學會騎馬，自然不同。」

沈雒道：「是麼？我瞧是因為阿娘最疼愛我，因此才買了珍貴的名駒『踏雪』給我。是也不是？阿娘既然疼我，那麼就順了我的意，讓小兄跟我一塊兒學習騎射吧！」

羅氏確實極為疼愛這個小女兒，但聽她不斷要求讓庶子沈綾和她一同學習騎射，也不由得暗暗惱怒，沉下臉道：「不成！他不能跟妳一塊兒學習騎馬射箭。就算他要騎馬，也只能騎家中最老最瘦的馬。這是我說的規矩，人人都得遵守。別再說了！」

沈雒見母親聲色俱厲，不敢頂嘴，只能嘟起嘴，說道：「我知道了。」

從此以後，沈雒便開始跟著羅氏聘請的武師學習騎馬射箭，舞棍弄刀。她年紀雖小，身手卻十分矯健靈活，很快便掌握了射箭的技巧，五十步外百發百中，刀棍也學得似模似樣。

羅氏雖不准沈綾和沈雒一塊兒學武學射，沈雒卻總拉著小兄跟自己一起騎馬。家中僕人畏懼羅氏的火爆脾氣，不敢違背主母的指令，只讓沈綾騎馬廄中最最瘦蹇的一匹老馬，不但皮缺毛脫，而且腿力疲弱，更無法快奔，但走起路來倒還算平穩。

沈綾往年只見過馬廄中的馬匹，自己可從來未曾騎過馬；他在小妹的指點下，學會了如何安裝馬轡、馬鞍、馬蹬等配件，也慢慢摸清了馬的性情脾氣，知道該如何上馬下馬，如何策馬快走、小跑、急馳、轉彎和停下，漸漸得心應手。一個多月後，他便能夠跟著小妹一塊兒去城外騎馬馳騁、打獵射鷹了。這一年的春季以至秋季，兄妹二人早晨一起讀書學數，下午一塊兒騎馬射箭，日子過得逍遙而快意。

自從去年年中跟家人一同去駙馬府拜壽以來，沈綾的生活便有了天翻地覆的改變。他身為庶子，原本地位極低，只能整日在家中帳房、廚下、花園、馬廄中閒晃；幸得在小妹沈雒的遊說之下，父親決定替他們延請老師，讓他得以與小妹一起讀書學數、騎馬出遊，總算過上了較為接近洛陽城中富家子弟該有的生活。

轉眼又到了歲末，沈綾忽然想起去年年中造訪上商里時，大巫恪曾要他在隔年歲末午後去平等寺看看金佛，心想：「今夜就是年夜了，我該去趟平等寺，看看那金佛究竟有甚麼特異之處。」

他知道平等寺位於青陽門外二里御道北的孝敬里，離家甚遠，但他又不敢使喚家中車夫，於是來到廚房，問喬廚娘道：「喬廚娘，妳今日要出門買魚買肉麼？」

喬廚娘問道：「怎麼？」

沈綾道：「我想去一趟平等寺。妳若要出門，可能讓我跟妳的車一道麼？」

喬廚娘知道他想搭自己的便車出門，於是笑道：「那敢情好，我正打算去城東北買幾隻醃菜的甕，甕子沉重，我得讓于叟駕驢車去載回來，你便跟我們一塊兒去吧！」

沈綾道：「不知城東北離平等寺有多遠？不如我跟車出門，到了皇城後，再自己尋路去平等寺。」

喬廚娘道：「平等寺在城東青陽門外，路程挺遠的。這樣吧，我也想去平等寺禮佛許願，你先跟我去買甕，買完之後，我們一塊兒坐于叟的車去平等寺禮佛便是。」

沈綾喜道：「那太好了！多謝喬廚娘。」

於是喬廚娘便去馬房喚于叟。一年半之前，于叟曾奉主母之命將沈綾留在街頭，心中對他一直好生過意不去。之後主人雖曾追究此事，沈綾卻並未說出事實，也不曾對人說過一句抱怨于叟的言語，于叟因此對他暗懷感激，此時聽喬廚娘說她要帶二郎去買甕，順道去平等寺禮佛，當下便一口答應了。

于叟隨後駕著驢車，載著喬廚娘和沈綾出門而去。上回一家人赴駙馬府拜壽，是先往南行，再折而往東；這回去往城東北，驢車出了阜財里後先往東行，並不進入宮城，而是沿著宮城外的陽渠往北，再折而往東。

驢車之上，沈綾問喬廚娘道：「妳說要去城東北買甕，那是甚麼地方？」

喬廚娘道：「那地方叫作聞義里，位在皇城東北，洛陽城最大的瓦戶都聚集在那兒。二郎沒去過吧？」

沈綾搖了搖頭。

于叟插口道：「這個聞義里，是高祖給取的名兒。那地方原本有另個名兒，叫作『上商里』。」

沈綾聽了，心頭不禁一震，脫口道：「上商里？」

于叟道：「是啊！今日很少人管那兒叫上商里啦。大多人不是稱它聞義里，便是喚它瓦戶里。二郎，你去過那兒麼？」

沈綾心中怦怦而跳，他想起大巫恪的交代，不能讓人知道自己曾去過上商里，見過那兒的巫者，於是趕緊搖頭，說道：「沒去過。」想了想，忍不住又問道：「瓦戶聚集的瓦戶里，為甚麼又叫作上商里？」

于叟道：「我聽人說，因為那兒乃是殷商遺民聚居之處，因此叫作上商里。一會兒我們進了里，你會見到里中之人的衣著言語，都和里外的人頗為不同。」

沈綾早已去過上商里，對那兒的人印象深刻，此時假作不知，說道：「當真？但是商朝距離今日，總有一千五百多年了吧？」

于叟側頭道：「有那麼久麼？」

沈綾這時已隨高先生學過不少史書，扳著指頭數道：「商朝滅亡之後，便是周朝；周朝末年乃是春秋戰國，再之後是秦、漢，再來是三國、魏晉以至今日，絕對超過一千五百年。于叟，朝代都已更換過這麼多次了，為何我們洛陽城中還有殷商遺民？」

于叟從未想過此事，伸手搔搔頭，疑惑地道：「我也不知。」

喬廚娘道：「我聽城中老人說過，高祖皇帝將大魏京城遷來洛陽時，這些殷商遺民就已聚居在上商里一帶了。當時有不少達官貴人定居在上商里，後來因為那兒住著殷商遺民，住在該里的士者往往受人譏笑排擠，於是慢慢地就都遷走了，最後只剩下造瓦的人留在了上商里。如今咱們整個京城的瓦器，全都出自上商里。」

注《洛陽伽藍記．卷五》：「洛陽城東北有上商里，殷之頑民所居處也。高祖名『聞義里』。遷京之始，朝士住其中，迭相譏刺，竟皆去之。唯有造瓦者止其內，京師瓦器出焉。世人歌曰：『洛城東北上商里，殷之頑民昔所止。今日百姓造甕子，人皆棄去住者恥。』」

沈綾自己在家中受盡排擠，聽見他人受到排擠，心頭便不大舒服，問道：「當初住在那兒的士者，為何會遭人排擠？跟殷商遺民同住一里，又為何會引人譏笑？」

于叟聳聳肩，說道：「誰知道？那些殷商遺民很是古怪，他們頑固得很。要是真如二郎所說，商朝都過去一千多年了，那這些人穿的衣衫，吃的食物，甚至說的言語，這一千多年來都沒有改變過，人們才會喚他們為『頑民』吧。」他想起一事，說道：「是了，城裡有首歌是這麼唱的。」他拉開嗓子，唱道：

「洛城東北上商里，殷之頑民昔所止。今日百姓造甕子，人皆棄去住者恥。」

沈綾聽得大感趣味，說道：「這些『殷之頑民』一千多年都不改語言風俗，果然固執得緊。」側頭沉思，說道：「但是話說回來，我從沒聽說過世間有『周之遺民』、『秦之遺民』、『漢之遺民』，為甚麼獨有殷商遺民？」

這個問題，喬廚娘和于叟都答不上來。于叟笑道：「這我可不知道了。我只曉得，不要說一千年，就只一百年後，或是五十年後，也不會有『鮮卑遺民』啦。」

喬廚娘聽了，微微一笑，說道：「于叟說得不錯。」

沈綾卻不明白，問道：「卻是為何？于叟，你是鮮卑人，是麼？」

于叟笑了笑，說道：「二郎，待我說給你聽。我姓于，那是鮮卑姓『勿忸氏』改成的漢姓；主母姓羅，那是鮮卑姓『叱羅』改成的漢姓，而主人是來自南方的漢人，因此咱們沈家乃是胡漢通婚。大約三十多年前，高祖皇帝遷都洛陽，大力推行漢化，讓所有鮮卑人不准說胡語，改說漢語，鼓勵胡漢通婚，更將我們鮮卑人的衣服、姓氏、祖籍等等，全都改成跟漢人的一模一樣。如今洛陽城一眼望去，居民盡是漢人打扮，口中說的也是漢語。城中許多人家都如咱們沈家一般是胡漢通婚，生下的子女胡漢各半，再也分不出誰是胡，誰是漢了。這才過了三十多年哪！因此我說一百年後，鮮卑人定然消失得一個也不剩，更加不會有甚麼『鮮卑遺民』了。」

沈綾曾聽高先生說過高祖孝文皇帝遷都洛陽、大力推行漢化的往事；這些事雖發生在他出生之前的二十多年，但那是他祖父沈譽和父親沈拓親身經歷過的重大變革，因此家中奴僕婢女閒談時仍常常提起。他如今也知道，鮮卑人拓拔氏佔領了整個北方，立國稱魏；祖父沈譽早年跟隨王肅自南齊投歸大魏，定居洛陽已有三十多年；家中僕婢如于叟和賀嫂等大多是鮮卑人，主母羅氏也是鮮卑人；唯有沈綾自己並非羅氏所生，母親應是漢人，因此沈家主人之中，只他和父親沈拓二人是純正的漢人。

于叟感嘆著，忽然回過頭來，說道：「二郎，你瞧瞧我的臉，可分辨得出我是鮮卑人麼？」

沈綾往年並未留意，這時細觀于叟的臉面，但見他臉頰寬方，比一般漢人為大，單眼皮，小眼睛，眉眼隔得較闊，鼻高而偏窄，顴骨較高，身形粗壯。沈綾搖頭道：「看不大出來。洛陽城街上的行人，倘若仔細觀看，我應能猜出誰是鮮卑人，誰是漢人；但若是胡漢通婚生下的子女，那可就看不出了。我的兄姊和小妹便是胡漢通婚所生，他們的長相和我相差不大，若要我猜，我可猜不出他們是漢人還是鮮卑人。」想著于叟方才的感嘆，問道：「于叟，你家人平日說鮮卑語麼？」

于叟道：「我的祖父母都說鮮卑語，他們漢語學得遲，幾乎不會說；我阿爺阿娘則是成年後才學的漢語，鮮卑語和漢語都說得。」

沈綾問道：「那你自己呢？」

于叟搖搖頭，說道：「我十歲多時便開始改說漢語，如今鮮卑語只能說得上幾句罷了。」說著說了幾句鮮卑語。

沈綾好奇地問道：「你說了甚麼？」

于叟笑道：「我就說了：『我叫于叟，我是鮮卑人。』」

沈綾請他再說一回，自己也跟著學說。于叟又教他說些日常語，如問候、招呼、道謝、道歉等，以及如何稱呼家人，如父母兄姊等。

喬廚娘笑道：「你還能說得上這許多鮮卑語，已算不錯的了。我聽說很多跟你一般年紀的鮮卑人，只略略聽得懂老人家之間交談，自己可不會說了。至於晚一輩的子女，就更加連鮮卑語也聽不懂了。」

沈綾甚感惋惜，說道：「原本很多人會說的鮮卑語，如今卻漸漸消失了，再過幾代，就沒有人會說了，那不是很可惜麼？」

于叟呆了呆，伸手摸摸腦袋，不知該如何回答，想了想，聳聳肩，說道：「說實話，鮮卑語比之漢語，那可是粗簡得多了，連完整的書寫文字都沒有。咱們現在學了漢語，能夠和漢人說上話，能夠看懂漢人的書，著實方便得很。我聽主人說，漢人的古書很多，懂得漢字，能夠讀那麼多的書，人就變得聰明，變得有學問啦！」

沈綾點點頭，說道：「若非高祖皇帝大力漢化，只怕我今日說的便是鮮卑語了。」

于叟笑嘆道：「可不是？高祖皇帝主張漢化，畢竟是有道理的。正如我方才所說，不用多久，洛陽便再也沒人會說鮮卑語了。幾年之後，鮮卑人定然一個不剩，便不會有甚麼『鮮卑遺民』了，更加不會有『鮮卑里』啦。」

喬廚娘笑道：「于叟這話說得是。」

說話間，于叟駕著驢車往東，經過宜年里、大覺寺、永明寺和融覺寺，這幾座離家不遠的寺廟，沈綾都曾自己來參拜過，甚是熟悉。過了融覺寺後，便到了圍繞著宮城的陽渠，陽渠對岸便是宮城了。驢車沿著陽渠北行，來到洛陽城西北角，可以見到此處城牆上的樓宇比其他城牆的更加高大。

于叟指著高聳的城牆，說道：「這西北角上的宮殿，便是金墉城了。高祖皇帝初來洛陽建都之時，宮闕尚未建成，曾暫居於此。」

沈綾抬頭望去，但見金墉城的城牆高偉華美，果與他處不同。轉過西北角的金墉城後，便來到了北牆，驢車轉往東行。沈綾從未來過宮城之北，不斷抬頭觀望。

于叟道：「二郎你瞧，宮城北牆共有兩個門，西邊的是大夏門，東邊的是廣莫門。我們這會兒經過的就是大夏門了。」

沈綾往右首望去，但見這大夏門比他見過的其他門樓都要巨大，共有三層，高二十丈，屋脊幾乎沖入雲間。他讚嘆道：「這大夏門，可比其他的宮城門樓都要高大得多！」

于叟道：「可不是？這是宣武帝建的。他是高祖皇帝的次子，那時我們駙馬主公輔佐皇帝，南北征戰，每戰皆勝，國勢可說盛極一時，因此宣武帝才將這大夏門建得如此宏偉。」

驢車繼續往東，駛於大夏門和廣莫門之間，只見宮觀相連，直延續到城牆之上，極為壯觀。

行了約莫兩個時辰，終於來到了城東北的上商里。沈綾估計方位，越想越奇怪，問道：「于叟，請問這兒離景樂寺有多遠？」

于叟道：「景樂寺位在宮城中央的御道以東；從景樂寺來此，須得出皇城正東的東陽門，轉往北行。若是駕馬車，總要一個時辰，才能來到上商里。」

沈綾聽了，證實了心中疑惑，說道：「若是步行，總要兩個半時辰才能到吧？」

于叟道：「正是。」

沈綾心想：「我當時逃離永寧寺，往西狂奔，只記得自己奔出了一道門，卻並非于叟說的東陽門，而是西陽門，離上商里更遠了。出門之後，我便累得坐倒在樹下；再次睜開眼時，便已到了上商里的井旁。原來上商里並不在西陽門左近，還須往東北方步行兩個半時辰才能到！難怪我在永寧寺和西陽門左近尋訪探問，卻如何也找不到上商里。但我怎會在樹下昏睡過去，便突然從西陽門外來到了上商里？那是怎麼回事？」

正疑惑間，驢車已駛入了上商里。才一入里，便見景物依稀相識，他見到幾個里民走過，個個身著全白衣衫，確實和里外之人大不相同。沈綾想起上回來此的經歷，心中不禁忐忑，暗想：「那些身著白衣、袖綴鳥羽的巫者還在這兒麼？大巫恪和那個盲童呢？我會撞見他們麼？」

但聽喬廚娘道：「二郎你瞧，這兒里民的穿著打扮，和洛陽城其他居民頗為不同。你聽聽，他們說的言語也和我們不大一樣。」

沈綾回過神來，說道：「是麼？他們說的是甚麼語言？」

喬廚娘道：「我聽人說，他們說的也是漢語，只不過音調有些古怪罷了。」

于叟笑道：「妳說他們音調古怪，搞不好我們說的漢語才音調古怪呢！我們鮮卑人學說漢語，跟原本的漢語已有很大的不同。聽說漢語原本有八音，但我們鮮卑人說不來，因此就只剩下四音了。說不定這些殷商遺民說的才是正統的八音漢語，我們嫌他們音調古怪，他們才要嫌我們音調古怪呢！」

沈綾甚感疑惑，問道：「音調古怪，但仍是漢語，因此我們能夠聽懂，是麼？」

喬廚娘道：「我只跟這兒的瓦匠打過交道，他們都是漢人，說的是漢語。我從沒跟殷商遺民說過話，也不知道能否聽懂？二郎，我等會兒去買甕，不如你去找幾個殷商遺民攀談攀談，看看究竟能不能聽懂他們說的話。」

沈綾有心去找大巫恪，於是說道：「好啊！那麼一會兒我便自行在里中走走吧。」

這時于叟已將驢車駕到了韓家瓦舖門外，喬廚娘和這兒的瓦匠韓火相熟，跳下車與他打招呼，彼此寒暄；接著瓦匠韓火便領她入內，挑選適合醃菜的甕。

沈綾和于叟說了一聲，便獨自去里中遛達。他走出韓家瓦舖的小街，一路觀察路上行人；但瓦舖多為漢人所開，左近路人的穿著和洛陽市民並無不同，說的也都是漢語。

沈綾心想：「這上商里看來甚大，這一帶住的都是漢人。我上回見到殷商遺民和那些巫者，是在那口井邊；或許殷商遺民都住在那一帶。是了，我得去找那口井。」

於是他在巷弄中穿梭尋找，但不知為何，竟如何都找不到那口井，更加找不到那條通往大巫恪木屋的陰暗巷子。他四處走了一圈，見到了不少身穿白衣的殷商遺民，卻未見到任何一個身穿及膝白袍、衣袖綴著鳥羽的巫者。他決定向人詢問里中的水井在哪兒，但問了幾人，他們都搖手擰頭，表示聽不懂他的言語。

沈綾甚感失望，暗想：「至少我知道上商里在何處，以後可以自己再來，總能找到大巫恪和那盲童。他叫甚麼來著？是了，大巫恪說他叫作子尨。」

沈綾又在里中走了一陣子，終於放棄，回到了韓家瓦舖。喬廚娘剛剛買好了甕，于叟正將五只大甕搬上驢車。喬廚娘見到他，笑著問道：「怎麼，聽得懂商人的言語麼？」

沈綾搖頭道：「我去那邊街上走了一圈，他們聽不懂我說話，我也聽不懂他們的言語。」

喬廚娘笑道：「這些殷商遺民古怪得很，還是少跟他們打交道為是。」

三人離開了上商里，喬廚娘對于叟道：「于叟，二郎這趟出門，就是想參訪平等寺。你載我們去一趟平等寺吧！」

于叟道：「沒問題。平等寺很有名的，我也想去參拜參拜。」

沈綾問道：「平等寺離這兒遠麼？」

于叟答道：「我們此刻在城東北，平等寺位於城東南，青陽門外二里，御道北的孝敬里中。我駕驢車直直南下，大約半個時辰能到。眼下天色尚早，咱們跑這一趟，天黑前準能到家。」

於是于叟便駕車來到了平等寺；只見平等寺佔地極廣，林木蕭森，堂宇宏美，平臺複道，廣闊無比。馬車來到寺外的空地時，遠遠便見寺門外立了一尊金色佛像，高二丈八尺，相貌端嚴。

喬廚娘指著那金佛道：「洛陽居民都說，平等寺的這尊金佛特生靈驗，很多人專程來此供養金佛，禮拜許願。」

于叟將驢車停在門口，沈綾和喬廚娘一起下車，來到金佛前，跪倒膜拜。

沈綾站起身，抬頭觀望金佛的臉面，但見金佛面帶悲容，眼中似乎含著淚水。他大感驚奇，對喬廚娘道：「金佛面容好似十分悲淒，祂平日都是這樣的麼？」

喬廚娘抬頭望去，微微皺眉，說道：「我以前來過這兒幾回，這尊金佛面目慈悲莊嚴，那是京城出名的。但今兒金佛怎地看來如此……如此悲哀呢？」

于叟繫好驢子，也走上前來，抬頭望向金佛的臉，「哎喲」一聲，驚道：「哭了，金佛哭了！」這時沈綾和喬廚娘都已見到，金佛眼中的淚水流了下來，劃過面頰，直流到頰下，一滴眼淚滴了下來，正落在沈綾的臉頰上。

三人都大為吃驚，這時在寺前參拜的信徒和路人也都留意到了，紛紛聚前圍觀，叫嚷起來：「金佛在流淚哪！」「金佛哭了！」

沈綾原本還想定是前一日下了雨，雨水積聚在金佛眼中，此刻流了出來；然而他回想過去幾日都並未下雨，而金佛眼中的淚水卻流個不停，顯然並非之前聚積的雨水。不多時，金佛便遍體盡濕了。一旁有個信徒心想金佛哭泣，說來實屬不祥，便猜測道：「這大約是佛汗吧？金佛日夜說法度眾，實在太辛苦了，因此出了一身的汗。」

這時寺中比丘也出來圍觀，一個比丘見金佛如此哭泣不是辦法，便取了乾淨的綿布，上前擦拭金佛的眼淚，不一會兒整塊綿布便都濕透了；比丘又換了另一塊綿布繼續擦拭，也是一會兒就濕透了。

沈綾感到一陣不安，對喬廚娘道：「我們回去吧。」

三人趕緊回上驢車，驅車歸家。沈綾坐在車上，心頭仍深為目睹金佛流淚所震撼，暗自籌思：「大巫恪特意要我在今年歲末的午後來平等寺看金佛，顯然意在讓我目睹金佛哭泣的異象，不知卻是為何？這可是個災難之兆麼？」

金佛流淚的事情一傳出，洛陽城許多士人婦女都趕來觀看，平等寺前擠得人山人海。金佛的眼淚竟然直流了三日方止，見到的市民無不嘖嘖稱奇，認為是佛祖顯靈。然而人人心底皆知，金佛哭泣絕不是甚麼吉祥的徵兆；至於佛泣代表了何等惡兆，眾人議論紛紛，都不得其解。

這年的大年夜，沈拓和長子沈維去南方做買賣，並未歸家；沈宅仍舊舉辦了奢華的年夜宴，邀請了孫姑一家，也邀請了羅氏的父母來沈家大宅同慶團圓。因家中由羅氏作主，沈綾當然無份參與團圓宴，他也不出聲，獨自留在廚房旁自己的小室中，度過了安靜的一夜。喬廚娘可憐他，特地給他留了一份晚膳，菜色和團圓宴一般一致，讓他也能享用沈家的山珍海味，奇饈異膾。

注《洛陽伽藍記．卷二》：「平等寺，廣平武穆王懷捨宅所立也。在青陽門外二里御道北，所謂孝敬里也。堂宇宏美，林木蕭森，平臺復道，獨顯當世。寺門外金像一軀，高二丈八尺，相好端嚴，常有神驗，國之吉凶，先炳祥異。孝昌三年十二月中，此像面有悲容，兩目垂淚，遍體皆濕，時人號曰佛汗。京師士女空市里往而觀之。有一比丘以淨綿拭其淚，須臾之間，綿濕都盡。更換以它綿，俄然復濕。如此三日乃止。」

當夜沈家的團圓宴上，孫姑坐在羅氏身旁，忽然湊近了，低聲問道：「那個豎子呢？」

羅氏皺起眉頭，啐道：「別提他了。今兒妳兄弟不在家，他當然沒份參與團圓宴！」

孫姑連連點頭，說道：「弟妹說得對，原該如此！那豎子地位低賤，他的阿娘也不知是打哪兒來的野女人，虧我大弟竟然堅持收留他，還讓他跟著雒兒一起讀書，這可成了甚麼話！」

羅氏被她一說，頓感義憤填膺，一腔苦水積怨傾瀉而出，說道：「可不是！不論教書先生或是帳房先生，都說這孩子呆蠢愚鈍，懶惰散漫，讓他學書學算，全是白費工夫！」

孫姑露出憂慮之色，搖頭道：「蠢人若無學識，還不至於為害作惡；若是學了書，又懂得算數，以後他要作起怪來，可更加不易管制了。弟妹！妳可知道？我今日來此之前，真真害怕撞見那個豎子。我在去年的團圓宴上見到他，就知道他是個劣種，一雙眼睛賊精賊靈的，說他蠢，我可不信！這豎子雖無才無能，但作惡的小聰明卻一定是有的。而且我看得出來，他眼神飄移，心術不正，日後必成大患！弟妹，我說妳該早點想個辦法，處置那個豎子啊！」

這段時日中，即使沈綾已開始讀書學算、騎馬射箭，卻總知道該如何避開羅氏，奴僕婢女們也極少在她面前提起這個庶出的二郎。而羅氏整日忙著照顧「沈緞」生意，原本便甚少見到沈綾，也很少想起關於他的事，如今聽孫姑這一說，心中憂愁頓起；她出身鮮卑武將世家，自嫁入沈家以來，擔起持家的重任，幫手經營「沈緞」，做得有聲有色，極受夫君和所有家僕、掌櫃和伙計們的尊重。唯一大大違逆她心意之事，便是沈綾這個來歷古怪的庶子了。

她回想起那是約莫十年前，一回沈拓出了一趟遠門，似乎是去南洋開拓「沈緞」生意，離開了將近兩年的時光；待他回到洛陽時，竟帶回了一個懷孕的妾室。幾個月後，那妾便在家中生下一子，沈拓十分高興，將這嬰兒取名為沈綾。

羅氏自然惱怒至極，多次與沈拓大吵，要他將這對母子送出沈宅，又逼問他這個妾室的出身來歷。然而儘管沈拓平日對愛妻萬分尊重、百般順從，但在此事上卻異常堅決，拒絕讓這對母子搬出沈宅，對這個妾室的來歷也語焉不詳、矢口不言。羅氏是鮮卑人，家中數代都是一夫一妻，熟識的近親好友中從未有人娶妾或生下庶子；即使她知道如沈拓這般的漢人富商大賈，娶個三妻四妾乃是尋常事，但始終嚥不下這口氣。

後來在羅氏的堅持下，沈拓終於送走了那妾室，卻無論如何不肯送走自己的子息。羅氏無奈，只能勉強答應留下那初生嬰兒。沈拓因生意忙碌，並未對這個庶子多加留意；直到兩年前王主公過六十大壽，沈拓忽然想起了這個幼子，不但特意帶他去駙馬府拜壽，之後還請了高先生來家中教他讀書，並讓他跟帳房羊先生學算數。

羅氏無法阻止沈綾學書學算，而且夫君沈拓一心想要那孩子至少須得識字懂算，日後才可能成為愛子沈維的助力，但她對沈綾的厭惡排斥並未減少半分。她命奴僕婢女們不可稱他「二郎」或「郎君」，讓他們清楚知道沈綾乃是庶出之子，在沈家地位低下卑賤，和她所生的三個子女不可相提並論。家僕都明白主母的心思，在她面前絕不敢提起沈綾，也不敢對沈綾太過照顧；只有在主人沈拓親口吩咐時，冉管事才會命家中織室給沈綾添置衣褲、棉被等物。他的住處仍舊狹小破舊，飲食若非喬廚娘好心照顧，便與奴僕所食無異。沈綾在沈家的待遇，跟其他三個沈家子女的鮮車怒馬、錦衣玉食，仍有雲泥之別。

羅氏回想著這些往事近況，心中愈發鬱悶。她向孫姑舉起酒杯，嘆息道：「多謝阿姊提醒。此事確實至關緊要，我得想想辦法才是。」

當夜，團圓宴之後，羅氏回到鳳凰臺，侍女陸婇兒替她卸下頭飾時，從鏡中望見羅氏神色不豫，說道：「姨母，您怎地愁眉深鎖，莫非有何憂心之事？」

羅氏嘆了口氣，說了孫姑在團圓宴上的言語，以及關於沈綾的警告。

陸婇兒點頭道：「孫姑說得不錯，姨母，您已為此事煩憂了許久，確實該及早想法子解決才好。」

羅氏嘆息道：「若有辦法解決，那我還煩惱甚麼！」

陸婇兒眼睛一轉，說道：「解決之法，並非沒有，只看姨母願不願意。」

羅氏心中一動，回過頭來望向她，說道：「妳說說看。」

陸婇兒道：「往年在我們羅家時，遇上這等煩心事，慣常便請位婆子或靈巫來家裡作法，施個甚麼詛咒，讓厭惡的人遠遠離去，那就眼不見為淨啦。」

羅氏皺眉道：「但我不識得甚麼婆子或靈巫啊！」

忽然想起一事，說道：「是了，妳阿娘生前便是個靈巫，是麼？」

陸婇兒微微一驚，低頭道：「不，我阿娘往年只是略略懂些符咒之術，稱不上是靈巫。」

羅氏道：「妳阿娘是這流人物，妳想必識得城中的什麼靈巫或婆子。」

陸婇兒歉然微笑道：「不，婇兒誰都不識得。」

羅氏側頭沉思，忽然想起那個在景樂寺表演術法的黑衣術士。一年之前的大年夜，自己還曾在魚販小市外再次撞見他，心中動念：「那人倘若正是我幼年時曾見過的碧眼小乞兒，那他一定懂得咒術。或許我可以找到他，請他幫忙施展咒術，趕走那豎子？」

這個念頭一起，羅氏彷彿在絕境中見到了一絲曙光，立即下定決心，悄聲對陸婇兒吩咐了一番。陸婇兒一邊聽，一邊點頭，說道：「婇兒理會得。」

第二日清晨，陸婇兒乘坐禿頭車夫李叟的車來到魚販小市，尋找那黑衣人。她尋了一圈不得，於是又命李叟駕車來到景樂寺，向主管戲法的僧人詢問那位黑衣術士的來歷和住處，得知他和一群弟子住在偶戲里的一條小巷後，便立即驅車前往。

來到黑衣術士的居處之外，陸婇兒對李叟道：「你在這兒等著。」李叟答應了，於是陸婇兒整整衣襟，跨入了一間陰暗的陋室，關上了房門。

第十二章　求巫

羅氏獨自坐在鳳凰臺的外廳之中，忽聽門外傳來腳步聲，陸婇兒走了進來，說道：「姨母，那位先生請到了。」

羅氏的身子沒來由地一震，吸了口氣，說道：「快請進來。」

陸婇兒開了房門，領著一個黑衣人跨入外廳，關上了廳門，自己跪在羅氏身旁伺候。

羅氏望向那黑衣人的臉面，心中一震，但見他的眼睛果然是碧色的！不是混濁的深綠，而是清澈的淺碧，接近青色。羅氏心中怦怦而跳，暗想：「莫非他正是……正是我幼年時曾施捨餑餑的那個小乞兒？」

黑衣人凝視著她，臉上帶著禮貌的微笑，對她躬身行禮，說道：「沈夫人召見小人，不知有何指教？」

羅氏鎮定下來，擺手道：「先生請坐。」

黑衣人容貌醜怪，但臉上那對碧色的眼睛卻清亮深邃，十分引人注目。他側身在客榻上坐下了，眼睛仍舊直直地望著羅氏，完全不曾觀望房中其他裝飾擺設。

羅氏被他看得有些透不過氣，說道：「婇兒，讓嵇嫂給客人備酪漿。」

娽兒應了，出去吩咐，不多時嵇嫂便端上兩碗酪漿，一碗放在羅氏身前，一碗奉給客人，又端上五色甜鹹小點。

羅氏對嵇嫂道：「妳在外邊等著，帶上了門。」嵇嫂應了，出門而去。

羅氏望向黑衣人，說道：「先生請用。」

黑衣人舉起碗，喝了一口酪漿，露出讚嘆之色，說道：「多謝夫人。」

羅氏問道：「請問先生高姓大名，祖上何地？」

黑衣人躬身答道：「回夫人的話，小人姓江名淼，祖上乃是漢人，素居洛陽。」

羅氏點點頭，說道：「先生平日常在景樂寺表演術法，是麼？」

江淼點頭道：「正是。小人帶著幾個弟子，每月在景樂寺表演術法三、五回，藉以維生。」

羅氏道：「我看過先生的表演。您能在空中飛舞，還能飛到白馬寺偷摘棗子，當場種下子兒，讓棗樹立即長高結果。」

江淼笑道：「夫人說笑了，棗子當然不是小人偷摘的。天子腳下，怎能任由小人偷竊果子？表演中請貴客們吃的棗子，實是小人自己種出來的。」

羅氏「嗯」了一聲，回頭望了陸娽兒一眼，陸娽兒對她點了點頭，意示鼓勵。羅氏再次望向江淼，說道：「江先生，請問您自幼就住在洛陽城中麼？」

江淼道：「正是。」

羅氏問道：「您幼年時是否曾為乞兒，在街頭乞討？」

江淼微微皺眉，側頭思索，過了一陣，才回答道：「回夫人的話，小人幼年跟隨先阿翁住在城中，阿翁也以表演戲法維生，收入雖微薄，卻不曾淪落為乞兒。不知夫人為何有此一問？」

羅氏啜了口酪漿，說道：「我童年時，曾施捨餑餑給一個小乞兒。他和先生一般，眼睛也是碧色的。」

江淼揚起眉毛，露出驚訝之色，想了想，說道：「好像有這麼回事。夫人說的，可是約莫三十多年前的一個冬夜？那年冬天，我和阿翁確曾在城中遊蕩徘徊。但我們並非乞討，而是在尋人。」

羅氏大奇，問道：「你們在尋找何人？」心中怦怦而跳，暗想：「莫非……莫非他們在尋我？」

江淼舉起碗，喝了一口酪漿，睜著那雙古怪的碧色眼睛凝望著她，似乎想看透她這個人，然而他的回答卻令羅氏大失所望，他說道：「我不記得了。」頓了頓，又道：「那年冬天，阿翁似乎滿懷心事，有一日他忽然叫上我，對我說道：『淼兒！換上粗陋破舊的衣衫，跟我出門。』我也不知他有何意圖，就聽話地跟著他出門了。那幾日間，我們在洛陽的大街小巷到處行走，我見到阿翁不斷敲人家的後門，向人乞討，但我們家中並不缺食物啊！我不明白這是為了甚麼？問了他幾次，他也不回答我。」

羅氏皺起眉頭，說道：「後來呢？你可記得……記得曾到過羅宅麼？」

江淼望著她，沉穩地回答道：「當然記得。羅家乃是洛陽武將世家，貴宅門庭寬廣森嚴，洛陽城中多有皇族貴宦所建巨宅，都比不上貴宅的氣派！」

羅氏想起童年時所居的大宅，心頭不禁微微一酸；她曾是大魏武將之家的獨生愛女，年輕美貌，嫻熟弓馬，性情豪爽，在城中地位尊貴，廣受鮮卑青年欽敬愛慕；但自父親告老退休後，家道便一日不如一日。幸而她在十八歲上，嫁給了沈家大郎沈拓，搖身成了洛陽第一大絲綢商舖「沈緞」的東家娘子，在城中繼續過著富裕優渥的生活，地位雖不如在娘家時尊崇，畢竟衣食無憂，廣受敬重。

羅氏回過神來，擱下對老宅的懷念，說道：「因此三十多年前，您和尊先翁確曾來過敝宅乞討。」

江淼點點頭，說道：「我有此印象。那時我大約五、六歲吧，阿翁扮成個滿身爛瘡的乞兒，讓我穿著單薄的衣衫，來到貴宅後門外，敲門乞討。一個廚娘嫌我們髒臭，高聲呼喝，趕我們走。那時有位衣著鮮亮的小娘子來到廚中，見到我們，責備了那廚娘一頓，親自取了餑餑施捨給我們。當時那位小娘子，想必便是夫人了。」

羅氏點點頭，說道：「不錯。那時你曾對我說了一句話，你可記得？」

江淼側過頭，凝思一陣，說道：「小人不記得了。」

羅氏望著他，說出那句在她心底縈繞了三十多年的話，緩緩說道：「你當時望著我，說道：『才三個餑餑，怎麼夠吃？』」

江淼皺起眉頭，毫無遲疑，堅決地道：「不，我不曾說過這句話。」

羅氏回想當時，那個小乞兒的臉龐甚是骯髒，臉上毫無表情；她記得他的嘴唇並沒有動，但她耳中卻清楚聽見他說出那兩句話：「才三個餑餑，怎麼夠吃？」當時她大為驚詫，便想回進廚房，多拿幾個餑餑給他們，眼光卻無法移開那小乞兒碧色的雙眼，全身僵硬，無法動彈，直到那老乞兒拉了拉小乞兒的臂膀，羅氏和小乞兒的視線才終於分開。那時羅氏感到如釋重負，望著老乞兒和小乞兒消失在飄雪的夜色中。

羅氏緩緩說道：「不錯，你不曾說出口，但我卻聽得清清楚楚。你和尊先翁離開之後，我當夜便發起熱來，大病了一場。我並未告知我的父母，但我當時便深深相信，你是個巫者，因不滿意我只給你們三個餑餑，便對我下了詛咒。」

江淼望著她，臉上毫無表情，緩緩說道：「夫人誤會了。小人術法功力有限，也不懂得如何詛咒他人。當時小人心中感激小娘子的施捨，即使不曾立誓報答小娘子的恩德，又怎有膽子對小娘子下咒？」

羅氏彷彿未曾聽見江淼的言語，自顧自地說了下去：「自從那回大病一場之後，我便十分害怕巫者，也很害怕自己會因對窮人不夠體恤，而再次受到詛咒。到了成年之後，我每年冬天都為窮人捨衣施粥，極盡慷慨，毫不吝惜。如今三十多年過去了，相信江先生不會再次對我下詛咒了吧？」

江淼連連搖手，說道：「夫人千萬不可誤會。小人並不懂得下咒，更加不曾對夫人下咒，往後也絕對不會對夫人下咒。」一雙碧色的眼睛卻凝視著羅氏，彷彿在述說一個全然不同的故事。他的眼神清楚地傳遞了這樣的訊息：「我往年曾對妳下咒，讓妳生病；此刻也能夠對妳下咒、令妳受苦。妳是無法防備我的！」

羅氏耳中聽著他的保證言語，眼中見到的卻是令人毛骨悚然的無聲威脅，不禁心頭戰慄，身子發抖，幾乎便想起身逃走；但她想起自己找此人來家中的目的，勉強鎮定下來，暗想：「這人確實是個能夠詛咒人的巫者，這不正是我請他來此的原因麼？」只是心頭驚恐，一時不知該如何啟齒。

室中陷入寂靜。過了一會兒，江淼才開口道：「夫人邀我來此，就是為了向我詢問那件往事麼？」

羅氏定了定神，卻不知該如何開口。她回頭望向婇兒，婇兒湊在她耳邊，低聲道：「姨母，如果此人正是您幼年時曾遇見過的那位巫者，他感念您往年施捨餑餑的恩情，想必會願意幫助您的。」

羅氏點點頭，終於下定決心，雙手互握，望向江淼，緩緩說道：「老實說，我有件事兒，想請先生幫忙。」

江淼點點頭，說道：「夫人請說。只教小人力有所逮，定將盡力助夫人達成願望。」

羅氏壓低了聲音，說道：「我家中有個人，我不希望他留下。」

江淼點點頭，說道：「不知是哪一位？」

羅氏道：「就是家中庶子。」

江淼道：「可是貴府二郎？」

羅氏最不喜人家稱呼沈綾為二郎，但這確實是他在沈家的排行稱謂，於是點了點頭。

江淼問道：「夫人希望他離開沈宅，還是離開洛陽？」

羅氏毫不遲疑，說道：「離開洛陽，越遠越好！最好他能永遠從我眼前消失。」

江淼手指輕輕敲擊几面幾下，沉吟半晌，才緩緩說道：「這件事情，小人應能替夫人辦到。」

羅氏聞言，大大地鬆了一口氣。她老早料知江淼是個巫者，他童年時既然能夠詛咒自己生病，自然也能夠施展其他的法術，包括將人驅逐到遠地。她俯身行禮，說道：「多謝先生願意相助！卻不知該如何酬謝先生才是？」

江淼將手置於几上，手指輕輕敲擊几案，似乎在思考；羅氏聽著他敲擊几面的咚咚之聲，只感到心煩意亂。過了一會兒，江淼終於停下敲擊，抬頭望向羅氏，緩緩說道：「如果只是要讓那人離開洛陽，那麼一萬兩現銀，便已足夠。」

羅氏聽他開此高價，第一個念頭便是：「這也未免太貴了吧？」轉念又想：「我若能驅走那個小瘟神，一萬兩又算得甚麼？『沈緞』有的是銀錢，家中也不乏銀兩。就算不動用『沈緞』和沈家的錢財，我從娘家帶來的私房積蓄，也不在少數。」然而她身為「沈緞」的東家娘子，絕不肯輕易浪費，於是微微皺眉，試圖講價道：「這個數，太多了。」

江淼笑了笑，神色自若，說道：「以小人所知，這個數目對夫人來說，絕對不多。然而小人明白，夫人對小人不盡相信，因此不願率爾付出這麼大一筆銀兩。這樣吧，看在小人往年與夫人有過一面之緣上，小人就取價五千兩吧！」

羅氏聽他主動將價錢斬半，甚合心意，點頭道：「好吧！但五千兩也不是個小數目。我先給你一千兩訂金，事情若成，我再支付其餘，如何？」

江淼拱手道：「多謝夫人。然而小人須請夫人預付兩千訂金。這筆錢，小人將用於籌備施法器具之上。」

羅氏點點頭，說道：「好，兩千便兩千。你需要多少時候籌備器具？多久方能生效？」

江淼道：「籌備種種施法器具，須時約半月。待小人開始作法之後，不出一個月，夫人便能看見成效了。」

羅氏心中估量：「一個半月，並不算長。到時事情倘若不成，我扣住剩餘的三千不給便是。」於是道：「如此便有勞先生了！」當下命陸婇兒去自己臥室的描金檀木箱中取來一只藏金盒兒，當面秤了兩千兩銀，包裹起來，交給江淼。

江淼接過了，點頭表示滿意，將銀兩包裹收入懷中，站起身，行禮道：「小人告辭了。夫人安坐勿送。」

羅氏點點頭，吩咐道：「婇兒，妳讓李叟駕車，一同送客歸去。」婇兒答應了，打開房門，領江淼離開沈宅，與禿頭李叟一同駕車送江淼回返偶戲里。

待術士江淼離去後，羅氏忽然又一陣頭昏目眩，心神不寧，知道自己這回找巫者施法，並非正道，但她別無他策，只能勉強安慰自己：「阿爺阿娘往年遇上困難，不也曾請婆子來家中供養，請她們運法施咒、排難解困麼？我今日請這位術士來幫個忙，趕走那個原本就不該出現在沈家的豎子，維護大郎和兩個女兒，這是為人母的責任，無可厚非，佛菩薩絕不會加以責怪的。」

這時嵇嫂入室收走客人的酪漿碗，見羅氏臉色變幻不定，有些擔心，問道：「娘子，您沒事麼？可是那個江湖術士對您說了甚麼無禮的言語？」

羅氏搖搖頭，說道：「我沒事。我曾在景樂寺見過這位先生表演戲法，覺得有趣，因此請他來問問詳細，如此而已。」又道：「我早上就有點兒頭疼，不得不撐著接待客人，此刻很覺乏了，想回房裡歇會兒。」

嵇嫂扶羅氏入房，服侍她躺下，心中嘀咕：「娘子自幼身體健壯，精神充沛，今兒怎地忽然頭痛起來，這陣子又如此容易疲乏？」

鳳凰臺外廳的窗下，一個修長的身影縮在暗處，將羅氏和術士江淼的對話全都聽在耳中。那身影悄沒聲息地離開羅氏的屋外，回到桑園之中。

這人正是賀秋。她曾奉大郎沈維之命去探查黑衣術士的底細，因此老早知道這人姓江名淼，乃是慣常在景樂寺表演戲法的術士之一，也知道他帶著一群童徒居於偶戲里。賀秋一直留意著江淼的行蹤，當羅氏派陸婇兒和禿頭李叟去請江淼來家中時，她便已提前知曉，因此預先躲在羅氏廳外偷聽。

賀秋回到了蠶舍，見母親賀嫂正獨自餵著蠶兒，便問母親道：「二娘不在麼？」

賀嫂道：「二娘和二郎正隨高先生讀書，午後才會過來。如何了？」

賀秋將方才聽見的對話告訴了母親。賀嫂聽到一半，便停下手，凝神靜聽；待賀秋說完之後，賀嫂皺起眉頭，說道：「主母為了趕走二郎，竟找術士對他施法！嘿，這想必是那陸婇兒出的主意。」

賀秋道：「是不是她出的主意，無從得知，但我見到坐李叟車去請那術士來家的，正是陸婇兒；主母和那術士談話時，陸婇兒也在室中。」

賀嫂沉吟一陣，問道：「妳說那術士要價多少？」

賀秋道：「那術士要價一萬兩，後來減到五千。主母答應得很爽快，還預先給了兩千訂金，說事成後再給剩下的。」

賀嫂「嘿」了一聲，諷刺道：「這麼多銀子，主母當真慷慨得很哪！妳阿爺出事那時，主人也只給了我們母女五十兩，說是安家費。哼！」

賀秋甚感好奇，問道：「阿娘，妳說那術士當真能夠施法，趕走二郎麼？」

賀嫂聳聳肩，手上繼續給蠶兒餵食桑葉，撇嘴道：「誰知道？這等江湖術士，大多只懂得使詐騙人。而且妳也知道，二郎那孩子頗有點兒古怪，我每回見了他就發怵。妳阿爺往年曾跟我說過，這二郎的身世頗有蹊蹺，讓我們盡量避開他，切勿接近。但是話說回來，這黑衣術士或許頗有些本領也說不定。哼，五千兩！這些銀兩，不如扔入洛水中算了！」

賀秋露出擔憂之色，說道：「阿娘，我們不是該出手阻止麼？怎能讓那甚麼江湖術士施法趕走二郎？至少……至少該讓主人知道吧？」

賀嫂搖了搖頭，說道：「不，此事我們不必插手。主母既然決定這麼做，便當承擔其因果報應。主人不必知道，妳也不可跟任何人說起，包括大郎、二郎和兩位小娘子在內，知道了麼？」

賀秋聽母親語氣嚴厲，只能低頭答應，不敢再說。

過完年之後，洛陽城中的氣氛明顯地改變了；城中四處瀰漫著一股難以言述的焦慮不安。

年十五元宵之前，沈拓帶著長子沈維回到了洛陽。他身為絲綢大賈，遊走八方，見多識廣，消息靈通，又周旋於貴族高官之間，自然聞嗅到了更多的氣息。他對妻子羅氏道：「天子日漸年長，胡太后卻繼續掌權，不肯放手還政於子，母子衝突很可能就將惡化。」

羅氏道：「就算皇室生變，應當不至於影響到我等平民百姓吧？」

沈拓沉吟道：「這可難說。洛陽乃是京畿重地，皇室倘若出亂，京師萬民很難不受波及。」

羅氏擔憂起來，想起一事，說道：「拓郎可曾聽聞？城中盛傳，年三十那日，平等寺的金佛流淚連日，這絕非祥兆。」

沈拓點頭道：「此事我已有耳聞。然而近日種種凶兆甚多，並不止於此。聽說城中有位法號寶公的沙門，不知來自何方，形貌醜陋如鬼，但傳聞他心識通達，能夠盡曉過去未來，預睹三世，說的話往往如讖語般準確。他預言之時，人們往往不明白他意指何事；直到事過之後，方驗證其實。去年冬天，胡太后聽聞了這位寶公的名聲，便邀他入宮，請他預言世間之事，指點迷津。」

羅氏道：「寶公麼？我聽說過這位沙門。他卻如何回答太后？」

注《洛陽伽藍記・卷四》：「有沙門寶公者，不知何處人也，形貌鬼陋，心識通達，過去未來，預睹三世。發言似讖，不可得解，事過之後，始驗其實。胡太后聞之，問以世事。寶公曰：「把粟與雞呼朱朱。」時人莫之能解。建義元年，后為爾朱榮所害，始驗其言。時亦有洛陽人趙法和請占早晚當有爵否。寶公曰：「大竹箭，不須羽，東廂屋，急手作。」時人不曉其意。經十餘日，法和父喪。大竹箭者，苴杖。東廂屋者，倚廬。造十二辰歌，終其言也。」

沈拓道：「寶公回答太后道：『把粟與雞呼朱朱。』此言無人能懂，胡太后追問細節，寶公卻不肯再說了，瘋瘋癲癲地又哭又笑，胡太后只好讓他走了。」

羅氏皺起眉頭，說道：「寶公這句話其意難明，但聽來絕非好事。」

沈拓吸了口氣，抬頭望向妻子，說道：「我想去一趟南方。」

羅氏揚起眉毛，問道：「南方？南方何處？」她對南方絕無好感。十年前丈夫去南洋做買賣，竟帶回一個懷孕的妾室，還在家中生下一子；聽說他要再去南方，不禁暗生懷疑：「莫非他想去南方尋那個女人？」

但聽沈拓道：「我打算回老家建康一趟。我有數名兄弟居於建康沈氏祖宅，城中也還有不少親戚。我想去一趟建康，看能否將一部分家業遷去南方。」

羅氏是鮮卑人，對南方甚感陌生，但她頗有見識，明白丈夫為何擔憂，也贊同丈夫未雨稠繆，預留後路。她想了想，說道：「沈家和『沈緞』的產業此刻全在洛陽，桑園絲坊可都是搬不走的，你打算如何將產業遷去南方？」

沈拓道：「我想先去南方勘查一番，或許預先買下幾片桑園和土地，建造絲坊和貨倉，以備不時之需。我們在南方若有貨倉，便可將一部分的絲綢先送去南方存放。就算洛陽平安無事，未來將絲綢轉賣南洋，建康也離南方港口近些。」

羅氏聽他說得有理，點了點頭，問道：「你去南方買地，如何周轉？」

沈拓道：「胡三在建康有間合夥的糧莊，我可讓胡三安排，將一批絲帛存入洛陽胡氏糧莊，並在建康提取米糧，用於購地。」

羅氏微微皺眉，說道：「你去南梁建康購產之事，須得隱密進行，切不可讓公主和皇室得到消息，不然可是通敵重罪。若讓胡三知情，只怕不妥？」

沈拓擺手道：「我們沈家和胡家兩代熟識，合作已有三十多年了，他絕對可以信任。再說，若不請他安排，我隨車帶著大量絲帛或金銀南下，絕不安全；若請一隊武人跟隨護送，那又太過招搖了。」

羅氏點頭稱是，但仍不免擔憂，說道：「不如另找個理由吧！就說你在老家的兄弟想買地，跟你借錢好了。千萬別讓胡三知道你有心南遷，或打算在南方置產。」

沈拓點頭道：「我理會得。」又道：「這段期間，盧家若派人來商議雁兒的婚期，一切由妳作主便是。」羅氏點頭答應了。

沈拓接著又道：「這回南下，事多繁雜，維兒當然跟我一道；綾兒年紀也不小了，我打算帶上他，好讓他長長見識。」他剛到家之時，小女兒沈雒便曾悄悄向他告狀，訴說他不在家時阿娘如何待沈綾等情；沈拓便動了此念，心想不如將二郎帶在身邊，讓他離家一段時日再說。

羅氏心中一跳，想起數日前自己對那黑衣術士江淼的請託，暗想：「莫非他已開始施展巫術了？」她雖不樂見丈夫重視提攜沈綾，但更不願讓他留在家中，於是笑了笑，說道：「怎麼，你怕綾兒留在家中，我會苛待他麼？」

沈拓忙道：「這是甚麼話？娘子豁達大度，自不會苛待於他，我何須擔心？只是維兒自幼便跟隨我出門經商，多所歷練；我心裡琢磨，綾兒年紀也不小了，是時候該讓他隨我一道出門，開開眼界了。」

羅氏點頭稱是，暗自籌思：「讓那豎子跟去了也好。最好他這一去，便永遠不要回來。」念頭一轉，忽然心生一計，說道：「拓郎，我記得你曾說過，你幼年時便隨阿舅北上，幾個兄弟卻因年幼，隨阿姑留在了建康。後來你二弟讀書有成，在南朝做了官，是麼？」

沈拓點頭道：「正是。我二弟幾年前曾與我通過書信，說他在南梁朝廷的工部任職，是個七品官。」

羅氏心頭一喜，說道：「我瞧二郎是個讀書的料子，不如你讓他留在你二弟身旁，讀書作官，也是一條出路。」

沈拓微微一怔，心道：「她畢竟不肯讓綾兒留在家中，一心要將他趕走，竟提議讓他留在南方長住！」轉念又想：「綾兒留在洛陽家中，整日不受娘子待見，也難有出頭之日。我若讓綾兒留在南方，他反而能有機會學習絲綢生意，也非壞事。」於是點頭道：「我既打算在南方設立『沈緞』分舖，那麼讓綾兒長期留居建康沈氏祖宅，未始不是個好主意。他若熟悉當地風俗民情，將來便能幫手打理『沈緞』在南方的生意。」

羅氏並不相信洛陽真會出事，暗想：「建康位於南方，想必較洛陽貧窮落後得多。拓郎即使將『沈緞』產業部分南遷，重鎮也必將留在洛陽。若將那豎子送去建康長住，就算以後讓他掌管『沈緞』在南方的生意，也只能是『沈緞』的一小部分，無關緊要。」當下說道：「如此甚好。那麼我叫人替二郎收拾冬夏衣物，全都帶上了吧！」

沈拓笑道：「南方甚麼沒有？去了再添購衣物便是，不必千里迢迢帶去了。」

羅氏應了，暗暗鬆了口氣；她聽了丈夫所言，雖也有些擔憂洛陽的局勢，但想若能藉此機會剷除沈綾這根心頭刺，那自是天大的喜事。她暗想：「事態轉變得如此之快，不過數日之間，拓郎便決定帶那豎子去南方長住，那肯定是因為江淼所施術法生效了！」不禁心頭竊喜，默默盤算：「這位術士的術法當真厲害！等他們上路後，我便差娽兒和李叟去請江術士來，向他致謝，並將欠他的三千兩早早付清了吧！」

沈拓於是向家人宣告，說是元宵過後便將攜長子沈維和次子沈綾啟程南下，去南方祭祖探親；又說南方氣候溫暖，不必帶上太多衣物，行李輕便即可。至於次子沈綾將留在南方祖宅長住，不會一同回返洛陽，此事沈拓雖未明言，但家中奴婢很快便全都知道了。

沈綾得知後，又是驚喜，又是憂懼。他從未想過父親竟會帶自己出門，自然十分驚喜；但他完全難以想像自己長住沈家祖宅將是如何光景，自也不免擔憂恐懼。他對沈宅並無太多依戀，唯一捨不得的，便是小妹沈雒和狗兒金卷兒。他當夜便帶了金卷兒和牠的三隻狗崽去小妹的居處知秋苑，與她道別。

不料沈雒一見到他，便大哭起來，說道：「小兄！都是我不好！」

沈綾奇道：「怎麼了？」

沈雒抹去眼淚，抽泣道：「阿爺一回到家，我就去跟阿爺告狀，說他不在家時阿娘如何待你。我怎知他竟會決定帶你離開洛陽！」

沈綾心頭一暖，伸手輕拍她的背，安慰道：「小妹，妳是為了我好，才去跟阿爺說我的事。妳不必自責，阿爺決定帶我南下建康，並非壞事，我原也很想去外頭開開眼界哩！」

沈雒知道小兄就將遠行，歸期難料，心中又是懊悔，又是自責，但事情已無可挽回，只能拉著小兄的衣袖，哽咽道：「你去到南方，一定要寫信給我！」

沈綾答應道：「我一定會寫信給妳的。」

沈雒招手讓金卷兒近前，摸摸牠的頭，又抱起三隻狗崽兒，說道：「小兄，你別擔心，金卷兒和小狗們就交給我，我會好好照顧牠們的。」

沈綾道：「多謝妳啦。小妹，我離開後，妳要多聽主母和大姊的話，好生保重自己，知道麼？」

沈雒佯怒道：「怎麼，連你也跟我說起教來啦！」又鼓起嘴，說道：「過得幾年，你一定要回來看我，不然我就離家出走，獨自跑去南方找你！」

沈綾怕她說到做到，當真離家出走，獨自跑去南方，忙道：「小妹千萬不要胡來！我一定會回來看妳的。」

沈雒笑了，伸出小手指，說道：「一言為定！」兩人勾勾小手指，之後大拇指相對蓋章，當作約定。這一指蓋下，兄妹倆想起下回相聚不知將是何年何月，都忍不住流下淚來。

次日清晨，沈綾揹起簡單的衣物包裹，來到大門口；但見門口車馬喧囂，兩輛沈宅馬車已候在當地，父親的親隨喬五正指揮家中僕役將行李搬上馬車，兩個來自絲綢舖頭的人垂手立於另一輛馬車旁。沈綾後來才知，這二人一個是「沈緞」的伙計，另一個則是父親十分信任的洪掌櫃，此番攜他同行，是打算讓他掌理「沈緞」在南方的生意。

不多時，父親和大兄從正廳出來，二人與主母羅氏和大姊沈雁道別後，便雙雙跨入馬車，沈綾也跟著上了車。他望出車窗，正見到小妹沈雒倚在門邊，向自己招招手，做了個寫信的手勢；沈綾怕被主母見到，不敢向小妹搖手為別，只向她點了點頭。

但聽父親下令道：「出發吧！」馬夫呼喝聲中，馬車轆轆起行，沈綾忍不住探頭出車窗，直到再也見不到小妹的身影為止。

第二部

柔然之巫

隴頭流水，流離山下。
念吾一身，飄然曠野。

——〈北朝民歌·隴頭歌〉

第十三章　魄磊巫童

柔然汗庭鹿渾之北，鄂爾渾河之西，一座石頭山拔地而起，怪石嶙峋，高聳入雲，正是柔然人尊為聖山的「魄磊山」。

魄磊山腰上的烏藍楚嘉藍瀑布旁，巫童羅欽躺在一塊大石頭上，手腳張開，攤成大字，鼾聲如雷，睡得正沉。晴空之中，一頭鷂鷹嘎然飛過，鷹的影子掠過羅欽圓圓黑黑的臉龐。

羅欽忽地睜開雙眼，猛然坐起身，四下張望。他處於尚未完全清醒的恍惚之中，彷彿仍能見到那些高大的馬匹，華麗的馬車，身穿古怪衣著的男女老少，熙熙攘攘的街頭……他憶起那對貌美如花的女孩兒，雙雙騎在馬上，將頭湊在一塊兒，咭咭格格地談論剛剛買到的甚麼物事；那個坐在馬車上，橫眉怒目的中年婦人；那個愁眉苦臉、滿面擔憂的車夫；還有那個獨自站在街頭，強忍哭泣，沒有人看得見他的孤獨男童。

羅欽眨眨眼，再次睜眼望去，眼前只見到烏藍楚嘉藍瀑布自天而降，轟隆隆地落入深碧色的池水之中。

他記得夢中的男童膚色甚白，眼睛細細的；他忍不住低頭望向自己在池水中的倒影，只見到一個膚色黝黑、圓臉大眼的男童，和夢中男童完全不同。

一頭形貌古怪的黑毛小獸原本蜷在他身旁熟睡，被他驚醒後，很不快地坐在一旁，半瞇著金黃色的眼睛，低頭舔舐自己的前掌。小獸大約半尺長短，四肢修長，形體纖瘦如狐，一身黑色皮毛光滑閃亮，卻長著三條蓬蓬鬆鬆的尾巴，各自往不同的方向擺動。

羅欽帶點歉意，伸手摸摸小獸的頭，說道：「對不住，吵醒你啦。」

小獸抬頭望向他，瞪了他一眼，說道：「你可終於醒了！」

羅欽揉揉眼睛，伸個懶腰，甩甩頭，眨眨眼，又伸手敲敲自己的腦袋，似乎無法確定自己是否真的醒了。

小獸問道：「你睡了一覺，現下感覺好些了麼？」

經小獸這麼一問，羅欽這才想起睡著之前發生的事，心頭陡然沉重起來。他伸手摸摸臉上，猶有血跡和淚痕，想起自己早先從魄磊村飛奔而出，攀到山上，來到烏藍楚嘉藍瀑布下的大石上，捶石痛哭，只捶得手掌邊緣都皮破血流了，直到小獸看不下去，以神獸獨有的術法強迫他昏睡過去。

羅欽吸了口氣，繼而回想起自己奔出村子之前的情景：

那時他和八個同輩巫童坐在魄磊村中央的圓石地上，一起準備年底石生大典上需用的祭祀品。當時一個巫童忽然瞄了羅欽一眼，開口說道：「今年年底的石生大典，大家都能去，就是羅欽不能去。」

其他巫童頓時七嘴八舌地問道：「真的麼？」「為甚麼？」「你怎麼知道？」

那巫童得意洋洋地道：「當然是真的！是我親耳聽見薩滿們（注）說的。」

巫童們又忙追問：「是哪位薩滿說的？」

那巫童露出神祕兮兮的神情，壓低聲音道：「是大長老說的。我那時就在大長老的石屋裡，聽得清清楚楚。」

巫童們聽了，頓時議論紛紛，率先開口的巫童乾脆轉頭望向羅欽，直言問道：「是不是啊，羅欽？大長老說全村只有你不能去石生大典，我說的是真的，對不對？」

羅欽只能低下頭，假裝沒有聽見，並不回答。

其餘巫童卻不放過，連聲追問道：「是真的麼？為甚麼？為甚麼？」

羅欽的頭越來越低，拒絕望向其他巫童。他們對己或許並無惡意，只不過是好奇罷了，但羅欽仍舊沒有勇氣與他們的眼神相對。自從他有記憶以來，他就是魂磊村同輩的九個巫童中個子最矮小、奔跑最緩慢、攀山最遲鈍、巫術最低微的一個，甚至被許多薩滿認定是個「生不具巫術」的偽巫童。多年來他發憤努力，一心追上其他的巫童，但無論他如何努力，巫術都毫無進展，反而落後得越來越遠了。其他巫童跟隨薩滿們學習咒語、祈

注 薩滿教稱呼巫師為「薩滿」。

禱、祭儀、靈舞等巫者必學之術，得心應手，各有專精，唯有羅欽甚麼巫術都學不會，只能勉強模仿著薩滿和巫童們誦念咒語、演練靈舞、祈禱祭天，裝模作樣一番，心裡卻清楚知道：自己體內連半丁點兒的巫術也沒有。

在其他巫童的不斷追問之下，羅欽再也忍受不住，忽然站起身，高聲叫道：「對！我不能去石生大典，因為我是個偽巫童，那又怎樣！你們是真巫童，又有甚麼了不起的！」

八個巫童見他忽然發怒，都是一怔，靜了下來，一齊抬頭望向他，臉色嚴肅，眼神深邃；羅欽一呆，隨即醒悟他們可能正在對自己施展甚麼巫術，自己不具巫術，完全無法抵禦，心頭頓時生起一股難言的恐懼，大叫一聲，轉身便奔。他奔出兩、三步，氣急之下，腳下被石頭一絆，撲倒在地，額頭撞上石頭地面，頓時鮮血迸流。

他身後的那群巫童們一齊指著他，哈哈大笑，一個巫童叫道：「偽巫童害怕我們的巫術，自己被石頭絆倒啦！」「偽巫童逃跑啦！」「快派小獸去追他回來！」

八個巫童各自發號施令，八頭奇形怪狀的小獸從他們的身後竄出，張牙舞爪地向羅欽追去。

就在這時，羅欽的黑毛三尾小獸從不知何處鑽了出來，面對著其他八個巫童的小獸，背毛豎起，三條尾巴高高舉在身後，大吼一聲。其餘八頭小獸即使獸多勢眾，但見羅欽的小獸神態凶猛，氣勢懾人，都不由自主後退了幾步，縮尾伏耳，不敢上前。

羅欽見小獸替自己擋下了其他巫童的小獸，鬆了口氣，趕緊爬起身，感到額頭傷口熱辣辣地好生疼痛，隨手抹去流血，轉身繼續飛奔。小獸嚇阻了其餘八頭小獸後，便轉身追上羅欽，一人一獸直奔上魂磊山，來到隱祕的烏藍楚嘉藍瀑布下。來此的路徑艱險崎嶇，甚難尋得，村裡只有羅欽和小獸知道路徑。羅欽跪倒在瀑布下的大石上，一邊大哭，一邊大聲向騰格里（注）祈禱：「騰格里！請賜與我巫術！請賜與我巫術！請讓我參加石生大典！請讓我參加石生大典啊！」

他哭得聲嘶力竭，手掌在大石上捶得鮮血淋漓，一旁的小獸實在看不下去了，才以法術逼迫他昏睡過去。

羅欽回憶著今晨發生的事情，越想越悲哀痛苦，大叫一聲，將頭伸入瀑布之中，讓瀑布的激流沖洗臉上的血跡和淚痕，試圖忘卻身體和心裡的所有痛苦。

然而就當他眼望滿是瀑布的流水時，忽然再次陷入了方才的夢境。他感到自己又來到了那個人潮洶湧、馬匹來去的地方，心中生起無數疑問：「這究竟是哪兒的村落？怎會這麼大，有這麼多人？」

他放眼望去，只見屋宇一棟接一棟，連綿不斷，總有數百、數千，甚至數萬間屋

注「騰格里」即薩滿教崇拜的天神。

子。他心中好奇：「這麼多的屋子，都住著些甚麼人？房子離得這麼近，人們不覺得擠迫麼？」

他留意到村子正中央有一座特別高瘦的房子，從很遠很遠的地方便能見到。離得近些時，他見到那房子共有九層，似乎是以木頭造成的，屋子頂上還有一座金色的屋頂，全部加起來，只怕比魄磊村後的魄磊山還要高！房子的每一層都有金色的裝飾，瓶子、盤子、鈴子，千千百百，不知有多少個；樓有四面，每面都有紅色的窗戶，窗上有五排金色的鈴子，風一吹來，發出叮噹鏗鏘的聲響，傳出十餘里外都能聽見。

高瘦屋子的底下有座大屋，裡面坐著一個身形高大的巨人。喔，他看清之後，才知道那不是真的巨人，而是用泥巴做的，臉貌很端莊，全身都塗了金色的漆；金色巨人的旁邊立了十個較矮的金人，大屋中站站坐坐的還有許多其他的巨人，臉容都差不多，身上以珠子、金子和寶石等裝飾，還有些巨人似乎全身都是用玉石做成的。

除了這座特別高瘦的屋子之外，整個村裡還有很多其他瘦瘦高高的屋子，都是一層一層的，有木頭建的，也有石頭建的，上面雕刻著各種精緻的人物圖畫。羅欽滿心疑惑：「誰有工夫雕畫這麼多的圖案？這些高瘦屋子建得這麼高，它們不會倒麼？它們是做甚麼用的？」

羅欽忽然想起自己在夢中聽見的一句話：「永寧寺的九層寶塔」。他倏然領悟，自己「見到」的那座高瘦的九層房子，正是那較年幼的女孩兒口中的「永寧寺的九層寶塔」，也正是女孩兒和母親、姊姊正要前去的地方。

羅欽將頭從瀑布下移開，用力甩頭，睜開眼睛，眼前彷彿仍能清楚見到夢中那座巨大的「九層寶塔」，心中又是驚詫，又是古怪。他坐在大石頭上，緩緩回憶起自己在夢中見到的那一家人：衣著華麗的中年夫婦，英俊秀美的兄姊，天真可愛的小妹，還有那個飽受排擠嫌棄，被那中年婦人扔棄在街頭的孤獨男童。

羅欽心頭不禁升起一股同病相憐之感：「那個男孩兒沒有好衣好鞋穿，那婦人又不讓他去看那九層大屋，要他自己走路回家，當真可憐！看來他的處境和我差不多，都遭人冷眼、受人排擠啊！」

羅欽深深地吸了一口氣。就在這時，他隱隱聽見頭上傳來鷹鳴之聲，抬頭望去，但見一隻鷂鷹在天空高處劃過，一邊飛翔，一邊呼喚：「羅欽！羅欽！」

羅欽一驚，知道那是大長老通過鷂鷹在呼喚自己，心想：「大長老找我做甚麼？」忙對小獸道：「快醒來，我們得走了！」

小獸盤在他身旁，這時又已睡著了。牠睜著惺忪的金眼，問道：「怎麼啦？」

羅欽焦急道：「不好啦！大長老找我，一定不是甚麼好事。我們得趕緊回村裡去！」伸手撈起小獸，從瀑布旁的大石躍入池中，泅過池水，濕淋淋地爬上岸，沿著石板山道，往山腳的村落奔去。

他一邊跑，一邊對小獸埋怨道：「我不是要你幫我祈禱麼？你怎地讓我睡著了，連你自己也睡著了？」

小獸這時已從他懷中鑽出，盤踞在他肩頭，尖聲回嘴道：「你要我幫你向騰格里祈禱，又沒要我別讓你睡著！再說，祈禱又有甚麼鬼用？大長老說明了不讓你參加石生大典，你就算像狗兒一樣搖著尾巴向他乞求，也是沒用的；你就算向騰格里祈禱一百年，也是沒用的！」

羅欽惱羞成怒，訕訕地道：「我本來就不想去甚麼石生大典。」

小獸翻了翻白眼，說道：「口是心非！村子裡的所有巫者和神獸，都將參加十年一度的石生大典，只有你不能去，這不是很丟臉麼？你當然想去。」

羅欽無法壓抑心頭的自憐自傷之情，「哇」一聲哭了出來，停下腳步，雙手捶胸，仰天叫道：「我向騰格里祈禱了那麼多年，為甚麼，為甚麼我明明出生在磈磊村，卻沒有巫術？」

小獸伸舌舔了舔他的耳朵，試圖安慰他，說道：「沒有巫術，又有甚麼打緊？你不是活得好好的麼？」

羅欽皺起臉，說道：「人不是只要活得好好的就夠了，還要活得讓人瞧得起啊！我們柔然人，誰不想讓人瞧得起呢？」

小獸道：「我瞧得起你啊！」

羅欽嘆了口氣，摸摸小獸的頭，說道：「但是天地間只有一頭小獸瞧得起我，那怎麼夠呢？」

小獸「嘿」了一聲，只覺得羅欽不可理喻，便不出聲了。

羅欽見到鵭鷹的影子再次劃過地面，想起大長老派牠出來呼喚自己，心中一急，趕緊加快腳步往村子奔去，口中繼續埋怨道：「你不但讓我睡著，自己也睡著了，你口中說瞧得起我，卻連一點兒忙都不肯幫！」

小獸不高興了，撇嘴道：「哼，你知道甚麼？我永遠都是醒的。我連你做了甚麼夢都一清二楚。」

羅欽微微一呆，頗感驚奇，忍不住問道：「真的？你能看到我做了甚麼夢？」

小獸不屑地道：「不就是一家子漢人麼？」

羅欽並不懷疑小獸能看見自己的夢，但聽了小獸的話後，卻不禁停下腳步，追問道：「漢人？甚麼是漢人？」

小獸道：「你是柔然人，就是生在柔然的人；漢人，就是生在漢地的人。」

羅欽從不知道天地之間竟然還有不是柔然的地方，住著不是柔然族的人，一時腦子轉不過來，想了想，才道：「原來如此！那個漢人住的大村子，離我們柔然很遠麼？」

小獸側頭道：「挺遠的。人走路的話，大約要幾個月才能到。」

羅欽回想著夢中見到的景象，說道：「他們住的那個村子可大了，房屋一間接著一間，還有好高好瘦的房子呢！村裡的人可多了，比咱們魂磊村不曉得多上幾千倍！人人穿的衣衫都古怪得很。不知道那村子叫甚麼來著？」

小獸「嗤」的一聲，笑道：「那有甚麼了不起的，不就是大魏都城洛陽麼？那是鮮卑人和漢人住的地方。」

羅欽更是驚奇，追問道：「大魏是甚麼？」

小獸翻起白眼，說道：「你呀，你甚麼都不知道。大魏和你們柔然差不多，只不過你們叫作柔然，他們叫作大魏。」

羅欽點點頭，隱約明白柔然和大魏是兩個不同的地方，住著不同的人，於是又問道：「你剛才說那甚麼大魏都城，是鮮卑人和漢人住的地方，鮮卑人又是甚麼？」

小獸耐著性子，解釋道：「你是柔然人，這世上還有很多不同的人。你看那家子裡的孩童長得跟你像麼？一點兒也不像，是不是？因為他們不是柔然人。他們住在洛陽，可能是漢人，也可能是鮮卑人。」

羅欽搖頭道：「他們跟我長得不像麼？我倒覺得我跟他們長得差不多啊！」

小獸將頭湊在羅欽臉前，仔細端詳了一陣子，搖頭道：「我不習慣看你們人的臉，覺得你們都長得差不多。既然你說你跟他們長得差不多，那就算差不多吧！」

羅欽又問道：「那他們究竟是鮮卑人，還是漢人？」

小獸側頭想了想，說道：「他們穿的都是漢人衣衫，應當是漢人吧？」

羅欽點頭道：「我懂了。因此那地方叫作洛陽，是大魏的一個村子。」

小獸嗤笑道：「那不是村子，是座大城。你從來沒出過魂磊村，還以為甚麼地方都是村子！村子和大城，那可差得遠了。」

羅欽搔搔頭，說道：「好吧，村子和大城不一樣。那我為甚麼我會夢到洛陽城，又為甚麼會夢到那個男孩兒和他的一家人？」

這個問題，小獸可答不上來了，於是沒好氣地道：「我怎麼知道？你們人睡著之後會做夢，原本就奇怪得很。我們神獸是不做夢的。至於你為甚麼會夢到那個地方和那些人，我就更加不知道了。」忽然又故作神祕地道：「嘿嘿，就算我知道，也不會告訴你。」

羅欽瞪了牠一眼，說道：「下回大長老帶祝餘回來，我可不分給你吃！」

小獸向來貪食，尤其喜愛招搖之山上的神果「祝餘」，吃下之後，好幾個月都不會感到飢餓。有一回大長老去招搖之山，帶回了十幾枚祝餘，分給巫童們吃；羅欽特意留了一粒給小獸，小獸欣喜若狂，大口吃下了，吃完之後，足足睡了三天三夜都不醒，處於飽暖滿足的極樂之中。

這時小獸聽羅欽提起祝餘，忍不住舔舔嘴唇，不得不讓步，說道：「說實話，我真的不知道你為甚麼會做那個夢。你夢到的那個洛陽城，是座真正存在的南方大城；你夢到的那個男孩兒，說不定也是真正存在的人。」

羅欽滿肚子懷疑，仰頭望天，發起呆來，直到小獸伸爪子拍了一下他的臉頰，說道：「喂，大長老在等你呢！」羅欽這才驚醒過來，快步往大長老的石屋奔去。

羅欽在村中奔跑了一陣，終於來到大長老的石屋外。

魄磊村位於魄磊山腳下，呈不規則的圓形；村中石屋疏疏落落，大長老的石屋位在魄磊村的正中心，那是一座高一丈的圓形石屋，有如半個石球嵌在草原之上。這石屋不但是大長老的住處，也是村中薩滿們聚會討論村中大事之地。村中住有八位薩滿和九個巫童，自羅欽有記憶以來，每逢月圓，八位薩滿便會在大長老的石屋中聚會，討論村中諸事。大長老乃是村中年紀最長、地位也最高的一位薩滿，可說是全村的首領；但他並非獨斷獨行，村中所有重大事務，都必召開薩滿大會，由所有成年薩滿一同商討決定。巫童們通常不能參加薩滿大會，他們必須在成年並且通過測試之後，才能正式成為薩滿，開始參與村中事務。

這時羅欽站在大長老的石屋之外，心中猜想：「大長老多半聽說了我和其他巫童爭吵、獨自逃去魄磊山上的事，因此叫我來責備一番。」他不想讓大長老見到自己額頭上的傷痕和臉上的淚痕，趕緊抓起衣襬，擦抹額頭上的血跡和臉上的淚痕，又眨眨眼睛，振作精神，裝作整日都在虔誠祈請的模樣，勉強擺出恭敬虔敬的神態，才開口說道：「大長老，羅欽來了。」

石屋中傳來大長老低沉的聲音：「進來。」

羅欽硬著頭皮，低著頭，走入大長老的石屋。

只見大長老盤膝坐在石屋正中的麻布坐墊上，面前的石盤上放著幾隻剛斬下的羊角和牛角，手中持著一柄石刀，正清理羊角上的殘肉，顯然也正準備著石生大典需用的祭品。大長老身後坐著一頭全身雪白、身形巨大的獸物，形狀彷彿一頭白毛獅子，但牠背生雙翅，頭長雙角，漆黑的雙眼目光凌厲，正是跟隨了大長老數百年的祥瑞神獸白澤。

羅欽走上前，跪倒在地，雙手交叉於胸，向大長老拜伏為禮。

誰也不知道大長老究竟有多大年紀，巫童們都猜想他至少已有五百歲了。他看來也確實蒼老得緊，滿面皺紋，兩隻眼睛早就盲了。這時他睜著額頭上的第三隻眼，冷冷地望了羅欽一眼，眼光停留在他頭上的傷口，說道：「我聽碧環薩滿說，下午的祭祀靈舞排練，你沒有參加，不知跑去哪兒了。」

羅欽心頭一驚：「啊喲，下午還有祭祀靈舞排練，我可全忘光了。」連忙結結巴巴地解釋道：「那是因為……因為今天早上，我和其他巫童一起準備祭品時，他們取笑我，說全村只有我一個巫童不能參加石生大典，還放了他們的小獸來攻擊我，我只好躲到魄磊山上去，在瀑布下哭……不，在瀑布下向騰格里虔誠祈禱，後來便……便睡著了。下午的祭祀靈舞麼？我……我完全忘記啦。」

大長老睜著額頭上的第三隻眼，望向羅欽肩頭的小獸。小獸舉起爪子，說道：「他說的是真的。」

大長老點了點頭，皺起眉頭，陷入沉默，持著石刀的手也停下了。

羅欽的心怦怦狂跳，生怕大長老發惱，要懲罰自己；然而大長老並未出言斥責，靜了一陣後，才沉聲說道：「羅欽，我不讓你參加石生大典，是為了保護你，也是為了維護全村的安全。這件事情，我已詳細跟你解說過了，你為何還要為此發惱？」

羅欽急道：「但是……但是他們一起取笑我，我怎能不發惱？換作是大長老你，被那麼多人夥著取笑，難道能不發惱麼？況且我只不過是發惱跑開，他們卻派小獸追上攻擊我！我又沒有巫術，不能抵抗，難道就活該讓他們的小獸咬我抓我麼？若不是我的小獸出頭保護我，我可能早就被牠們咬死啦！」

大長老搖頭道：「巫童們的小獸豈能當真傷害你？那些小獸都是幼獸，法力有限。若是薩滿們的獸物，那就另當別論了。」望向羅欽的小獸，說道：「你單獨一個，便足以抵擋巫童們的八頭小獸，不是麼？」

坐在羅欽肩頭的小獸昂起頭，顯得甚是得意，說道：「不錯，我單獨一個，便能抵擋牠們全部！」他低頭望望羅欽，又道：「但問題是，羅欽自己可抵擋不了啊！」

大長老道：「小獸的責任，不就是保護巫童麼？我讓你日夜陪在羅欽身邊，就是要你保護他啊！」

小獸翻了翻眼，閉嘴不答。羅欽伸手輕撫牠的背脊，滿心感激，說道：「你是天下最盡責的小獸。」小獸低下頭，在他臉上輕輕親啄了一下。

大長老見羅欽和小獸彼此親密互信，第三隻眼中露出讚許放心之色。

小獸抬起頭，問道：「大長老，你始終未曾告訴我們，為甚麼羅欽去石生大典會有危險，甚至可能給全村帶來危害？」

大長老緩緩說道：「那是因為羅欽尚未準備好，不宜參加大典，以免阻礙大典的進行。等到他年紀大一些了，法力俱全了，便可以參加下一次的石生大典。」

小獸清楚知道羅欽並無巫術，心想：「大長老是怕他不具巫術，擾亂大典，令大典無法順利進行，才故意要他迴避。然而不知要等到何年何月何日，羅欽才會『法力俱全』？就算再等十年，到了下一回的石生大典，他也不會突然就有了巫術啊！」小獸瞇起眼睛，懷疑地望著大長老。大長老不等小獸開口質疑，便咳嗽一聲，對羅欽道：「總之，巫童們不該取笑你，也不該派小獸攻擊你。天地之間最可怕的，就是仇恨和戾氣；那是連巫術也消解不了的惡氣，緊緊纏繞在人的心頭，讓人痛苦不堪，直至死亡。我絕不能讓仇恨和戾氣在巫童們的心中滋生。這件事，我將告知碧環薩滿和其他薩滿們，讓他們嚴厲告誡其他巫童，此後不可再犯。好了，你們出去吧。」

羅欽向大長老拜倒告辭，出了石屋，他和小獸都鬆了一口氣。

小獸問道：「咱們現在去哪兒？」

羅欽吐吐舌頭，說道：「下午的祭祀靈舞老早就結束了。我不想見到其他巫童，還是回去山上瀑布那兒，繼續午睡吧！」

小獸笑道：「這主意不錯！」

當羅欽回到瀑布下的大石上，躺著沉入夢鄉時，眼前又出現了那個巨大的村子，不，不是村子，是大城。他在夢中迷迷糊糊地想著：「小獸說甚麼來著？是了，牠說那是『大魏都城洛陽』。我又來到這兒了。」

巫童羅欽的小獸說得沒錯：他在夢中見到的洛陽城是真的，那專做絲綢買賣而致富的沈家一家人，也都是真的。

之後的幾個月，羅欽不斷做著關於洛陽和沈家的夢，時而清楚，時而模糊；夢境大多與那對兄妹沈綾和沈雒有關，有時見到他們在帳房學數，有時見到他們在書房讀書，有時見到他們在桑園中玩耍。

羅欽心中甚感古怪好奇，不時對小獸說起自己的夢境；小獸聽得津津有味，不斷追問細節。但當羅欽問起自己為何會做這些夢時，小獸卻總是搖搖頭，說道：「我不知道你為甚麼會做那些夢。神獸是不做夢的。」

羅欽滿腹疑問，卻又不知該向誰詢問；從小照顧他長大的老薩滿多它是個啞人，羅欽曾跟她說起自己的夢境，多它聽了之後，只皺起眉頭，露出疑惑之色，比了許多繁複的手勢。羅欽無法明白她的意思，便沒有再問下去。

第十四章　兩位昆結

不知不覺中，魄磊村漸漸進入冬季。這日，羅欽又與八個巫童坐在村中的石板圓地上，準備石生大典時所需的祭品。八個巫童圍繞著高高的一堆物事，有魄磊山上的石頭、附近遊牧族群貢獻的羊角、羊毛、牛角、牛尾等，各有數百件，皆需以顏料塗上五種色彩，放置在一旁晾乾。

羅欽雖不負巫術，對替石頭塗色卻十分在行，不但塗得均勻齊整，而且比其他巫童快上許多，面前堆起的五彩石頭直比其他巫童的要多上三倍不止。他心中甚感得意，不自禁地哼起歌兒來。

其他巫童見他如此自得其樂，都有些看不過眼。這八個巫童看似為四男四女，然而巫童的男女其實並不分明，要到成年後才能正式區分；就算成年之後，由於魄磊村的巫者並不婚嫁，因此男女之別只顯現在巫者專擅的巫術和喜好的衣著之上。這時一個尖臉的女巫童眼睛一轉，故意說道：「離石生大典只剩下兩個月了。你們知道麼？昨日碧環薩滿悄悄跟我說，大典之夜將會非常隆重，儀式精采至極。你們可知道，大典上會發生甚麼事麼？」

其他巫童紛紛問道：「會發生甚麼事？碧環薩滿跟妳說了甚麼？」

尖臉巫童做出神祕狀，說道：「你們都能去，跟你們說了也不打緊。羅欽不能去，可不能跟他說。你們圍過來，我悄悄跟你們說。」

其餘七個巫童將頭湊上去，那尖臉女巫童便悄聲說了起來，眾巫童睜大眼，不斷發出驚嘆之聲，有的還不時轉頭向羅欽瞟上一眼，吃吃而笑。

羅欽見了，心頭不禁有氣：「你們故意要激我生氣，我偏偏不理你們。大長老都已責罰警戒過你們了，看你們還敢不敢再放小獸來攻擊我！」於是假作不見，口中繼續哼著歌兒，舉起手中的青色石頭，左右欣賞，對躺在一旁的小獸道：「你瞧，我這青色塗得多均勻哪！剛才那個赤色的石頭也塗得很漂亮，但這個青色的更漂亮。」說著自己笑了，又撿起一塊石頭，開始塗色，口中說道：「得趕緊塗完了才好。這些可是石生大典上需用的祭品，緊要得很。大長老說了，準備祭品時一定要心存敬畏，絕不能輕忽玩笑，尤其不可以一邊塗色，還一邊嘰喳耳語。大長老若知道哪些巫童在準備祭品時心存不敬，嬉笑閒聊，定要大大地不高興。小獸，你說是不是？」

小獸在一旁睡得甚熟，打了個呵欠，含含糊糊地道：「是啊，你塗得非常好。你慢慢塗吧，我可沒耐心看你塗石頭。我繼續睡了。」

其他巫童見羅欽並不在意自己的蓄意排擠暗嘲，也沒了興致，不再說悄悄話，沉著臉坐回原位，繼續準備祭品。

就在這時，小獸忽然豎起耳朵，說道：「有神獸來了。」

羅欽抬頭望去，但見東首出現了一頭全身雪白、身形巨大的獸物，腳步穩重，正向著一眾巫童走來。這獸物彷彿一頭白毛獅子，但背生雙翅，頭長雙角，雙眼漆黑，目光凌厲。這時其餘巫童也已留意到那頭獸物，皆是一凜，彼此望望，都知道牠便是跟隨了大長老數百年的祥瑞神獸白澤。

白澤來到巫童之間，巨大的獅頭緩緩移動，左右掃視，巫童們被牠的目光掃到，都不禁全身一震。最後白澤的目光停留在羅欽身上，開口說道：「羅欽！大長老命你立刻去石屋見他。」語音低沉，充滿威嚴。

羅欽一呆，心想：「我又做錯甚麼啦？」

其他巫童立即交頭接耳起來：「看哪，羅欽又要被處罰了！」「這是大長老這個月第二次叫他去見了。」「不知他又幹了甚麼好事？」「這麼會惹麻煩的巫童，自然不能去參加石生大典了。」

羅欽聽在耳中，也不禁惴惴而慄，只能勉強逼自己不去理會巫童們的言語，放下手中正要塗抹的白色石頭，緩緩站起身，假作鎮定地道：「羅欽遵命。」於是帶著小獸，跟著身形巨大的白澤，向大長老的石屋走去。一眾巫童在他身後竊竊私語，紛紛猜測他犯了甚麼錯，又將遭受甚麼懲罰，談得好不快活。

大長老的石屋位於魄磊村的正中央，離圓石地不遠，走出兩百步便到了。羅欽戰戰兢兢地跨入石門，雙手交叉胸前，跪倒在地，向大長老行禮。白澤走到大長老身後坐下，牠雖是坐著，獅頭卻比大長老還要高出數尺。

大長老額頭上的第三隻眼凝視著羅欽，說道：「你來了。」

羅欽不知自己又做錯了甚麼，心中怦怦亂跳，拜倒說道：「羅欽蠢笨，不知道自己又犯了甚麼錯，請大長老責罰！」

大長老擺擺手，說道：「你沒犯甚麼錯。我只是想問問你，近來如何？巫童們還欺負你麼？」

羅欽想起方才巫童們竊竊私語的情狀，鼻頭一酸，但他不願在大長老面前示弱告狀，於是挺起胸膛，說道：「他們沒有欺負我！就算他們背著我說悄悄話，或是故意不理睬我，我也不怕他們！」

大長老蒼老的臉上露出一絲苦笑，心知肚明：「巫童們並未停止欺負他，只是從明著派小獸攻擊他，換成在暗中排擠冷落他。」點點頭，轉開話題，說道：「我這回找你來，是因為我有件重要的差事，須得找人替我去辦。石生大典將於兩個月後的歲末舉行，如你所知，全村除了你以外的巫者和神獸，都將參與大典。因此，嗯，因此這件差事只能交給你去辦了。」

羅欽微微一呆，心想：「大長老多半並不想將這件事情交給我去辦，但因為其他的薩滿和巫童都無法分身，他別無選擇，只好找上我了。」他早知道自己不能參與石生大典，如今大長老打算交一件差事給自己去辦，自是好過無事可做、獨自待在石屋中發呆，至少他可以假裝自己還有點兒用處，甚至有點兒重要。他精神一振，興沖沖地問道：「請問大長老要我做甚麼？」

大長老拍拍手，門外跨入兩個身高八尺的男子，身著革衣皮靴，鬍鬚滿面，形貌威武。

羅欽從未見過長相如此雄偉的人，嚇了一跳，張大了口，呆了半晌，才問大長老道：「他們……他們是甚麼人？」

大長老道：「這兩位是柔然戰士。」

羅欽正想問甚麼是戰士，但見那兩名戰士往旁一讓，門口出現了兩個女孩兒，手牽著手，緩步走入石屋。她們一出現，整座石屋彷彿頓時光亮了起來；兩個女孩兒身穿純白狐皮襖子，頭上墜滿了金銀髮飾，容色清淨秀麗，大的約莫七、八歲，一雙眼睛漆黑明亮，眼神銳利；小的五、六歲，眼珠是淡淡的褐色，眼神十分柔和。

羅欽乍然見到二女的秀美容貌和華貴衣著，頓覺不知所措，低下頭不敢多看，卻發現肩頭上的小獸睜著一雙金色的眼睛，直盯著二女瞧。羅欽忙低聲喝阻道：「不要盯著人瞧！太無禮了！」

小獸瞇起眼，低聲回答：「我是神獸，她們又怎會介意我多看她們幾眼？你擔心甚麼！」

羅欽想要回嘴，但當著大長老和兩個女孩兒的面，只能勉強忍住。大長老請兩個女孩兒在自己身旁的坐氈坐下，兩個女孩兒處於陌生之地，顯得有些惶恐不安，年幼女孩緊緊抓著年長女孩的手臂，依偎在她身旁；年長女孩則神色嚴肅，緊閉雙唇，眼神中透出倔強戒懼之色。

大長老對羅欽道：「羅欽，這兩位是前任可汗伏圖的孫女，現任丑奴可汗之弟阿那瓌之女，阿郁昆結和阿柔昆結，快給二位昆結（注）行禮。」

羅欽聽說她們竟然是昆結，更是驚詫，暗想：「原來她們是昆結，難怪穿著這麼華麗！」趕緊跪倒，向二女下拜為禮。因為太過慌張，拜倒時額頭重重地撞上石板地，發出「咚」的一聲響，羅欽吃疼，忍不住「哎喲」一聲叫了出來，忙伸手按住額頭，感到額頭正慢慢腫起一個包，心中好生懊惱：「我這額頭真是倒楣，上回跌倒撞出個傷口，這回磕頭又撞出個大包！」

兩個女孩兒原本嚴肅警戒，此時見到他慌張狼狽的模樣，都忍不住格格笑了起來。

大長老瞪了羅欽一眼，咳嗽一聲，對兩個女孩兒道：「兩位昆結，這是我們魄磊村的巫童，名叫羅欽。我讓他負責招待兩位。」

羅欽聽大長老說他是「魄磊村的巫童」，並未透露他是個不具巫術的偽巫童，暗暗鬆了一口氣，心中對大長老好生感激。

姊姊阿郁昆結雖較羅欽年幼，但身形甚高，比羅欽還高了一個頭；她容貌端莊，神態肅穆，一雙秀目上下打量著羅欽；妹妹阿柔昆結則將半張臉藏在姊姊身後，偷偷地望向羅欽。

羅欽感受到兩位昆結的眼光，心中不禁打了個突，暗想：「她們見大長老指派一個小童來招待她們，大概頗感不以為然，何況我不但身形矮小，舉止笨拙，而且神情呆傻，其貌不揚？」

阿柔昆結偷望了羅欽幾眼後，便又縮回姊姊身後，低聲問道：「阿姊，甚麼是巫童？」聲音稚嫩，細不可聞。

阿郁昆結轉向大長老，鄭重地問道：「大長老，您說他叫羅欽，是個巫童。請問巫童是甚麼？」

大長老蒼老的臉上露出一絲尷尬，說道：「巫童，就是生而有巫術的孩童。村裡的巫童們此刻正接受種種巫術訓練，成年後便能成為正式的薩滿了。」

柔然人都信奉薩滿教，敬拜天神騰格里；姊妹倆聽說這貌不驚人的男童竟擁有巫術，長大後將成為一位受人敬重的薩滿，互望一眼，心底都有些不信。

阿郁昆結神情莊重，望向羅欽，淡漠說道：「原來如此。我聽說魂磊村乃是薩滿村，

注「昆結」是蒙語的「公主」之意。柔然語已滅絕，有學者認為柔然語可能屬於蒙古語系。

村裡人人都是巫者，原來竟是真的。」她年齡雖幼小，言語卻十分老成。

這時妹妹阿柔昆結又輕聲問姊姊道：「阿姊，所有的巫童長大之後，都一定會成為薩滿麼？」

阿郁昆結知道妹妹異常害羞，不敢直接對外人說話，於是代妹妹向大長老問道：「請問大長老，貴村有沒有巫童訓練不成，長大後不能成為薩滿的？」

羅欽聽她這一問，正是他心中暗暗擔憂了千百遍的疑問，心中怦怦亂跳，忙向大長老望去，想知道他將如何回答，又害怕他會說出自己不想聽見的答案。

大長老抿了抿嘴，淡淡地回答道：「昆結所提之事，在磈磊村從未發生過。」轉頭望向滿面焦慮的羅欽，說道：「羅欽！兩位昆結住在磈磊村中的這段時日，便由你負責照顧兩位。」

羅欽雙眼睜得極大，脫口道：「她們要在村裡住下？住多久？」

大長老額頭上的第三隻眼嚴厲地瞪了他一眼，冷冷地道：「直到她們能夠平安離開為止。你領兩位昆結去客屋住下，好好照顧兩位的飲食起居，不能讓她們離開村子，也不能讓任何人或獸傷害她們。聽清楚了麼？」

羅欽張開口，還有無數的問題想問，但在大長老凌厲的目光下，不得不閉上了嘴。他不知道大長老究竟是何用心，明明知道自己只是個未滿十歲、不具巫術的偽巫童，卻為何命令自己保護兩位昆結？他又該如何照顧這兩位高貴嬌柔的昆結？

羅欽無奈之下，只能安慰自己：「等石生大典結束後，大長老想必會指派一位薩滿照顧兩位昆結。我只需照顧她們兩個月，等到石生大典結束，就可以交差了。」於是吸了一口氣，對大長老行禮道：「羅欽聽清楚了。」

大長老點頭道：「好。你去吧。」

羅欽轉向兩位昆結行禮，說道：「兩位昆結，請跟我來。」

阿郁昆結卻並不起身，望向大長老，說道：「這位羅欽巫童想必巫術高強，大長老才派他來保護我們，是麼？」

大長老聽阿郁昆結直言相問，再次露出些許尷尬之色，咳嗽一聲，說道：「羅欽……羅欽不是一般的巫童。嗯，他年紀尚幼，不懂規矩，請兩位昆結多多包涵。他雖粗鄙無狀，但十分盡責，又與兩位年齡相近，想必能與昆結們好好相處。他若有甚麼無禮之處，請昆結隨時來告知本座，本座一定嚴加處罰於他。」這番話避重就輕，並未回答羅欽是否「巫術高強」，卻也未曾說出他不具巫術。大長老說完後，便擺擺手，示意她們可以出去了。

阿郁昆結瞇起眼睛，顯然對大長老的回答並不滿意，但敬重大長老的地位和年歲，並未再說甚麼，起身向大長老行禮告辭；阿柔昆結也起身向大長老行禮，姊妹倆跟著羅欽出了石屋。

姊妹自然不知，大長老說羅欽不是一般的巫童，那是實話；羅欽是一千多年來長於魄磊村的數百名巫童中，唯一不具巫術的「偽巫童」。

三個孩童出了大長老的石屋，阿柔昆結發現了伏在羅欽肩頭的小獸，吃了一驚，躲在姊姊身後，不斷盯著牠瞧，低聲問姊姊道：「阿姊，那是甚麼？」

羅欽聽見了，側頭望望小獸，說道：「這是我的神獸。」

阿柔昆結聽羅欽回答自己的問題，一張小臉羞得通紅，整個人都躲到姊姊背後去了。

阿郁昆結見了，甚是不快，轉頭對羅欽道：「你幹麼嚇著了我妹妹？」

羅欽一呆，說道：「我哪有嚇著她？她問我這是甚麼，我只不過是回答她啊！」

阿郁昆結豎起眉毛，說道：「她是問我，不是問你。我不准你對我妹妹說話！」

羅欽聳聳肩，無奈地道：「好，我不對她說話。那我可以對妳說話麼？」

阿郁昂起下巴，說道：「我准許你對我說話。你對我說話時，必須低下頭，不可直視，而且說話前必須先說：『啟稟昆結』。」

羅欽心想：「這兩位昆結奇怪得緊，連對她們說話，都得先得到准許，還有這許多規矩。」

阿郁知道妹妹好奇，於是代妹妹問道：「那個站在你肩頭的是甚麼？」

羅欽低頭回答道：「啟稟昆結，這是我的神獸。」

阿郁昆結微微皺眉，凝視著小獸，說道：「神獸？不就是一頭小黑狐狸麼？」

羅欽聽她叫自己的神獸小黑狐狸，有些不快，抬頭說道：「啟稟昆結，妳見過金色眼睛、三條尾巴的狐狸麼？」

阿郁昆結被問倒了，不信地道：「牠當真有三條尾巴？」

小獸轉過身來，特意將三條尾巴在她眼前晃了晃。

阿郁昆結頗為吃驚，阿柔昆結則大感興味，探頭出來，驚奇地望著小獸的三條尾巴，輕聲道：「阿姊，當真有三條尾巴！不知牠叫甚麼名字？」

羅欽雖聽見了，卻不敢回答，望向阿郁昆結；阿郁於是代妹妹發問道：「喂，牠叫甚麼名字？」

羅欽搖頭道：「啟稟昆結，牠沒有名字，我就叫牠小獸。」

阿郁昆結「哼」了一聲，說道：「堂堂一頭神獸，連名字都沒有？」

羅欽有些發窘，不知該如何回答；阿柔昆結深受小獸吸引，終於從姊姊背後出來了，低聲道：「沒有名字，又有甚麼打緊？這頭小獸長得這麼特別，一定是天下獨一無二的。」

小獸聽了，頗感得意，搖著三條尾巴，說道：「我當然是獨一無二的！」

羅欽能聽懂牠的言語，兩姊妹自然都聽不懂；他微笑著伸手摸摸小獸的頭，說道：「是啊，我的小獸是天下最棒的小獸！」

他顯然聽見了阿柔昆結的言語，但這話並非對她而說，阿郁昆結便也不好發作。這時阿柔昆結的好奇心勝過了害羞，小心翼翼地走上幾步，問道：「姊姊，我可以摸牠麼？」

羅欽聽她這問話並非對自己發，而是對著她姊姊說，只好再次望向阿郁昆結。阿郁昆結於是問羅欽道：「喂，我妹妹想知道，她可以摸你的小獸麼？」

羅欽望向小獸，小獸瞪眼道：「你警告她們，除了你以外，誰也別想碰我！」

羅欽只能抱著歉意說道：「啟稟昆結，小獸說牠不喜歡別人摸牠。喔，牠還說，牠的牙齒和爪子都很尖利，兩位最好別太靠近牠。」眼見阿柔昆結露出失望之色，趕緊轉開話題：「走吧！我帶妳們去村中專供客人居住的石屋。」

於是羅欽在前，領著姊妹倆走上魄磊村當中的石板小徑，兩名柔然戰士緊緊跟隨在後，謹慎護衛。五人來到村南專供招待客人居住的石屋，羅欽當先鑽了進去，對姊妹倆招手，說道：「啟稟昆結，這裡就是魄磊村的客屋，兩位可以住在這裡。」

阿郁昆結在屋外停步，見那石屋陰暗狹小，並不跟進去，皺起眉頭，說道：「這地方怎麼住得人？」

羅欽張大了口，這石屋對他來說寬敞明亮，已是村中最好的一間石屋了，她怎地說這兒住不得人？於是問道：「妳們不住這兒，卻要住哪兒？」

阿郁昆結道：「我們自己帶了帳幕來。」回頭望向身後的戰士，一名戰士躬身說道：「啟稟昆結，帳幕已搭建在村北的山腳下了。」

羅欽聽了，忙從石屋鑽了出來，說道：「原來妳們已經有地方住了，怎不早說？」

阿郁昆結昂首道：「我們不但帶了帳幕來，也帶了數十個侍者、廚子、衣官、婢女，飲食衣物，都不須你操心。」

羅欽正擔心自己得替她們準備吃食，他對烹飪一竅不通，平日都是多它煮食給他吃，而多它也不重視美味，每餐吃的都是千篇一律的羊肉乾、羊奶茶和炒米，當下更是鬆了口氣，笑道：「那可太好啦！妳們吃的喝的穿的都有人照顧，真是再好不過了。」

阿郁昆結對一個戰士道：「走，領我們去帳幕。」戰士躬身道：「謹遵昆結之命。」於是姊妹倆往北方走去，戰士跟在其後，羅欽也跟著去了。來到磈磊山腳下時，但見昆結的僕從們已在山腳空地中搭起了五個大大的牛皮帳幕，每個都比大長老的石屋還要高，只把羅欽看得目瞪口呆。兩位昆結走入當中最大的帳幕，羅欽不敢跟進去，只在帳門外探頭張望；只見帳內裝飾得金碧輝煌，地上鋪滿了柔軟的羊毛地氈，帳中間燃著一篝營火，七、八名侍女正忙著整理兩位昆結的皮箱衣物、梳妝首飾、飲食用具等物。兩個侍女捧著乾淨的衣衫，來到兩位昆結身旁，說道：「昆結請更衣。」

羅欽兀自張大了口，張望帳中的種種華麗陳設，阿郁瞪了他一眼，冷冷地道：「你沒聽見麼？我們要換衣服了。你還不快走？」

羅欽一驚，忙道：「是、是，我在外面等著。妳們如果需要我，就隨時出聲叫我。」

阿郁昆結輕哼一聲，「我們自有侍女僕從，就算要人服侍，也輪不到你！」

阿柔昆結聽姊姊出言無禮，似乎頗覺過意不去，但又不敢對羅欽說話，於是拉著姊姊的手臂，低聲道：「阿姊！別這麼凶嘛。」

阿郁昆結對妹妹十分疼愛，低頭對她一笑，說道：「阿姊不是對妳凶，阿姊是要保護妳啊！」

阿柔昆結輕聲道：「對別人也不要這麼凶。」

羅欽聽阿柔言語輕柔，似乎頗為迴護自己，暗想：「大昆結冷冰冰、凶巴巴的，小昆結倒是十分溫柔和善，就是太害羞了。」說道：「啟稟昆結，等妳們換好衣衫，我帶妳們去村裡到處逛逛看看，好麼？」

阿郁昆結想了想，點頭道：「好吧！你在外面等著。」羅欽答應了。

然而他在帳外等了足有大半個時辰，姊妹都未曾出來。小獸等得不耐煩，在地上盤成一團黑球，用三條尾巴蓋住了頭臉，呼呼睡去。直到太陽過了天中，兩位昆結才換好衣衫，施施然走出帳來。但見她們已換下了行旅的裝束，穿上了輕軟的羊皮衫裙，頭上的金銀髮飾也都除去了，只剩下五彩的髮帶，纏繞在剛梳好的滿頭髮辮之中。

羅欽心想：「換件衣衫，想必不需要花上這麼多工夫，我猜時間都是花在梳這些辮子之上了。」對小獸道：「起來吧，我們去村裡逛逛。」小獸伸伸懶腰，打個呵欠，睜開一隻眼睛，說道：「別吵我，我還沒睡夠。」羅欽只好將牠整隻撈起，塞入懷中，讓牠繼續睡個飽。

阿郁昆結揚起下巴，對羅欽道：「你說你要帶我們去村子走走，是麼？」

羅欽道：「是啊，跟我來吧！」於是當先往村中走去。阿郁昆結回頭對那一直緊跟在二人身後的柔然戰士說道：「我們就在村裡走走，一會兒就回來，你們不必跟隨了。」

兩個戰士有些遲疑，但知道此地乃是薩滿之村、巫術聖地，並有大長老坐鎮其中，應當不至於有何危險，便答應了，留在侍衛的帳幕中休息。

魄磊村並不大，方圓不過三里，東、北、西三面有魄磊山圍繞，只能從南面出入村子。村南並無牆壁或圍籬，但有一道約莫三尺高的牆，呈半圓形圍住村子的南方；石牆的正南方有個一丈寬的缺口，缺口上以石塊搭起了一道拱門，充作村落的出入口。村外就是一片一望無際的草原，遠處隱約可見柔然游牧族群的數百頂帳幕，點綴於長草之中。柔然族人皆知魄磊村乃是古老神祕的薩滿村，不敢在左近放牧，更加不敢接近村子，紮營都必在數十里之外。

羅欽自幼在村中長大，對這小小的村子自是瞭若指掌，指著村中一座座石屋，介紹道：「這是碧環薩滿的住處，她負責教導巫童咒語和巫舞。那是多它薩滿的住處，她很老了，總有兩百歲了吧？我就是她帶大的。那是契拉古薩滿的石屋，他負責掌管山頂的祭壇。那是古塔那薩滿的石屋，她年紀很大了，據說比大長老還要老，這幾年她很少離開石屋。遠方那個方方正正的是岩瑪薩滿的石屋，他正當壯年，是我們村裡法力最強大的薩滿。那座三角形的石屋，是奧日格勒薩滿的住處，他曾擔任伏圖可汗的薩滿，據說他在盛年時，巫術天下無敵。那座奇形怪狀的石屋是喀喀里薩滿的，他跟他的石屋一樣，長相古怪，巫術也十分古怪。中間那座圓圓的石屋妳們去過了，那是大長老的住處。」

在阿郁和阿柔眼中，這些石屋都以粗石砌成，高矮胖瘦，形狀各異，看上去毫不起眼，但聽羅欽說裡面住著年紀已有幾百歲、法力高強的薩滿，都不由得肅然起敬，經過時放輕了腳步，不敢驚擾石屋中的諸位薩滿。

不多時，三人便已繞了魄磊村一圈，羅欽道：「走完啦。」

阿郁昆結原本高傲冷漠，但在這薩滿村中，也不得不收斂起傲氣，問道：「你們村裡，一共有多少位薩滿，多少位巫童？」

羅欽道：「巫童麼？連我在內，共有九個。薩滿們來來去去，現下住在村裡的，共有八位。我們這兒的薩滿，成年後大多離開村子，到柔然各地的族群村落擔任薩滿，輔助可汗、頭目、族長或村長，一去便是幾十年，期間偶爾會回來一、兩次。直到他們年老，才會返回魄磊村定居。」

阿郁昆結點點頭，阿柔昆結抬眼望向高聳的魄磊山，低聲問道：「阿姊，那座山上有甚麼？我們能去看看麼？」

阿郁昆結也望向魄磊山，對羅欽道：「那座山，我們可以攀上去看看麼？」

羅欽聳聳肩，說道：「可以啊！整座魄磊山都是石頭堆成的，山上也沒有甚麼，就是山頂有個祭壇。妳們想上去看看麼？」

阿郁昆結知道妹妹好奇，於是說道：「左右無事，你就帶我們上山看看吧！」

羅欽道：「上山的路不好走，妳們跟我來。」他和姊妹相處了大半日，老早忘了對昆結說話前必須先「啟稟昆結」。

羅欽領著姊妹倆往山腳走去，小獸醒轉一會，甚感無聊，打了個呵欠，在羅欽的懷中繼續沉睡。不多時，三人便來到山腳的一個山坳中，羅欽東彎西拐地走了一陣，才來到一道石梯之下，說道：「這道石梯可以直達山頂。其他地方全是陡峭山壁，山石尖銳，想攀都攀不上去。」

阿郁昆結點了點頭，羅欽當先走上石梯，他身形雖不高，卻十分健壯結實，奔得飛快；姊妹倆跟著羅欽沿著石梯往上行去，不時回頭觀看來路，用心記憶這條上山的道路。

這魄磊山呈馬蹄形狀，環繞著魄磊村，乃是歷代的魄磊村巫者花了數百年的時光，以巫術搬移遠處的巨大岩石，一塊塊積累而成；每塊石頭都蘊含著濃厚的巫術，能夠保護魄磊村不受敵人或惡靈侵襲。放眼望去，山上到處都是大大小小的石頭，有的平整，有的尖銳，有的圓滑，有的粗糙。山上石多土薄，長不出大樹，連灌木都沒有，整座山光禿禿的，只在石縫間長著些稀稀落落的雜草，草石間潛伏著蟲蛇蜥蜴之屬。

在羅欽的帶領下，二女沿著石梯往魄磊山頂攀去。因山壁陡峭，石梯如羊腸般彎彎曲曲地，迂迴盤曲而上。兩個女孩雖身為尊貴的昆結，但都生長於草原之上，平日慣於騎馬射箭，體力並不差，卻是極少攀山；羅欽熟悉道路，走得飛快，二女在後勉強跟上，只攀得氣喘吁吁；每當羅欽回頭發現她們落後太多，便停步等候，等她們跟上了，才再次邁步上山。

阿柔喘著氣，輕聲問了姊姊數回：「快到了麼？」

羅欽雖知道她並非對自己發問，但仍自言自語地回答道：「快了、快了。」

阿郁也極為疲累，但她不肯示弱，咬緊牙關不肯叫累，也不詢問還有多久才能到達山頂。

三個孩子直走了兩個時辰，才終於來到了山頂。一到山頂，阿柔便坐倒在一塊石頭上，喘息道：「阿姊，我累！」話聲未落，忽然驚呼一聲，說道：「阿姊，妳看！」伸手往西方指去。

這時已近黃昏，一輪巨大的紅日正緩緩西沉，彩霞布滿了整個天空，金色、紅色、紫色、粉色，混著天空原本的碧藍色，在浩瀚的蒼穹上渲染著變幻莫測的色彩，絢麗至極。姊妹從小便跟著族人的營帳在大草原上遊牧遷徙，廣大的草原自是見得多了，但卻從未攀上這麼高的山，不知在山頂上竟能望出如此之遠；兩人飽覽著寬廣無邊的天空和平坦無垠的草原，凝望著空中瞬息萬變的彩霞和血紅豔麗的夕陽，都不禁衷心讚嘆，一時看得癡了。

羅欽見到她們臉上的驚豔之色，心中甚是得意，心想：「我若帶她們去看烏藍楚嘉藍瀑布，那裡景色更加壯觀，她們一定會喜歡！」說道：「魄磊村是個好地方，妳們在這兒住久了，就會喜歡上它的。」

阿郁聽了，收回目光，臉上露出一絲冷傲和不屑，淡淡地問道：「你怎麼知道這兒好？你去過別的地方麼？」

羅欽一怔，忽然想起在夢中見過的洛陽城，城中高聳華麗的高塔巨屋、街頭擁擠往來的車馬人物，歷歷在目，開口想說：「我去過大魏的洛陽城。」但想起自己只是在夢中見過，並未真正去過，於是便閉上了嘴，搖了搖頭。

阿郁冷笑道：「你一輩子只活在這一個地方，孤陋寡聞得緊，又怎知道魂磊村比其他地方好？」

羅欽答不上來，只好訕訕地道：「妳說得是，我是不知道。」頓時打消了帶姊妹去看瀑布的念頭。

阿柔甚是好奇，拉拉姊姊的衣袖，輕聲道：「他當真從來沒有離開過魂磊村？」

阿郁於是代妹妹問羅欽道：「你當真從來沒有離開過魂磊村？」

羅欽點頭道：「是啊！我從來沒有離開過這兒。這是我們魂磊村的規矩，巫童在學成巫術、成為薩滿之前，都不可以離開村子。」

阿柔對羅欽充滿好奇，終於探出頭來，露出一張精緻秀麗的小臉，一雙清靈的大眼睛偷偷瞟向羅欽，低聲問道：「阿姊，巫童是從哪兒來的？」

阿郁代妹妹問了羅欽，但這問題可把羅欽給問倒了，他其實並不知道巫童是從哪兒來的，搔搔頭，說道：「巫童？呃，應該都是在村裡出生的吧？」

阿柔忍不住又問道：「阿姊，因此巫童們從出生以來，都住在這村子裡，沒有離開過？」

阿郁必須不斷替妹妹傳話，略顯不耐，對羅欽道：「你既然聽見了，就不必我重複了，直接回答就是。」

羅欽聳聳肩，說道：「是啊！我們每日跟隨薩滿學習巫術，大長老說，等我們年紀大了，學成巫術後，就能離開魂磊村，去不同的地方擔任薩滿了。」說到此處，不禁想起阿郁昆結早先問大長老的那個問題，暗暗憂慮：「我不具巫術，如果永遠學不成巫術，那豈不是永遠都不能離開魂磊村擔任薩滿了？」

阿柔輕聲道：「阿姊！魂磊村雖然不大，但這座魂磊山可高了！來到山頂，才知道可以看得這麼遠，甚至能看到太陽下山的地方哩！」說著伸手指向西方。

阿郁和羅欽順著阿柔的手望去，見到一輪火紅的夕陽正往地面緩緩降下，天際一片殷紅，壯麗無比；三人為這美景所震撼，都陷入了沉默。

過了許久，阿郁吁出一口氣，忽然問道：「羅欽，你說山頂有個聖壇，我怎麼沒見到？」

羅欽跳起身，說道：「還得往上走，我帶妳們去。」領著姊妹沿著一道石梯，再往上去，來到了山頂的一座石臺之下。這石臺呈四方形，每邊約二十尺寬，高約三尺；臺上有座聖壇，呈八角形，每邊寬約八尺，高三尺。因時代久遠，飽經風吹日曬，石臺已有不少大大小小的裂縫，最大的甚至能讓一個身形瘦小的巫童鑽進去。

羅欽道：「每到月圓，我們便會跟隨薩滿們來到這聖壇，向天神騰格里祈請並獻祭。我聽薩滿們說，這魄磊山頂乃是薩滿教的五大聖地之一，傳說自遠古以來，騰格里便命薩滿從各地收集巨石，在魄磊山頂鋪建了這座五尺高的石臺，再在石臺上搭設那個八角形的聖壇。祭祀天神時，由八位薩滿登上石臺，在聖壇邊上各據一方，同聲禱祝，這樣天神騰格里就能聽見我們的祈請、享用我們的祭祀，並替世間祛災降福了。」

姊妹抬頭望向這座寬廣高大的石臺，都不禁甚感敬畏。阿郁見臺旁有道石頭階梯，問道：「我們可以上去看看麼？」

羅欽連忙阻止道：「不能上去！這臺上乃是聖地，平時薩滿和巫童都是不能上去的，只有在祭祀騰格里時才可以。」

阿郁對薩滿和巫術心存敬畏，雖十分好奇，仍打消了登上聖壇的念頭，口中說道：「不去便不去，有甚麼了不起的？」

阿柔對薩滿聖壇充滿敬畏，更加不敢接近。這時她抬頭望向天空，說道：「阿姊，天一會兒就黑了，我們快下山吧。天黑之後，黑摸摸地看不見山路，可就不容易下山了。」

羅欽道：「別擔心，我們可以用石火照路。」說著從懷中掏出一個石碗，走到石臺之旁，蹲下身，伸手探入石縫，手收回來時，手中的石碗中已多了一團灰白色的火焰。

阿郁和阿柔都大感驚訝，湊上前看他手中的石碗，一齊問道：「這是甚麼？」

羅欽將石碗遞到她們面前，說道：「這是石火。妳們沒見過麼？」二女一齊搖頭。

羅欽道：「薩滿們說，磈磊山的裡面全是石火，在山底下不斷燃燒。我們可以從石臺下取得石火，村裡所有的火源，都是從這兒取得的。」

二女睜大了眼，湊上前望向羅欽手裡石碗中的「石火」，但見火色呈淡淡的灰白色，在碗中緩緩燃燒，發出溫和卻耀眼的光芒。

阿郁伸出手，問道：「我可以摸麼？」

羅欽連忙搖頭，說道：「小心，很熱的！」

阿郁小心翼翼地將手放在石火之上，感到那火確實極熱，手掌離火半尺，便已感到一陣令人肌膚發疼的灼熱，叫聲：「哎喲！」趕緊縮回手。

阿柔望向羅欽，問道：「你持著碗，你的手怎麼不怕熱？」

羅欽見她第一回對自己說話，而不是透過姊姊，有些驚訝，回答道：「這石碗上含有多它薩滿的巫術，因此不會熱。妳可以摸摸看。」說著將石碗遞過去給她。阿柔伸出雙手接過石碗，感覺碗身溫熱，果然不燙手，忍不住微笑道：「暖暖的，冬天天冷時，還可以用來充當火爐暖手呢。」想起自己竟然跟外人說話了，小臉一下子漲得通紅。

羅欽笑道：「是啊，石火非常方便，可以取暖，也可以照明。我們有石火照路，下山便不怕看不到石梯了。」

阿郁伸出手，說道：「讓我試試。」從妹妹手中接過石碗，雙手捧著，望著碗中的石火，感受著石碗的溫熱，又是驚異，又是好奇。

羅欽道：「妳小心拿著，我們下山吧！」

這時日已西沉，周圍漸漸暗下，天空中出現了幾點星星。於是阿郁持著石碗，走在最前面，阿柔跟在姊姊身後，羅欽殿後，三個孩子沿著石階緩緩下山。來到山腳時，天色已然全黑；三人回到昆結的帳幕前，這時負責保護昆結的柔然戰士正焦急擔憂不已，見到她們平安回來，這才鬆了口氣，趕緊迎上，護送二女回入帳幕。

之後數日，整個磈磊村的薩滿和巫童們都忙著為石生大典做準備，更無人理會羅欽和兩位昆結。羅欽聽從大長老的指示，每日盡責地陪伴著兩姊妹，帶著她們跑遍了整座磈磊山。羅欽想過要帶二女去看烏藍楚嘉藍瀑布，那是他的祕密藏身地，村中的其他巫童和薩滿都不知道那個地方；但每回他動念要去瀑布，阿郁都會說出一些高傲的言語，讓羅欽改變心意。他發現自己對大昆結阿郁越來越疏遠戒慎，同時越來越偏愛害羞溫柔的小昆結阿柔；而阿柔也比較不害羞了，偶爾會與羅欽直接對答。

小獸雖然總是縮在羅欽懷中睡覺，但將這一切都看在眼裡。當羅欽跟牠談起這對昆結姊妹時，牠舔著爪子，悠然說道：「你終於摸清兩姊妹的性情啦。阿柔害羞但溫柔可喜，心地善良，絕不會傷害任何人；阿郁則完全相反，她高傲矜持，敏感易怒，碰到任何可能傷害她自尊的言行，必然立即回擊，絕不讓任何人小看她、勝過她，或指出她的錯處或弱點。」

羅欽點點頭，說道：「你說得很是。那我該怎麼做？」

小獸道：「你得知道自己在她面前能說甚麼，不能說甚麼，才不會得罪她、惹她發惱。我說這些母的人類啊，可真難纏！」

羅欽聳聳肩，說道：「我以為只有女巫童刁鑽，沒想到尋常女孩兒也這麼麻煩！」

小獸翻眼道：「神獸不分雌雄，就沒有這許多麻煩了。」

第十五章　石生大典

很快便到了晚冬，年尾將至，磈磊村就將舉行十年一度的石生大典。羅欽知道全村的薩滿和巫童中，只有自己不能參加大典，心中愈發焦慮難受，但又不敢跟兩個昆結說起石生大典的事情，好生苦惱。

這日，他陪著阿郁和阿柔姊妹攀爬磈磊山上時，心中忽然冒出一個點子，不禁大感興奮。他將這點子在心中反覆想了幾回，便決定跟小獸討論。小獸聽完之後，想了想，說道：「那姊妹倆的脾氣，我們早已摸清楚了。你故意嚇嚇她們，引起她們的好奇心，說不定那大昆結當真會中計也說不定。」

羅欽點頭道：「不試試怎麼知道？」

小獸望著他道：「你不怕惹大長老生氣？」

羅欽搖頭道：「我並沒有違背大長老的指令啊！他怎會責怪我？再說，我們最多只是躲在暗中，從遠處偷瞧一會兒，一定不會被大長老發現的。」

於是羅欽找了個機會，在送兩位昆結返回帳幕時，鼓起勇氣，裝出嚴肅的神情，對她們說道：「妳們的帳幕就在磈磊山腳下，歲末的夜半時分，山頂的聖壇將有重大祭典。無論山上發出甚麼聲音，或許是颱風下雨，或許是地面震動，妳們都別害怕，只要待在帳中，便不會有事的。不管聽見甚麼，看見甚麼，都別理會，尤其千萬不可上山去，知道麼？」

阿柔聽他說得嚴肅，臉色微微發白，問道：「山上……山上會發生甚麼事？」

阿郁望了妹妹一眼，安慰道：「別傻了，他定是胡說嚇唬我們的。」

羅欽心中也有點兒虛，暗想：「上一回舉辦石生大典時，我才剛出生，當然甚麼都不知道；這回大長老又不讓我參加，大典上究竟會發生甚麼事，我確實是半點也不知。」但他存心要嚇唬她們，口裡說道：「我說的都是真的。總之妳們千萬不要離開帳幕，更加不可上山，直到天明了，才可以出帳。知道麼？」

阿郁昆結「哼」了一聲，說道：「還要裝神弄鬼！我那天夜裡偏偏要去山上，看看山上有甚麼古怪！父汗送我姊妹來此，囑託大長老保護我等的安全。不管發生甚麼事情，大長老都一定會護我們周全的。」

羅欽聽她言語倔強，正中下懷，心頭暗喜，臉上故意裝出憂急之色，說道：「話是這麼說，但那時大長老一定正忙著主持那個重大祭典，無法分神照顧妳們。妳們還是不要到處亂跑得好！」

阿郁素來高傲，聽了羅欽的話，更加打定主意要去看看山上究竟會發生甚麼事。她輕嗤一聲，不屑地瞥了羅欽一眼，說道：「你膽小怕事，就躲在你的石屋裡發抖吧！無論如何，那天晚上我一定要去山上看一看。」說著拉起妹妹的手，頭也不回地走進帳幕之中。

羅欽望著二女的背影，嘴角忍不住露出微笑，心想：「是她們不聽警告，堅持要上山去的，可不是我帶她們上山的喔！大長老親口下令，要我照顧保護她們，我當然得跟上去保護她們啦，絕不是故意擅闖石生大典！」

年尾終於到了。這天夜裡，將近半夜時，滿天星月，一切如常；磈磊山並無颳風下雨，也無任何聲響，唯有一片死寂。

阿郁來到帳門旁，伸手掀開帳門，探頭張望，感到夜風撲面，冰涼凜冽；天空並無月亮，只有閃閃繁星。她想起羅欽提到的「重大祭典」，按捺不下心中好奇，暗想：「山上究竟會發生甚麼事？那羅欽說得神神祕祕的，也不知是真是假！」她下定決心，放下帳門，回入帳中，搖醒妹妹說道：「阿妹，快醒來，我們上山去。」

阿柔揉著惺忪的睡眼，說道：「阿姊，天都黑了，上山去做甚麼？」

阿郁道：「羅欽說今夜山上有重大祭典，我想去看看。」

阿柔一驚，說道：「既然是重大祭典，那我們別去打擾吧！」

阿郁道：「有甚麼好怕的？我們靜靜地躲在一旁觀看便是，又怎會打擾他們了？」

阿柔仍舊不願，縮入羊毛被窩之中，說道：「天這麼黑，上山的路又難行得很，我們還是別去吧？」

阿郁「哼」了一聲，佯怒道：「妳不去就算了，我自己去！」

阿柔知道阿姊性情固執，自己是勸不動她的，又不放心讓她獨自在黑夜上山，只好勉強爬起身，不情不願地道：「好吧，我跟阿姊一起去。」

阿郁伸手摸摸妹妹的頭，笑道：「這才是我的好妹妹。」

兩姊妹於是各自穿上銀狐皮裘，阿郁掀開帳門，左右望望，門外空無一人。她早先已吩咐戰士不必守夜，他們想來都已回去自己的帳幕睡下了。

姊妹倆藉著星光辨認路徑，找到羅欽帶她們去過好幾回的山坳，找到了石階，緩緩往山上行去。兩人沿著石階往上走了一陣子，越走越高，山風漸勁，呼嘯而過，撲面生疼。然而除了山風強勁之外，並未見到甚麼異於平時的動靜。

姊妹並不知道，當她們出帳後不久，一個黑影便從一座石屋後閃了出來，悄悄跟在她們身後。這黑影正是羅欽。他幾日前故意嚇唬姊妹，說山上將舉行重大祭典，說得驚悚而危險，就是意在挑起阿郁的好奇心，慫恿她在歲末的半夜上山，自己好以保護她們的名義，跟上山去看個究竟。

羅欽望著姊妹的背影，心中不禁擔憂：「大長老說石生大典將在山巔的祭壇舉行，今夜又黑又冷，她倆要是走到山腰就折返了，那我就無法跟去偷瞧石生大典啦。」

伏在他肩頭的小獸明白他的心思，低聲道：「別擔心，那個大昆結一定會走到山頂的。」

羅欽問道：「你怎麼知道？」

小獸哼道：「我當然知道。那個大昆結十分倔強，你早先故意激她，不就是看準了她一定會堅持攀上山頂，去看個究竟麼？」

羅欽聳聳肩道：「誰知道？她性子再倔，畢竟是個嬌生慣養的昆結，說不定覺得天色太黑，山上太冷，便會放棄了。」

小獸道：「你等著瞧吧。」

果如小獸所預料，阿郁性情堅毅，即使夜間的山路寒冷難行，也絕不肯放棄。妹妹阿柔多次懇求道：「阿姊，山上又黑又冷，我們回去吧？」

阿郁卻道：「我們穿著狐裘，哪裡冷了？天上有星有月，也不算黑，怕甚麼？到了山頂，我們還能取些石火，不但能取暖，還能照明。」仍舊堅持繼續往山上走去。

走了約莫兩個時辰，姊妹倆慢慢接近山巔，遠遠已能見到山頂的巨大平臺，和平臺上的八角形聖壇。

羅欽悄悄跟在她們之後，也來到了山頂。他和巫童們偶爾會跟隨薩滿來到山頂的石臺，在臺下觀看祈禱祭儀；但薩滿們從來不准他們登上聖壇，只能站在石臺邊上觀看。羅欽不具巫術，完全聽不懂咒語，也不知道祭儀中薩滿們究竟在做些甚麼，每次都感到枯燥無聊已極，只能瞪著石臺地面上的裂縫發呆，比較哪個裂縫比較大，又猜想大長老為甚麼不讓人將這些裂縫給填補上了。

此時石臺上一片寂靜，似乎更無人跡；八角聖壇周圍也是一片黑暗，絕無人聲。羅欽探頭張望，心中好生懷疑：「我見到大長老、薩滿們和巫童們傍晚時便扛著祭品上山來了，他們若不在這山頂石臺上，卻在何處？」

阿郁和阿柔感到石臺上傳來陣陣懾人的寒意，不敢靠近，便在石臺旁數丈處找了塊石頭坐下了。阿郁低聲對妹妹道：「我們在這兒等一會兒，看看有甚麼古怪。」

阿柔打了個寒戰，說道：「好吧。但是別等太久了，我好睏。」

阿郁道：「不會太久的。這樣吧，等月亮升到天頂，我們便下山去。」

阿柔只能同意，挨著姊姊而坐，靜靜等候。

姊妹倆等了一會兒，忽然眼前一亮，一團火光陡然從八角聖壇正中冒出。那火色作灰白，忽明忽暗，火焰吞吐，越燒越旺，奇的是這火焰半點聲響也沒有，只在黑暗中靜悄悄地燃燒著。

阿柔睜大了眼睛，低聲道：「那是石火麼？莫非石火從聖壇中冒了出來？」

阿郁疑惑地道：「我也不知。」

姊妹倆不約而同地站起身，走到石臺邊緣，望向聖壇上的那團火焰。阿郁甚是興奮，低聲道：「我想重大祭典就要開始了！」

阿柔甚感害怕，也壓低了聲音，說道：「看來是薩滿們在施法。我們別多看吧，免得惹惱了騰格里。」

阿郁卻道：「我們對騰格里心存崇敬，在一旁恭敬地觀看薩滿祭祀，又怎會惹惱騰格里？」

阿柔說不過姊姊，只好再次坐回石頭上，往遠處那團灰火望去。然而那團火逕自靜靜地燒著，此外甚麼也不曾發生，四周再次陷入黑暗冷清，孤寂靜謐。

阿柔望著望著，山頂上一片寂靜，不禁感到眼皮沉重，不知不覺便靠著姊姊沉沉睡了。阿郁也感到十分睏倦，勉強睜大了眼，盯著那團灰火凝望，猜測著等會兒將有甚麼古怪神奇的事情發生；但她抵不住倦意，眼睛不自由主地閉上了幾回。她為了讓自己保持清醒，便輕輕推開妹妹，站起身來，在空地上來回走動。阿柔失去倚靠，只能坐在石上，不時點著頭打瞌睡。

羅欽一直悄悄跟在姊妹的身後，這時矮身躲在離她們三丈外的平臺邊緣，也偷偷望向石壇上那團灰色的火焰，心想：「大長老和其他薩滿、巫童們應該已全數聚集在這兒了。但這兒怎地這麼安靜？他們人都在哪兒？」

過了不知多久，平臺上除了那團灰火不斷燃燒之外，甚麼也沒有發生，連羅欽都感到昏昏欲睡了。他勉強振作精神，抬頭望向夜空，留意到一輪極細的月牙緩緩升起，就將升到天頂，心想：「月亮快到天頂了。倘若甚麼都沒發生，她們便要下山去啦，那我也沒有藉口留在這兒了。」

就在這時，忽聽阿柔驚呼一聲，跳起身來，奔到阿郁身旁，緊緊抓住姊姊的手臂，尖聲道：「阿姊，那塊石頭！」聲音惶惶發顫，顯得極為恐懼。

阿郁見妹妹手指著她剛剛坐著的那塊石頭，定睛望去。星光之下，卻見那石頭竟在緩緩搖動。她原本以為那不是石頭，而是甚麼獸物；但仔細一瞧，見那確實是塊石頭，約莫人頭大小，正一前一後，規律地搖動著。

阿郁不知這是遇到了妖魔鬼怪，還是見到了巫術造成的幻覺，一顆心怦怦亂跳，吞了口唾沫，勉強安慰妹妹道：「這沒甚麼，可能是妳剛才不小心撞到了它，是以它才搖個不停。」

阿柔緊緊靠著姊姊，全身發抖，忽然又叫道：「那兒！那兒！」伸手指向不遠處。

阿郁轉頭望去，但見又是一塊石頭，和方才那塊差不多大小，形狀甚圓；剛才那塊石頭只在當地前後搖晃，這塊石頭卻滴溜溜地繞著圈兒。阿郁不知該如何解釋，張大了口，只看得呆了。

羅欽在旁見到了，也吃驚不已，不明所以，心中極為疑惑：「這些石頭為甚麼會自己滾動？我在魄磊山上遊玩了這麼多年，這山上雖然到處都充斥著巫術，我卻從沒見過石頭會自己動的！」

正當三人都僵在當地，不知所措時，那塊不斷轉圈兒的石頭忽然停下了，靜止一陣後，忽然又動起來，這回竟逕直向阿郁和阿柔的腳下滾來。

姊妹倆忍不住一齊尖叫起來，拔腿就逃，卻不知道該往哪兒逃去，慌亂中竟沿著階梯攀上了山頂的平臺。然而平臺上的情景卻更加嚇人：黯淡的月光照耀下，只見平臺上另有四、五塊自行滾動或搖動的石頭，有的快速，有的緩慢，有的似乎正掙扎著從石臺的縫隙中迸出，有的已能自由地四處滾動。平臺上的石頭們彷彿「見」到了兩姊妹，稍停了一會兒後，便一齊向著她們滾來。

阿柔高聲尖呼起來，阿郁也嚇得臉色蒼白，全身僵硬，雙腿發軟，連跑都跑不動了。

羅欽眼見情勢危急，顧不得被薩滿們發現，跟著兩位昆結奔上了平臺。他驚然發現平臺上竟有更多塊自行滾動的石頭，只看得睜大了眼，詫異莫名。他隨即發現了魄磊村多位薩滿和巫童的身影：大長老盤膝坐在八角聖壇上的灰色火焰之旁，其餘七名魄磊村薩滿和八名巫童則圍成一圈，坐在聖壇周圍。只因眾人一直靜坐不動，也未曾出聲，因此兩姊妹和羅欽之前都並未發現他們。

這時薩滿和巫童們仍舊安坐如石，但他們的小獸卻開始紛擾騷動起來。牠們早已見到兩個女孩兒奔上石臺並高聲尖叫，薩滿和巫童們能夠堅持不動，小獸們卻按捺不住了，在薩滿們的身周亂竄，不時發出充滿威脅的低吼聲。

羅欽的小獸忽然背毛豎起，金色瞳孔放大，顯得驚恐不已，在羅欽耳邊低聲警告道：「不好了！牠們在吼叫著：『擅闖石生大典者死！』」才說完，只聽數聲尖吼，十多頭小獸一齊往姊妹撲去，張牙舞爪，瞧那架勢，直欲將二女撕成碎片方休。

羅欽大驚失色，想起大長老命令自己保護兩位昆結，立即搶將上去，攔在二女身前，叫道：「不可傷害昆結！」

小獸們見羅欽突然跳出，微微一驚，只略停了一停，便繼續向二女撲去。一頭小獸竄到了阿郁的腳下，開始咬嚙她的皮靴和狐裘下襬；另一頭則直接撲上，咬住了阿柔的小腿，幸而她所著皮靴甚厚，這一口只咬穿了皮靴，並未及肉，但已把阿柔嚇得大哭起來。

羅欽的小獸一聲怒吼，一躍而上，張口咬向那頭攻擊阿柔小獸的頸子。其餘小獸見了，暫時放下二女，轉身合圍而上，一齊對付羅欽的小獸。羅欽的小獸對付眾巫童的小獸雖綽綽有餘，但此時平臺上的神獸多為薩滿所有，身強力壯，羅欽的小獸勢單力弱，很快就被兩頭屬於薩滿的巨大神獸用腳掌給壓住了，卡在石縫之間，無法動彈，尖聲嚎叫起來。

羅欽大叫：「小獸！」勉力揮手打退不斷撲上來的一群小獸，大叫：「大長老、薩滿們，快阻止你們的神獸啊！」

然而大長老、薩滿和巫童們卻充耳不聞，不動如山。這時羅欽才隱約聽見，他們的口裡正誦念著某種咒語，聲音低沉而齊整。他完全聽不懂他們在誦念些甚麼；巫童們每日跟隨薩滿學習誦念咒語，他也跟著誦念，然而其他巫童似乎自然而然便能明白咒語的意義和功效，他卻始終一竅不通。

這時羅欽的小獸被困在石縫之中，其餘小獸便又將注意力轉到二女身上，紛紛扭身回頭，向著二女嘶吼，前爪抓地，準備撲上。二女驚駭無已，慌忙向平臺邊緣奔去，想盡快逃下山去。然而阿柔才跑出幾步，腳下絆到一塊正滾動著的石頭，驚呼一聲，跌倒在地。阿郁怎能丟下妹妹，立即回身去扶，但阿柔這跤跌得不輕，一時站不起身。

小獸們見姊妹倆停在當地，高聲怪吼，一齊向二女撲去。羅欽看在眼中，危急之中更不由得他再猶豫，瞥眼見到一個較大的石縫，立即大叫一聲，快衝上前，飛身撲去，伸臂抱住阿郁和阿柔姊妹，叫道：「躲進去！」將二女推入石縫中，盡量以自己的身子覆蓋住她們。小獸們發狂般撲來，抓咬著羅欽的後頸、背心和手腳，轉眼便鮮血淋漓，只痛得他慘呼出聲。

羅欽暗暗猜知，「石生大典」應當正進行到緊要關頭，大長老和薩滿、巫童們專注於誦咒施法，即使聽見了自己的呼喚，見到了昆結們遭小獸攻擊，也無法分心阻止；此刻只有自己能保住兩個女孩兒的性命了，於是拚命覆蓋在二女身上，以肉身隔阻小獸們瘋狂的攻擊，硬咬著牙，勉強忍受肌膚撕裂、筋骨受損的劇痛。

過了不知多久，月牙緩緩從天頂滑落，羅欽耳中只聽得背後小獸的吼叫和身下二女的嗚咽之聲，他頭上、身上的傷口越來越多，最初鮮血只是一滴滴地落在二女身上，後來簡直如泉水一般，不斷灑下。他不知道人能承受多少痛苦才會昏暈過去，只擔心自己若昏暈了，小獸們定會扒開自己的身體，鑽入石縫攻擊二女。他奮力拚著一口氣，勉強撐持，滿心祈禱自己能變成一塊沒有感覺的石頭，不必繼續忍受這無邊無盡的血肉酷刑。

就在他幾乎昏迷過去之時，耳中忽然聽得一聲尖銳的哨聲。羅欽即使處於極度痛苦之中，仍然忍不住睜開眼，抬頭望去。他從眾多小獸的利爪之間，瞥見聖壇上的那堆灰色火焰猛然往上暴衝而起，幾乎直達天際；接著雷電大作，暴雨傾盆而下，天色陡然轉暗，四下一片漆黑。

小獸們也留意到聖壇上的變化，漸漸停止攻擊，紛紛奔回自己的薩滿或巫童身旁。

羅欽略略鬆了一口氣，勉強忍耐著全身上下劇烈的疼痛，翻身躺倒在石縫之旁，睜大了眼，透過綿密的雨絲，望向石壇和天空。只見天際輪番透出一道道形狀各異的閃電，電光照耀下，他方才見到的那些滿地亂滾的石頭忽然一一「站」了起來！不但「站」了起來，而且還漸漸顯出人形，上面的圓球是頭，下面的圓球是身子，身軀上繼而迸出了短小的四肢，一個個都是嬰孩模樣，並且開始哇哇哭泣。

羅欽看得呆了，心想：「莫非我受傷太重，腦袋壞了，還是眼睛花了？這些石頭怎麼變成小孩兒了，還會哭泣？」

小獸們在雷雨中仰天長吼，彷彿在齊聲歡呼。

這時大長老、薩滿和巫童們一齊吁了口氣，緩緩站起身。幾位年長的薩滿穿過大雨，抱起石頭變成的嬰孩，低聲安撫，臉上露出歡喜安慰之色。

羅欽透過血水和雨水，呆呆地望向那些石嬰，恍然大悟：「原來這就是『石生』！我們魄磊村的每一個薩滿和巫童，都是這麼從石頭變成的！」

他想到此處，才終於明白了「石生大典」的意義，隨即又想：「我想必和其他巫童一般，也是這麼從石頭裡生出來的。但是……但是為甚麼偏偏只有我沒有半點巫術？」

大雨將他打得全身濕透，臉上身上血水交織，頭痛欲裂；他只覺身上的傷口劇痛無比，眼前一黑，終於昏厥了過去。

石生大典之後，魄磊村多出了八個巫嬰，交由四位成年薩滿撫養。

羅欽直昏迷了三日三夜，才緩緩甦醒。但當他醒過來時，卻寧可自己永遠昏睡不醒；他全身上下總有百來個被小獸們抓咬出來的傷口，參差不齊，猙獰可怖，疼痛難忍，而且傷口中充滿了小獸和薩滿的巫術和詛咒，不斷流血流膿，難以癒合。

大長老讓撫養羅欽長大的老薩滿多它負責照顧他。多它是個兩百多歲的薩滿老婦，溫和慈祥，有著無人能比的耐心；她每日餵羅欽喝下清水、湯汁和草藥，替他的傷口敷藥包紮，無聲地為他誦念療傷咒語。多它是個啞人，因此只能對著羅欽微笑，卻無法說出任何安慰的話語。

羅欽在數日昏迷之中，仍不斷夢到洛陽城中的沈家。他第一次做關於沈家的夢時，只是遠遠見到沈家兄妹，聽見他們的對話，即使他們說的是漢語，他卻能完全明白內容；那時他見到沈家眾人有的騎馬，有的坐車，去給甚麼人拜壽；之後沈家那位相貌莊嚴的年長婦人帶著一對姊妹，來到那座有著高塔的永寧寺；他見到景樂寺黑衣術士讓棗樹當場生長結果的法術；也見到沈綾獨自在城中步行，被黑衣術士追趕、永寧寺寶瓶跌落；後來沈綾不知如何來到上商里，被一群身穿白衣的巫者包圍，之後與大巫咎對話等情。

這陣子以來，羅欽的夢變得越來越清晰，他彷彿就站在沈家眾人身旁一般，望著一幕幕在眼前發生。他見到沈綾和妹妹沈雒一起讀書、學算，見到沈家大姊隆重喜慶的「納采禮」，見到沈家的父親和大兄去找一個老釀酒師買酒；也見到沈夫人去小市買魚時，遇見那個古怪的碧眼黑衣人；還有沈家六人和孫家四人在一個巨大華美的廳堂中聚會，一同進食等情；那天夜裡有個黑衣人闖入庭院圍牆上，被那個高高瘦瘦的採桑女趕走。

這一切對羅欽來說都新奇有趣得緊；他自己雖不具巫術，但不知為何，他卻能夠感知出誰是巫者。他在夢中見到了許許多多的巫者，沈家眾人一無所知，羅欽卻看得清清楚楚：那在景樂寺變術法的，也就是羅氏在賣魚小市見到，之後請回家的碧眼黑衣人；沈綾在上商里見到的大巫咎、盲童子彪和那群白衣人，他們全都是巫者；還有那個在夜間來窺探沈家花廳，被賀秋趕走的黑衣傢伙，他也是巫者。

羅欽在夢中想著：「原來大魏也有這麼多巫者！沈家眾人身邊有著這許多巫者，但他們卻好似完全不知道。這些巫者是故意要接近他們麼？那又是為了甚麼？沈家那些人看來都是平凡人，跟巫術一點關係也沒有。他們身邊為甚麼會有這麼多的巫者？」

羅欽越來越嚮往昏迷做夢的時刻；因為凡是他清醒之時，便得在痛苦、擔憂、恐懼中度過。他不但全身傷口劇痛，更擔憂小獸的生死，還得恐懼大長老的憤怒責罰。夢中的沈家眾人個個俊美聰明，生活富貴優渥，日子過得無憂無慮；即使沈綾受到羅氏的排擠，心情抑鬱，但總比羅欽的渾身傷口、日夜劇痛、命在旦夕好得多了。

三個月後，大長老才第一次來多它的帳幕中探望羅欽。

羅欽害怕得一顆心如要跳出來一般，縮在石床上，背對著帳門，不敢轉身。

大長老的第三隻眼早將他的神情看得清清楚楚，沉聲說道：「羅欽，你慫恿兩位昆結半夜上山，自己更膽大包天，擅闖擾亂石生大典，該當何罪！」

羅欽嚇得全身冷汗直流，只能緊閉著嘴，等待大長老說下去。

沒想到大長老說了這幾句話後，便就此停口，石屋陷入一片恐怖的沉默。過了許久，羅欽終於忍耐不住了，轉過身面對大長老，畏縮地望向他額頭上精光閃爍的第三隻眼，顫聲問道：「兩位昆結，她們……她們還好麼？」

大長老臉色稍和，說道：「看在你還掛念擔憂兩位昆結的安危之上，罪輕一等。幸得騰格里護祐，兩位昆結只受了些驚嚇，並未受到任何損傷。我已命古塔那薩滿照顧保護兩位昆結，你的責任已經解除了。」

羅欽鬆了一口氣，心想長痛不如短痛，不如乾脆直接一些，於是開口問道：「大長老，請問您要怎麼處罰我？」

大長老「嘿」了一聲，反問道：「你說呢？」

羅欽聽他口氣略微鬆動，但仍提心吊膽，試探著說道：「羅欽犯下大錯，大長老罰我在魄磊山頂的聖壇下祈禱懺悔三個月，不知道夠不夠？」

大長老又「嘿」了一聲，說道：「依我之意，自然不夠。然而應當如何處罰你，我須得召集全村薩滿一同商討之後，方能決定。」

羅欽回想著自己過去曾得罪過哪幾位薩滿，有多少位定會大力贊成「從重嚴罰」自己這個「偽巫童」，不禁打了個寒戰。他不敢多想，只好改變話題，問道：「大長老，請問……請問我的小獸還好麼？」他心中時時刻刻掛念著小獸，多次向多它詢問小獸的生死，她卻總不回答。

這時大長老神色凝重，微微遲疑，才道：「小獸傷得很重，我找到牠時，牠已經斷氣了。」

這正是羅欽最最恐懼之事，一聽之下，頓時「哇」的一聲大哭起來，撲倒在石床上，叫道：「小獸，我對不起你，羅欽對不起你！」

大長老見他真情流露，情狀可憫，嘆了口氣，又道：「然而我施展巫術，讓牠暫且吊住了一口氣。」

羅欽聽了，喜出望外，立即坐起身，向大長老磕了好幾個頭，又哭又笑地道：「多謝大長老！多謝大長老！請問牠在哪裡？」

大長老道：「我將牠安置在山頂的聖壇上，讓牠慢慢休養。」

羅欽忙問道：「聖壇？我可以去看牠麼？」

大長老嘆了口氣，說道：「巫童平日絕不可登上石臺或接近聖壇，但我知道你掛心你的小獸，特准你去聖壇旁探望牠。」

羅欽大為感激，說道：「多謝大長老！」又問道：「小獸能夠恢復麼？」

大長老搖頭道：「這個我也說不準。你好好養傷，趕緊恢復元氣。別太擔心你的小獸了，知道麼？」說完便站起身，拄著拐杖，出屋去了。

於是羅欽只能乖乖地留在多它的石屋中休養，盡量讓自己早日康復。他雖仍提心吊膽，反覆猜測大長老和其他薩滿將如何處罰自己，但得知小獸還活著，對他已是極大的鼓舞和安慰；不管自己將受到多麼嚴厲的處罰，只要有小獸陪在自己身邊，他便甚麼都不害怕，甚麼都不擔憂了。

再過了一個多月，羅欽儲夠了精神力氣，終於能夠撐著拐杖，離開多它的石屋，繞屋行走一圈了；又過了一個月，他鼓起勇氣，掙扎著來到山頂，去見他的小獸。他受傷極重，身子當然並未恢復，這段路走得極為艱苦，一步一疼，直走了大半日，才遠遠見到山頂的石臺。

羅欽喘著氣，難以壓抑心中的興奮，趕緊加快腳步，來到石臺中央的聖壇之旁。

然而他見到的，不是他所熟悉的、毛色光澤黑亮、輕盈矯捷的小獸，而是一隻支離破碎，少了兩條腿、兩條尾巴、瞎了一隻眼睛，皮破毛禿的垂死之獸，貓不似貓，貍不似貍，醜陋不堪。

小獸側躺在八角形聖壇的正中央，半昏半醒。牠感受到羅欽走近，微微睜開金黃色的獨眼，望向羅欽，臉上露出喜慰之色，輕輕說道：「你來啦？」

羅欽聽小獸說話有氣無力，心痛難忍，眼淚湧上眼眶，不禁伏在壇上大哭起來，泣道：「你怎麼傷成這樣？你怎麼傷成這樣？這都是我的錯！」

小獸嘆息著，緩緩說道：「不，這不是你的錯。是我不好，我也很好奇，想看看石生大典究竟是怎麼回事，才任由你誘導兩位昆結上山，也未曾阻止你跟隨她們同去。在石臺上那時，我抵擋不住群獸的攻擊，累得你也受傷了。」

羅欽淚流不止，伸出顫抖的手，輕輕撫摸小獸稀疏的皮毛，說道：「我害你吃苦了。我以後再也不會這麼蠢了。我一定會盡全力保護你，不讓你受到任何傷害！」

小獸咧嘴笑了，說道：「你說甚麼蠢話？盡全力保護主人，不讓主人受到任何傷害，那是神獸對主人的承諾啊！怎麼變成你對我說這等話？」

羅欽抹去眼淚，說道：「因為世間只有你對我好啊！我是個不具巫術的偽巫童，原本身邊不該有小獸跟隨的，但你卻自願跟隨我，忠心耿耿地陪伴我了十年。」

小獸眨了眨獨眼，忽然說道：「羅欽，你知道麼？我跟在你身邊，只有八年。」

羅欽微微一怔，說道：「八年？我不是在十年前的石生大典中出生的麼？」

小獸側過頭來，說道：「這個我不知道。我只知道，我來到你身邊，是在八年之前。

那時大長老在日月山上捕捉到我，問我有沒有主人，我說沒有，他就對我說，如果我願意認一個嬰兒為主人，他就饒我不死。我同意了，於是他帶我來到魄磊村，讓我親吻你的額頭，咬破你的大腳趾，立誓認你為主人。」

羅欽好生感動，說道：「原來從我還是嬰兒時，你便保護著我了。」他側頭想了想，懷疑道：「八年之前，為甚麼我會是個嬰兒？我是在十年前的石生大典時出生的，那麼八年前，我應該已經兩歲了啊？」

小獸閉上獨眼，說道：「我也不知道。當時魄磊村另有八個巫童，都已經會走路會說話了。只有你還在襁褓中，坐不起身，也不會走路說話，多它需得日日擠新鮮羊奶，餵你喝下。你那時到底有多大歲數，我也搞不清楚。你是我的第一個主人，我對人類嬰兒幼年時應當生成甚麼模樣，一點兒也不知道。」

羅欽心中懷疑愈發深重，自言自語道：「這是怎麼回事？為甚麼其他巫童都已經兩歲了，我卻還是個嬰兒？改天我得問問大長老。」隨即想起大長老將與其他薩滿聚會，討論如何懲罰自己，又不禁擔憂起來。他對小獸說了此事，最後道：「不管他們怎麼懲罰我，只要不將我趕出魄磊村就好了。」

小獸靜默一陣，忽然說道：「他們當然不會趕你出去。他們怎麼敢？」

羅欽奇道：「他們為甚麼不敢趕我出村？」

小獸道：「大長老讓我認你為主人時，給我的第一道指令，就是命我不可讓你離開魄磊村半步。」

羅欽更加奇怪，說道：「我從小到大，從來也沒想過要離開磈磊村。大長老又為甚麼命令你不可讓我離開？」

小獸道：「我也不知道？總之他當時的神情語氣非常嚴肅。他說，如果你離開了磈磊村的範圍半步，即使只是將手伸出村界的石牆也好，我和你都將受到最嚴厲的懲罰。」

羅欽腦中一片茫然，想不通大長老為何會有此命令，不知該說甚麼，只道：「看來不管怎樣，我都會受到懲罰了。就算我逃出村去，也不是辦法。」

話剛說完，他心頭忽然升起一股奇異的感受；在此之前，他這一輩子從未想過要離開磈磊村，如今竟然動了「逃出村」的念頭，有如一塊從山頂滾下的石頭，一旦開始滾動了，便再也難以停止，越滾越快，越滾勢頭越勁。他這時滿腦子除了「逃出村」之外，再也裝不下別的念頭。他無法壓抑心頭的激動，忍不住說道：「小獸，等你恢復了，我們一起出村去，看看村外的天地，好不好？」

小獸咧開嘴，似乎早已預料到他會這麼說，睜著獨眼望向他，並不鼓勵，也不阻止，只道：「你有兩條腿，隨時可以自己離開村子。但是我呢，只怕沒法跟你去了。」

羅欽望著小獸少了的兩條腿和兩條尾巴，心中一痛，問道：「你會好起來麼？」

小獸輕輕一笑，說道：「你想問的是，我的腿和尾巴會重新長出來麼？我瞎了的一隻眼可以復明麼？」

羅欽點了點頭，充滿期望地望著牠，說道：「你是神獸，加上大長老的巫術，應該可以完全恢復的，是吧？」

小獸沉默一陣，才道：「羅欽，我老實告訴你，我的腿和尾巴是被其他神獸咬斷的，它們是長不回來的；我瞎了的眼，也是不會復明的。我不知道大長老為何讓我活下去，我是一頭已然殘廢的小獸，就算活下去，也已毫無用處，不能再保護你了。不過你別擔心，大長老定會幫你另找一頭神獸、認你為主人的。」

羅欽大吃一驚，叫道：「不要！不要！我只要你當我的小獸，我不要別的小獸！」一咬牙，又道：「就算你只有兩條腿，一條尾巴，一隻眼，我也要你做我的小獸。你保護了我多年，往後的日子，該輪到我保護你了！」

小獸聽了，好生感動，獨眼中流下一滴金黃色的眼淚，低聲道：「羅欽，你不必待我這麼好。我認你為主人，是因為我被迫立下以巫術綁縛的誓言，因此我別無選擇，只能一輩子盡心盡力保護你。但是你對我並沒有發下以巫術綁縛的誓言，隨時可以拋棄我。如今我對你已經沒有用處了，你應該早早捨棄我，趕緊去找一頭新的小獸來保護你才是。」

羅欽大聲道：「我不要，我不要，我不要！我只要你！我這一輩子只有你一頭小獸，不會有別的小獸了！」

小獸無言地望著他，良久後才咧嘴微笑，低聲道：「羅欽，謝謝你。聽了你的話，我很欣慰。但是你必須捨棄我，另尋新的小獸。我知道你現在不明白，等你長大以後，就會明白的。」說完便閉上眼睛，似乎昏睡了過去，不管羅欽再對牠說甚麼話，牠都不再回答，不再睜眼。

羅欽失魂落魄地下了磈磊山，回到多它的石屋。他一入屋，便抓著多它的衣袖，急迫地問道：「小獸會好起來的，是麼？我可以永遠跟小獸在一起的，是麼？」

多它只顧忙著煮食，並不回答，甚至未曾回頭。

羅欽又問道：「多它，巫童或薩滿的小獸如果死了，一定要找一頭新的小獸麼？」

多它聽了，停下手，回頭望了羅欽一眼，眼神中滿是哀淒，仍舊不答，卻做了一串手勢；羅欽約略明白她手勢的意義，她在說：「不只小獸會死，薩滿也會死。我的小獸早我而去，有一天我也將跟我的小獸一般，撒手死去，到天上去會見騰格里的。」

羅欽頓時想起多它的小獸在幾年前因衰老而死，當時她曾傷心欲絕；他自責不該以此詢問多它，心中好生過意不去，隨即想起：「在這世上，只有多它和小獸愛護我。如今小獸瀕臨死亡，多它年紀也很大了，有一天她也會死去，那世間還有誰關愛我呢？」越想越悲傷，伏在石床上，再次大哭起來。

多它走到他身旁，伸手撫摸他的頭髮，低聲哼著咒語。羅欽感受到她粗糙衰老的手掌，輕柔的撫摸，心中又是慰藉，又是悲痛。

第十六章 舊友新知

這日下午，羅欽躺在石床上，正呆呆地想著自己的小獸，石屋外忽然傳來了腳步聲。他側耳傾聽，但聽腳步停在門口，並不進來，也不出聲。羅欽好生奇怪：「若是大長老或多它，自然不會停在門外，又不出聲。不知是誰來了？」於是開口問道：「外面是誰？」

石門開處，一個人影出現在門口，身形高眺，卻是阿郁昆結。羅欽沒想到她竟會來探望自己，大感驚奇，連忙撐著坐起身，說道：「昆結！妳……妳怎麼來了？」

阿郁稍稍側過頭，陽光照射在她的臉上，羅欽見她的容貌似乎比記憶中更加美豔端麗；他也留意到，阿郁臉上的高傲冰冷之色似乎稍稍減退了一些，反而添加了幾分柔軟。

阿郁站在石屋門口，開口道：「羅欽，我可以進來麼？」

羅欽聽她言語客氣，頗感不知所措，呆了一會兒，才趕緊回答道：「當然可以！昆結請進。」

阿郁猶豫了一會兒，終於跨入石屋，緩步來到他的石床之前，眼光停留在他臉上和身上斑駁的傷痕，微微蹙眉，低聲道：「你傷得不輕。」

羅欽不知該如何回答，只能低下頭，漲紅了臉，滿懷歉疚，決定先道歉再說，於是說道：「阿郁昆結！我慫恿妳們半夜上山，擅闖石生大典，讓妳們處於危險之中，又無力保護妳們，這都是我的錯！請昆結原諒！」說著跪倒在石床上，向她拜倒。

阿郁聽了他的道歉之詞，只抿起嘴，沒有答話；靜了一陣，她才似乎下定決心，慢慢地說道：「你起來。這並非你的錯，是我自己堅持要在半夜上山去一看究竟的。你捨身保護我和阿妹，讓我們不致受傷，甚至喪命，我們姊妹都對你心存感激。即使大長老不同意，我仍堅持要來探望你的傷勢，並向你……向你道謝。」說完臉上一紅，轉過頭去。

羅欽聽了她這番話，更是驚訝，抬頭望向她，見到她臉頰上的一抹嫣紅，當真是難以形容的嬌美，一時看得呆了，更說不出話來。

石屋中靜了一陣。羅欽甚感尷尬，只好咳嗽一聲，轉開話題，問道：「阿柔昆結還好麼？她年紀小，又在石臺上跌了一跤。她……她沒事麼？」

阿郁嘆了口氣，說道：「她並未受傷，只是嚇得厲害，又挨了凍，那晚回去後便病倒了。所幸古塔那薩滿醫術精湛，每日煮各種藥草給她喝下，如今她已恢復了大半。」

羅欽聽了，鬆了口氣，說道：「那就好了。」

阿郁在他的石床邊坐下，睜著一雙妙目凝視著他，忽然壓低聲音，問道：「羅欽，那天晚上究竟發生了甚麼事？我問過大長老和其他薩滿，但他們都不肯跟我說。你告訴我，好麼？」

羅欽心想：「大長老和薩滿們都不說，我又怎麼能說？何況當晚究竟發生了甚麼事，我可半點兒也不知道。」口中問道：「昆結，妳為甚麼想知道？」

阿郁雙眼發光，說道：「不為甚麼，我就是想知道啊！那些石頭為甚麼會動？為甚麼薩滿們的神獸要攻擊我們，而薩滿們卻並未阻止？村裡忽然多出了八個嬰兒，他們是從哪兒來的？石生大典究竟是甚麼？」

羅欽聽著她一連串的問題，忍不住道：「這都是我想知道的啊！但偏偏我知道的不多，只能胡亂猜測，也不知對不對？」

阿郁聽了，大感興奮，身子前傾，握住他的手，語氣緊迫，說道：「即使是猜測也好，我都想聽。你快說！」

羅欽想將自己所知以及種種猜想告訴她，又不確定自己該不該說，猶豫一陣，探頭出門，左右張望，見石屋周圍並無他人，才縮回頭來，關上石門，對阿郁低聲道：「大長老不讓我參加石生大典，因此我知道的很少。我只聽薩滿們說過，每隔十年，魄磊村便會舉行一次石生大典。在看到那晚發生的事情後，我懷疑……不，我相信，魄磊村的所有薩滿和巫童，都是從石頭裡生出來的！」

阿郁睜大了眼睛，滿面驚詫，問道：「那麼……那麼你們都不是額赫（注）生的，而是……而是從石頭裡迸出來的？」

羅欽舔舔嘴唇，說道：「是啊！很古怪，是不是？我原本也不知道自己是怎麼出生的，因為我出生時是個嬰兒，當然甚麼都不記得啦。還是那夜跟著妳們上山，我親眼目睹石生大典，才猜知磈磊村的巫童都是這麼出生的。」

阿郁又覺奇怪，又感恐懼，驚嘆道：「你們這些薩滿和巫童，當真不可思議！」

羅欽不禁苦笑，猶豫該不該說出自己是個「偽巫童」，但又想多說無益，於是只道：「大長老說過，柔然所有薩滿都出自於磈磊村，我們磈磊村的薩滿個個法力高強，當然與眾不同了。」

阿郁吸了口氣，好似下定決心，坐直了身子，凝重地望著他，說道：「羅欽，我決定了。當我們離開磈磊村時，我要你跟我們一起回去。」

羅欽聽她這話並非詢問，而是命令，不禁一怔，脫口道：「妳要我跟妳一起回去？為甚麼？」

阿郁神色肅穆，說道：「因為我想要一個薩滿跟在我身邊，時時保護我。」

羅欽大感忸怩，遲疑道：「但是我……我只是個巫童，還不是薩滿，法力差得很，根本無法保護妳啊！」

阿郁睜著一對漆黑的眼睛凝望著他，語氣堅決，說道：「我不管。我就是要你跟在我身邊。我去跟大長老說，他一定不會拒絕的。」說著不由羅欽分說，倏然站起身來，低頭望向他，語氣轉為冷淡，說道：「看來你已好得多了。從明天開始，你便日日來我帳外，聽我差遣。知道了麼？」

羅欽一呆，說道：「但是……但是我得跟隨薩滿們學習巫術啊！」

阿郁道：「你養傷這段期間，都未曾去學習巫術，可見不去也沒甚麼關係。你別擔心，我會跟大長老說的。」不再理會羅欽的言語，轉身走出石屋，快步去了。

羅欽好生苦惱，他雖曾動念要離開村子，但絕不想跟在高傲執拗的阿郁昆結身邊，卻又不知該去向誰申訴。大長老一定不會聽他的，說了也是白說；小獸處於垂死邊緣，也難以跟牠討論此事。無奈之下，他只能跪倒在石屋當中，閉上眼睛，努力向天神騰格里祈禱；除了祈願自己終能獲得巫術之外，也祈願小獸早日恢復，並祈願自己不必跟隨阿郁離開魄磊村。

第二日清晨，阿郁昆結派了一個戰士來石屋外召喚羅欽。羅欽撐著拐杖出來，哀求道：「請你告訴昆結，我的傷勢還沒好，走不動啊！」

那戰士絲毫不為所動，說道：「阿郁昆結命令你立即去營帳見她。你這不是能走路麼？快跟我走！」

羅欽無奈，只好撐著拐杖，一步一拐地來到阿郁的帳幕外。然而阿郁並未立即召見

注 額赫是蒙語的「母親」之意。

他，只讓侍女叫他在帳幕外等候。羅欽無事可做，便獨自坐在帳幕外，偶爾有馬蠅飛來，便揮拐杖去打，只覺無聊已極。他身子仍舊虛弱疲憊，坐在當地，往往一閉上眼，便沉沉睡去，開始做起關於那戶人家的夢。

這一整日下來，阿郁只召見了他一次：那是午時，羅欽聽見帳中侍女呼喚自己，從夢中驚醒，趕緊來到阿郁的幕門外。但見阿郁指著梳妝檯上的一面銅鏡，說道：「羅欽！你幫我在銅鏡上施個咒語，讓它照得更清楚一些。」

羅欽吐吐舌頭，說道：「我不知道……不知道甚麼能讓銅鏡照得更清楚的咒語。妳的銅鏡不夠光亮麼？不如我幫妳擦一擦？」

阿郁臉一沉，說道：「你不知道這種咒語，那就趕緊去學啊！」說著轉過身去，不再理會他。

羅欽只好摸摸鼻子，上前抱起銅鏡，出帳去了。他相信即使是大長老，也不會知道甚麼能讓銅鏡照得更清楚的咒語；即使真有這樣的咒語，他也學不會、用不來，只好乖乖地找了塊棉布，坐在石頭上，努力擦拭了許久，直到銅鏡看起來比較亮了，才恭恭敬敬地送回去給阿郁。阿郁也沒問他是怎麼讓銅鏡變得更光亮的，只點了點頭，算是過了。

之後數日，羅欽每日都守在阿郁的帳幕外，阿郁則不時差遣他幹些雜務瑣事，有時要他清洗馬鞍，擦亮馬蹬，梳匀馬鬃；有時要他整理她和妹妹的金銀頭飾、項鍊和手環等。羅欽從來沒見過這麼多金啊銀的、還鑲著亮晶晶寶石的首飾，只能小心翼翼地清理擦拭，不敢弄歪了哪片裝飾，或弄掉了半顆寶石。

阿郁將他當成個僕人般使喚，偶爾出帳來看看，臉上總是冰冷冷的，不假辭色；妹妹阿柔則不時躲在帳幕裡，透過門縫看他幹活兒，褐色的眼睛裡閃著關懷柔和的光芒，臉上滿是好奇關注之色。

這日阿柔鼓起勇氣，對著帳幕的門縫，輕聲說道：「羅欽，我可以問你幾個問題麼？」

她躲在帳幕中說話，聲音又太細微，羅欽一時並未聽見，毫無反應。阿柔漲紅了臉，只能稍稍放大音量，又說了一次。

這回羅欽聽見了，轉頭望向幕門，發現門開一縫，縫裡露出一隻水靈靈的眼睛，這才醒悟是阿柔昆結在對自己說話，連忙回答道：「當然可以！昆結請問。」

阿柔鬆了口氣，支支吾吾地問道：「我想問你……想問你，你是怎麼長大的？」

羅欽聽她這一問，微微一呆，不知該如何回答，說道：「嗯，我就是這麼長大的啊！」

阿柔紅著臉，又問道：「那麼……那麼巫童的訓練是怎樣的？」

羅欽搔搔頭，說道：「巫童的訓練麼？那也沒甚麼，就是學些咒語啦，靈舞啦，祭拜天神的儀式等等。」

阿柔睜著一雙褐色的大眼睛，問道：「咒語，靈舞，祭拜天神？那都是些甚麼？」

羅欽見她如此有興趣，便開始跟她講解咒語、靈舞、祭祀等等巫童必學之術，越說越多，說得興起時，指手畫腳、加油添醋，阿柔只聽得津津有味，嘖嘖稱奇，忍不住將門縫越開越大，最後整張小臉都出現在門縫中了。

阿郁也躲在帳幕中，隔著幕門偷聽，聽到有趣的地方，還會格格而笑；她偶爾也會開門出來，親自問羅欽更多的問題。三個孩子打開了話匣子，往往能聊上一整天也不厭煩。

自從羅欽在石生大典上受傷垂危之後，不知為何，大長老便不再要求他繼續跟其他巫童一起學習巫術，以致羅欽整日都閒著，無事可做，加上阿郁指名要他服侍，因此在他略痊癒之後的幾個月中，他除了日日去看小獸，其餘時間都在姊妹的帳幕外度過。姊妹們對薩滿和巫術滿懷好奇，不斷央求羅欽帶她們去看看村中的薩滿都在做些甚麼。

羅欽推辭了幾次不成，只好說道：「薩滿們都很忙，最好別去打擾他們。不如我帶妳們去看看巫童們學習巫術吧！」

姊妹都十分歡喜，拍手道：「那太好了！」

羅欽道：「但是不能離得太近，遠遠望一下就好，不然教授巫術的薩滿會不高興的。」姊妹倆滿口答應了。

於是羅欽帶著兩位昆結來到村子中心的圓石地，但見八個巫童坐成一圈，雙手揮舞，擺出各種手勢，口中喃喃念誦，顯然正在練習咒語。平日教授他們的碧環薩滿並不在場，想是命他們自行練習後便離開了。巫童們的八頭小獸在一旁嬉鬧玩耍，見到羅欽和姊妹走近，一齊停了下來，睜著獸眼望向三人，眼中滿是敵意。

羅欽想起牠們曾群起攻擊昆結姊妹、自己和小獸，心頭一沉，說道：「我們就在這兒停下吧，不要再上前了。」

這時巫童們也留意到了三人，停止誦念咒語，紛紛回頭望向羅欽。一個巫童開口叫道：「羅欽！你怎地都不跟我們一起學習巫術了？」

羅欽緊閉著嘴，並不回答。

尖臉女巫童裝模作樣地道：「這還用問麼？他生來就不具巫術，再學下去也沒用啊！」這幾句話故意說得很大聲，其他巫童聽了，都吃吃而笑。

羅欽臉上一紅，氣惱得說不出話來。阿郁有些困惑，望了羅欽一眼，說道：「他們說你不具巫術，那是甚麼意思？」

羅欽慍道：「別聽他們亂說。」

尖臉女巫童聽見了阿郁的問話，當即見縫插針，高聲質問道：「羅欽，你竟敢欺瞞兩位昆結，不曾告訴她們你不具巫術麼？」其他巫童聽了，也紛紛附和道：「欺瞞昆結，該當何罪？」「大長老命你保護昆結，你卻讓她們陷入危險，還欺騙她們！」巫童的小獸們也騷動起來，對著羅欽張牙舞爪，低吼示威。

羅欽想起自己的小獸瀕死，這些小獸卻生龍活虎的，心裡又是悲痛，又是憤怒，走上幾步，大聲道：「我就算沒有巫術，也知道拚命保護昆結。你們呢？你們即使擁有一丁點兒巫術，但在昆結遇到危險時，卻甚麼也沒做！來啊！你們有膽量的，就派你們的小獸上來攻擊我啊！就像你們上回放任小獸攻擊昆結們一樣！我的小獸被你們的小獸咬得只剩半條命，我現在沒有小獸保護了，你們幹麼不派小獸上來咬死我？或是乾脆對我施展巫術，直接咒死我好了。來啊！」

眾巫童被他的氣勢所懾，都不作聲。他們上回聯手欺負羅欽，後來遭到大長老的嚴厲告誡，因此這時只敢出言取笑羅欽，卻不敢當真派小獸攻擊他，或對他施展巫術。八個巫童彼此望望，低下頭，裝作沒有聽見羅欽的挑釁，只彼此竊竊私語起來；雖聽不見他們在說些甚麼，但看他們的神情，顯然仍在暗中取笑羅欽。

阿郁和阿柔在旁聽著羅欽和巫童們的對話，都好生驚詫，沒想到羅欽和其他巫童之間竟有著如此嚴重的衝突。阿柔見巫童們竟繼續取笑羅欽，只氣得全身發抖，竟然放下了膽怯害羞，跨上一步，大聲說道：「你們欺負羅欽，說羅欽的壞話，我去跟大長老說，大長老絕對不會放過你們！」

巫童們望向阿柔，見她這小小女娃言語雖強硬，但外貌嬌柔，一張小臉漲得通紅，聲音細微，身子還在發抖，雖知道她是位昆結，卻也忍不住偷偷笑了起來，更不理會她，逕自轉過身去，打算繼續練習咒語。

阿郁原本不願意表態，但見巫童們竟敢對自己的妹妹如此無禮，不禁怒氣上沖，雙眉豎起，大步來到圓石地中央，站在巫童們之間，雙手叉腰，低頭環視八童，喝道：「你們這群膽大包天的巫童，上回竟敢派遣小獸攻擊我姊妹，我還沒跟你們算帳呢！當你們的小獸攻擊我等時，你們可出手阻止了沒有？連出聲喝止都不曾！當時只有羅欽挺身而出，保護我們，救了我們的性命。你們誰敢再胡說八道，誰敢再欺負羅欽，我回去跟我的額祈葛（注）說，將來你們誰也別想去可汗的大帳擔任薩滿！」

巫童們聽了，這才收斂了些，不再言語，低下頭，繼續練習咒語。

阿柔哼了一聲，說道：「我們走吧！」

三人當下往昆結的帳幕行去，來到帳幕門外時，阿柔再也忍耐不住，氣得掉下眼淚，抽噎著道：「那些巫童好生可惡，他們怎麼可以……怎麼可以這樣說羅欽！」

羅欽聽了，長長地嘆了一口氣，垂頭喪氣地道：「兩位昆結，其實他們說的都是……都是真的。我早該老實告訴妳們，我是個天生不具巫術的偽巫童。我也不知道為甚麼會這樣，總之我一出生就沒有巫術，因此甚麼咒語都學不會，所以那時才無法用巫術保護妳們。」

姊妹聽了，都好生驚訝，阿柔大感同情，抹去眼淚，低聲道：「羅欽，你不要難過，

注　額祈葛是蒙語的「父親」之意。

巫術既是天生的，有就有，沒有就沒有，你沒有巫術，這又不是你的錯。」

阿郁的感受，則是同情中混雜著幾分失望和責怪，心想：「原來他生來不具巫術，不能成為薩滿，也不能保護我們！那他還有甚麼用處？」又想：「即使他不具巫術，石生大典那夜仍舊拚命保護我們，不惜讓自己被那些可惡的小獸咬得半死不活，堅持用身子遮蔽我們。這份忠心和勇氣，豈不更加難得？」想到此處，心中一軟，對羅欽道：「你進來我們帳裡坐坐。」

羅欽受寵若驚，忙道：「不、不，我留在外面就好。是了，我該擦拭妳們的銀飾了。」說著找出麻布，將姊妹的首飾箱子搬到帳外，取起一件件首飾，低下頭仔細擦拭。姊妹見他不肯進帳，便也罷了，雙雙坐在帳門內，透過門縫望著他擦拭銀飾。

羅欽手中擦拭著姊妹倆的銀飾，眼眶發熱，只想流淚，但他不願在姊妹面前示弱，一心轉開話題，於是說道：「妳們剛剛見到，就是村裡的其他八個巫童了。他們整日忙著學習巫術、練習靈舞、咒語甚麼的，也沒有甚麼特別的。妳們是可汗的孫女，生活想必過得比巫童們好得多了。不如請妳們跟我說說，昆結的日子是怎樣的？」

阿郁嘆了口氣，幽幽地道：「身為昆結，我們從小吃好穿好，住著牛皮帳幕，騎著駿馬。但是我們終日卻生活在危難之中，朝不保夕啊！」

羅欽奇道：「那怎麼會？有這麼多柔然戰士保護妳們，怎麼會朝不保夕？誰又敢傷害妳們？」

阿郁靜了一陣，才道：「身為可汗家族之女，不是事事如意順遂，安穩無憂。比如說，如果有敵人來攻打柔然，如果我們戰敗了，首先被搶去的，必然是可汗家族之女。」

羅欽從未想過此事，恍然道：「因此妳們雖然地位尊貴，卻也活在危險之中。」他想了想，又道：「但是我聽大長老說過，丑奴可汗勇猛善戰，柔然勢力強大，敵族都不敢侵犯，妳們應該很安全才是啊！」

阿郁又嘆了一口氣，說道：「就算柔然強大，敵族不敢進犯，但我們這些昆結的命運，大多是嫁給遠方的外族可汗，以聯姻換取柔然的盟友。一旦嫁了過去，雙方倘若當真開戰，那我們可就慘了，輕則下囚，重則立即被殺。」

魄磊村的薩滿都是獨身，從無婚嫁之事，因此羅欽對於嫁娶、聯姻這等事情一頭霧水，只從阿郁的語氣中猜知，嫁給外族可汗應當是件很不愉快的事情，只能勉強安慰道：「妳們年紀還這麼小，別去擔心這些未來的事情啦！」

阿郁靜了一陣，才道：「我長大後，若要嫁給外族可汗，一定會要求他廢掉所有其他的后妃，只尊我一人為可賀敦（注），封我的兒子為下一任可汗。如此一來，即使雙方發生爭戰，可汗也不敢殺我了。倘若做不到，我寧可死去！」

注 蒙古語「可賀敦」即皇后。

羅欽完全不明白她說的這些后妃爭寵奪權心思，不知該如何回答，只好閉上嘴，低頭繼續擦拭銀飾。

阿柔忽然輕聲問道：「羅欽，你的小獸如何了？」

羅欽聽她問起自己的小獸，心頭難受，眼眶一紅，說道：「牠在山頂的聖壇上，受傷很重，一點兒也沒有好轉。」

阿柔「啊喲」一聲，擔憂地道：「我們明日去看看牠，好麼？」

羅欽答應了。想起小獸悲慘的情狀，加上自身不具巫術、飽受排擠的處境，終於忍不住掉下了眼淚。兩姊妹互望一眼，阿郁沒說甚麼，阿柔則悄悄上前，挨著羅欽身旁坐下，輕輕地握住了他的手，一聲不出，紅了眼眶，也開始掉淚。

次日早晨，羅欽便帶著姊妹攀上魄磊山頂，探望自己的小獸。姊妹見到小獸傷殘破敗、奄奄一息的模樣，感激牠捨身相護，都好生悲哀，滿心憐惜。自此以後，三人每日都要來一趟山頂，在石壇旁坐個大半日，陪小獸說話解悶；羅欽則在魄磊山上到處尋找好吃的果子和山鼠、小蛇等，帶回山頂給小獸吃。

小獸對三人的關懷十分感激，但牠的情狀並未好轉，反而一日比一日虛弱。羅欽特意替牠找來的食物，牠只勉強吃個一、兩口，便吃不下了。三人都看得出來，小獸的日子不長了。

羅欽知道小獸原本已經死去，是大長老以巫術救活了牠，並替牠吊住一口氣。這日下山之後，羅欽便去找大長老，一進石屋就跪下拜倒，懇求道：「大長老！小獸的情狀很……很不好。求求您再次施展巫術，延長小獸的性命！」

大長老聽了，只緩緩搖頭，說道：「神獸有自己的壽命之限。我已施巫術讓牠起死回生一次，不能再以巫術延長牠的性命了。」

羅欽聽了，頓時大哭起來。他知道既然大長老都這麼說了，那便真的完全沒有辦法了。他從大長老的石屋出來後，兩個昆結見他哭得聲嘶力竭，都不禁哀然，跟著他掉淚。

阿郁原本對羅欽不假辭色，當他如僕役般呼喝使喚，但經過了羅欽捨身相救、一同對抗巫童、一同照顧小獸的經歷後，她漸漸放下了高傲冷漠，對羅欽在感激中摻雜著幾分同情和難言的親近，待他有如自己的兄弟一般。三個孩子整日在魄磊村和魄磊山上結伴而行，形影不離，無話不談，成了極親密的友伴。

也就是在這時候，羅欽決定帶二女去自己的祕密聖地：烏藍楚嘉藍瀑布。去瀑布的路並不好走，需得經過一段十分狹窄的山壁邊沿，幸而二女這些時日來常常在魄磊山上遊走，體魄腿力都大有進步，能夠跟著羅欽走過那段狹窄的山道。在轉過山壁之前，她們便已聽見巨大的水聲；過了轉角後，烏藍楚嘉藍瀑布倏然出現在眼前。

但見這瀑布寬五丈，高十餘丈，彷彿一道水幕從天而降，轟然落在瀑布底的巨石之上，氣勢驚人。

二女從未見過如此高大壯觀的瀑布，一時都看得呆了。

羅欽甚是得意，說道：「這是整座磈磊山中我最喜歡的地方，其他巫童都不知道這兒。」

阿郁奇道：「這麼美麗的地方，竟然只有你知道？其他的薩滿難道都沒來過？」

羅欽搔搔頭，說道：「薩滿們具有法力，或許知道這個地方吧？但他們大多待在自己的石屋裡，很少上山閒晃。他們若上山來，定是去山頂的聖壇祭祀騰格里，或施展甚麼其他的巫術，不會只為了看瀑布而上山。」

羅欽卻不知道，這瀑布周圍蘊含著強大的巫術法力，而且是屬於水的巫術。磈磊村的薩滿們都生自石頭，受水所剋，因此就算知道這個地方，也不敢輕易靠近；即使是巫術高強、能夠抵禦水之巫術的薩滿，也不願意來此無端耗損自己的法力。因此整個磈磊村中，只有不具巫術的羅欽完全無法感受到瀑布周圍的水之巫術，能夠任意來此晃蕩，而不必以巫術抵禦；兩位昆結不具巫術，自然也不受影響。

阿柔抬頭望著瀑布，讚嘆道：「這瀑布太美啦！羅欽，我可以將手深入瀑布中麼？」

羅欽笑道：「當然可以了。跟我來。」拉著她的手，踏過幾塊他再熟悉不過的大石頭，來到了瀑布的正下方，阿郁小心翼翼地跟在妹妹身後。瀑布旁水花飛濺，將三人身上的衣衫都濺濕了。

羅欽伸出手，伸入瀑布的水幕之中，對阿柔道：「別怕，水勢不很急，妳可以將手伸入水中。」

此時他們身處瀑布的正下方，水聲震耳欲聾，阿柔聽不見他的言語，於是羅欽對她做手勢，示意她去觸摸瀑布之水。阿柔小心翼翼地舉起手，伸入瀑布之中，感到水勢並不如想像中那麼猛烈，只感到一陣清新冰涼。她甚感驚喜，趕緊回身向姊姊招手，要她也來感受瀑布的水流。

阿郁見了，也跨上一步，將手伸入瀑布的水簾中。然而當她的手碰觸到瀑布之水時，卻彷如被雷電擊中一般，立即縮回手來，滿面驚恐。

羅欽大感奇怪：「她怎麼啦？」於是拉拉她的衣袖，帶領她來到一旁的大石頭上，這兒離瀑布稍微遠一些，水花飛濺得較少，水聲也沒有那麼大了。羅欽問阿郁道：「怎麼啦？妳的手怎麼了？還疼麼？」

阿郁神色仍舊驚疑不定，以左手捧著右手，但似乎並非因為疼痛，而是為了讓自己鎮定下來。她聲音發顫，說道：「當我將手伸入瀑布中時，我好像……好像見到了一些影像。」

羅欽和阿柔同聲問道：「甚麼影像？」

阿郁眼睛望虛空，說道：「我見到了……見到了我自己。」神色中滿是驚怖之意。

阿柔問道：「阿姊，妳看到了自己？妳在哪裡，在做甚麼？」

阿郁甩了甩頭，勉強鎮定下來，說道：「我不知道。可能是我眼花了吧？我沒有看見甚麼。」

羅欽和阿柔都猜知她不願意說出自己所見，便也不再追問。

羅欽提議道：「我們既然來到這兒了，便在這兒多留一陣子，好麼？」姊妹想起來此的路徑十分艱險，便答應了。

阿柔在大石頭上坐下，仰頭觀望瀑布，嘴角露出滿足的微笑；阿郁則心神不寧，再也不敢接近瀑布之水，只抱膝坐在遠處，背對著瀑布。

羅欽想引阿郁開心，當先跳入瀑布下碧綠的水池中，並向她招手，叫道：「來水裡涼快一下吧！」

阿郁遲疑不決，阿柔則笑道：「好啊！」也跳入池水，水花四濺。她尖叫一聲，從水面冒出頭來，大笑道：「水好冷，阿姊，妳也來！」

阿郁猶豫半晌，才小心翼翼地跨入了池水中。這回她並未見到甚麼影像，也未曾感到被雷電擊中，只感到池水冰冷澈骨。這池子不深，三人踏著池底的石頭，互相潑水玩耍，十分歡快；阿郁也開始笑鬧起來，彷彿完全忘了方才觸摸瀑布那一瞬間的驚恐。

三人玩了一會兒水，全身濕透，各自脫下外衣，躺在大石頭上曬太陽，全身暖洋洋的，都感到愜意非常。

羅欽望著瀑布，說道：「每當我不開心的時候，就會跟小獸一起來這裡，大哭一場也好，跳進瀑布中也好，總能讓我暫時忘記煩惱，感覺好上許多。這是我最喜歡的祕密之地，如今妳們也都知道啦！」

阿柔悠然道：「我也很喜歡這裡。」

阿郁眼望天空，並不出聲；羅欽側頭望向她，暗暗擔心：「她可能還記得剛才見到的甚麼影像，因此並不喜歡這個地方。」

沒想到阿郁靜了一陣子後，輕輕地道：「這地方很好。我從來沒有感受到如此平靜，如此愉悅。我想常常來這兒，最好每天都來。」

羅欽聽了，甚是驚喜，用手肘撐起身子，望著阿郁，笑道：「妳真的喜歡？那我以後每天都帶妳來這兒，好麼？」

阿郁嘴角露出微笑，眼中卻似乎含著淚光。她閉上眼睛，說道：「多謝你，羅欽。我相信，此時此刻，正是我此生最美好的時光。」

阿郁的語氣中充滿了知足和感恩，羅欽和阿柔聽了，卻都感到有些不對。阿柔側過身，將手放在姊姊的手臂上，說道：「阿姊，這地方確實非常好，但是此時此刻，當然不是我們此生最美好的時光；我們往後還會有許多更美好的時光的，妳說是不是？」

阿郁沒有回答，呼吸悠長而緩慢，似乎已沉沉睡了。羅欽感到在陽光暖暖地照在身上，全身無比懶散舒適，躺回大石，閉上眼睛，也陷入了夢境。

夢中，他又見到了那對漢人兄妹；他夢到沈綾臨行之前，將狗兒託付給妹妹，兄妹倆灑淚道別的情景。他想起自己與小獸也將生離死別，心中悲痛，忍不住哭了出來。

阿郁和阿柔發現他一邊做夢，一邊哭泣，都好生奇怪，阿郁伸手搖了搖他，叫道：「羅欽！」

羅欽猛然清醒過來，發現自己滿面淚水，嗚咽不止，兩位昆結一左一右，正凝望著自己。

阿郁問道：「羅欽，你哭甚麼？」

羅欽搖搖頭，夢中的情景歷歷在目：沈綾和小妹沈雒告別，沈雒拉著小兄的衣袖，大哭不止，一來不捨得他離去，二來怪責自己不該去向阿爺告狀，竟致使小兄被送去遙遠的南方，不知何時才能再見。

阿柔追問道：「怎麼啦？好端端的，你為甚麼哭？」

羅欽抹去眼淚，說道：「我感到傷心，是因為……因為我做了一個夢。」

姊妹倆甚感好奇，一齊追問他的夢境。羅欽遲疑一下，便老實說道：「從許久以前開始，我就不斷夢到一個漢人家庭，他們住在南方的洛陽城裡。我在夢中見到他們所見，聽到他們所聽，一切都跟真的一樣。」

姊妹都大感奇怪，阿郁問道：「那你的夢裡發生了甚麼事，你為何哭泣？」

羅欽抹淚道：「我夢中的那個漢人小男孩兒，跟我差不多年紀，他家裡的主母厭惡他，找巫者來對他施法，將他趕出家門，逼他去遙遠的南方。他的妹妹很傷心，兄妹倆臨行之前互相道別，因不知道下回何時才能再見，兩人都哭得很傷心。」

阿郁聽了，頗感不以為然，嗤笑道：「你這個傻子，夢裡的事情又不是真的，有甚麼好哭的？」

阿柔卻頗為同情，伸手握住羅欽的手，說道：「或許你夢裡的人確實是真的，此刻就住在遠方，那個叫作洛陽的大城裡。那位小男孩被迫離家遠去，他的妹妹捨不得哥哥，當然都很傷心了。但你身在魄磊村，也幫不到他們，不如替為他們向騰格里祈禱吧！」

羅欽聽阿柔語音柔軟，滿是關懷，心中一暖，對她一笑，抹去眼淚，說道：「妳說得是。」當下跪在大石上，閉上眼睛，喃喃祈禱起來。阿郁翻了翻眼，阿柔卻望著羅欽，臉上露出溫柔的微笑。

第十七章 岩瑪薩滿

歲月匆匆，轉眼兩位昆結來到磈磊村住下已有將近兩年了。

這日下午，羅欽正在阿郁的帳幕外替姊妹倆修補馬鞍，忽然隱隱聽見遠處傳來轟然馬蹄之聲，心中一驚：「這是丑奴可汗來接兩位昆結了麼？如果她們須得回去可汗的營帳，我……我當真得跟她們一起去麼？」

他心中忐忑不安，放下馬鞍，快手攀上一棵大樹，只見遠處土道上塵沙飛揚，一隊五十多名柔然戰士簇擁著一乘白馬飛馳而來，白馬上騎著一位衣飾華貴的婦人，一行人快速來到磈磊村外。

柔然武士不敢擅自進村，在村口停馬，當先一名武士翻身下馬，恭立於村口。

羅欽接著見到大長老拄著拐杖，緩緩走出村外。那武士向大長老躬身行禮，說了不知甚麼。大長老走上兩步，與那白馬上的尊貴婦人說起話來，接著便將那尊貴婦人迎入村中，走向自己的石屋。

羅欽趕緊攀下樹，跑去阿郁的帳幕外叫道：「阿郁昆結！阿柔昆結！有一隊柔然戰士來了，護擁著一位尊貴婦人，騎著白馬，正往大長老的石屋去啦！」

阿郁聽了，立即掀開帳門，急急問道：「甚麼樣的尊貴婦人？多大年紀？」

羅欽搔搔頭，他見過四、五百歲的大長老，也見過兩百多歲的多它、六十來歲的碧環薩滿，但是那婦人究竟多大年紀，他可說不上來，只能猜測道：「大約在三十到兩百歲之間吧？」

阿郁斥道：「胡說八道！甚麼三十歲到兩百歲之間？」

羅欽吐吐舌頭，說道：「我真的不知道她幾歲，我看不出來嘛！」

阿郁對妹妹說道：「我們去瞧瞧，說不定是額赫來了。」

阿柔遲疑道：「額赫怎會來到這麼遙遠的地方？或許……或許是那個巫女呢？」

阿郁臉上現出驚憂之色，但隨即搖頭，說道：「不會是她。此地可是薩滿聚集的磈磊村，她怎麼敢來這兒？」

阿柔則更顯害怕，說道：「莫非……莫非額祈葛出事了？」

阿郁呸道：「當然不會！不要胡猜了，我們快去瞧瞧便知。」轉頭對羅欽說道：「你跟我們一起去。別忘了，你得負責保護我們！」

羅欽吐吐舌頭，做個鬼臉，知道阿郁是在跟他說笑；她們早已知道羅欽不具巫術，當然無法以巫術保護她們。這時阿郁和阿柔各自披上銀狐皮裘，出得帳來，快步往大長老的石屋走去，羅欽趕緊隨後跟上。

三人來到大長老的半圓形石屋之外，見到一個身形高大魁梧的武士站在門旁，那武士一見到兩位昆結，立即躬身行禮，恭敬地道：「大昆結，小昆結！」

阿郁和阿柔見到他，立即放下心，臉上露出笑容。阿郁說道：「李具列，你怎麼來了？」

羅欽低聲問阿柔道：「這是誰？」

阿柔也低聲回答道：「這是李具列，我伊吉（注）最信任的家臣。」

羅欽點點頭，低聲問道：「伊吉是甚麼？」

阿柔說道：「是我額祈葛的額赫。」

羅欽一臉困惑，他出生於磈磊村，由老薩滿多它撫養長大，從來就沒有額祈葛和額赫；而磈磊村的人都從石頭生出，不但沒有額祈葛和額赫，更加沒有伊吉和歐沃，因此他對這些稱謂非常陌生。

阿柔還未來得及解釋，門內已傳出一個老婦的聲音，說道：「阿郁！阿柔！是妳們麼？快進來。」

阿郁滿面歡喜，高聲應道：「是！伊吉。」

姊妹倆奔入石屋，向一個貴婦跪倒行禮，隨即撲入她的懷中，撒起嬌來。貴婦一手摟著一個女娃兒，愛憐橫溢，滿面欣慰。

羅欽在石屋外探頭探腦，不敢進去。阿柔轉頭望見他，笑著向他招手道：「羅欽，你進來！」

羅欽縮頭縮腦地走入石屋，雙手交叉胸前，向大長老行禮，又向那年老貴婦拜倒為禮，不知該怎麼稱呼她，只好說道：「羅欽向伊吉問好。」

那老婦神色慈和，微笑道：「快起身。阿郁，這是甚麼人？為何喚我伊吉？」

阿郁還未回答，阿柔嘴快，搶著說道：「這是羅欽，他是魄磊村的巫童，大長老派他專門保護照顧我們。他待我們非常好，甚至還救過我們姊妹的性命呢！」

老婦露出驚憂之色，皺眉問道：「救過妳們的性命？發生了甚麼事？」

大長老咳嗽一聲，說道：「太后不需擔憂，兩位昆結在魄磊村平安無事，毫髮無損。」不等太后多問，便對羅欽說道：「羅欽，這位是當今丑奴可汗的額赫侯呂氏，你應當稱呼她侯呂太后。」

羅欽答應了，再次對老婦拜倒，說道：「羅欽向侯呂太后問好。」

侯呂氏年紀已有六十多歲，滿面皺紋，但目光炯炯，精神十足，她對羅欽擺手道：「你叫羅欽是麼？不必多禮。」

大長老向侯呂氏道：「太后親自光臨敝村，不知有何指教？」

侯呂氏摟著孫女時溫柔和藹，這時卻雙眉豎起，滿面戾氣，高聲說道：「我那蠢兒丑

注　古蒙古語中，額祈葛為父親，額赫為母親，歐沃為祖父，伊吉為祖母。

奴！他被巫術所迷，竟然納了一個妖女為可賀敦！」

大長老額頭上的第三隻眼緩緩轉動，已然看清了一切。他緩緩點頭，說道：「太后說的妖女，名叫是豆渾地萬，是麼？」

侯呂氏咬牙道：「正是那賤人！她詭計多端，幾年前便開始迷惑我那蠢兒，將他騙得暈頭轉向，無法自拔。」

大長老說道：「願聞其詳。」

侯呂氏氣呼呼地道：「那時，丑奴剛剛繼位為可汗，這賤人將我的小兒祖惠偷偷藏了起來，我和丑奴派人到處尋找，都找不到他小弟，擔心得不得了。這女人是屋引副升牟的妻子，當年只有二十來歲，以巫醫為業，常常說鬼說神的，丑奴很信她那一套，任由她在可汗帳中出入。我們當時四處找不到祖惠，急得沒有辦法，丑奴便提議請那妖女幫忙。她裝模作樣地祈禱了一番，對我們說道：『我見到祖惠這孩子此刻在天上，我能把他叫回來。』丑奴信了，於是她便在大澤中搭了間帳屋，齋潔七日，祈請天上，經過一夜，祖惠竟然真的出現在帳屋中！」

大長老點了點頭，不置可否。

侯呂氏續道：「當時我和丑奴都高興極了，抱著祖惠又哭又笑，問他這段時候都在哪裡？他說：『我一直在天上。』於是丑奴更加信服地萬，此後便稱她為『聖女』，還給她的丈夫授了爵位，並賜給她牛馬羊三千頭。」

大長老道：「丑奴可汗慷慨得緊。」

侯呂氏心中有氣，大聲道：「可不是？我那傻兒！那時祖惠剛剛回來，我滿心歡喜，因此並未反對丑奴給予那賤人重賞。豈知這賤人貪心不足，仗著自己有點兒姿色，竟整日跟隨在丑奴身旁，對他頤指氣使，丑奴竟也對她言聽計從，任由她擾亂國政。不多久，這妖女就要求丑奴封她為可賀敦，而丑奴竟答應了！後來祖惠年紀大些了，終於對我說出了實情：『那時地萬將我騙了去，將我藏在她家裡，因此我並沒有真的上天去。後來她又把我帶到大澤中的帳屋裡，讓你們找到我。我當時跟你們說我去了天上甚麼的，都是地萬教我說的。』我將祖惠這番話告訴了丑奴，丑奴竟對我說：『額赫切勿聽信讒言！地萬神通廣大，預測未來之事，百靈百驗，不可不信，否則後果不堪設想！』」

侯呂氏說到這兒，氣得臉都白了。她喘了口氣，說道：「我聽了之後，大發雷霆，就親自去找地萬，拿祖惠的話跟她對質。那妖女害怕了，竟然在丑奴面前譖毀祖惠，說祖惠不信她的神能，是個禍胎惡種，更慫恿丑奴在暗中殺死了祖惠！我擔心她會下手謀害我的二子阿那瓌和他的家人，兩年前才特意將阿那瓌的兩個女兒送來魄磊村住下，請求大長老庇護。」

羅欽聽了，這才恍然大悟：「阿郁和阿柔忽然來到魄磊村長住，原來竟有這般的因由！」又不禁好生擔憂：「阿郁之前說過，她們雖身為昆結，卻朝不保夕，原來竟是真的！」

大長老皺起眉頭，瞇起第三隻眼，說道：「我明白了。請問太后希望本座如何介入？」

侯呂氏咬牙道：「很簡單，請大長老幫我殺了地萬那個妖女！」

大長老未置可否，問道：「然而丑奴可汗呢？」

侯呂氏抿著嘴，沉思一陣，才咬牙說道：「他信那妖女太深，已是無可救藥。倘若他執意迴護地萬，那就連他也一起殺了吧！」

兩個女娃兒聽伊吉說要殺死自己的伯父——現任柔然可汗丑奴——都是一驚；阿郁眼睛發亮，阿柔卻顯得十分恐懼。

大長老沉吟半晌，才對一旁聽得一愣一愣的羅欽說道：「羅欽，你去請岩瑪薩滿來此。」

羅欽回過神來，連忙答應了，立即退出大長老的石屋，奔向岩瑪薩滿的住處。岩瑪薩滿乃是魄磊村最勇猛的戰士，羅欽曾聽年長的薩滿說過，岩瑪薩滿的巫術凶暴猛烈，擅長攻擊對手，毀滅敵人；其餘薩滿都不大敢接近他，因此他的石屋位於魄磊村西的邊緣，離其他石屋相距甚遠。

羅欽快奔而去，來到村西一間方方正正、粗厚堅固的石屋門口，見到煙囪冒出裊裊炊煙，知道岩瑪人在屋中，於是在門外立定，恭恭敬敬地道：「敬稟岩瑪薩滿，羅欽奉大長老之命，來此恭請岩瑪薩滿。」頓了頓，想起自己應該說得清楚些，又道：「丑奴可汗的額赫侯呂太后來到了魄磊村，她此刻正在大長老的石屋中。」

岩瑪薩滿的石屋毫無聲響，炊煙卻陡然停止了，不再冒出。過了一會兒，石門忽然靜悄悄地打開了，一個身形奇高、膚色黝黑、高鼻深目的中年薩滿站在門口，手中持著一柄深黑色的石製手杖，神情莊嚴肅穆，令人望而生畏。

羅欽猜想岩瑪薩滿大約五十多歲年紀，卻無法確定；五十至八十歲，在薩滿來說都算是青壯年，這岩瑪薩滿身形健壯，精神奕奕，顯然正值薩滿的顛峰之齡。羅欽此前曾在眾多祭天儀式上見到他，但從未跟他打過交道；這時就近見到他的形貌，心中不自禁地升起一股崇拜之情，暗想：「以薩滿來說，岩瑪該算是薩滿中的英雄了！」想起自己不具巫術，連巫童都算不上，薩滿也做不成，更別說薩滿中的英雄了。他想到此處，心中不禁一沉。

岩瑪對羅欽點了點頭，表示他知道了，並未多問，回身關上石門，便舉步往大長老的石屋行去，腳步穩健快捷。

羅欽心想：「他走路平穩快速，根本不需要手杖。那手杖是用來做甚麼的？」隨即想起：「是了，那大約是薩滿施法時所用的法杖吧？」又是敬畏，又是好奇，不禁偷偷向那黑石手杖多瞧了幾眼。

不多時，兩人來到大長老的石屋外；羅欽當先入內通報，再引岩瑪進入石屋。岩瑪向大長老和侯呂太后行禮之後，大長老便道：「岩瑪，太后需要你的協助。請你跟太后回去可汗大帳，幫她收拾一個自稱能通靈的妖女。」說著簡單敘述了地萬惑騙丑奴可汗的情形。

岩瑪安靜地聽完後，便頷首說道：「我明白了。岩瑪將盡力替太后除去妖女。」轉向侯呂太后，直截了當地道：「請問太后，何時上路？」

侯呂太后點頭道：「耽擱無益，我們這就出發。」對兩個孫女道：「伊吉要回去啦。妳們乖乖在磈磊村待著，不要心急，不能擅離，也不可鬧脾氣，知道麼？」兩個女孩兒嬌聲答應了。

侯呂太后當即吩咐大臣李具列，命柔然戰士整隊備馬，盡快出發。李具列牽了一匹戰馬來給岩瑪，岩瑪道謝了，將黑石手杖繫在馬鞍上，翻身上馬。

羅欽心想岩瑪跟著侯呂太后回去後，便將與那妖女地萬以巫術相鬥，想必精采得很，忍不住舉步跟在岩瑪的馬後。

岩瑪忽然勒馬而止，回頭望向羅欽，眼神銳利如刀，開口問道：「你想跟來？」

羅欽沒想到岩瑪薩滿竟會對自己說話，唬了一跳，鼓起勇氣，點了點頭。

岩瑪轉頭望向大長老，大長老緩緩搖了搖頭，轉身去向侯呂太后話別。

岩瑪低頭對羅欽道：「不，你不能跟來。」

羅欽原本便不抱期望，這時垂頭喪氣地道：「我知道了。」

岩瑪靜了一下，又忽然招招手，示意他近前。羅欽一呆，連忙快步來到岩瑪的馬旁。

岩瑪背對著大長老，伸手入懷，取下掛在頸上的一條紅繩，繩上繫著一塊圓形的石片。他用袖子半遮著那石片，彎下腰，將石片遞給羅欽，低聲說道：「接去。」

羅欽伸手接過那石片，滿面疑惑。

岩瑪嘴唇微動，以幾乎聽不見的細微聲音說道：「收好了，莫讓人見到。你若想知道發生何事，便望向這石鏡。」他說「望」這個字時，用食指指向自己的眉心。

羅欽聽得一頭霧水，只知道岩瑪不想讓魂磊村其他人見到他將這塊石片交給自己，尤其是大長老，於是趕緊將那石片放入懷中收好。

岩瑪深深地望了羅欽一眼，拉起馬韁，跟在太后和諸多柔然戰士之後，疾馳而去。

岩瑪隨侯呂太后離去後，阿郁和阿柔仍舊留在魂磊村，羅欽也仍舊整日跟兩姊妹一同廝混，偶爾偷偷望向岩瑪給他的小石片；那石片表面光滑平整，有如一面鏡子，難怪岩瑪稱之為「石鏡」。但羅欽翻來覆去地觀看石鏡，鏡中始終一片空白，除了自己模糊的倒影外，也見不到甚麼別的影像。

他甚感失望，幾日之後，便不再觀望石鏡了。每日下午，他趁姊妹午睡時，便溜上魂磊山去探望小獸。小獸雖還活著，清醒的時候也比以往多，但傷勢並未好轉；牠失去的兩條腿和尾巴沒有長回來，氣息也仍虛弱，無法離開山頂的祭壇。羅欽卻不放棄，堅持每日上山探望小獸，說些笑話逗牠開心，也跟牠說了近來發生的所有事情。

小獸聽說岩瑪薩滿跟隨侯呂太后回往可汗大帳，將出手收拾妖女地萬，大感興味，說道：「你要能跟去看看就好了！」

羅欽道：「是啊！我真想跟去，但是大長老不許。對了，岩瑪薩滿離去前，給了我一面小石鏡，說我若想知道發生何事，可以望向這面石鏡。但我看了好幾日，石鏡裡甚麼也沒有。」說著取出石鏡給小獸瞧。

小獸望了望石鏡，又用鼻子聞聞嗅嗅一陣，說道：「這石鏡上附有巫術，但還沒有啟動。我相信，一旦啟動了，便能讓你見到岩瑪薩滿所見的所有事物。」

羅欽大感興奮，說道：「真的？那岩瑪薩滿為甚麼還沒有啟動巫術？」

小獸說道：「可能他還在路上，尚未到達可汗的營地吧？如果石鏡裡出現的只是他整日騎馬穿過草原的景象，你看得悶也悶死了。」

羅欽側過頭，說道：「大約要多少時日，岩瑪薩滿才會抵達可汗的營地？」

小獸閉上眼睛一會兒，說道：「總要二十多日吧？你耐心等待，別忘了每日望望石鏡，說不定哪日就會看到可汗的大帳了。」

羅欽對可汗的大帳好生嚮往，忽爾想起阿郁的言語，有些憂心地道：「阿郁說她離開時，要帶我一起回去可汗的營地。你說，大長老會准許麼？」

小獸搖頭道：「不可能！大長老不會讓你離開磈磊村。不管阿郁如何請求，他都不會答應。」

羅欽之前聽小獸提起過，大長老曾嚴厲告誡牠，命牠不可讓自己離開魄磊村半步，卻從來不知道其中原因，這時他忍不住問道：「為甚麼大長老不會讓我離開村子？」

小獸靜默不答，過了一陣，才道：「你往後就會明白。」

又過了十餘日，羅欽每回想起時，便掏出那面石鏡望望，但石鏡裡仍舊甚麼影像也沒有。

直到這一日傍晚，羅欽隨手取出石鏡時，竟發覺鏡中出現了些許模糊的影像。羅欽睜大雙眼，連忙左右觀望，確定身旁沒有別人，又望向昆結的帳幕，聽見姊妹在帳中低聲聊天，今晚她們應是不會再出來找自己了。他心中又是興奮，又是好奇，揣著石鏡往魄磊山上奔去，直奔到瀑布下的大石頭上，才盤膝而坐，取出石鏡，往鏡中望去。

鏡中景象十分模糊，彷彿只是些晃來晃去的黑影。羅欽左看右看，都看不出個所以然來，皺眉心想：「這些影像模模糊糊的，淨是一團團動來動去的黑影，究竟是人是馬都看不出來。岩瑪薩滿的巫術也不至於這麼不管用吧！」

他看了一陣子，覺得索然無味，但又不敢不看，乾脆躺倒在大石上，將石鏡舉在臉前，繼續觀看。他看著看著，感到眼皮沉重，不知不覺便閉上了眼，手一鬆，石鏡「啪」一聲砸在他的額頭上，砸得他好生疼痛。

羅欽叫了聲「啊喲」，趕緊撿起跌在一旁的石鏡，幸好未曾砸壞。他再次往石鏡中望去，這回景象竟然變得異常清晰，直如從岩瑪的雙眼望出去一般。

他大感興奮，跳起身來，仔細觀望石鏡中的景象。但見那兒也是傍晚，眼前滿滿的都是帳幕，總有幾千幾百個，壯觀至極，不禁滿心歡喜，暗想：「這想必就是可汗的營地了。岩瑪行了二十多日，終於到達可汗的營帳！」

他動念要找阿郁和阿柔一起來看，問問她們石鏡中的地方是否就是可汗的營帳，但又猶豫起來：「岩瑪薩滿將石鏡交給我，要我觀看，他可沒說可以讓別人一塊兒看。況且她們不懂得巫術，看了可能會感到驚慌害怕。我還是暫時別讓她們知道，自己先觀望一陣子再說吧！」

他凝視著石鏡的表面，見到岩瑪的手握馬轠，跟在侯呂太后和李具列等馬乘之後，來到一座巨大的帳幕之外。這座帳幕寬廣華麗，直比其他的帳幕大上五倍不止。

羅欽心想：「這帳幕如此之大，莫非就是丑奴可汗的大帳？」

他見侯呂太后騎在白馬上，側過身，對李具列交代了幾句，李具列答應了，縱馬來到岩瑪身旁，恭敬地道：「薩滿請在此稍候，我去稟報可汗。」

岩瑪點點頭，翻身下馬，一個隨從上前接過馬轠。侯呂太后也下了白馬，來到岩瑪身前，說道：「我讓李具列去稟告可汗，告知尊貴的薩滿已抵達大帳，可汗一會兒便會召見薩滿。」神色一沉，又道：「那妖女也在大帳裡，我不想見她，先回我的帳幕去了。」

岩瑪點點頭，躬身向侯呂太后行禮；侯呂太后在隨從簇擁下離去了，岩瑪便留在當地等候。

羅欽隨著岩瑪的眼光游目四顧，見到巨大的可汗帳幕周圍還有著無數大大小小帳幕，多為牛皮所製；帳幕群之外則是一片遼闊的草原，草原上散布著無數的牛羊馬匹，總有上萬頭。羅欽從未見過這麼大的草原和這麼多的牲畜，心想：「這兒地方這麼大，可以起很多石屋，為甚麼可汗要住在牛皮帳幕裡呢？我們魄磊村的石頭屋子不是很好麼？又牢固又溫暖，不怕風吹雨打。」

才這麼想著，便聽岩瑪自言自語道：「要餵飽這數萬頭牛、馬、羊，就必須不斷尋找水草豐盛之地。可汗的帳幕以木頭和牛皮搭成，正是為了容易搬遷，好時時帶著牛羊追逐豐盛的水草。倘若如我們魄磊村那般，以石頭建造屋子，可就搬不動了。」

羅欽好生驚異，凝望著平鏡，心想：「難道岩瑪薩滿能聽見我的想法？」但聽岩瑪薩滿淡淡地說道：「不錯，我能聽見你的想法。」

羅欽又驚又喜，開口道：「岩瑪薩滿，您的石鏡真是神奇！不但能讓我看見您見到的事物，還能聽見我心裡在想甚麼！您現在便要去見可汗了麼？這就要對付那妖女了麼？」

岩瑪微微搖頭，說道：「我先去見可汗。至於收拾那妖女，料想還須一段時日。我得慢慢觀察她，她也得慢慢觀察我，不會輕易對彼此出手。真正對決，應在數月之後。」

羅欽道：「原來如此。」又道：「太后說她是個裝神扮鬼的偽薩滿，您出手收拾她，應當沒有問題吧？」說起「偽薩滿」，不禁想起自己是個「偽巫童」，臉頰不禁有些發熱。

岩瑪側頭凝思，說道：「不，她不是個偽薩滿。她確實身負巫術，而且巫術十分詭異強大。」

羅欽聽了，好生擔憂，問道：「那您能打敗她麼？」

岩瑪不置可否，只輕描淡寫地道：「日後便有分曉。」

正說話間，李具列走出大帳，說道：「岩瑪薩滿，可汗有請。」

岩瑪點了點頭，跟著李具列走入大帳之中。但見帳中極為寬敞，似乎整個磈磊村都能置於其中；二十名高壯的柔然戰士分左右持矛而立，威武肅穆。

大帳之中有個虎皮寶座，寶座上坐著一個身形矮壯的中年人，頭髮剃得精光，下頦蓄著黑色鬚髯；他身旁坐著一名盛裝女子，戴著血紅瑪瑙珠串鑲金頭飾，約莫三十來歲年紀，正服侍中年人飲馬奶酒。

那盛裝女子回過頭來，容色美艷中帶著幾分妖冶之氣。她瞇起眼睛打量岩瑪，眼中滿是警戒敵意，嘴角卻露出微笑，說道：「可汗，這位想必便是來自磈磊村的尊貴薩滿了。」

羅欽透過岩瑪的眼睛望向那女子，心中不禁發毛：「這想必就是那個妖女地萬了。是了，太后說可汗封了她為可賀敦，所以她的衣著和頭飾才這麼華貴。」

柔然信奉天神騰格里，對薩滿極為尊重，丑奴可汗見岩瑪進入大帳，當即從寶座上起身相迎，來到岩瑪面前五步處，將袍袖甩至肩後，左膝單跪，手按右膝，俯首為禮。岩瑪薩滿為表示對可汗的尊重，同樣甩袖單跪，俯首對可汗致敬，口中說道：「願騰格里護祐我汗。」眼光望向丑奴可汗身後的地萬，微微頷首，說道：「可賀敦。」

地萬凝望著岩瑪，走上前來，依照巫者禮儀，雙手交叉胸口，對岩瑪躬身為禮，顯然毫不掩藏自己巫女的身分；她雖對岩瑪行禮，但臉上殊無半分尊敬之意。

相見禮畢，三人站起身來，丑奴可汗見岩瑪身形高瘦、黝黑精壯，心中喜歡他戰士般的體格，連連點頭表示讚許，說道：「尊貴的薩滿！本汗竭誠歡迎薩滿光臨本汗營帳！請問薩滿如何稱呼？」

岩瑪答道：「本巫名岩瑪。」

丑奴可汗請岩瑪坐在自己寶座之旁的席位上，命僕從奉上馬奶酒、奶皮子和手把羊肉，恭敬地問道：「岩瑪薩滿，請問是大長老派您來的麼？」

岩瑪答道：「正是。大長老擔憂可汗身旁缺少一位巫術高深的薩滿，特命我來此保護可汗。」

地萬再次眯起眼睛，露出不悅之色，伸臂攬住丑奴可汗的肩頭，嬌聲說道：「但是，可汗身邊已經有我了啊！」

岩瑪對她的矯揉作態視若無睹，仍舊望著丑奴可汗，說道：「大長老言道，高車對我柔然虎視眈眈，可汗乃柔然萬民之主，雄鎮柔然國土，絕不可輕忽自身的安危。」

丑奴可汗聽他提起大敵高車，點了點頭，說道：「多謝大長老關懷，也多謝岩瑪薩滿專程前來本汗營帳。既然大長老有此指示，便請薩滿跟隨在本汗身旁，善加護衛。」

地萬臉現不豫之色，插口說道：「我身為可賀敦，乃是可汗最重要的伴侶和助手，因此薩滿也應當保護我的安危。可汗，你說是不是？」

羅欽心想：「岩瑪薩滿是太后專程請來殺妳的，妳竟然要他保護妳的安危？」

丑奴可汗不置可否，只望向岩瑪，看他如何回答。

岩瑪則面不改色，平穩地道：「岩瑪謹遵可賀敦之命。」

地萬瞇起眼睛，笑嘻嘻地道：「那可太好了。有岩瑪薩滿保護，我可就大大放心啦，夜晚想必能睡得很好！」

丑奴可汗和岩瑪又談了幾句，岩瑪便告辭出了大帳。李具列候在帳外，彼此眼神短暫相對，岩瑪微微點頭，李具列明白他已確認目標，將等候時機下手。這時，一個可汗的親隨趨上前來，恭請岩瑪到可汗大帳旁的一座帳幕中住下。

羅欽知道今夜沒有甚麼可瞧的了，於是在心中對岩瑪薩滿道了晚安，跳起身，摸黑下山，回到多它的石屋，躺倒在自己的榻上睡去。

之後數日，羅欽每日都找機會觀望石鏡，然而甚麼事都沒有發生。岩瑪整日便守在可汗的大帳之外，不是念誦咒語，便是眺望遠處的晴空、草原和牛羊，令羅欽漸漸感到十分無趣。

就在這時節，他繼續做了許多關於那個男童沈綾的夢，得知他已到了南方一個叫作「健康」的大城，在一個叫作「沈氏祖宅」的地方住了下來，開始了一段嶄新的生活。

第十八章 石火惡鬥

之後數月，羅欽仍舊整日陪伴著阿郁和阿柔兩位昆結，並不時偷偷觀望石鏡，想知道岩瑪和那妖女的對決是否已然開始，然而他每回都失望了。他只見到岩瑪忠誠謹慎地守衛在丑奴可汗和地萬可賀敦的帳幕旁，甚麼事情都沒有發生。

春末夏初的一個早晨，當羅欽和阿郁、阿柔姊妹結伴來到磈磊山頂時，發現石壇空虛，小獸已不在那兒了，只留下一顆圓潤的金色石頭，色澤和小獸的眼睛一模一樣。

大約從半個月前開始，小獸便沉睡不醒，羅欽和姊妹去探望牠時，不管怎麼喚牠，牠都毫無反應，好似醒不過來一般。羅欽那時心底便知道，小獸離死亡已不遠了。然而此刻真正見到牠逝去，他仍舊承受不了打擊，撲倒在聖壇上，撕心裂肺地大哭起來。阿郁和阿柔姊妹也好生難過，雙雙掉淚，勉強在旁安慰羅欽。

三人下山之後，羅欽想起自己應當讓大長老知道小獸死去之事，於是來到大長老的石屋，報告小獸已死，不禁又痛哭起來。

大長老輕輕嘆息，說道：「你不要太傷心了。我三日後將離開村子，去遠方辦事，途中看看能不能幫你找到一頭新的小獸。」

羅欽哽咽道：「多謝大長老，但我不要新的小獸……」

大長老也不跟他爭辯，只道：「要不要小獸，並非由你決定。再說，我也不一定能找到一頭無主的小獸。你出去吧。」

羅欽不敢再爭辯，含著眼淚，向大長老行禮告退。

那天晚上，大長老和薩滿們率領魄磊村的所有小獸來到魄磊山頂，在聖壇邊念咒祈禱，祝願小獸早早升天，回到騰格里的身邊。

羅欽和阿郁、阿柔姊妹也來到山頂參與儀式，與小獸告別。之前阿柔曾收起了那顆小獸留下的金黃圓石，回去帳幕後，便用銀絲裹起，穿上一條紅絲線；這時她取出了，讓羅欽戴在脖子上，說道：「只要戴著這顆石頭，就如同小獸永遠陪伴著你那般。」

羅欽好生感激，伸手撫摸著那顆金黃石頭，誠心地道：「阿柔昆結，多謝妳！」

阿郁望向那群薩滿和巫童的小獸，想起牠們曾攻擊過自己姊妹，心下十分厭惡，問羅欽道：「那些其他的小獸殺死了你的小獸，又曾凶狠地攻擊我們，實在可惡！大長老為甚麼不將牠們全都殺了？」

羅欽搖頭道：「不成的。小獸是薩滿和巫童們的守護者，牠們那夜攻擊我們，是為了保護石生大典，並非出於惡意。大長老若殺死牠們，那以後薩滿和巫童們就沒有小獸保護了。」

阿柔聽了，大為擔心，問道：「你如今沒了小獸，不是也沒了保護麼？大長老會給你另找一頭小獸麼？」

羅欽搖頭道：「我沒有巫術，不是真正的巫者，其實並不應該擁有小獸。大長老說他就將出門，打算替我另找一頭小獸，但是我並不想要。」

阿郁奇道：「你為何不要新的小獸？你不具巫術，那才更需要有小獸保護你啊！不然那些巫童若想欺負你，你豈不是毫無招架之力？」

羅欽憤然道：「就讓他們欺負我好了！大不了被他們殺死罷了。」

阿柔見他發惱，上前挽住他的手臂，溫言道：「無論如何，大長老若認為你該有一頭小獸護身，那你還是應該聽從大長老的話。畢竟你的小獸已經死去，而且牠是為你而死的，牠絕不想見到你因為掛念牠，不肯接受新的小獸，因而遭遇危險啊！」她平日害羞寡言，這些時日來，她早將羅欽當成親兄弟一般，在他面前不再害羞，話也多了，語音也漸漸大些了，但說話仍舊輕柔細軟。

羅欽聽了她的軟語勸告，好生感動，但心底仍不願意接受新的小獸，只道：「神獸十分罕見，大長老就算想找，十天半月之間，也不一定能找得到一頭。或許要等上三、五年，才能找到一頭無主的小獸也說不定。」

阿郁十分好奇，問道：「這些神獸，都是在哪兒找到的？」

羅欽聳聳肩，說道：「我也不知道。小獸以前跟我說過，大長老是在日月山上捕捉到牠的。我從來沒離開過磈磊村，也不知道日月山在哪兒。」

三人談將起來，都十分好奇，極想知道大長老會去哪兒尋找小獸，又將如何捕捉小獸；捕捉到後，又要如何讓牠效忠於一位薩滿或巫童。三人對巫術和神獸所知有限，談起來自是胡猜亂想，天馬行空，不著邊際。

羅欽傷痛小獸之死，和姊妹們談了一會兒後，便找藉口離去了。

他當夜獨自來到烏藍楚嘉藍瀑布之旁，趴在大石上思念著小獸，默默哭泣，不知不覺睡了過去。

才閉上眼睛，他眼前便映入了五顏六色的絲綢布料，感到自己置身於一間鋪頭之中，正坐在一個掌櫃模樣的人和沈綾身旁，跟他們一起檢視不同質料、織法、花樣、顏色的絲綢，只看得他眼花撩亂。

這些時日以來，羅欽幾乎每夜都做著關於沈綾的夢，跟著他來到南方的大城建康；跟著他住進古舊陰沉的沈氏祖宅；跟著他隨一位掌櫃在一間絲綢鋪裡當學徒。令羅欽感到奇怪的是，在石生大典之前，他原本不時夢見沈雁、沈綾和沈雒姊弟妹之事，但是近來他的夢大多只跟隨著沈綾一人，較少夢見沈雁和沈雒姊妹，更加極少夢見沈拓、主母羅氏和大兄沈維等人。他對於洛陽城和沈家大宅的印象漸漸模糊，幾乎不復記憶，反而對南方大城建康愈發熟悉。

正當羅欽聚精會神地望著沈綾與那位掌櫃反覆討論該挑撿哪幾疋絲綢帶去顧客家時，

他忽然感到全身一震，猛然清醒過來，睜開眼睛，只見繁星滿天。

他定一定神，忽然胸口一熱；他伸手去摸，感到觸手溫熱，竟是那塊岩瑪薩滿給自己的石鏡。他心中一驚：「我好久沒看石鏡啦！」匆匆坐起身，掏出石鏡低頭望去，立即見到岩瑪薩滿出現在石鏡之中；他盤膝坐在自己的帳幕裡，手中忙碌著，似乎在準備甚麼法器。

羅欽心中一跳：「岩瑪薩滿要出手收拾那妖女了！」

此時羅欽能隱約感受到岩瑪薩滿的心思；他在丑奴可汗的營帳待了大半年後，認為時機已經成熟，因此這夜回到帳幕後，便著手為這場大戰預做準備。羅欽見到他從包袱中取出五塊石頭，分別為青赤黃黑白色五色，又取出三隻石製碟子，七個石製箭頭，一一放在地上；接著以黑石手杖在帳幕當中畫了一個直徑三尺的圓圈，將石頭分五個方位放在圓圈之中，又在三隻石碟中倒入酥油，插上一條棉燈蕊，借油燈的火點燃了，將三盞酥油燈分上中下置於圓圈之中。之後他盤膝坐在圓圈旁，從背囊中取出七枝木製箭身，口中一邊念咒語，一邊將七個石製箭頭依序碰觸五塊石頭，又在三盞油燈的火焰中燒灼，之後將箭頭嵌入箭身，放在一旁地上。

羅欽只看得目不轉睛。他曾見過薩滿們舉行各種向天神祈禱的儀式，然而岩瑪此時進行的並非祭拜騰格里的儀式，而是開戰前的準備，羅欽自是從未見過。他雖看得一頭霧水，但怕打擾了岩瑪薩滿，不敢開口詢問，只猜想這些石頭、油燈、石箭等都是武器，而岩瑪口中不停誦念的，應是種種防禦己身、攻擊敵人的咒語。

岩瑪備戰的儀式繁複而冗長，直到將近子夜，七枝箭才準備就緒。岩瑪停止念咒，閉上眼睛略事休息，神色顯得十分緊繃。就在這時，羅欽聽到一絲幽幽的呼喚：「岩瑪！岩瑪！」

岩瑪顯然也聽到了，他睜開眼，抬起頭，側耳傾聽，探知呼聲正是從可汗大帳中傳來的。

岩瑪坐在那以黑石手杖畫出的圓圈之前，再次念咒，伸手抓起七枝箭，站起身，將箭插在腰帶中，以袍子遮蓋，吸了一口氣，走出帳幕，直往大帳行去。

他毫不猶疑，順著呼喚之聲來到可汗大帳之旁，但見帳側有扇門，門外無人守衛。岩瑪掀開帳門，低頭跨入，那是個較小的帳幕，只有十尺見方，當中是個方形的神壇，壇上供著許多奇形怪狀、神態猙獰的神祇，身體皆為赭紅色；一個全身赤衣的女子盤膝坐在神壇之前，身旁圍滿了油燈，總有數百盞，火舌吞吐，色彩鮮豔赤紅。

岩瑪舉目掃望帳中的布置，不動聲色，只躬身行禮，說道：「可賀敦。」

那女子正是地萬。她並未穿著可賀敦的華麗衣衫和頭飾，卻換上了一身赤色衣袍，任由長髮披散在身後，胸前垂掛著一塊巨大的鵝卵形紅寶石，模樣妖冶艷麗至極，完全不掩蓋其女巫本色。

地萬抬眼望向岩瑪，冷然道：「你來到可汗帳中，已有半年時光。我當然知道你為何來此。太后厭惡我奪權掌政，專程跑去磈磊村向大長老告狀求助，大長老因此派你來此除去我，是麼？」

岩瑪神色自若，緩緩答道：「可賀敦所言不錯。妳往年曾將可汗之弟祖惠隱藏起來，假稱他在天上，藉以贏得可汗的信任；之後又騙得可汗立妳為可賀敦，在可汗身旁裝神弄鬼、擾亂國政，太后自然不能坐視。」

地萬哼了一聲，冷然道：「我從未欺騙過可汗。我所做的一切，全都是為了可汗著想。此等真心誠意，太后那心胸狹隘的老女人又何能理解，何能包容？」忽然舉起左手，手指一彈，手掌上陡然冒出一團赤色火焰，足有巴掌大小，在空中旋轉燃燒。

岩瑪見了，臉色轉為凝重。

羅欽看得好生驚異，心想：「她從手掌中變出一團火焰，這是甚麼巫術？我可從沒見磈磊村的薩滿施展過。」

地萬艷麗的臉上露出獰笑，說道：「你說我裝神弄鬼，那你倒說說看，這團火可是裝神弄鬼變出來的麼？」說著陡然一揮手，那團火焰便直往岩瑪飛去。

岩瑪右手舉起手杖擋避，然而那團火卻陡然轉了個彎，從旁繞上，纏上了他的左臂，熊熊灼燒起來。岩瑪怒吼一聲，痛得跪倒在地。

不知為何，羅欽竟然也能感受到岩瑪手臂上的灼燒之痛，直痛得慘叫起來，右手緊抓著左臂，滾倒在大石上。

岩瑪雖大意受傷，但他臨危不亂，立即鎮定下來，舉起右手，手中多出了一塊青色的巨石，似乎正是那五塊色石之一。只聽他大吼一聲，手臂使勁，將那塊青色巨石猛然向地萬砸去。

地萬不敢硬接，立即就地一滾，避了開去，碾熄了地上好幾盞油燈。巨石轟然落地，隨即消失，重新出現在岩瑪右手中，岩瑪又是一聲大吼，再次將巨石向地萬砸去。地萬翻身站起，避開大石，雙手一拍，左右手掌各自冒出了一團赤色火焰，她低喝一聲，兩團火焰一齊快速向岩瑪飛來。

羅欽眼見那兩團火焰直飛到自己面前，亮光讓他幾乎睜不開眼，只嚇得緊閉眼睛，舉起雙手遮住臉面。儘管他已閉眼遮臉，但仍能清楚見到岩瑪眼前的景象：那兩團火球直直逼近眼前，熱氣灼燒得他滿面生疼，鬚髮焦灼。

羅欽忍不住大叫起來，感到岩瑪舉起燒傷的左臂，手指捏成巫訣，往兩團火球上一撥，兩團火球便向旁飛去，但此時左臂上的疼痛忽然轉劇，幾乎難以忍受。地萬輕鬆接過兩團火球，雙手一拍，又多出兩團火球，四團火球分從不同方位向岩瑪飛來，一團飛向面門，一團飛向小腹，一團飛向右臂，還有一團繞到他的身後。

羅欽一顆心彷彿要跳出胸腔，暗想：「完了、完了，岩瑪薩滿要被燒死了！我也要被燒死了！」

慌亂之中，他忽然想起自己身處烏藍楚嘉藍瀑布之下，此時天色已然全黑，水聲轟然震耳。他心念一動：「水怕火，水能澆熄火！」當即大叫一聲，湧身跳入瀑布正下方的池水之中，頓時被冰冷的瀑布激流所籠罩，耳中只聽得轟轟水聲，渾身上下感到一陣刺骨的冰涼。

不知為何，羅欽躍入冰涼的池水之中，似乎對岩瑪頗有幫助；岩瑪一下子感到周身冰寒，那四團火球的熱氣也不那麼熾烈了，雖接近他的肌膚，卻無法燒傷他。他既不懼火球的炎熱，便能以手掌逼開火球，趁隙從腰中拔出石箭，揮手擲出，一枝射往地萬，一枝射往神壇。

地萬一驚，趕緊矮身避開石箭，另一枝石箭卻正正射中神壇中一尊神像的胸口，神像往後倒去，猛地燃燒起來。就在這時，地萬指揮的四團火球的其中一團忽然「波」的一聲，在半空中熄滅了，只剩少許灰燼在空中飄揚。

地萬臉色大變，暴怒喝道：「賊巫！」揮舞剩下的三團火球，再次向岩瑪攻來。岩瑪仗著有冰水護身，更不閃避，又射出兩枝箭，一枝擱倒了另一尊神像，另一枝卻落空了。地萬的火球又滅了一團，剩下兩團。

羅欽心中盤算：「岩瑪有七枝箭，他已用去了四枝，還剩三枝。」才想著，便見岩瑪揮手射出兩枝箭，一前一後，直往地萬射去。地萬哈哈一笑，指揮火球夾擊二箭，二箭在空中燃燒起來，木製的箭身頓時燒爛，石製的箭頭跌落在地。

羅欽心中大急：「岩瑪只剩下一枝箭了，可地萬還有兩團火！」心中動念：「需要有人來幫手才成。太后的那個手下呢？他叫甚麼？是了，阿郁說他叫李具列將軍。」才想著，人已倏然來到一座陰暗的帳幕之中。他見到一個身形高大的武士躺在羊皮氈上，裹著羊皮被子，雙目閉著，正是太后的親信手下李具列。

羅欽不知道自己怎會突然來到這兒，心想：「這人就是李具列吧？但他已睡著了，那可怎麼辦才好？」衝到李具列的毛氈之前，著急地叫道：「李具列將軍快起來，岩瑪薩滿正在對付妖女地萬啊！你得去幫忙岩瑪薩滿！」

李具列躺在當地一動不動，繼續打著鼾，顯然完全聽不見羅欽的喊叫。羅欽焦慮萬分，只得伸手去推他的肩頭，但又碰觸不到他，心中更是慌張失措。就在這時，李具列似乎受到了甚麼驚嚇，猛然睜開眼，望向黑暗的帳幕。他甚麼也看不見，卻隱約感到自己身旁蹲著一人，一驚坐起，喝問道：「誰？」

羅欽大喜叫道：「太好了，你醒來了！」

李具列左右張望，隱約覺得有人在對自己說話，卻看不見他的人，滿面迷惑驚恐之色。

羅欽對李具列大叫道：「太后命岩瑪薩滿殺死地萬，他們兩人正在地萬的帳幕中打鬥，快去幫岩瑪薩滿，快！」

李具列睡得有些迷糊，聽說是太后的命令，又和殺死地萬有關，立即跳起身來，披上外衣，抓起榻邊的佩刀和弓箭，便往帳外奔去。

羅欽在前領路，不斷叫道：「快些，快些，這裡，這裡！」

李具列彷彿身處夢魘之中，跟著一個沒有形體的聲音在黑暗中快奔，慌不擇路，只感到背上滿是冷汗。忽然之間，他來到一座帳幕之前，聽見裡面傳來呼喝砰然之聲，他想也不想，便掀開帳門，闖入帳中。

待看清眼前情勢，李具列頓時驚得臉色一白。只見地萬頭髮散亂，一身赤衣滿是血跡，岩瑪的灰色衣衫多處被燒焦，露出衣服下灼傷成黑紅色的肌膚。兩人都是氣喘吁吁，眼神中混雜著憤怒、仇恨及恐懼，口中呼喝著各種惡毒的咒語，聲音嘶啞；一個不斷扔出巨石，一個持續投擲火團，向對方施展各種狠猛殺招。

李具列呆在當地，不知該如何加入戰團；就在這時，一團火焰幾乎擊上岩瑪的臉面，岩瑪滾倒避開，側頭留意到李具列闖入了帳中，心中大喜，叫道：「李具列，取皮索！取皮索！」

李具列一側頭，見到門旁掛著一條用以綁繫帳門的牛皮索，趕緊扯下了，持在手上，卻不知該做甚麼，但聽岩瑪叫道：「絞死她！」

李具列如從夢中醒來一般，大喝一聲，手持皮索，直往地萬奔去。

地萬回頭望向李具列，怒喝道：「滾開！」一團火焰直向李具列飛去。好在李具列是個身經百戰的柔然戰士，見到火焰飛來，及時俯身滾倒，避開了火焰。

岩瑪就是要令她分心，這時地萬只剩一團火對付岩瑪，岩瑪手中卻仍有多塊大石。他奮力扔出一塊赤色巨石，巨石陡然漲大，幾乎充斥了整個帳幕。地萬無從躲避，頓時被赤色大石撞飛，跌倒在地；大石落下直壓在她身上，地萬瘋了般地掙扎，卻無法從大石下脫身。

李具列趁地萬被那塊赤色的大石壓住，趕緊衝上前，雙手一繞，將皮索套在她的頸部，兩手用力扯緊皮索，地萬無法透氣，滿面通紅，雙眼凸出，舌頭也伸了出來。

岩瑪喘了口氣，走上前來，示意李具列稍稍鬆手，說道：「地萬，我等奉太后之令，來此殺妳除害。妳有何話說？」

地萬狠狠地瞪著岩瑪，咬牙切齒地道：「岩瑪！火巫總有一日會找石巫報仇的！」

岩瑪皺起眉頭，對李具列道：「殺了。」

李具列手上用力，喀啦一聲，地萬喉骨斷裂，就此死去。

岩瑪點點頭，說道：「李將軍，幹得好。」在地萬身前蹲下，觀望一陣，伸手取下她掛在胸口的那塊赤色寶石，湊近眼前觀看。羅欽透過岩瑪的雙眼觀望那塊鵝卵形紅寶石，但見總有半個手掌大小，寶石中色彩流動，彷彿有火焰在寶石中燃燒著。岩瑪微微瞇眼，將寶石收入懷中。

李具列臉色青白，雙手不敢放鬆，仍緊緊握著絞死地萬的皮索，直到岩瑪說道：「李將軍，可以放手了，她已死了。」

李具列這才鬆開手，站起身，退開一步，饒是他多經征戰，經歷了方才這場以巫術相殘的生死劇鬥，也不禁全身顫抖，雙腿發軟，幾乎無法站穩。

岩瑪抬起頭，望向帳幕中不存在的羅欽，低聲道：「羅欽，多謝你。」

李具列見岩瑪對著空中說話，想起方才有個看不見的人引自己前來，心中一動，脫口問道：「那是何人？他方才來到我帳幕中，叫醒了我，說薩滿正與地萬打鬥，要我去幫忙，又領我來此……」

岩瑪對李具列微微一笑，說道：「李將軍，今夜並沒有人去你的帳幕叫醒你。你在睡夢中聽見打鬥聲響，醒了過來，趕來此地，助我殺死妖女，達成太后密令。我將如實稟報太后，請太后獎賞你的功勞。」說著向羅欽擺了擺手。

岩瑪的話才說完，羅欽眼前忽然一片漆黑，甚麼也看不見了，只感到渾身冰冷，一時不知身在何處。他回過神來，這才發現自己仍身處瀑布下的池水之中，水聲轟轟，震耳欲聾；他抬頭望向天空，此時已過子夜，滿天繁星，魄磊山上一片寧靜祥和。

羅欽腦中仍縈繞著方才「見」到的那場血腥惡鬥，猛然想起岩瑪交給自己的那面石鏡，到處摸索尋找，發現石鏡仍掛在自己頸中，這才放下心。他一下子不可自制地顫抖起來，趕緊爬出水池，快步下山，奔回多它的石屋。這時多它早已睡熟了，羅欽悄悄爬上石床，鑽入羊皮被窩之中，全身仍發抖不休，難以停止。

數月之後，岩瑪安安靜靜地回到了魄磊村，誰也沒有見到他回來，只發現他的石屋頂上又冒出了炊煙。整個村子裡只有羅欽知道發生了甚麼事。他對岩瑪滿心尊崇敬畏，親自來到他的石屋外，恭恭敬敬地道：「岩瑪薩滿，我來歸還您的石鏡。」

他心想岩瑪薩滿多半不會露面，正打算離去時，石門卻忽然開了，岩瑪高瘦的身形站在門口，低頭對羅欽道：「進來。」

羅欽沒想到岩瑪薩滿竟會邀請自己進入他的石屋，微微一呆，隨即小心翼翼地跨入了石屋。但見這石屋方方正正，屋內毫無裝飾，只在地上和石床上鋪了兩塊黑色的羊毛地氈；石牆上掛著各種不知名的武器和法器，岩瑪的黑石手杖則掛在門邊的石牆上。

岩瑪請他坐下，自己也在他對面坐下了。羅欽跪起身，將石鏡雙手遞上；岩瑪接過了，放在一旁，淡淡地問道：「你都見到了？」

羅欽激動得聲音發顫，高聲道：「我當然都見到了！那個妖女地萬法術當真高強，但她怎麼敵得過岩瑪薩滿！岩瑪薩滿，您真是太厲害了！」

岩瑪神色仍是淡淡的，無喜無怒，緩緩捋起衣袖，露出左臂；卻見他整隻手臂上都布滿了猙獰的傷疤，膚色烏黑焦爛。羅欽見了，不禁驚呼出聲。他沒想到岩瑪竟受了如此嚴重的傷！

岩瑪緩緩說道：「我險些失去了這條左臂。」

羅欽睜大了眼，望著岩瑪斑駁灼傷的手臂，想起火團燒上岩瑪左臂時的劇烈疼痛，不禁摸了摸自己的左手臂。低頭望去，見自己的左臂完好無損，吞了口唾沫，說道：「是了，當時那團火燒得我手臂好疼，我都忘記您受了傷！」

岩瑪拉回衣袖，凝望著他，問道：「你感到疼痛？」

羅欽點頭道：「是啊！疼得很，就像火燒一樣！」

岩瑪沉吟一陣，忽然問道：「你用甚麼來看石鏡？」

羅欽一呆，脫口道：「當然是用眼睛看啊！」

岩瑪又問道：「用哪隻眼睛看？」

羅欽更加迷糊了，閉上左眼，又閉上右眼，最後伸手指著自己的雙眼，說道：「當然是兩隻眼睛一起看啊！」

岩瑪靜默一陣，才道：「羅欽，若非你當時機智，及時跳入冰水之中，我才得以不受烈火灼傷；又多虧你找了李貝列來相助，不然那夜我多半會命喪地萬之手。你對我有救命之恩，岩瑪在此衷心致謝。」說著向羅欽俯身拜倒為禮。

羅欽從未想過一位薩滿竟會向自己拜倒致謝，而且還是他滿懷崇拜的岩瑪薩滿！他大感受寵若驚，不知所措，連忙拜倒回禮，說道：「可是……可是我甚麼也沒做啊！」

岩瑪凝望著他，忽然問道：「你可記得，地萬死前，說了甚麼？」

羅欽想了想，說道：「我記得。她說：『火巫總有一日會找石巫報仇的。』這話是甚麼意思？」

岩瑪沉吟道：「我也不很清楚，還得去向大長老請教。」他頓了頓，忽然改變話題，說道：「羅欽，你可知磈磊村為何叫作磈磊村？」

羅欽一怔，說道：「我不知道。想是很久很久以前，遠古的前輩薩滿們給取的名兒？」

岩瑪說道：「不錯，村名確實是前輩薩滿們取的。但前輩薩滿為何要叫這兒『磈磊村』？」

羅欽搔了搔頭，說道：「是因為我們這兒石頭很多麼？難道是因為……因為村裡的巫童和薩滿都是從石頭裡生出來的？」

岩瑪點了點頭，說道：「不錯。本村的巫童和薩滿們，都是從石頭裡生出來的。以我所知，此地叫作磈磊村，那是因為我們都是石巫的後代。」

羅欽道：「原來如此。」隨即問道：「石巫是甚麼？」

岩瑪緩緩說道：「遠古時候，世間有許多法力高強的巫者，還有能夠自由出入冥界的鬼族。之後天帝命天巫絕地天通，巫術漸漸從世間退失，只有少數巫者靠著祖傳法寶而保有巫力，一代代流傳下來，成為天地間罕見擁有巫術的族裔。這些殘存的巫者，數千年來擔任天下多方多族的大巫、薩滿和納木薩；我們磈磊村就是其中一支，因依靠石之寶維持巫力，因此自稱『石巫』。」

羅欽恍然大悟，說道：「那麼地萬說自己是火巫的後代，火巫想必就是另外一支了。」

岩瑪道：「正是。」

羅欽側過頭，問道：「還有其他的麼？除了石巫、火巫之外，還有水巫、土巫、風巫這些麼？」

岩瑪似乎有些驚訝，說道：「你怎麼知道巫者還有這些其他的分支？」

羅欽吐吐舌頭，說道：「我胡亂猜的。」

岩瑪低頭沉思，說道：「地萬是我唯一見過的火巫後代。我相信火巫一族，在世間已所剩不多了。我見過土巫、水巫和木巫的後代；風巫和金巫，我則從未見過，可能早已絕跡了。」

羅欽伸手指數了數，說道：「我們村裡有八位薩滿和十七個巫童……嗯，不包括我的話，是十六個巫童，因此共有二十四個石巫後代。加上從魄磊村出去擔任可汗薩滿的巫者，應當算是很多了吧？」

岩瑪側過頭，說道：「確實不少。但為何不算上你自己？」

羅欽雙肩下垂，低頭道：「岩瑪薩滿，您想必早已知道，我一點兒巫術也沒有。他們都說我是個偽巫童，我也已慢慢覺悟……覺悟到自己確實不具巫術，這輩子大概也都不會具有巫術了。」他吸了口氣，抬起頭，續道：「但是我想，這也沒甚麼關係。我雖是個偽巫童，但既然在魄磊村長大，那我就永遠都是魄磊村的一份子。」他鼓起勇氣，說出這番在心頭反覆思索了許久的想法；自從他有了阿郁和阿柔兩個朋友之後，眼界開闊了許多，不再以為魄磊村就是世界的全部，對於自己不具巫術的事實漸漸能夠接受，甚至平靜以對。然而想歸想，他自己也不知道為何竟在此時此地，將內心的想法對著岩瑪薩滿說了出來。

岩瑪聽了，並未立即回答，卻抱著雙臂，陷入沉思。過了一陣，他才開口道：「羅欽，你既能從石鏡中見到影像，表明你並非全無巫術。倘若你全無巫術，那麼你是不可能從鏡中看到任何影像的。況且，你還能透過石鏡幫助我，當時你跳入水中，讓我感到全身冰涼；你甚至能夠去找李具列，喚醒他並將他引來。完全不具巫術之人，怎麼可能透過石鏡發揮至這等功用？」

羅欽眨眨眼，說道：「我不知道。可能因為……因為您的石鏡法力強大，所以我才能透過石鏡做這許多事情吧？」

岩瑪想了想，說道：「我一直相信你確實擁有巫術，此番給你石鏡，正是為了確認此事。」語氣轉為嚴肅，又道：「羅欽，我給你石鏡，讓你見到在可汗那兒發生之事，這一切我將如實稟告大長老，但你不可跟任何人說起，知道麼？」

羅欽點頭答應了，心想：「原來即便是岩瑪薩滿，也會有事須瞞著大長老。」他正要告辭出去，岩瑪卻似忽然想起甚麼，伸手入懷，掏出一塊鵝卵形的紅寶石。羅欽見了，認出正是地萬死後，岩瑪從她頸中取下的那塊紅寶石。岩瑪望了紅寶石一會兒，便將之遞給羅欽，說道：「這個給你。」

羅欽甚是驚訝，不敢去接，說道：「這是您從那妖女身上拿來的，您應該留下才是。」

岩瑪微微搖頭，說道：「我相信，這就是火巫的祖傳法寶，乃是火巫巫力的來源。我的巫術屬於石巫一系，這寶石對我毫無用處，甚至有害。而我能夠打倒那妖女，也多虧了有你，我感覺這塊寶石應當由你保存，往後或有用處。」

羅欽只好答應了，恭敬接過，收入懷中。

岩瑪道：「你去吧。」羅欽向他行禮，出了石屋。

又過了兩個月，李具列將軍帶著數百名柔然戰士來到磈磊村，說奉新可汗之命，迎接兩位昆結回歸可汗營地。

直到這時，村中其他薩滿和巫童才從李具列口中得知，他奉太后之命，並在岩瑪薩滿的協助下，絞殺了妖女地萬。洽逢敵族高車大舉出師攻打柔然，丑奴可汗戰事失利，臣民對丑奴可汗極為不滿；太后侯呂氏與大臣商量之下，決定合力殺死丑奴，立其弟阿那瓌為可汗。如今地萬之害已除，大事已定，新任可汗阿那瓌因此派李具列將軍前來磈磊村，迎接兩個女兒回歸可汗營地。

羅欽聽李具列說得輕描淡寫，但他從石鏡中目睹並親歷了岩瑪和地萬的一場惡戰，委實驚心動魄、血腥殘酷至極，暗想：「薩滿之間的對決，絕非一般人可以想像。」又想：

「兩位昆結原本只是可汗弟之女，現在竟成了可汗之女，地位又更高啦。」心中好生擔憂：「大長老當真會命我隨她們回去麼？應該不會吧？根據小獸所說，大長老絕不會讓我離開魂磊村，自然不可能讓我跟著她們離去了。」

果如他所料，阿郁向大長老請求讓羅欽跟隨她同回可汗營地，但大長老堅持不准，只是說道：「羅欽的薩滿訓練尚未完成，不能離開魂磊村。」不論阿郁如何威壓懇求，大長老就是不許。

羅欽心中好生感激：「大長老不畏阿郁的威壓，保住我不必離開魂磊村，真是太好了！」他和阿郁和阿柔雖要好，卻並不想離開魂磊村。一來他對外面的天地甚感陌生恐懼，二來他對魂磊村也懷有一種難言的依戀，不捨得就此離去；三來他隱隱知道，自己不具巫術，在魂磊村中受到薩滿們的保護，可保安全無虞。若他以巫童或薩滿的身分在外行走，只怕很快就會被人識破，甚至招來殺身之禍。

兩日之後，阿郁和阿柔便在李具列將軍和數百柔然戰士的護衛下，離開了魂磊村。

羅欽站在村口相送，心中不禁大感悵然失落。阿郁雖對自己頤指氣使，態度冷淡高傲，但至少她將自己當個人看；羅欽看得出來，阿郁心底對自己暗懷感激，只因生性要強，因此蓄意不表露出來；而阿柔雖極為害羞，但待己溫柔和善，關懷備至。姊妹倆在魂磊村住了兩年，這段時日中，羅欽整日陪伴在兩姊妹身邊，可以不去想自己是個「偽巫童」之事；如今她們走了，自己又得回到八個同輩巫童的小圈子之中，不得不再次面對自已是個「偽巫童」的尷尬處境。此時小獸已死，更令他感到孤獨無依。

他望著阿郁和阿柔離去的塵沙漸漸落下，忍不住奔到磈磊山上的藍楚嘉藍瀑布旁，伏在大石頭上，大哭了一場。往年他遇上不痛快的事情，只要來這兒哭上一場，便會感覺好上許多。然而這回他哭完之後，心頭仍舊一片空虛荒涼，彷彿胸中有個永遠也填不上的窟窿。

（下冊待續）

注　關於丑奴可汗、巫女地萬和侯呂太后諸事，出自《魏書・卷一百三》：「丑奴立後，忽亡一子，字祖惠，求募不能得。有屋引副升牟妻是豆渾地萬、年二十許，為醫巫，假託神鬼，先常為丑奴所信，出入去來，乃言此兒今在天上，我能呼得。丑奴母子欣悅，後歲仲秋，在大澤中施帳屋，齋潔七日，祈請天上。經一宿，祖惠忽在帳中，自云恒在天上。丑奴母子抱之悲喜，大會國人，號地萬為聖女，納為可賀敦，授夫副升牟爵位，賜牛馬羊三千頭。地萬既挾左道，亦有姿色，丑奴甚加重愛，信用其言，亂其國政。如是積歲，祖惠年長，其母問之，祖惠言：「我恒在地萬家，不嘗上天，上天者地萬教也。」其母具以狀告丑奴，丑奴言：「地萬懸鑒遠事，不可不信，勿用讒言也。」既而地萬恐懼，譖祖惠於丑奴，丑奴陰殺之。

「正光初，丑奴母遣莫何去汾李具列等絞殺地萬，丑奴怒，欲誅具列等。又阿至羅侵丑奴，丑奴擊之，軍敗。還，為母與其大臣所殺，立丑奴弟阿那瓌。」

綾羅歌・卷一

國家圖書館出版品預行編目資料

綾羅歌・卷一/鄭丰著. -- 初版. -- 臺北市：奇幻基地出版，城邦文化事業股份有限公司出版：英屬蓋曼群島商家庭傳媒股份有限公司城邦分公司發行, 民111.05
冊 ; 公分

ISBN 978-626-7094-50-1 (卷1 : 平裝)

863.57　　111006503

ISBN　978-626-7094-50-1
Printed in Taiwan.

鄭丰臉書專頁
http://www.facebook.com/zhengfengwuxia

奇幻基地臉書粉絲團
http://www.facebook.com/ffoundation

作　　者／鄭丰
企畫選書人／王雪莉
責 任 編 輯／王雪莉

發　行　人／何飛鵬
總　編　輯／王雪莉
業 務 經 理／李振東
行 銷 企 劃／陳姿億
資深版權專員／許儀盈
版權行政暨數位業務專員／陳玉鈴
法 律 顧 問／元禾法律事務所　王子文律師
出版／奇幻基地出版
城邦文化事業股份有限公司
台北市 104 民生東路二段 141 號 8 樓
電話：(02)25007008　傳真：(02)25027676
網址：www.ffoundation.com.tw
e-mail：ffoundation@cite.com.tw
發行／英屬蓋曼群島商家庭傳媒股份有限公司城邦分公司
台北市 104 民生東路二段 141 號 11 樓
書虫客服服務專線：(02)25007718・(02)25007719
24 小時傳真服務：(02)25170999・(02)25001991
服務時間：週一至週五 09:30-12:00・13:30-17:00
郵撥帳號：19863813　戶名：書虫股份有限公司
讀者服務信箱 E-mail：service@readingclub.com.tw
歡迎光臨城邦讀書花園 網址：www.cite.com.tw
香港發行所／城邦（香港）出版集團有限公司
香港灣仔駱克道 193 號東超商業中心 1 樓
電話：(852) 2508-6231 傳真：(852) 2578-9337
馬新發行所／城邦（馬新）出版集團
【Cite(M)Sdn. Bhd.(458372U)】
11, Jalan 30D/146, Desa Tasik,
Sungai Besi, 57000 Kuala Lumpur, Malaysia.
電話：(603) 90578822　傳真：(603) 90576622

書名題字／董陽孜
封面設計／陳文德
排　　版／邵麗如
印　　刷／高典印刷有限公司
■ 2022 年（民 111）5 月 31 日初版一刷
■ 2023 年（民 112）1 月 31 日初版 6 刷

售價／ 380 元

請於此處用膠水黏貼

奇幻基地

讀者回函卡

謝謝您購買我們出版的書籍！請費心填寫此回函卡，我們將不定期寄上城邦集團最新的出版訊息。

姓名：＿＿＿＿＿＿＿＿＿＿＿＿＿＿＿ 性別：□男 □女

生日：西元＿＿＿＿＿年＿＿＿＿＿月＿＿＿＿＿日

地址：＿＿＿＿＿＿＿＿＿＿＿＿＿＿＿＿＿＿＿＿

聯絡電話：＿＿＿＿＿＿＿＿傳真：＿＿＿＿＿＿＿＿

E-mail ：＿＿＿＿＿＿＿＿＿＿＿＿＿＿＿＿＿＿＿＿

學歷：□ 1.小學 □2.國中 □3.高中 □4.大專 □5.研究所以上

職業：□ 1.學生 □2.軍公教 □3.服務 □4.金融 □5.製造 □6.資訊
□7.傳播 □8.自由業 □9.農漁牧 □10.家管 □11.退休
□12.其他＿＿＿＿＿＿＿＿＿＿＿＿＿＿＿＿

您從何種方式得知本書消息？
□1.書店 □2.網路 □3.報紙 □4.雜誌 □5.廣播 □6.電視
□7.親友推薦 □8.其他＿＿＿＿＿＿＿＿＿＿

您通常以何種方式購書？
□1.書店 □2.網路 □3.傳真訂購 □4.郵局劃撥 □5.其他

您購買本書的原因是（單選）
□1.封面吸引人 □2.內容豐富 □3.價格合理

您喜歡以下哪一種類型的書籍？（可複選）
□1.科幻 □2.魔法奇幻 □3.恐怖 □4.偵探推理
□5.實用類型工具書籍

有更多想要分享給
我們的建議或心得嗎？
立即填寫電子回函卡

您是否為奇幻基地網站會員？
□1.是□2.否（若您非奇幻基地會員，歡迎您上網免費加入，可享有奇幻基地網站線上購書75 折，以及不定時優惠活動：
http://www.ffoundation.com.tw/）

對我們的建議：＿＿＿＿＿＿＿＿＿＿＿＿＿＿＿＿＿＿
＿＿＿＿＿＿＿＿＿＿＿＿＿＿＿＿＿＿
＿＿＿＿＿＿＿＿＿＿＿＿＿＿＿＿＿＿

請於此處用膠水黏貼